KB119936

나는 앞으로 몇 번의 보름달을 볼 수 있을까

나는 앞으로 몇 번의 보름달을 볼 수 있을까

류이치 사카모토

황국영 옮김

위즈덤하우스

일러두기

· 각주에 표기된 내용은 역자의 주석이다.

· 단행본은 『　』, 신문과 잡지, 음반은 《　》, 전시와 미술 작품, 영화, 방송 프로
그램, 노래는 〈　〉로 표기했다.

· 국내에 소개된 작품명은 번역된 제목을 따랐고, 국내에 소개되지 않은 작품
명은 원어 제목을 독음대로 적거나 우리말로 옮기고, 일부 곡명에 한해서는
원어로 표기하였다.

· 저자 이름은 본문에서는 '사카모토 류이치'로 표기하되, 표지의 경우 널리
알려진 영어식 표기인 류이치 사카모토를 따랐다.

· 본 책은 스즈키 마사후미(鈴木正文)와 진행한 인터뷰를 바탕으로 구성되었다.

차례

1
암과 살아간다
10

2
어머니를 위한 레퀴엠
50

7
새로운 재능과의 만남
262

8
미래에 남기는 것
308

MR 프로젝트 | 아이들에게 고백하다 | 베이징에서의 대규모 전시회 | 〈타임〉 | 최강의 서포트 시스템 | 우크라이나의 일리야 | 도호쿠 유스 오케스트라 | D2021 | 덤 타입의 새 멤버 | 오랜만의 자택 | 사카모토 도서 | 마지막 피아노 솔로 | 《12》

베르톨루치와 볼스

'나는 앞으로 몇 번의 보름달을 볼 수 있을까.' 올해로 일흔이 되어 고희를 맞이했습니다만, 요즘 들어 이런 생각을 자주 합니다. 영화 〈마지막 사랑〉(1990년)에 이 대사가 나왔던 것을 기억하는 분도 계실지 모르겠네요. 제가 〈마지막 황제〉(1987년)에 이어 음악을 맡았던 베르나르도 베르톨루치(Bernardo Bertolucci) 감독의 작품입니다.

영화의 마지막에 원작자 폴 볼스(Paul Bowles)가 등장해 나지막이 이런 말을 합니다.

"인간은 자신의 죽음을 예측하지 못하고, 인생을 마르지 않는 샘이라고 생각한다. 하지만 세상 모든 일은 고작 몇 차례 일어날까 말까다. 자신의 삶을 좌우했다고 생각할 정도로 소중한 어린 시절의 기억조차 앞으로 몇 번이나 더 떠올릴 수 있을지 모른다. 많아야 네다섯 번 정도겠지. 앞으로 몇 번이나 더 보름달을 바라볼 수 있을까? 기껏해야 스무 번 정도 아닐까. 그러나 사람들은 기회가 무한하다고 여긴다."

실제로 볼스는 영화 〈마지막 사랑〉이 완성되고 10년도 되지 않아 세상을 떠났는데, 그 영화 작업에 참여했을 무렵 저는 아직 30대 중반이었습니다. 볼스의 그 말은 선명하고 강렬한 인상으로 남았지만, 그것이 꼭 내 이야기로 받아들여지지는 않았습니다.

하지만 2014년, 중인두암이 발견된 이후부터는 자연스레 스스로의 모털리티, 죽음에 대해 생각할 수밖에 없게 되었습니다.

이런 것들이 바탕이 되어 2017년 발표한 앨범 《async》에는 〈fullmoon〉(보름달)이라는 곡을 실었습니다. 앞서 언급한 볼스의 한 구절을 영화 속에서 따와 샘플링한 다음, 같은 문장을 중국어와 독일어, 페르시아어 등 다양한 언어로 번역해 각 언어의 원어민 아티스트들에게 낭독하도록 했습니다.

가장 마지막 언어가 이탈리아어였는데, 실은 그 내레이션의 주인공이 바로 베르톨루치 감독입니다. "만약 이탈리아어를 넣게 되면 낭독해줄 사람이 당신밖에 없을 것 같은데, 해줄 수 있겠어?" 하고 가벼운 마음으로 부탁했더니 금방 "아아, 그래 알았어"라는 답장이 도착했고, 얼마 후 녹음된 음성 데이터를 전송 받았습니다.

볼스는 전쟁 전 뉴욕에서 전위 작곡가로도 활약한 경력이 있는 만큼 그 목소리에 인생의 흔적과 연륜이 묻어났고, 음성의 질감 자체에서 여느 미국인과는 다른 교양의 깊이가 느껴졌습니다. 한편, 베르톨루치의 목소리는 실로 드라마틱하여 역시나 오페라의 나라 출신답다는 생각이 들게 했는데, 이 역시 근사했습니다.

하지만 베르톨루치도 그 곡을 완성한 지 1년 만에 세상을 떠나고 말았습니다. 비록 녹음의 형태였지만, 그가 생전 마지막으로 자신을 드러낸 것이 〈fullmoon〉에서의 목소리 출연이 되었습니다.

수술 직전

이쯤에서 제 현재 병세에 대한 설명을 해두려고 합니다. 다소 적나라한 이야기일 수 있지만 잠시 동안만 시간을 내주셨으면 합니다.

2014년에 발견된 중인두암은 그 이후 치료되었으나 2020년 6월, 뉴욕에서의 검사를 통해 직장암 진단을 받고 말았습니다. 지난번 방사선 치료가 성공적이었기 때문에 뉴욕에서 다니던 암 센터를 신뢰했죠. 이번에는 방사선 치료와 함께 항암제도 복용하였습니다. 하지만 치료를 시작한 지 몇 개월이 지나도 암은 좀처럼 사라지지 않았습니다.

같은 해 12월, 일 때문에 일본에 가게 됐는데 그즈음 건망증이 너무 심해져 고민을 하던 터라 귀국한 김에 뇌의 건강 상태를 확인해볼까 싶어 11월 중순부터 2주간의 격리를 거친 후 건강검진을 받았습니다. 그 결과, 걱정하던 뇌는 정상이었으나 야속하게도 다른 곳에 이상이 생겼음을 알게 되었습니다. 직장암이 간과 림프에도 전이된 것이었죠.

이때는 이미 방사선 치료가 끝난 지 3개월이나 지난 후였는데 웬일인지 뉴욕의 병원에서는 전이에 대해 들은 바가 없었습니다. 적어도 9월 말에는 전이의 조짐을 확인할 수 있었을 텐데 말이죠. 물론, 전이 자체가 충격이었지만 미국 전체에서 1, 2위를 다투는 암 센터가 이것을 발견하지 못했다는 사실, 혹은 어떤 이유로든 저에게 전달하지 않았다는 사실에, 순식간에 불신이 싹텄습니다.

일본 병원에서 첫 번째로 진찰을 해준 종양내과 선생님은 "이대로 두면 6개월 정도밖에 더 살지 못합니다"라고 딱 잘라 말하더군요. 게다가 이미 방사선 치료로 세포가 손상된 상태라 같은 치료를 더는 할 수도 없다고 했죠. "강한 항암제를 써서 고통스러운 화학 치료를 진행한다고 해도 5년 이상 생존율은 50퍼센트입니다"라는 말도 덧붙였습니다. 분명 통계를 바탕으로 한 객관적인 수치였을 것입니다.

하지만 설령 진단을 뒷받침할 증거가 있다고 해도 '환자를 대하기에 적당한 말투와 태도가 있는 것 아닌가' 하는 생각에 솔직히 화가 났습니다. 희망의 여지를 조금도 남기지 않고 비관적으로 단정 지어버리는 말에 충격을 받았고, 좌절감에 휩싸였습니다. 유명한 의사라고 들었는데 저와는 별로 잘 맞지 않는 느낌이었습니다.

실은 시한부 선고를 받은 다음 날, 온라인 피아노 콘서트 일정이 잡혀 있었습니다. 이후 〈Ryuichi Sakamoto : Playing the Piano 12122020〉(2021년)이라는 이름의 음원으로 공개된 그 콘서트입니다. 정신 상태는 최악이었고 영상으로 적합한 콘텐츠를 만들기 위해 몹시 열악한 환경에서 진행할 수밖에 없었기 때문에 연주를 잘했는지 스스로도 전혀 자신이 없었습니다. 하지만 오래 알고 지낸 사람일수록 그날의 연주를 칭찬하더군요. 신기했습니다.

뉴욕에 돌아가지 않고 도쿄에서 치료를 이어가기로 결정했지만, 첫 번째 병원이 잘 맞지 않기도 했고 이런저런 이유로 아는 의사의 소개를 받아 다른 병원에 갔습니다. 원래는 짧은 일정으로 귀국했지만 이후로 일본에 머물고 있습니다.

소개 받은 병원에서 또 다른 의사의 소견을 들어보니 전이가 진행된 시점부터는 이미 4기에 접어든 것이라고 하더군요. 게다가 추가 검사를 통해 폐에도 암이 전이되었음을 알게 되었습니다. 한마디로 절망적인 상태입니다.

그렇게 새해를 맞이하고 2021년 1월에 처음 암이 생겼던 직장을 비롯해 간의 두 곳과 림프에 전이된 암들을 제거하는 외과 수술을 받았습니다. 대장을 30센티미터나 잘라내는 대수술이었습니다. 수술 전에는 의외로 여유로웠는데, 수술실로 들어가는 문 앞에서 가족을 향해 "다녀오겠습니다!"라고 인사하며 태평하게 손을 흔들던 당시의 모습이 사진으로도 남아 있습니다.

당초 12시간 정도로 예상했던 수술은 결국 20시간이 지나서야 끝났습니다. 오전에 시작한 수술이 다음 날 새벽 4시까지 이어졌습니다. 당사자는 '도마 위의 생선'과 다름없는 상태이기 때문에 수술하기로 마음먹은 이상, 전적으로 의사를 믿고 몸을 맡기는 수밖에 없습니다. "절제 부위를 조금 짧게 해서 20센티미터 정도만 잘라주시면 안 될까요?"라고 제안할 만큼 전문지식이 있는 것도 아니니까요.

수술을 받으면 체력과 면역력이 떨어진다는 것은 알고 있었기 때문에 수술 전에는 매일 만 보 걷기를 목표로 걸었습니다. 게다가 전신 마취를 하는 큰 수술을 받는 이상, 의료사고로 사망할 가능성도 완전히 배제할 수는 없었죠. 그래서 그때까지 맛있는 것들을 잔뜩 먹어두기로 하고 약 열흘간, 매일 밤 '최후의 만찬'이라는 이름으로 호화로운 식사를 했습니다. 스테이크도 먹고, 이탈리안 요리도 즐기며 도쿄 내에서 먹을 수 있는 수많은 요리를 만끽했습니다.

섬망 증상

다행히 수술은 무사히 끝났지만, 미처 예상하지 못한 문제가 생겼습니다. 수술 후 섬망 증세가 나타난 것입니다. 전신 마취가 뇌에도 영향을 미치는 모양이라, 약 일주일 동안 몇 차례의 간헐적 섬망을 겪었습니다. 이것만큼은 의사도 손쓸 수 없는 것 같더군요.

가장 증상이 심했던 것은 수술 다음 날이었는데, 어떻게 된 일인지 눈을 뜬 순간 '지금 이곳은 한국의 병원이다'라는 착각이 들었습니다. 심지어 서울도 아닌 한국 지방 도시의 병원이라고 생각했죠. 짧은 한국어 지식을 끌어모아 어떻게든 간호사와 이야기를 해보려 애썼지만 제대로 된 뜻의 한국어인지 어쩐지 알 수가 없었습니다.

그러는 사이 한국인 간호사가 묘하게 일본어를 잘한다는 생각이 들었고, 그때부터 서서히 내가 어떤 상황에 놓였는지를 인식하게 되었습니다. 최근 몇 년간 한국 드라마를 자주 봤던 것의 영향이 아닐까 싶습니다.

또 다른 섬망 증세는 수술이 막 끝난 상황에서 어시스턴트에게 '회의에 늦을 것 같아'라고 메시지를 보낸 것이었습니다. 실제로는 양팔에 링거를 꽂은 상태로 몸조차 자유롭게 움직일 수 없는 상황이라 오타도 많았습니다만. 메시지를 받은 사람도 입원 중인 제가 이른 아침에 갑작스레 연락을 해서 놀랐다고 하더군요.

섬망 상태에서 자이쓰 이치로가 불렀던 "모두 두웅~글게 다케모토 피아노"라는 씨엠송이 광고 속 율동과 함께 끝없이 반복 재생되었을 때는, 떨쳐낼 수 없는 음울함에 사로잡혀 미쳐 날뛸 것만 같았습니다. 특별히 좋아한 적도 없는, 그것도 아주 오래전에 봤던 옛날 광고를 왜 갑자기 떠올렸는지 스스로도 이해할 수가 없습니다.

몹시 무서운 섬망 증세도 있었습니다. 제가 사용하는 컴퓨터가 다크웹에 해킹을 당해서 프로그램에 관한 이런저런 지식을 긁어모아 해결하려고 하는데 도무지 뜻대로 되지를 않았습니다. 다크웹은 일반 검색 엔진에서는 찾을 수 없는, 온라인상에 존재하는 거대한 어둠의 세계죠.

컴퓨터 화면이 멋대로 조작되는 것이 확실히 보였고, 그 상황을 멈추려 필사적으로 노력했지만 '에어키보드' 상태라고 해야 할까요, 어떻게 된 영문인지 타이핑을 하려 해도 손가락이 허공을 가를 뿐이었습니다. 평소 다크웹에 대해 생각해본 적도 없는데, 아마 뇌의 어딘가에 우연히 흘려들었던 정보가 축적되어 섬망으로 나타난 것 같습니다. 그런 증세는 3일 동안이나 계속됐고 어떤 날은 정신을 차려보니 온몸이 땀으로 축축하게 젖어 있기도 했습니다.

처음 겪는 섬망이라 무척 두려웠지만 나도 열심히만 하면 드라마 극본을 쓸 수 있지 않을까 하는 착각이 들 정도의 신기한 경험이기도 했습니다. 뇌 구조가 얼마나 흥미로운지 깨닫는 계기가 되었죠. 초현실주의, 혹은 비트닉[1] 아티스트들이 오토마티즘(automatism, 자동기술법)을 시도하며 목표했던 것도 이런 무의식적인 창작이었는지 모릅니다.

---

[1] 1950년대 전후 미국의 물질적 풍요 속에서 보수화된 기성 질서에 반발해 저항적 문화와 기행을 추구했던 예술가 세대를 이르는 말.

우리의 뇌가 일상적으로 보고 듣는 것을 이토록 방대하게 축적하고 있다니, 놀라울 따름입니다.

사랑으로 구원 받다

수술 후 간호사에게 "몸이 아프시더라도 가급적 침대에서 나와 소파에 앉으세요"라는 말을 들었습니다. 심지어 될 수 있으면 일어나서 걸으라고 하더군요. 침대에만 누워 있으면 중력을 거스를 일이 없어 그런지, 눈 깜짝할 새에 근력이 떨어졌습니다. 고작 일주일 동안이었는데 말이죠. 게다가 한번 떨어진 근력은 좀처럼 되돌릴 수도 없습니다.

그렇기 때문에 배에 호스가 다섯 개나 꽂혀 있고 양팔에 링거를 맞으면서도, 낮 동안은 최대한 병실 소파에 앉아서 지내려고 했습니다. 소파까지 지팡이를 짚고 걸어가 거기에서 책을 읽거나, 음악을 듣거나, 꾸벅꾸벅 졸곤 했죠. 옛날부터 저는 금방이라도 팔랑대며 날아가 버릴 듯 '나뭇잎처럼 가벼운 의지'를 지녔다는 말을 들어왔을 정도로 의지박약이기 때문에, 무심결에 침대로 들어갈 뻔한 적도 많았지만 이번만큼은 최선을 다해 참았습니다.

외과 수술 과정에서 칼을 댔던 부분은 시간이 지남에 따라 회복되었고 통증도 가라앉았습니다. 그러나 이번에는 합병증이 속을 썩이기 시작했습니다. 그것도 거의 매주 '팝

입원한 병원 근처의 하늘

업'처럼 새로운 합병증이 나타나는 상황이라 그때그때 대처하기에 급급했습니다. 얼마 전에는 식사를 거의 못 해 몸무게가 13킬로그램이나 빠지고 말았습니다.

선생님은 최선의 처치를 해주고 있으실 텐데 정작 제 체력이 받쳐주지 못해 생각만큼 상태가 호전되지 않았습니다. 컨디션은 쭉 낮은 곳에서 평행선을 그리는 중이었죠. 앞으로 나는 평생 이 병원을 벗어나지 못할지도 모른다는 생각에 어두운 미래를 상상하며 어쩔 수 없는 좌절감을 느꼈습니다. 암이 발견되고 난 후 스스로가 생각하기에도, 그리고 주변 사람들이 보기에도 가장 괴로웠던 시기가 아니었나 싶습니다.

그 후 겨우 밥을 먹을 수 있게 되자, 이번에는 병원 식사에 대한 불만이 생겼습니다. 입원했던 곳에는 감사한 마음이 크지만 나오는 음식들은 정말이지 맛이 없었습니다. 도대체 어떻게 하면 이렇게 맛없는 음식을 만들 수 있을까 궁금할 정도로요. 그래서 식욕을 되찾고 나서부터는 장어며, 돈가스 덮밥이며 할 것 없이 내키는 대로 사다 달라고 부탁해 먹곤 했습니다.

매일같이 파트너가 음식을 챙겨 왔지만 코로나로 면회가 금지되었기 때문에 직접 대화할 수는 없었습니다. 그래서 언제부터인가 병원 맞은편 차도를 사이에 두고 서로 손을 흔들어 인사하는 습관이 생겼습니다.

저녁에 스마트폰의 불빛을 켜고 '이쪽이야!' 하고 도로 너머를 향해 손을 흔듭니다. 그러면 10층 병실 창밖으로 콩알 같은 불빛이 좌우로 흔들리는 것이 보입니다. 파트너는 인사도 할 겸, 저를 침대에서 나오게 할 목적으로 그 방법을 생각해낸 모양이더군요.

바로 곁에 있는데도 만날 수 없다니 "로미오와 줄리엣이 된 것 같은 기분이네"라는 이야기를 나눴기 때문에 이 습관에 '로미줄리'라는 이름이 붙었습니다. '로미줄리'를 한 달 정도, 매일 반복했던 것 같은데요. 그 후에도 그녀는 제가 입원할 때마다 똑같이 해주었습니다. 뻔한 말이지만 역시 괴로울 때야말로 사랑에 구원 받는다는 생각이 듭니다.

최근 2년 동안 크고 작은 것을 합쳐 모두 여섯 번의 수술을 받았고, 현재는 외과 수술을 통해 손쓸 수 있는 종양은 모두 제거한 상태입니다. 큰 수술은 2021년 10월과 12월, 두 차례에 걸쳐 양쪽 폐에 전이된 암세포를 적출한 수술이었습니다. 각각 서너 시간쯤 걸렸던 것으로 기억합니다.

이걸로 드디어 끝이구나 생각했는데 아직 몸 안에 병소가 남아 있는 데다가, 심지어 증식 중이라고 합니다. 선생님께 이 이야기를 들었을 때는 어쩔 수 없이 심장이 덜컥 내려앉았습니다. 앞으로는 일일이 수술로 제거하기는 어렵고, 약으로 몸 전체를 관리하는 것이 최선이라고 하네요. 끝이 보이지 않는 투병 생활입니다.

친구라는 존재

그저 우울하기만 하던 입원 생활 동안 친구라는 존재에 대해서도 생각해봤습니다. 저는 예전부터 "나는 친구가 없다"라는 말을 입에 달고 살았습니다. 그러다 20년 전쯤, 나름대로 친구의 정의를 내려본 적이 있습니다.

자신이 정말 곤란에 처한 순간, 예를 들면 집이 불에 타거나, 도둑이 들거나, 화장실의 물이 줄줄 새서 멈추지 않는 그런 순간에 곧바로 전화할 수 있는 사람이 곧 친구라는 것이 당시의 결론이었습니다. 그리고 이번에 몸소 죽음과 직면하면서 새삼스레 상의하고 싶은 사람들을 세어보았습니다. 그랬더니 감사하게도 그런 사람이 여럿 있더군요. 미국에도, 유럽에도, 그리고 당연히 일본에도.

친구끼리는 사상이나 신념, 취미가 달라도 아무런 문제가 되지 않습니다. 그저 묵묵히 기댈 수 있는 사람. 그런 이들이 많지 않을지언정 확실하게 존재하고 있으니, 그것만으로도 나는 행복한 사람이라고 느꼈습니다.

그런 친구 중 한 명이 독일인 아티스트 카스텐 니콜라이(Carsten Nicolai)입니다. 그는 '알바 노토'(Alva Noto)라는 이름의 뮤지션으로도 활동 중인데 〈Vrioon〉(2002년), 〈Insen〉(2005년)을 시작으로 영화 〈레버넌트: 죽음에서 돌아온 자〉(2015년)의 사운드트랙까지, 몇 편의 작업을 저와 함께하기도 했습니다.

첫 만남은 그가 사운드 아티스트인 이케다 료지와 함께 '아오야마 스파이럴'에서 라이브 공연을 했을 때일 것입니다. 카스텐은 무서운 인상에 만드는 곡도 거침없이 전위적인 포스트모던 스타일이지만, '아빠'라고 부르고 싶을 정도로 가정적이고 성격이 좋은 사람입니다. 그래서 만난 그날부터 친한 사이가 되었습니다.

그가 태어나고 자란 구 동독은 유럽 중 비교적 시골에 속하는 곳이라 어딘가 일본과 통하는 구석이 있었는지도 모릅니다. 그러고 보니 메르켈 전 총리도 동독 출신이죠. 미디어를 통해 봤던 그녀도 어딘가 '배짱 두둑한 엄마'[2] 같은 인상입니다. 어찌 됐든, 대수술을 앞두고 잘못하면 의료사고로 죽을지도 모른다는 생각을 하던 순간, 곧바로 연락하고 싶었던 사람이 바로 베를린에 사는 카스텐이었습니다. 그리고 그는 여느 때처럼 가족 같은 마음으로 제 이야기를 들어주었습니다.

일찍이 독일인 아티스트 요셉 보이스와 한국인 아티스트 백남준은 유라시아 대륙의 끝과 끝에서 8,000킬로미터 이상 떨어진 거리를 뛰어넘는 우정을 키워갔습니다. 우리를 위대한 두 예술가에게 비유하는 것은 주제넘을지 모르겠지만 카스텐과의 관계는 두 사람의 그것과 닮아 있다고 생각합니다.

---

2   1960~70년대 일본에서 방영된 드라마의 제목을 이용한 비유.

시간에 대한 의구심

음악은 시간의 예술이라고들 합니다. 시간이라는 직선 위에 작품의 시작점이 있고 종착점을 향해 나아갑니다. 그래서 제게 시간은 오랫동안 중요한 테마였습니다.

그래도 제 몸이 건강할 때는 시간의 영원함이나 일방향성(一方向性)을 전제로 하는 면이 어딘가에 있었는데, 생의 유한함에 직면한 지금은 이제까지와는 다른 각도에서 다시 생각해볼 필요가 있다는 느낌이 듭니다.

단순한 철학적 접근에서 벗어나, 보다 현실적인 관점에서 제대로 마주하지 않으면 시간이 쓰는 속임수에 그대로 넘어가 버리지 않을까? 이런 생각을 하며 아리스토텔레스를 시작으로 아우구스티누스, 칸트, 하이데거, 베르그송 그리고 현대 물리학자들의 책에 이르기까지 시간에 대한 글들을 몇 년에 걸쳐 다양하게 읽어왔습니다.

좀처럼 명확한 답을 찾을 수 없었지만, 제 안에서 한 가지 확실해진 점은 뉴턴이 제창한 '절대 시간'의 개념은 틀렸다는 것입니다. 그는 절대 시간이 어떤 관찰자와도 무관한 존재이며 어떤 장소에서도 일정한 속도로 나아간다고 주장했습니다만, 저는 그럴 리 없다고 생각합니다. 시간은, 말하자면 뇌가 만들어내는 환상이라는 것이 지금의 제가 내린 결론입니다.

그런데도 우리의 생활양식은 몇 세기 동안 '뉴턴적'인

시간관념을 바탕으로 한 규칙에 의해 규정되어왔습니다. 엄밀히 말하면 19세기 말의 감각에서 하나도 변하지 않았죠. 오히려 그 규칙은 더 치밀해졌습니다.

애초에 각국의 도시 간 시간이 통일된 것이 19세기 말 무렵이었습니다. 유럽에서 철도망이 발달함에 따라 원래 도시별로 달랐던 시간을 통일할 필요가 생겼죠. 실제로는 베네치아의 정오와 베를린의 정오 즉, 태양이 하루 중 가장 높은 곳에 있는 시각이 어긋나 있음에도 마치 같은 것처럼 가장하고 있는 셈입니다. 그 이전에는 도시 간 시각이 10분 정도 차이가 나든 말든 누구도 신경 쓰지 않았습니다.

이러한 근대적 시간에 대한 의구심이 최근의 작품들에 드러나고 있다고 생각합니다. 2021년에 다카타니 시로 씨와 함께 만든 극장 작품 〈타임〉(Time)은 타이틀 그대로 시간이 테마였고, 그 이전 해, 도호쿠 유스 오케스트라를 위해 쓴 신곡에는 '지금 시간이 기울어'라는 타이틀을 붙였습니다.

"시간이 기운다"는 문장은 그다지 귀에 익지 않은 독특한 표현인데 릴케의 시집 『시도서』(時禱書)를 일본의 시인 오자키 기하치가 번역한 앞부분의 한 구절에서 따왔습니다. 그 부분을 인용합니다.

시간이 기울어 나를 만지고,
맑은, 금속성 울림을 퍼뜨린다.
나의 감각이 떨린다. 나는 느낀다, 나는 할 수 있다고—

그리하여 나는 조형적인 하루를 손에 넣는다.

꽤 정취가 깊죠. 일반적으로 해석하면 릴케가 교회의 종이 울려 퍼지는 순간을 묘사한 것으로 볼 수 있지만, 오자키 기하치는 그것을 "시간이 기울어 나를 만진다"라는 일본어로 치환했습니다. 말하자면 고바야시 히데오가 옮긴 랭보의 글 같은 '초역'(超訳)일지도 모르겠습니다. 하지만 저는 이 독특한 언어 감각에 흥미를 느꼈고 곡의 타이틀에 인용하게 되었습니다. 〈타임〉에 관해서도, 〈지금 시간이 기울어〉에 관해서도 이후에 다시 자세하게 이야기할 기회가 있을 것입니다.

아들이 가르쳐준 노래

입원 중에는 고된 일이 많습니다. 체력이 떨어지고, 면역력이 저하되며, 먹어야 할 약들은 산더미에, 몸도 좀처럼 자유롭게 쓸 수 없죠. 하지만 그런 와중에도 문득 음악에 마음을 뺏기는 순간이 찾아옵니다. 그 순간만큼은 병에 대해 잊을 수 있죠. 재미있는 점은 그 음악이 자기 작품일 때 집중 가능한 시간이 더 길어진다는 것입니다.

예를 들어 〈타임〉의 발표를 앞두고 온라인으로 다카타니 시로 씨와 세부 조정을 상의하던 시간, 그 시간만큼은 우울한 병실 안에서도 몸이 아프다는 사실을 잊을 수 있었습니다. 신기할 정도였죠. 음악을 하길 잘했다는 생각이 드는 순간이었습니다.

'뮤직'이라는 말은 그리스 신화에 등장하는 예술과 학문의 여신, 뮤즈에서 유래했습니다. 그 글래머러스한 여신이 수술 직후 에너지가 떨어진 상태에서 갑자기 눈앞에 나타나 버리면 도저히 제대로 맞이할 수가 없습니다. 그럴 때는 "조금 더 나중에 와주세요"라며 여신을 돌려보낸 후, 음악이라고도 할 수 없는 소리를 마냥 듣고 있었습니다.

저는 특히 빗소리가 좋았습니다. 근래 10년 정도는 뉴욕에서도 비 내리는 소리에 자주 귀를 기울이곤 했었죠. 입원 중에도 창밖의 빗소리를 듣는가 하면, 비가 오지 않는 날에는 유튜브에서 8시간 동안 빗소리만 재생되는 영상을 찾아 밤새 틀어놓기도 했습니다. 유튜브 영상 속 빗소리는 내 주위를 360도로 둘러싸고 쏟아지는 실제의 빗소리와는 다른, 압축된 별도의 사운드이지만 그럼에도 불구하고 마음이 차분해지더군요.

이런 일도 있었습니다. 병원에 있는 동안 아들이 포스팅한 어떤 음악을 아무 생각 없이 재생했는데, 전주가 흐르고 노래가 시작된 후 몇 소절 지나지 않아 하염없이 눈물이 쏟아지기 시작했습니다. 미국의 컨트리 가수 로이 클라크 (Roy Clark)의 〈Yesterday, When I was Young〉이라는 곡이었습니다.

저는 보통 노래가 있는 곡을 들어도 가사의 내용이 거의 머리에 들어오지 않는 편입니다. 게다가 로이 클라크는 저와는 상당히 거리가 먼 뮤지션이라 이렇게까지 마음을 움직일 것이라고는 상상조차 하지 못했습니다.

이 노래에는 자기 인생에 대한 긍정과 동시에, 이제 와 돌이킬 수 없는 일도 있다는 포기의 경지가 담겨 있었습니다. 시간의 일방향성 끝에 있는 괴로운 미래. 분명 모든 사람이, 어떤 직업을 가졌든, 이따금씩 이런 생각을 할 테죠. 이렇게 나이를 먹은 저에게도 이 노래가 날카롭게 꽂혀 그저 울고, 또 울 수밖에 없었습니다.

〈Yesterday, When I was Young〉이라는 곡을 만든 사람은 프랑스의 샹송 가수 샤를 아즈나부르(Charles Aznavour)입니다. 의외로 꽤 젊었을 때 만든 곡이라고 하더군요. 아즈나부르 본인이 노년에 소탈한 느낌으로 부르는 라이브 영상이 남아 있는데, 거기서도 무척 깊은 멋을 느낄 수 있습니다.

만약 병에 걸리지 않았더라면 이런 곡을 좋아하지 않았을지도 모르고, 나이가 든 탓에 가사의 내용을 귀담아듣게 된 걸지도 모릅니다. 그러니 엔카 같은 음악도 아직 제대로 들어본 적은 없지만 젊은 시절과는 다른 감각으로 받아들일 수 있을지도요.

도라 씨[3]도 마찬가지입니다. 거의 매년 〈남자는 괴로워〉 시리즈[4]의 신작이 나오던 1980~90년대, 우리 세대는 그런 영화에는 눈길조차 주지 않고, '하이테크'니 '포스트모던' 이니 떠들며 도쿄 거리를 휩쓸고 다녔습니다. 하지만 그 무렵 도라 씨는 이미 '쇼와'[5]라는 반짝이는 시대가 돌이킬 수 없는 단계까지 와버렸음을, 향수라는 주제를 통해 그려내고 있었습니다.

노스텔지어가 묻어나는 그 감각은 조금 부연하자면, 변해가는 지구 전체의 환경 문제를 생각하는 행위와도 이어집니다. 그래서 나이가 든 지금은 〈남자는 괴로워〉의 타이틀 백[6]에 에도 강이 비치는 것만 봐도 오열하고 맙니다.

처음 겪는 파괴 충동

저는 기존의 가치관을 깨는 음악을 만든다는 평가를 자주 들어왔습니다. 확실히 기성의 음악 공식을 따르는 행위를 즐기지는 않는 편이고, 이왕 할 것이라면 뭐든 새로운

3   영화 〈남자는 괴로워〉의 주인공으로 배우 아쓰미 기요시가 분했다.

4   1969년부터 약 30년간 48편 이상 제작되며 일본을 대표하는 서민영화로 일본 영화사에 한 획을 그었다.

5   1926년 12월 25일~1989년 1월 7일 기간에 일본에서 사용된 연호로. 히로히토 일왕의 재위 기간을 말함.

6   영화나 TV 드라마의 시작이나 끝 부분에서 자막이 나오는 동안 자막 뒤에 나오는 배경 화면.

도전을 해보자는 마음을 늘 갖고 있었습니다.

하지만 기존의 가치관을 깬다느니 하는 말을 들으면 마치 1960년대 전위예술과 같은 느낌이 들어 거기에도 거부감이 있습니다. 전위가 새롭고 후위는 낡았으며, 지식인은 진보적이고 대중은 보수적이라는 이분법 자체가 이미 시대착오적이니까요.

넓은 의미의 음악적 문법으로 보면 제가 만드는 작품은 사실 새로울 것이 없어요. 제가 태어난 1952년에 작곡가 존 케이지는 〈4분 33초〉를 발표했습니다. 미술 분야로 말하자면 마르셀 뒤샹이 레디메이드 작품 〈샘〉을 전람회에 출품하려고 했던 것이 20세기 초반, 1917년의 일이었습니다.

1960년대 후반에 연극, 영화, 문학 그리고 음악에 이르기까지 다양한 장르에 걸쳐 일어나던 전위예술 운동, 다시 말해 오래된 가치관을 깨는 참신한 무언가를 만들자는 무브먼트도 오늘날에는 전혀 새롭지 않습니다. 이 역시 '시간론'이 되어버릴지도 모르지만, 모두가 공유하는 일직선의 역사상 관습이란 이제 더 이상 존재하지 않으니까요. 정치적인 면은 차치하더라도 예술문화 면에서 파괴되어 마땅할 강력한 가치관이 앞으로 등장할 일은 없으리라는 것이 저의 개인적 생각입니다.

어떤 창작자는 과거를 반복하는 일에서 쾌감을 느끼기도 하겠죠. 하지만 유감스럽게도 저는 그런 타입이 아닙니다. 그렇다고 현대의 최신 기술을 반영한 무언가를 시도해보겠다는 마음도 딱히 없고요. 전위라느니 하는 거창한 생각 없이 단지 스스로 듣고 싶은 음악을 만들고 있을 뿐입니다.

이런 의미에서 〈타임〉의 무대가 완성된 순간, 부숴버리고 싶다고 느꼈던 것은 저 자신에게도 놀라운 경험이었습니다. 설치예술이자 퍼포먼스이기도 한 이 작품은 개인적으로 유독 신경을 많이 쓴 앨범 《async》의 속편으로 만들기 시작했습니다.

저는 본래 전혀 계획적이지 못한 인간이라, 이번에는 북 알프스를 등반했으니 다음에는 남 알프스를 오르겠다, 라는 식으로 커리어를 의식해 다음 행동을 정한 적이 한 번도 없습니다. 40년 동안 그저 마음 가는 대로, 매번 직전에 했던 작업과는 전혀 다른 일을 해왔다고 말해도 과언이 아니죠. 내일을 생각하지 않는 성격이라고 할까요, 좋게 말하면 '지금'을 살아가는 타입의 인간이니까요.

하지만 《async》가 공개된 이후만큼은 개인적으로 너무 아끼는 작품이라 그런지, 그때까지 올라온 산 너머에 더 높은 산이 우뚝 서 있는 듯한 느낌을 받았습니다. 여기서 더 나아가지 않으면 손해라는 직관이 꿈틀댔죠.

이 이야기도 나중에 자세히 하겠지만, 《async》는 'asynchronization'의 축약어로 '비동기'라는 뜻입니다. 세상에 유통되는 거의 모든 음악이 동기를 필요로 하는 오늘날의 현실 속에서 저만큼은 이의를 표하고 싶었습니다. 이 또한 시간이라는 존재에 대한 회의(懷疑)입니다. 당연히 제 자신의 삶과 죽음에 대한 가치관 변화가 그 바탕이 되었겠죠.

입원과 코로나로 직접 그 현장에 참가할 수는 없었지만, 〈타임〉은 2021년 6월, 암스테르담의 홀란드 페스티벌에서 첫 공연의 순간을 맞이했습니다. 3일간 총 세 번의 공연을 했는데 한 회가 끝날 때마다 현지에서 지휘를 맡아준 다카타니 씨에게 원격으로 개선점을 지적한 결과, 마지막 날에는 꽤 괜찮은 공연을 선보일 수 있었습니다. '완성형'이라는 말을 별로 쓰고 싶지 않지만 세 번째 공연에서는 〈타임〉이라는 무대가 가져야 할 본연의 형태를 볼 수 있었던 것 같습니다. 그런데 그때 문득, 제 손으로 이 〈타임〉이라는 작품을 파괴하고 싶어졌습니다. 병마와 맞서며 4~5년에 걸쳐 완성한, 애착 가득한 작품을 말이죠. 이 역시 지금껏 한 번도 느껴본 적 없는 감각이었습니다.

어째서 자신의 작품에 대한 파괴충동이 처음으로 일었는가. 거기에 관해서는 지금까지도 모호한 갑갑함을 느낍니다. 분명 여기에도 시간의 패러독스가 관계하고 있을 것입니다. A를 부정하고 거기에 반하는 B와 대치해 결과적으로 C에 도달한다는 헤겔의 변증법이 있죠. 하지만 원인과 결과를 사전에 책정한 사고방식 그 자체에 이미 시간의 환상이 포함되어 있습니다.

어쩌면 한순간이나마 〈타임〉을 완성된 작품으로 받아들였던 것이 스스로 견디기 어려웠는지 모릅니다. 보통의 무대에 비하면 상당히 즉흥성이 강한 연출이었지만, 그럼에도 불구하고 잠시나마 완성되었다고 간주하면 작품이 고정 되어버리기 때문입니다. 이후 다른 장소에서 〈타임〉을 다시 공연한다고 해도 홀란드 페스티벌에서 상연한 버전과는 조 금 다를지 모릅니다.

저는 오래전부터 '포멀'한 것들이 마음에 들지 않았는 데 그 감각이 해가 거듭될수록 더 강해지는 느낌입니다. 그 래서 요즘은 그저 싱겁게 피아노를 치곤 합니다. 하루에 몇 시간, 건반에 손가락을 올려 울리는 소리를 즐기는 정도의 마음가짐으로 충분하지 않나, 생각하면서요.

〈메리 크리스마스 미스터 로런스〉에 대한 생각

얼마 전 인터뷰에서 "모처럼 연명했으니 남은 생에 〈메 리 크리스마스 미스터 로런스〉(1983년)를 뛰어넘는 작품을 만들어보고 싶다"는 이야기를 했었습니다. 곡이 탄생할 때 의 번뜩임은 찰나입니다. 실제로 〈메리 크리스마스 미스터 로런스〉(Merry Christmas Mr. Lawrence)의 멜로디를 떠올리 는 데 걸린 시간은 30초 정도였어요. 피아노 앞에 앉아 무 의식적으로 눈을 감았다가 다시 뜬 순간에는 이미 화음을 갖춘 멜로디가 악보의 오선지 위에 그려져 있었습니다. 말 도 안 되는 일이라고 생각할지도 모르지만, 사실입니다. 그 러니 단 1분, 2분이라도 더 살 수 있다면 그만큼 새로운 곡이 탄생할 가능성도 커지지 않을까요.

제가 존경하는 음악가들도 세상을 떠나기 직전까지 꾸준히 곡을 만들었습니다. 바흐는 사망하기 3개월 전에 시력을 잃었는데, 그가 죽기 전에 작업한 것으로 추정되는 《푸가의 기법》의 마지막 푸가는 악구[7] 도중에 뚝 끊어지듯 끝나 버립니다. 어릴 적에 그 음악을 들었을 때는 왜 이 부분에서 갑자기 끝나 버리는 것일까 신기하게 여겼는데, 작곡가가 그 부분까지 곡을 쓴 후 실명했기 때문이라는 사실을 나중에 알게 되었습니다.

50대에 타계한 드뷔시의 마지막 곡은 자신이 힘들 때 도움을 준 석탄 장수에게 바치는 곡입니다. 제1차 세계대전으로 유럽 전역의 물자가 고갈되던 시기, 병을 앓던 드뷔시의 집에 그가 석탄을 가져다주었다고 합니다. 그 석탄 장수의 부탁으로 쓴 곡이 〈석탄의 불꽃으로 밝혀진 밤〉이라는 짧은 피아노 곡인데, 이것이 유작이 되고 말았습니다. 그런 선도자들의 모습을 우러러보며 나 또한 마지막 순간까지 새로운 음악을 만들고 싶다는 소망을 품습니다.

하지만 왜 아직도 〈메리 크리스마스 미스터 로런스〉를 뛰어넘는 곡을 만들고 싶다는 생각에서 벗어나지 못하는 것일까요. 물론, 이 곡이 제 대표작으로 세상에 널리 알려져 있기 때문입니다만, 실은 그런 대중적 이미지에 염증을 느

7 음악 주제가 비교적 완성된 두 소절에서 네 소절 정도까지의 구분.

껴 최근 10년 정도, 콘서트에서 연주하지 않고 봉인해둔 시기가 있었습니다. 전 세계 어디를 가도 〈메리 크리스마스 미스터 로런스〉를 들려달라고 하니, 어지간히 질려버린 것입니다.

그럼에도 불구하고 왜 다시 이 곡을 연주하기 시작했는가. 일본에 머물던 2010년, 부도칸에서 캐럴 킹(Carole King)과 제임스 테일러(James Taylor)의 콘서트를 본 것이 계기였습니다. 저를 포함한 모두는 당연히 캐럴 킹의 명곡 〈You've Got A Friend〉를 듣고 싶어 했는데, 그날은 마치 애태우기로 작정이라도 한 듯 좀처럼 그 곡을 들려주지 않았습니다. 마지막의 마지막 순간, 마침내 끝 곡으로 그 노래가 나왔고 저는 이 곡을 라이브로 직접 들을 수 있어 다행이라는 안도감 속에 집으로 돌아갔습니다. 그렇게나 〈메리 크리스마스 미스터 로런스〉를 치지 않겠다고 버티던 저조차 막상 다른 아티스트의 공연을 보러 가서 대표곡을 들려주지 않는 것에 초조함을 느꼈습니다. 사카모토 류이치의 콘서트에 오직 〈메리 크리스마스 미스터 로런스〉 한 곡만을 목적으로 오는 관객의 존재도 결코 부정할 수 없음을, 그제야 비로소 납득하게 되었습니다.

물론 여전히 '〈메리 크리스마스 미스터 로런스〉로 잘 알려진 사카모토 류이치'라는 식으로, 마치 이 곡이 지정된 수식어처럼 소개되는 것에는 거부감이 있습니다. 그래서 어느 시점까지는 그런 대중적 이미지를 바꿔보려 애썼지만, 요즘에는 다시 원점으로 돌아와 '그런 일에 귀중한 에너지를 낭비하는 것은 시시한 짓이다'라는 쪽으로 생각이 바뀌고 있습니다.

딱히 다른 사람들의 인지를 바꾸는 것을 삶의 보람으로 삼을 마음도 없고, 담담하게 스스로 만들고 싶은 음악을 꾸준히 만들어가면 그것으로 충분하지 않나 싶습니다. 최후의 한 곡이 반드시 좋을 것이라는 보장은 없지만 '사카모토 류이치=메리 크리스마스 미스터 로런스'라는 프레임을 깨부수는 데 제 마지막 삶의 목표를 두고 싶지는 않습니다. 그런 목적을 위해 남겨진 시간을 할애하는 것은 바보 같은 짓이죠. 이런저런 생각의 변천을 거친 지금, 이것이 저의 거짓 없는 심경입니다.

부모의 죽음

이쯤에서 부모의 죽음에 대한 기억을 더듬어볼까 합니다. 2002년 9월 28일, 아버지 사카모토 가즈키가 세상을 떠났을 때의 일은 『음악으로 자유로워지다』(2009년, 한국 2010년 출간)에도 쓴 적이 있습니다. 당시 저는 보사노바 투어를 위해 유럽에 머무르고 있었습니다. 신장 기능이 떨어져 몇 년 동안 인공투석을 반복하던 아버지의 상태가 악화되었다며 어머니가 연락을 했습니다.

콘서트 무대에 대역을 세우면 아버지의 임종을 지킬 수 있을지도 모르는 상황. 당장 일본으로 갈지, 그곳에 남을지 즉시 결단을 내려야 했습니다. 저는 고민에 고민을 거듭한 끝에, 결국 귀국하지 않고 그대로 투어를 이어가기로 했습니다. 아버지도 분명 이해해줄 것이라는 믿음으로요.

부고를 들은 것은 그로부터 일주일 후, 벨기에에서 프랑스로 이동하던 투어용 침대 버스 안에서였습니다. 새벽 네 시쯤이었을 거예요. 물론, 각오는 했던 일이지만 그 순간, 결국 이렇게 되어버렸다는 생각이 들며 온몸의 힘이 쭉 빠졌던 것이 기억납니다. 그때까지 어머니는 계속 아버지의 곁을 지키며 간병을 했는데 아침 식사를 위해 15분 정도 병실을 비운 사이, 아버지가 숨을 거뒀다고 합니다. 아무래도 가족의 임종을 지키는 일은 좀처럼 뜻대로 되지 않는 모양입니다.

아버지가 돌아가신 후 어머니는 한동안 도쿄에서 혼자 지내셨습니다. 어머니도 갑상선암을 시작으로 이런저런 병에 걸렸었지만 수술할 때마다 놀라운 회복력을 보이며 잘 버텨오셨습니다.

하지만 지금껏 모든 일을 스스로 해결해왔던 어머니도 청소를 원하는 만큼 해내지 못하는 등, 걱정스러운 부분들이 눈에 띄기 시작했습니다. 그래서 2009년 여름, 어머니를 설득해 병원에 들어가시도록 했습니다. 사실은 호스피스 병동으로 모시고 싶었지만 어머니가 거부감을 보이셨기 때문에 우선 치료를 받을 수 있는 일반 병동에 모셨고, 이후 노인 전문 요양병원으로 옮겼습니다. 어머니는 처음엔 "나는 집이 편해"라며 불평을 하셨지만, 시간이 지나자 마음에 드는 젊은 남성 물리치료사를 만났다며 즐거워하는 기색이었습니다.

그나마 다행이기는 했지만, 저의 본거지가 뉴욕이다 보니 어머니를 병원에 맡겨놓고 "일본에 일이 있을 때 또 보러 올게요"라며 일단 이별할 수밖에 없었습니다. 이미 여든을 넘긴 나이라 언제 어떻게 될지 알 수 없다는 생각을 하면서도요. 다행히 그해 12월에 일본에서 몇 차례 피아노 콘서트를 했기 때문에 투어 도중 짬을 내서 자주 병원을 찾았습니다.

당초 예정대로라면 연말에 다시 미국으로 돌아가야 했는데, 문득 떠오르는 것이 있어 뉴욕에 사는 친한 지인에게 지금 일본을 떠나도 괜찮을지 상담을 했습니다. 그녀는 평소 "나는 미래가 보여"라고 말하곤 했고, 실제로 주위 사람들도 잘 맞는다고들 이야기했습니다. 혹시 몰라 덧붙이자면, 그녀는 영적인 것을 다루는 수상쩍은 사람이 아니라 한때 연예계에서도 크게 활약했던 인물입니다.

그랬더니 그녀가 "새해 1월 9일에 어머님의 에너지가 자취를 감춰요"라고 말하는 거예요. 그 말을 곧이곧대로 믿은 것은 아니었지만, 그래도 일본 체류 일정을 늘리기로 했습니다. '틀리면 틀려서 좋고'라는 생각으로요. 그런데 정말로 1월 9일, 어머니가 세상을 떠났습니다. 깜짝 놀랄 수밖에 없었습니다.

이때도 임종의 순간에는 곁을 지키지 못했지만, 곧바로 병원으로 달려갈 수 있었습니다. 상주가 되어 경야[8]와 장례, 고별식을 치르고 모든 절차가 끝난 1월 20일에 미국으로 돌아갔습니다. 20일에 떠나는 비행기 티켓을 끊은 것도, 연말에 상의했던 지인이 그때까지는 일본에 있어야 안심할 수 있을 것이라고 이야기했기 때문입니다.

참고로 어머니의 장례식에 와주신 분들께 드리는 감사 편지에는 생전 어머니가 좋아하셨던 가인 가키노모토노 히토마로의 시가를 인용했습니다.

"하쓰세(泊瀬)의 산과 산의 언저리에 언제까지나 머무는 저 구름은 여동생의 달라진 모습이 아닐까."

나라 시대, 히지카타노 오토메가 세상을 떠나 장례를 치를 때에 히토마로가 읊은 만가(挽歌)입니다. 저는 외아들이기 때문에 어머니가 돌아가시자 결국 혼자가 되고 말았습니다. 가족 제도나 무덤을 지키는 문화를 고집하려는 마음은 추호도 없지만, 이런 생각을 하면 왠지 외로워집니다.

---

8 죽은 사람을 장사 지내기 전에 가까운 친척이나 친구들이 관 옆에서 밤을 새워 지키는 일.

생명, 그 본연의 모습

과거 수만 년이 넘도록 인간은 각각의 나라와 지역에서 할아버지, 할머니 들이 병에 걸려도 달리 해줄 수 있는 것이 없어 그저 곁을 지키기만 하는 일을 반복해왔을 것입니다. 물론 근대적 의료가 존재하지 않아도 약초를 쓰거나 주문을 외우는 등 노인들이 편하게 생을 마감할 수 있도록 돕는 풍습이 부족마다 계승되어왔겠지만요.

다만, 얼마 전 나카자와 신이치[9] 씨를 만나 이야기를 들어보니 인간의 마지막 순간을 둘러싼 문화인류학적 선행 연구는 생각보다 많지 않다고 합니다. 그러니 이 주제에 정통한 사람이 있다면 꼭 알려주었으면 합니다. 유명한 『사자의 서』에도 사후 세계에 관한 내용은 있지만, 가까운 사람을 간호하는 문화에 대한 이야기는 실려 있지 않더군요.

제가 태어나 자란 곳은 말하자면 도시의 근대화된 가정이었으니 삶과 죽음에 대한 가치관, '사생관'을 축적할 기회가 별로 없었습니다. 2~3세대 전 지방의 농촌이었다면 또 달랐을지 모르죠. 1900년대에 활발한 작품 활동을 한 시가 나오야의 소설에도 가족이 임종을 맞이할 때의 모습이 묘사되어 있고요.

그러나 한편으로는 이제 더 이상 일본의 다양한 지역에

9 中沢新一. 일본의 현대 지성을 대표하는 철학자이자 인류학자.

서 사생관을 지탱하는 주축을 찾아볼 수 없게 된 듯한 느낌도 듭니다. 그리하여 지금까지 귀동냥해온 티베트의 불교나 선(禪)의 사생관의 단편들을 끌어모아 자신의 죽음에 대해 생각하고 있는 중입니다.

아메리칸 인디언의 철학을 낸시 우드가 정리해 엮은 『오늘은 죽기 좋은 날』이라는 제목의 책이 있는데, 이런 감각이 흥미로운 것 같아요. '워리어' 즉, 전사로서의 프라이드를 담은 제목일지도 모르지만, 뭐가 어떻든 수명을 늘리는 것이 선으로 여겨지는 근대적 사고를 정면으로 부정하는, 이 담백한 체념을 저는 동경합니다.

이에 더해 이런 일화를 떠올리기도 합니다. 몸집은 작지만 발로 바닥을 뻥 뚫어버릴 수 있을 정도의 힘을 가진 히다 하루미치라는 무술가가 있었습니다. '히다식 강건술'을 창시한 그는 사상가로서도 널리 알려진 인물인데, 72세의 어느 날 인류의 앞날을 걱정하며 49일 동안 물도 마시지 않는 단식을 행하다 그대로 생을 마감했다고 합니다. 도저히 흉내 낼 수 없지만 그 또한 장렬한 죽음의 모습이라 생각했습니다.

처음 암이 발견됐을 때부터 쭉 해왔던 생각인데, 만약 지금이 치료법이 없던 백 년 전이었다면 저는 이미 이 세상에 없을 것입니다. 자주 예로 드는 이야기가 있는데, 에도 시대 말부터 다이쇼 시대까지 살았던 나쓰메 소세키가 위궤양이 악화되어 목숨을 잃은 것이 그의 나이 마흔아홉 때였습니다.

그에 비하면 혹여 처음 암이 발견된 2014년에 62세의 나이로 죽었다고 해도 충분히 장수한 것이죠. 무사히 환갑까지 넘기며 왕성했다면서 주변 사람들도 납득했을 것입니다. 환갑이란 '생명의 한 바퀴를 돌았다'는 뜻이라고 하잖아요.

인간의 수명이 80세에서 90세까지 길어진 것은 기껏해야 최근 30~40년 사이의 일입니다. 20만 년으로 알려진 인류의 긴 역사와 의료 시스템이 없던 시대를 생각하면 과연 무리해서 생명을 연장하는 것이 바람직한지 잘 모르겠습니다. 저는 괴롭고 힘든 치료를 거부하고 최소한의 케어만으로 마지막을 맞이하는 가치관을 조금 더 허용하는 세상이 되어도 괜찮다고 생각합니다. 그런 면에서, 스위스나 네덜란드의 합법적 안락사에도 관심이 있습니다.

말은 이렇게 하면서, 방사선 치료와 외과 수술을 받고 화학 치료까지 병행하려는 스스로의 모습에 모순을 느낍니다. 신체보다 의식이 훨씬 보수적이라는 사실에 고민하기도 합니다. 하지만 기본적으로는 자연스럽게 살다 자연스럽게 죽어가는 것이 동물 본래의 순리이자 생명 본연의 모습이라고 믿습니다. 인간만이 거기에서 벗어나 있죠.

저는 마흔 살을 넘길 즈음까지는 건강 생각은 전혀 하지 않고 야수 같은 삶을 살았습니다. 그러다 시력이 떨어지고 자신의 신체와 마주할 수밖에 없게 되어 '노구치 정체법'이나 매크로바이오틱의 신세를 진 적도 있지만, 서양 의료 약을 일상적으로 복용하기 시작한 것은 60대 초반 암이 발견된 이후부터입니다. 분명 암에 걸린 것에도 어떤 이유가 있을 것이고, 결과적으로 그로 인해 세상을 뜨게 되더라도 그것은 그것대로 본래의 인생이었겠지, 라며 달관하는 마음도 있습니다.

2021년 1월, 수술을 받은 직후 "저는 앞으로 암과 살아가게 되었습니다. 조금만 더 음악을 만들어볼 생각입니다. 여러분이 지켜봐주시면 감사하겠습니다"라는 코멘트를 발표했습니다. '암과 싸운다'가 아닌 '암과 살아간다'는 표현을 택한 것은 마음 한구석에 무리하게 싸워본들 어쩔 수 없다는 생각이 있었기 때문일지도 모릅니다.

사후 세계

조디 포스터(Jodie Foster) 주연, 로버트 저메키스(Robert Zemeckis) 감독의 〈콘택트〉(1997년)라는 영화가 있습니다. NASA에서 행성 탐사의 리더를 담당하기도 했던 칼 세이건의 소설을 원작으로 한 대작 SF로, 개봉 당시 큰 화제가 된 만큼 이미 영화를 본 분들도 많을 것 같습니다.

조디 포스터가 연기하는 주인공 엘리는 천문학 연구자로, 어린 시절부터 우주에 어떤 생명체가 살고 있을지 모른다는 생각을 가지고 있었습니다. 그러던 중 그녀의 가장 든든한 지원자였던 아버지가 젊은 나이에 세상을 떠납니다. 영화 후반, 우주선 캡슐에 탑승한 엘리는 웜홀을 통과하며 시공간을 이동해 푸른 바다가 펼쳐진 해변의 하얀 백사장 위에 서 있는, 사랑해 마지않는 아버지와 다시 만납니다. 실제로 그것은 지구 밖의 지적 생명체가 아버지의 모습을 빌려 나타난 것이었지만, 그럼에도 그녀는 그 재회를 통해 커다란 힘을 얻습니다. '이 광활한 우주 속에서 우리는 결코 외톨이가 아니다'라는 것이 이 작품의 주제였습니다.

칼 세이건은 코넬대학의 교수이기도 했고, 그의 학술적 경력을 감안하면 이렇게까지 로맨틱한 이야기를 그려내는 것에 저항감이 있지 않았을까 짐작하게 됩니다. 하지만 그는 일류 과학자로 활동하는 동시에 이러한 상상력도 갖추고 있었죠. 저는 여기에 중요한 의미가 담겨 있다고 생각합니다.

한 가지 더 떠오르는 것은 제가 존경하고 사랑해 마지않는 안토니오 카를로스 조빔(Antonio Carlos Jobim)의 에피소드입니다. 고향 브라질의 자연을 깊이 사랑한 조빔은 환경운동가로도 알려져 있는데 리우데자네이루에서 열린 지구정상회담에 곡을 제공하기도 했습니다. 자연을 사랑한 만큼 아마존 열대우림이 벌목되는 것을 누구보다 크게 마음 아파했습니다.

그런 조빔이 생전에 이런 말을 남겼습니다.

"신이 이토록 어이없이 아마존에 있는 300만 그루의 나무를 베어내게 두는 것은 분명 다른 곳에 그 나무들을 다시 자라나게 하고 있기 때문일 것이다. 그곳에는 원숭이가 있는가 하면 꽃이 있을 테고, 맑은 물이 흐를 것이 틀림없다. 나는 죽으면 그곳에 갈 것이다."

가족들끼리 밤하늘을 바라보다 부모가 아이에게 "저기 반짝반짝 빛나는 별이 돌아가신 할아버지야"라고 말하는 장면들을 자주 봅니다. 과학적으로 설명하면 강한 빛을 뿜어내는 것은 멀리 떨어진 곳의 붙박이별로, 태양의 수천 배나 큰 에너지를 품고 있다고 하니 절대 사람이 살 수 있는 환경은 아닐 것입니다. 하지만 어린 시절에는 그런 부모의 말을 믿고 싶어질 때가 있죠.

세이건과 조빔의 상상력, 그리고 죽으면 별님이 된다는 소박한 판타지를 지금의 저는 결코 부정하고 싶지 않습니다. 과연 사후 세계가 존재하는지는 알 수 없지만, 어렴풋이 이런 생각을 하며 살고 있습니다.

이탈리아, 레조넬에밀리아에서의 리허설

레퀴엠

어머니를 위한

2

음악으로 자유로워지다

2009년 초, 당시 나이인 57세 즈음까지의 활동을 갈무리한 자서전『음악으로 자유로워지다』를 출간했습니다. 솔직히 말해 단편적인 기억을 정리해 하나의 스토리로 만드는 방식은 제 성향과 그리 잘 맞지 않습니다. 그런 직선적 시계열(時系列)에 위화감을 느끼기도 하고요. 하지만 병에 걸려 남은 삶의 시간을 의식할 수밖에 없게 된 지금, 지난 십수 년의 활동을 다시 한번 돌아보는 것도 괜찮겠다는 생각이 들어 여기서부터는 2009년 이후의 발자취를 더듬어보고자 합니다.

『음악으로 자유로워지다』라는 타이틀(일본어 원제: 음악은 자유롭게 한다音楽は自由にする)은 언뜻 들어서는 그리 와닿지 않을지 모릅니다. '은는'이라는 조사를 사용한 것이 조금 어색하다고 생각할 수도 있고요. 다만, 이것은 독일 나치 정권이 유대인 강제수용소 문에 걸어둔 표어 'Arbeit macht frei(노동은 자유롭게 한다)'를 풍자해 의도적으로 쓴 표현입니다. '음악은 자유롭게 한다'를 독일어로 옮기

면 'Musik macht frei'가, 영어로 번역하면 'Music sets you free'가 되죠.

책의 마지막에 언급했던 2001년 발생한 미국의 동시다발적 테러 사건과 그 이후 바뀌어버린 세상이 이 제목의 배경이 되었습니다. 테러리즘은 물론 공포스러운 것입니다. 저는 뉴욕에서 월드 트레이드 센터가 무너져 내리는 순간을 목격했고, 그 두려움의 감각을 온몸으로 느꼈습니다. 하지만 9·11 테러 직후부터 미국이 보여준 '테러리스트 증오'라는 제국주의적 행보 역시 그에 못지않은 위기감으로 다가왔습니다. 21세기를 맞이하는 시점에 미국의 편에 설 것인가, 테러리스트 편에 설 것인가를 두고 거대한 분단이 일어난 것이죠.

어느 쪽의 아군이 되어도 무력행사를 피할 수 없는 이런 상황 속에서 뭔가 음악이 할 수 있는 일이 없을까. 다소 지나친 낙관주의일 수 있으나 당시에는 이런 소박한 바람을 담아 '음악은 자유롭게 한다'는 제목을 지었습니다. 정치 문제뿐이 아닙니다. 이후 암이라는 또 다른 감옥에 갇히면서 더욱 강렬하게 그런 마음을 갖게 되었습니다. 비록 몸이 자유롭지 못하더라도 음악을 만들고 듣는 순간만큼은 고통도, 불쾌한 생각도 떨쳐버릴 수 있었습니다. 'Music sets me free'를 몸소 실감했죠.

아마 달에게도 음악과 같은 힘이 있을 것입니다. 예전에 교토의 가쓰라 별궁을 방문했을 때 정원 안에 오직 달을 보기 위해 지어진 '월파루'(月波樓)라는 암자가 있는 것을 보고 감동을 받았습니다. 에도 시대의 귀족들은 분명 밤이 되면 이곳에서 달을 바라보며 차와 술을 즐겼을 테죠. 지금이야 오래된 시골 건물이지만, 당시의 그들은 연못과 마침하게 맞닿아 있는 툇마루에 앉아 수면에 비친 보름달을 감상했을지 모릅니다. 어쩌면 우리가 음악에 귀 기울일 때 느끼는 편안한 감각과 닮은 느낌을, 달로부터 받지 않았을까요.

　말하자면 언어 이전의 향락이었을 것입니다. 1980년대 소니의 워크맨 광고 중에 원숭이가 이어폰으로 음악을 들으며 기분 좋은 듯 눈을 감는 영상이 있었는데, 동물도 음악을 듣거나 보름달을 보면 분명 무언가를 느낄 것이라 생각합니다. 시인이라면 그 감각을 언어화할 수 있겠죠. 하지만 그런 능력이 없는 보통의 사람들은 그저 느낄 수밖에 없습니다. 그럴 때 인간의 뇌에서 일어나는 반응은, 아마도 동물의 뇌에서 일어나는 그것과 같지 않을까요. 태고의 생물인 공룡이 가졌던 것과 같은 종류의 감각을 우리 모두가 지니고 있습니다.

　생물학계나, 철학계에서 '동물에게 감정이 있는가?' 하는 논의를 하곤 하는데, 만약 제게 묻는다면 단 한마디로 일축해버릴 것입니다. "웃기지들 말라고, 있는 게 당연하잖아!"

　10년 전쯤, 프랑스에서 화제가 된 포토 시리즈가 있습니다. 길가에 제비 부부 한 쌍이 있었는데, 암컷이 방금 전

교통사고를 당한 듯한 모습이었죠. 수컷은 상처를 입고 축 늘어져 있는 암컷에게 몇 번이고 먹이를 물어 나르며 계속해서 암컷을 돌봤습니다. 그러나 힘이 다 빠져버린 암컷은 결국 그 자리에서 죽고 맙니다. 암컷이 죽었음을 알게 된 수컷은 입을 쩍 벌리고 "삐이!" 하고 온 힘을 다해 비명을 지릅니다. 그 일련의 상황들이 카메라에 찍혀 있었죠. 정말이지 괴롭고 슬픈 장면이었습니다. 저는 이 사진을 보고 인간의 감정 또한 그들 동물에게서 이어받았을 것이라는 생각을 하지 않을 수 없었습니다.

북극권으로의 여행

『음악으로 자유로워지다』를 출간한 직후인 3월에는 전작 《CHASM》 이후 5년 만의 오리지널 앨범, 《Out of Noise》를 발매했습니다. 실제로 앨범을 제작한 것은 그보다 한 해 전이었기 때문에 예전 저서의 내용과 다소 겹치는 부분도 있겠지만, 조금 거슬러 가보겠습니다.

이 앨범과 떼려야 뗄 수 없는 것이 2008년에 그린란드를 여행했던 경험입니다. 그해 여름을 앞두고 갑작스레 "북극권에 가보지 않겠어요?"라는 제안을 받았습니다. 이미 앨범 작업을 진행하던 상황이라 잠시 망설였지만, 이런 기회는 좀처럼 오지 않는다는 생각에 큰맘 먹고 떠나기

로 했습니다. 영국인 아티스트가 처음 시작한 '케이프 페어
웰'(Cape Farewell)이라는 프로젝트로, 당시에는 매년 진행
되어 2007년에는 비주얼 아티스트 다카타니 시로 씨가 참
가하기도 했습니다. 출발은 9월이었고 50명 정도로 꾸려진
팀에는 미국인 아티스트 로리 앤더슨(Laurie Anderson)도 있
었습니다.

지구 최대의 섬인 그린란드는 굉장히 거대합니다. 저희
는 그중 일부 지역을, 1960년대 소련의 스파이 선을 개조해
만든 여객선을 타고 열흘 동안 여행했습니다. 그린란드의
서쪽 지역을 돌았는데, 오로라를 보기에는 위도가 다소 높
을지 모른다는 이야기를 들었지만, 운 좋게도 밤이 되면 오
로라를 볼 수 있었습니다.

오로라는 태양에서 날아온 입자의 '바람'이 지구의 대
기권에 부딪히며 생기는 현상이죠. 머리로는 이 사실을 이
미 알고 있음에도 시시각각 모습을 바꾸는 하늘하늘한 녹
색 빛의 커튼이 실제로 눈에 들어온 순간에는 그저 한없이
감동할 뿐이었습니다. 이 역시 동물적 관능 그 자체라고 생
각합니다. 이런 숭고한 광경을 직접 목격하니 자연이 우리
의 상상력을 훨씬 뛰어넘는 존재임이 실감되어, 인간이 지
구의 환경을 지키려 하다니 얼마나 주제 넘는 일인가 싶은
생각마저 들더군요. 물론 천체로서의 지구는 인간이 존재
하든, 그렇지 않든 앞으로 50억 년은 끄떡도 없겠지만요.

다만, 그런 북극권에도 사람은 살고 있었고 일루리사트

(Ilulissat)라는 인구 4,000명의 항구 마을에 들렀을 때는 대형 슈퍼마켓에 코카콜라 병이 진열되어 있는 것을 보고 깜짝 놀라기도 했습니다. 근처에 중국 음식점도 있더군요. 반면, 오래전부터 그곳에 살던 이누이트들은 고래와 바다표범의 생고기, 혹은 말린 고기를 주식으로 먹습니다. 저는 말고기나 쇠고기를 날로 먹는 것에 비교적 익숙한 일본인이라 딱히 저항감이 없었지만, 같이 여행하던 서양인 대부분이 동물애호가인 동시에 자유주의적 문화인이었기 때문에 현지의 풍습을 존중해야 한다는 생각에 무척 곤란스러워 했습니다. 모두 얼굴을 찡그린 채 주뼛주뼛 생고기를 입에 넣고 있었죠.

여행을 하는 동안 배 위에서 엄청난 양의 빙산을 볼 수 있었습니다. 마치 호수처럼 고요한 바다 위에 무수한 빙산이 여기저기 얼굴을 내민 채 유유히 떠다니고 있었죠. 그 모습은 흡사 〈바람계곡의 나우시카〉 속 신비로운 '오무' 같았습니다. 꼭 살아 있는 것만 같아서 그중 특히 마음에 드는 하나를 골라 '빙산 짱'이라 부르며 배에 탄 채로 손을 뻗어 쓰다듬어보기도 했습니다. '빙산의 일각'이라는 표현도 있습니다만, 해수면 위에 드러나는 것은 기껏해야 전체의 7분의 1 정도밖에 되지 않는다고 하죠. 간혹 중량의 균형이 무너져 뒤집히기도 하기 때문에 너무 가까이 다가가면 위험하다고 합니다.

빙산은 원래 빙하로, 바다에 돌출된 부분이 뚝 떨어져

나가 만들어집니다. 거대한 빙하의 가장 아랫부분은 무려 2만 년 이전에 생성된 것으로, 그 두께가 2,000미터에 달한다고 하죠. 상대적으로 최근에 만들어진 빙하 역시 아랫부분은 5,000년 전에 결빙된 것이라는 이야기를 들었습니다. 천문학적인 무게이다 보니 얼음 속에 공기가 거의 없었고, 지금껏 본 적조차 없는 아름다운 색을 띠고 있었습니다.

이후 저희 일행이 배에서 내려 상륙한 곳은 비교적 어린 빙하 위였을 것입니다. 이제 막 여름이 끝난 무렵이었는데도 가만히 빙하 위에 올라서 있으면 견딜 수 없을 정도의 추위가 느껴졌습니다. 하지만 참가자들 모두가 아티스트인지라 포복으로 전진하거나 필름을 돌리는 등 제각각의 방법으로 자유롭게 활동하더군요.

저는 무엇을 했느냐면, 조금 떨어진 곳에 피라미드 형태의 동굴이 있는 것을 발견하여 거기까지 걸어가 보기로 했습니다. 하지만 주위 어느 곳을 둘러봐도 온통 하얀색뿐, 그 스케일이 너무나 거대해 걷고 또 걸어도 좀처럼 목적지에 닿지 못했습니다. 영화 속 사막 장면들에서 가까운 듯보이는 곳이 생각보다 훨씬 멀리 있다는 연출이 자주 등장하는데 딱 그런 느낌이었습니다. 삼각형 모양의 동굴에 도착한 것은 그곳을 향해 걸은 지 45분 정도가 지난 후였습니다. 동굴 속에서 '땡' 하고 종을 울려, 그 소리를 녹음해보았습니다. 눈이 녹아내리는 과정을 녹음하기도 하고, 바닷물 속에 마이크를 담가보기도 했습니다. 《Out of Noise》에는 이러한 그린란드 필드 레코딩의 성과들이 가득 담겨 있습니다.

무엇보다 이 여행의 경험 자체가 스스로의 가치관에 막대한 영향을 끼쳐, 돌아온 후 한동안은 영혼을 빙하 위에 두고 온 듯 허탈한 상태에 빠져 있기도 했죠. 그런 내면의 변화 등을 이유로, 출발 전에 진행하던 앨범용 작품 대부분을 폐기하고 뉴욕으로 돌아가 다시 새롭게 작업하기로 했습니다. 결과적으로 수록된 열두 곡이 한 폭의 커다란 산수화로 보이는, 전체적으로 고요하고 평온한 톤의 작품이 완성된 것 같습니다.

《Out of Noise》

사실 《Out of Noise》는 앞부분을 생략한 제목으로, 제가 원래 이름 붙인 프로젝트명은 'Music comes out of noise'입니다. '소음 속에서 음악이 나타난다'는 뜻이죠. 조각가 미켈란젤로가 대리석을 보고 거기에서 다비드상의 모습을 떠올린 것과는 조금 다른 느낌인데, 말하자면 저한테는 모래놀이에 가까운 감각입니다.

놀이터 모래밭에서 아이들이 무언가를 만들겠다는 생각 없이 아무렇게나 가지고 놀다가 쌓아 올린 모래가 어떨 때는 다리가 되고, 또 어떨 때는 성이 되잖아요. 미리 설계도를 그려본 것도 아닌데 말이죠. 《Out of Noise》도 잡음을 들고 있는 사이 거기에서 음악이 떠오르듯 나타나는, 그런 작품으로 만들고 싶었습니다. 텔레비전이 아날로그 방송이던 시절에는 모든 프로그램이 끝난 심야 시간이 되면 '지지 익~' 하는 거슬리는 소리와 함께 마치 모래바람이 부는 듯한 화면이 송출되었죠. 술에 취한 채 그 모래바람을 물끄러미 보고 있으면 거기에서 어떤 이미지나 음악이 떠오르기도 했습니다. 어쩌면 이런 것들이 제가 생각하는 감각에 더 가깝지 않나 싶어요.

건축가들은 정확히 반대되는 접근을 하죠. 처음부터 완성형의 모형을 만들고 세부적으로 구조를 계산한 후 얼마나 견고한지를 확인하기 전에는 실제적인 건축을 시작할 수 없습니다. 하지만 저는 플라톤의 이데아론과 같이 사전에 그려둔 청사진에 가까이 다가가는 방식에는 흥미를 느끼지 못합니다.

도쿄예술대학에 들어가기 위해 입시 준비를 할 때는 그런 방식을 익힐 수밖에 없었는데요. 예대 작곡과의 실기시험은 입시생들을 다섯 시간 정도 교실에 밀어놓고 "이 주제로 푸가를 만드시오" 하고 과제를 던져주는 식입니다. 그 시험에서 높은 점수를 얻기 위한 공식 또한 존재하죠. 그래서 고등학교 3학년의 여름방학에는 40일 정도 쉬는 날도 없이 선생님 댁에 다니며 입시에 대비했습니다. 점수는 꽤 좋았지만, 이에 대한 반동으로 그런 방식이 싫어진 것일지

음악은 자유롭게 하라

19

선상에서 그린란드의 빙산을 바라보다
Photo courtesy Cape Farewell

도 모르겠습니다.

미리 주제가 정해져 있으면 주어진 공간 안에 소리를 두고 갈 수밖에 없습니다. 제시된 문제를 보고 이 곡은 19세기 낭만파 스타일로 만들어야 될 것 같은데? 그렇다면 전기가 좋을까 중기가 나을까, 등을 우선적으로 따진 다음 베토벤, 슈만 등 구체적인 작곡가들을 떠올리며 어떤 느낌을 따라가는 것이 유리할지 판단합니다. 여기에 덧붙여 한 파트에 20소절을 넣을지, 40소절을 넣을지 틀을 정하면 자연스럽게 요구 받은 곡이 완성되는 것입니다.

예컨대 소나타의 경우는 크게 '제시부, 전개부, 재현부'라는 세 개의 파트로 나눠지며 처음 부분은 몇 소절, 중간은 몇 소절, 마지막은 몇 소절, 이런 식으로 각각의 비율이 대략 정해져 있습니다. 그 법칙을 바탕으로 소리를 메꿔나가면 되는 것이죠.

제가 영화음악에 특화되었다는 평을 듣는 것은 어쩌면 필요에 따라 이런 구축적인 접근도 가능하기 때문일지 모릅니다. 하지만 자신의 오리지널 앨범만큼은 그와 반대되는 방식으로 작업하고 싶다는 생각을 늘 가지고 있습니다.

프랑스 정부가 수여한 훈장

《Out of Noise》를 발표한 직후, 총 24회의 일본 공연 투어를 시작했습니다. 저의 단독 피아노 콘서트였습니다. 피아노 솔로 공연이라고는 하지만 이 투어에서는 두 대를 한 세트로 특수하게 사용했습니다. 한 대는 제가 직접 연주하고, 다른 한 대는 건반의 움직임을 미리 세팅하여 자동 연주하는 시스템이었죠.

이때의 라이브 음원은 공연 후 최단 24시간 내에 아이튠즈 스토어에 업로드되었고, 그중 엄선된 스물일곱 곡이 《Playing the Piano 2009 Japan》(2009년)에 수록되었습니다. 특히 《Out of Noise》의 첫 곡인 〈hibari〉는 투어의 모든 공연에서 연주했기 때문에 총 24번의 테이크를 한 번씩 듣는 데만 네 시간이 걸려 선정 작업이 쉽지 않았습니다.

봄에 진행된 이 공연 투어는 벚꽃 전선과 같은 루트로 서쪽에서 동쪽으로 이동하며 이어갔습니다. 그 과정에서 인상 깊었던 것이 호쿠에쓰(北越)라는 특급열차를 타고 니가타 시에서 도야마 시까지 이동할 때 만난 산벚꽃이었습니다. 기차의 차창 너머로 무심코 산세를 바라보던 사이, 줄지어 늘어선 수많은 나무 틈에서 불쑥 나타난 핑크색 무리는 실로 아름다웠습니다. 1년 중 산이 그런 색으로 물드는 것은 불과 1~2주 정도일 텐데요. 마침 그 시기에 우연히 그곳을 지나간 덕분에 근사한 광경을 볼 수 있었습니다.

저는 우에노 공원 같은 곳에 심긴, 인간들의 꽃구경을 위해 나열된 왕벚꽃류는 그리 좋아하지 않습니다만 자연에서 우연히 산벚꽃을 마주하는 순간, 벚꽃 본연의 아름다움은 이런 것이구나, 하고 확신했습니다.

같은 해 7월에는 프랑스 정부로부터 예술문화훈장 '오피시에'를 받았습니다. 영화 〈전장의 크리스마스〉에서 신세를 졌던 오시마 나기사 감독과 기타노 다케시 씨도 과거에 같은 훈장을 받으셨죠.

이 수여식은 도쿄의 프랑스 대사관에서 거행되었습니다. 저는 열네 살 무렵, '나는 드뷔시의 현신이 분명해, 나중에는 파리 16구에 살면서 불로뉴 숲을 산책할 거야'라는 생각을 진지하게 하던 엉뚱한 아이였습니다. 이런 기억이 있던 터라, 대사관 직원이 드뷔시의 이름을 언급하며 훈장 수여의 취지를 낭독해줬을 때는 소년 시절의 꿈이 이뤄진 것 같은 기분에 나름 감개무량했습니다.

프랑스 문화부가 수여하는 코망되르(기사단장), 오피시에(장교), 슈발리에(기사)라는 훈장은 원래 군대 내의 계급에서 유래했습니다. 그래서 만약 앞으로 십자군이 다시 한 번 예루살렘을 원정할 일이 생기면 나도 장교로 소집될지 모르겠구나 싶어, 연설 시간에 농담을 섞어 "절대로 그런 일은 생기지 않기를 바랍니다"라는 말을 남겼습니다.

이제 할아버지가 된 저를 설마 전쟁터의 최전선에 파견하지는 않겠지만 군악대를 위한 곡을 쓰라는 명령을 받을지도 모르니까요. 참고로 그때 기념품으로 오피시에 배지를 받았습니다. 아직 한 번도 써본 적은 없지만 혹시 예약이 어려운 프렌치 레스토랑에 이걸 달고 들어가면 특별히 들여보내주거나 할까요.

침대 버스를 타고 하는 투어

그리고 10월부터 12월 초까지, 프랑스에서의 공연을 포함한 대규모 유럽 투어를 진행했습니다. 봄에 일본에서 했던 것과 같이 피아노 두 대를 사용하는 솔로 콘서트였습니다.

《Out of Noise》는 세계적으로 음악 시장이 위축되어 가던 때에 그 상황을 역으로 이용해 더 자유롭게 작업한 면이 있었는데, 프로듀서이기도 한 파트너가 "비교적 잘 알려진 피아노곡으로 사카모토 류이치를 재인식시키는 기회를 만들어야 하지 않겠느냐, 특히 일본 외의 나라에서는 오래전부터 피아노를 연주하는 사카모토의 모습을 보고 싶다는 목소리가 이어져왔다"고 설득하길래 이유를 따지지 않고 이 투어를 해보기로 결정했습니다.

그럴 수밖에 없는 것이, 두 대의 피아노를 동시에 사용하는 특수한 시스템의 피아노 솔로 공연이었기 때문에 그 기재들을 직접 옮겨가며 유럽 각지를 돌아야 했습니다. 표면상 무대에 오르는 것은 저 혼자지만, 피아노 두 대 중 한 대는 컴퓨터 제어가 필요한 데다가 영상 자료까지 남기려면 뒤에서 일하는 스태프의 수는 일반적인 피아노 솔로 콘서트보다 훨씬 많아질 수밖에 없었죠. 한마디로, 하면 할수록 적자인 공연이었습니다.

유럽 투어 때는 대부분 영국 회사가 운영하는 대형 침대 버스를 빌려 각지의 공연장을 돕니다. 2층에는 약 스무 명이 잘 수 있는 침대가 놓여 있고, 1층에는 라운지와 작은 부엌 그리고 화장실이 갖춰져 있습니다. 이탈리아의 좁은 골목도 이 버스를 타고 빠져나갑니다. 이번 투어에서는 피아노 두 대를 실은 트럭도 바로 뒤에 붙어 따라왔습니다.

이런 대형 버스는 유럽 내에 몇 대 없는 모양이라 같은 시기에 예를 들어, 롤링스톤스가 투어를 돌고 있으면 시설이 좋은 것들은 다 그쪽에 동원됩니다. 운전기사는 버스 한 대당 두 명으로, 한 명의 운전자가 여덟 시간 이상 운전할 수 없도록 정해져 있기 때문에 시간이 되면 교대를 합니다.

한번은 다른 유럽 투어 중에 이런 일이 있었습니다. 프랑스 파리에서 이탈리아 밀라노로 향하던 길이었어요. 예정된 도착 시간이 지났는데도 운전기사가 내리라는 말을 안 하더군요. 차의 흔들림도 없길래 잠시 정차 중인가보다 하고 일단 다시 잠에 들었는데, 몇 시간 뒤 재차 눈을 떠봐도 여전히 움직일 낌새가 보이지 않는 것입니다. 아무래도 이건 뭔가 잘못됐다 싶어서 조심스럽게 커튼을 열어 밖을 내다보니, 어떻게 된 영문인지 거대한 창고 안이었습니다. 운전기사에게 연유를 묻자, 버스가 고장 났다고 하더군요. 그런데 운 나쁘게도 그날이 휴일이라 정비사가 없어 전화로 부르는 중이라고요.

나중에야 그곳이 밀라노까지는 아직 한참 남은, 프랑스와 독일의 국경 근처에 있는 도시 스트라스부르라는 것을 알게 되었고, 우리는 꼬박 반나절 동안 발이 묶인 채 그 창고 안에 있어야 했습니다. 그날은 투어 기간 중 아주 오랜만에 맞은 휴일이라 팀원들 모두가 쇼핑하러 가자느니, 외식을 하자느니 밀라노에서의 휴일을 들떠서 기다리고 있었는데, 예정된 계획들은 모두 날아가 버렸죠. 하지만 이제와 돌아보면 예상치 못한 이런 사건들도 다 유쾌한 추억입니다.

연주가 달라진 밤

이전에도 한 달 정도의 일정으로 투어를 한 적은 여러 번 있었는데, 이때는 50대 후반의 나이 때문인지 여정이 시작된 지 4주쯤 지나자 신체적으로나, 정신적으로나 확실히 힘에 부치는 것이 느껴졌습니다. 그러나 스케줄이 빼곡하게 차 있었기 때문에 매일 혹은 하루걸러, 마치 수행승처럼 연주를 반복할 수밖에 없었죠. 매 순간순간이 진검승부의 장이었습니다.

저는 예전부터 피아노 연습을 싫어했습니다. 본 공연에서 관객들 앞에서 치지 않는 이상 진정한 연습이 아니라는 것이 제 지론이기 때문에, 자랑은 아니지만 리허설도 제대로 하지 않습니다. 다른 뮤지션들을 봐도 이 가설은 틀리지 않은 것 같습니다. 연주를 잘한다고 생각했던 뮤지션도 이런저런 사정으로 사람들 앞에 설 기회가 줄어들면 시간이 지날수록 빛을 잃어갑니다. 정말 잔인한 일이죠. 배우도 마찬가지입니다. 사람들 앞에서 연기할 때 비로소 프로로서의 얼굴이 만들어져요. 집에서 아무리 연습을 해본들 의미가 없습니다.

그러니 달리 말해, 이렇게 투어를 돌며 관객들 앞에서 수십 번의 공연을 하다 보면 점점 연주의 질이 달라집니다. 유럽 각지를 돌고 11월 말에는 영국 런던에 있는 카도간 홀에서 콘서트를 열었습니다. 900석 남짓의 결코 크지 않은 공연장이었지만 이 밤의 연주만큼은 선명하게 기억하고 있습니다.

흔히 운동선수들이 '존에 들어간다'[1]라는 표현을 하는데요. 그와 비슷한 일이 제게도 일어났습니다. 아무런 잡념도 없는 상태로 연주에 빠져들었다가 정신을 차려보니 두 시간이 흘러 있었습니다. 조금 과장해 말하자면 하늘에서 음악의 신이 강림해 고리 같은 것으로 저를 들어 올려 한 단계 높은 스테이지에 데려다 놓은 느낌이랄까요.

그전까지는 머릿속 한구석에 피아노를 컨트롤하겠다는 능동적인 생각이 있었는데, 그런 사념마저 사라진 무아지

[1] 집중력이 극도로 높아져 모든 감각이 깨어난 상태를 가리키는 말.

경의 상태에서 손가락이 움직였습니다. 미스 터치조차 신경 쓰이지 않았습니다. 언제나 가까이에서 제 연주를 지켜봐온 파트너의 말에 따르면, 그날의 공연을 기점으로 제 연주의 레벨이 완전히 달라졌다고 하더군요.

이런 일은 드물게 일어납니다. 그전에도 그리스 아테네에 있는 암피테아트룸에서 경험한 적이 있어요. 암피테아트룸은 2세기에 세워진, 4,500명의 수용 인원을 자랑하는 원형극장입니다. 1996년이었던 것으로 기억하는데, 트리오로 콘서트를 하던 때였죠. 첫 번째 곡을 연주하기 위해 건반 위에 손을 올렸는데 그 이후로는 멈출 수가 없었습니다. 어쩌면 30분 정도 정신을 놓고 혼자 연주를 계속한 것 아닌가 싶어요.

얼마 후 첼리스트와 바이올리니스트가 저의 얼굴을 뚫어져라 바라보고 있다는 사실을 깨닫고 아아, 하고 정신을 차렸고, 그제야 세 명의 연주를 시작할 수 있었습니다. 곡을 연주하는 사이 문득 뒤를 돌아보니 그리스 건축물의 둥근 기둥 사이로 달이 빛나고 있었습니다.

'공즉시색'의 세계

투어를 마치고 일단 뉴욕으로 돌아가 새해를 맞이한 후, 2010년 3월 이탈리아 로마에서 다카타니 시로 씨와 함

께 작업한 설치 미술 〈LIFE –fluid, invisible, inaudible…〉
의 전시를 열었습니다. 이 작품의 원형은 1999년에 발표한,
20세기를 총망라하는 콘셉트의 오페라 〈LIFE〉입니다.
2007년 야마구치 현의 YCAM에 체류하며 이 오페라를 제
작했는데, 이것을 해체해 미술작품으로 재구성한 뒤, 조금
씩 업데이트해가며 전시를 이어가고 있습니다.

21세기가 되고 얼마 지나지 않아 아프리카 케냐로 여행
을 떠났는데, 사바나에서 본 구름의 움직임으로부터 구름
을 구성하는 물의 존재에 흥미를 가지게 되었습니다. 그 후
북극권에서 빙산을 만나게 되었고, 얼음의 바탕이 되는 물
의 존재에 더욱 큰 관심을 가지게 되었죠.

작품명인 'fluid'는 '유체'(流體)라는 의미로, 이 설치
작품을 통해 형태가 존재하는 듯 존재하지 않는 '공즉시
색'(空即是色)의 세계를 표현할 수 있는 방법을 모색했습니
다. 다카타니 씨와 대화를 나누며 구성안을 짜는 사이, 그
가 천장에 아홉 개의 수조를 매달아 각각의 내부에서 수증
기를 발생시킨 다음, 위쪽에서 영사한 이미지를 스크린 형
태의 안개 위에 투영시키는 아이디어를 냈고, 저는 곧바로
찬성했습니다.

한편, 인간의 언어 기능에 대해 돌이켜 생각해보면, 언
어란 것은 실제로 형태가 존재하지 않는 대상에까지 틀을
부여하고 있습니다. '안개'라는 말을 들으면 안개라는 존재
가 보이기 시작하고, '하늘'이란 말을 들으면 마치 하늘이

라는 이름으로 구획된 영역이 있는 것처럼 느껴집니다. 아이들이 꽃을 그리는 것만 봐도 그렇죠. 아마 많은 아이가 꽃잎과 암술, 수술을 그릴 텐데, 이러한 선택 역시 다분히 언어의 영향을 받은 것이라 생각합니다.

본래의 자연계는 모든 것이 이어져 있는데 언어에 의해 선이 그어지는 것이죠. 물론, 그로 인해 얻을 수 있는 것들도 있습니다만, 나이가 들면서 이것이 인간이 범하는 오류의 근원이 아닐까 하는 생각을 하게 되었습니다. 그래서 〈LIFE – fluid, invisible, inaudible…〉에서는 점차 변해가는 물의 형태를 그 총체로서 표현해보고 싶었죠.

후쿠오카 신이치의 『동적평형』에 자세히 설명되어 있는데, 원래는 우리의 신체 또한 다분히 유동적입니다. 그러나 언어와 연결되는 순간 고정되어버리죠. 생각해보면 로고스적 인식에서 벗어나 피시스, 즉 자연 그 자체에 가까워지고 싶다는 바람을 이 시기부터 가졌던 것 같습니다.

텔레비전의 가능성과 한계

4월부터는 NHK의 교육 채널 ETV에서 〈스콜라 사카모토 류이치의 음악 학교〉라는 프로그램이 방영되었습니다. 2008년부터 발행해온 음악 전집 'commmons: schola' 시리즈를 흥미롭게 지켜본 디렉터가 그 내용을 발전시켜 중고등학생을 주요 대상으로 하는 교양 프로그램을 만들어보는 것이 어떻겠느냐는 제안을 해왔습니다. '스콜라'는 라틴어로 '학교'라는 의미죠. 전집을 만드는 과정에서 쌓아온 지식을 보다 많은 이들에게 전달할 수 있을 것이라는 기대에 제안을 수락했습니다.

그 프로그램에서는 제가 메인 강사가 되어 주제 장르나 작곡가를 정하고 회차별로 비평가 아사다 아키라 씨, 음악평론가 고누마 준이치 씨, 음악학자 오카다 아케오 씨 등의 게스트 강사를 초대해 강의를 펼쳤습니다. 이론을 토대로 한 실제 연주에는 YMO 활동을 함께했던 호소노 하루오미 씨와 다카하시 유키히로 군 등이 참여해주었죠. 한 가지 테마를 4주간에 걸쳐 들여다보며 고전파부터 록, 전자음악까지 다양한 소재를 다뤘던 이 프로그램은 2014년에 방송된 시즌 4까지 이어졌습니다.

다만, 이 일은 사전에 예상했던 것보다 훨씬 힘들었습니다. commmons에서 낸 CD북처럼 활자화되는 것들은 나중에 꼼꼼하게 확인해 보충할 수 있는 여지가 있는 반면, 텔레비전은 입 밖으로 꺼낸 내용 그대로 가감 없이 사용될 가능성이 컸죠. 그때그때 떠오른 적당한 말들을 술술 늘어놓는 버릇이 있음을 스스로도 알았기 때문에, 잘못된 이야기를 입에 담지 않도록 녹화 전부터 치밀하게 예습했습니다. 역시, 보는 사람의 규모 자체가 다르다 보니 엄청난 부담이 생기더군요.

아이들을 위한 예우행

그중 특히 인상 깊었던 것은 '드뷔시 편'이었습니다. 드뷔시가 남긴 작품 중에 '바다' 그리고 '구름'이라는 제목의 곡이 있는데요. 드뷔시 역시 물이라는 존재에 흥미를 가졌다는 사실을 알고 있었기 때문에, 그 회차에서는 물을 담은 양동이를 악기 삼아 아이들과 함께 세션을 해보았습니다. 록 음악을 다룬 편에서는 10대 밴드가 YMO의 〈Behind the Mask〉(1979년)를 자유롭게 편곡하기도 했죠. 청소년들의 창의성을 접할 수 있었다는 점에서는 귀중한 경험이었습니다.

하지만 한편으로는 텔레비전의 한계를 실감했습니다. 일단 제작진이 출연자를 결정할 때 '착한 아이'만 골라서 데려옵니다. 학교 단위인지, 지역 단위인지, 어떤 범위 내에서 선정한 것인지는 알 수 없으나 아무튼 말을 잘 알아듣는 아이들만 캐스팅되어 있었죠. 그 결과, 결론이 이미 정해져 있는 느낌이었다고 할까요, 녹화 중에 예상에서 벗어난 재미있는 소리를 만나는 일은 많지 않았습니다.

이 프로그램과는 별도로 미야자키 현의 모로쓰카 촌에서 비슷한 기획의 음악 워크숍을 열었던 적이 있습니다. 그때는 초등학교와 중학교 학생 전원이 참가했고, 그중 자폐성향을 가진 아이가 있었는데, 그 아이가 내는 소리가 탁월하게 좋았습니다. 결코 특별한 호의를 가지고 하는 말이 아닙니다. 앞서 언급한 내용과도 이어지는데, 역시 저는 미리 그려놓은 청사진을 실현시키는 접근 방식에는 생리적인 거부 반응을 보이는 것 같습니다.

이런 이유도 있고 해서, 결국에는 대본을 들이미는 프로그램 제작진에게 "뭐 하는 거야, 있는 그대로 하게 놔두라고!" 하고 버럭버럭 화를 내고 말았습니다. 명색이 교육방송인데 아이들보다 어른들을 지도하느라 진이 빠졌던 경험이었죠. 이런 노인네 같은 말투는 쓰기 싫지만, 어떤 의미로 일본의 퇴화를 느끼고 말았습니다.

고도 성장기였던 1960년대에는 어느 정도 '엉터리'를 환영할 줄 아는 분위기가 사회 전반에 있었습니다. 1970년대에도 텔레비전을 켜면 얼토당토않은 프로그램들이 아무렇지 않게 방영되곤 했죠. '크레이지 캣츠'[2]가 없어진 후로 일본의 자유가 사라졌음을 절실히 느낍니다.

영화 〈일본 제일의 배신남〉의 마지막에는 의원 비서가 된 우에키 히토시[3]가 국회의사당 꼭대기에 기어올라가 "어떠냐, 일본열도를 끼워팔기 해버렸다고!"라며 관객들에게 소리치면서 구매자를 모집하는 장면이 나옵니다. 예전에는 매일같이 안방극장에서 이런 블랙 코미디를 볼 수 있었는데, 요즘에 그랬다가는 '불성실하고 신중치 못하다!'며 클레임이 쇄도할 테고, 방송국은 아마 엄청난 비난의 대상이 되겠죠. 여차하면 제작자가 모욕죄로 체포될 수도 있고요.

2   1950년대부터 활동한 일본의 전설적인 코미디 그룹.

3   크레이지 캣츠의 멤버로 코미디언, 배우, 가수로 활동했다.

실로 숨 막히는 시대가 아닐 수 없습니다.

조몬 시대의 음악

나카자와 신이치 씨와의 공동 저서 『조몬 성지 순례』를 출간한 것은 그해 5월 말의 일이었습니다. 잡지 《소토코토》에서의 대담을 정리해 엮은 책이었죠. 나카자와 씨를 처음 만난 것은 이제는 기억에서 지워진 '뉴 아카데미즘'의 열풍이 한창이던 1980년대 초반으로, 아사다 아키라 씨와도 비슷한 시기에 안면을 텄던 것으로 기억합니다. 나카자와 씨의 『티베트의 모차르트』와 아사다 씨의 『구조와 힘』이 베스트셀러에 오르며 두 사람 모두 시대의 총아로 발돋움했을 때였습니다. 『조몬 성지 순례』는 같은 세대인 나카자와 씨의 해설을 들으며 함께 일본 각지의 유적지를 찾아가는 기획이었습니다.

'조몬 시대'라고 한마디로 묶어 말하지만, 무려 1만 년에 달하는 시간을 아우르는 말입니다. 가령 같은 시기에 만들어진 토기라 해도 지역에 따라 출토품의 형태가 완전히 다른데, 예컨대 후쿠이 현의 와카사에서 발견된 것들은 문양이 비교적 간결하고 소박하며, 이후의 야요이 토기와 비슷한 빼어난 모습입니다. 이 지역이 동해에 인접해 한반도와의 거리가 가까웠던 것과도 관련이 있을 수 있죠. 한편,

하야토[4]가 거주하던 사쓰마, 즉 현재의 가고시마에서 발견된 것은 동남아시아의 여러 나라에서 사용되던 조개껍질로 문양을 새긴 토기와 매우 닮았습니다. 그러다 보니 비록 제가 전문가는 아니지만 그것들을 '조몬 토기'라는 말로 한데 묶어서는 안 되겠다는 생각이 들었죠.

국가라는 개념이 딱히 없던 당시의 사람들은 50명에서 많으면 300명 정도의 단위로 부락을 이뤄 일본열도의 서쪽부터 동쪽까지 다양한 지역에서 자유롭게 살았습니다. 처음에는 다른 부락의 사람들과 서로 말이 통하지 않았겠죠. 하지만 무역이 점차 발달하고, 그 결과 고즈시마에서 발굴된 흑요석이 바다 건너의 본토를 넘어 그보다 더 위쪽인 홋카이도에서 발견되기도 합니다. 특히 조몬 시대 중기에는 아오모리 현의 산나이마루야마를 주요 거점으로 활발한 무역이 이뤄졌던 모양인데요. 그 과정에서 다른 지역과의 거래를 위한 공통 언어와 숫자의 개념이 필요해졌고, 현대 일본어의 모체가 되는 언어가 자연스럽게 생겨났다는 것이 저의 가설입니다.

이 가설은 아프리카를 방문했던 경험의 영향을 받았습니다. 동아프리카의 공통어는 스와힐리어인데 현지인들은 거기에 더해 자신의 부족이 사용하는 지역 언어도 구사할 줄 압니다. 스와힐리어의 토대는 아랍어라고 하죠. 옛날에

아프리카를 위한 메시지

77

4   과거 규슈 남부에 살던 민족.

아랍계 상인들이 무역을 위해 동아프리카를 돌던 것이 계기가 되어 부족 간을 잇는 공통 언어가 발달하기 시작했습니다. 그러니까 스와힐리어가 아프리카 고유의 언어는 아닌 셈이죠.

광활한 국토를 가진 중국 역시 일찍이 산을 넘으면 사용하는 언어가 달라진다고 할 만큼 지역별 언어의 차이가 컸다고 합니다. 프랑스도 다르지 않았죠. 남프랑스 아베롱에서 태어난 곤충학자 파브르는 10대에 파리로 거처를 옮기게 되는데, 당시 말이 통하지 않아 고생을 했다는 기록이 남아 있습니다. 어떻게 보면 국민 국가(Nation·State)의 체제가 구축되기 전까지는 모든 땅이 주변부(marginal)였을지도 모릅니다.

물론, 이는 일본도 마찬가지인데 저는 10대 무렵부터 누가 가르쳐주지 않았는데도 일본의 뿌리는 절대 하나일 리 없다고 확신하고 있었습니다. 일본인들이 자국을 '야마토 민족'이라는 단일민족에 뿌리를 둔 국가라고 주장하는 신화에 대해서는 거의 본능에 가까운 혐오감마저 있었죠.

초등학교에 들어갈 무렵 신주쿠 역에 텔레비전이 설치되어 있었는데, 프로레슬링 시합이 중계되는 날이면 길 가던 사람들이 멈춰 서서 열광적으로 경기를 시청했습니다. 신주쿠 역을 꽉 메울 정도의 인파가 일제히 입을 모아 역도산에게 성원을 보냈죠. 사실 역도산은 지금의 북한, 함경남도 출신이었는데 말이죠. 그들은 어디까지나 '일본인'으로서 역도산을 응원하고 있었습니다. 저는 그런 군중의 일원이 되는 것에 거부감이 있었기 때문에 혼자 상대편 레슬러, 철인 루 테즈(Lou Thez)를 응원했지만요.

이야기가 옆으로 흘렀는데, 다시 조몬 시대로 돌아가 보겠습니다. 일반적으로 학교의 역사 수업에서는 벼농사를 짓게 된 후부터 사람들이 한곳에 정착하기 시작했다고 배우는데요. 하지만 나카자와 씨와 여행을 하면서 그 통설이 잘못되었다는 생각이 들었습니다. 왜냐하면 수렵민족이었을 조몬인이 이미 정착 생활을 하고 있었기 때문입니다. 조사에 따르면 산나이마루야마 유적지 구역에서 1,700년이 넘는 시간 동안 선조들이 생활을 영위했다고 합니다. 하지만 우리는 그런 사실을 무시한 채 농경이 정착으로 이어지고, 그것이 국가의 탄생으로 이어졌다는 단순한 스토리를 선호합니다. 이 역시 인간이 가진 '언어 뇌'의 나쁜 버릇일지 모르겠습니다.

『조몬 성지 순례』에서의 제 최대 관심사는 당시의 사람들이 어떤 음악을 연주했는가, 하는 것이었습니다. 그 시기의 출토품 중에 확실하게 악기로 특정 지을 수 있는 것은 없습니다. 하지만 여기에 줄을 끼우면 칠현금이 되겠다고 추측되는 도구 하나를 아오모리 현의 자료관에서 발견했습니다. 나무 소재였던 것으로 기억합니다.

만약 뼈로 만든 악기라면 더 오랜 시간 형태가 보존됐을 것입니다. 실제로 중국이나 유럽에서는 4만 년도 전에 새의 뼈에 몇 개의 구멍을 뚫어 만든 피리가 발견되었습니다. 구멍이 하나뿐인 단음 피리라면 침팬지도 '뿌뿌-' 불면서 놀 수 있었을 텐데요. 구멍이 여러 개 뚫려 있다는 것은 높낮이에 변화를 주려는 의도가 있었다는 뜻이니, 그런 면에서 문명을 느낍니다.

조몬 시대에는 어떤 음악이 있었을지 지금으로써는 물론 그저 상상할 수밖에 없습니다. 그러나 당시에는 틀림없이 제사 혹은 신에게 올리는 기도가 사회적으로 중요한 행사였을 테니, 거기에 쓰이는 음악 또한 어떠한 형태로든 존재했을 것입니다. 손뼉을 치거나, 나무 막대기로 동물의 뼈를 통통 두드리거나 하는 식으로요. 지극히 원시적인 형태였을지 모르지만 나카자와 씨와 유적지를 도는 동안, 저는 그런 인류 원초(原初)의 음악에 대한 생각에 빠져 있었습니다.

오누키 다에코와의 추억

11월에 오누키 다에코 씨와의 컬래버레이션 앨범 《UTAU》를 발매한 후, 연말에는 처음으로 함께 투어를 돌았습니다. 제가 피아노를 치고 오누키 씨가 노래를 부르는 심플한 콘셉트의 앨범이었는데, 원래 연주곡이었던 〈Tango〉, 〈세 마리의 곰〉(3びきのくま), 〈Flower〉라는 곡에 그녀가 직접 일본어 가사를 붙여주었습니다. 삿포로 교외에 있는 예술의

숲 스튜디오에서 오랜만에 합숙을 하며 녹음 작업을 했죠.

앨범을 같이 만들자는 이야기는 오래전부터 해왔지만 제 일정이 바쁘기도 했고, 예전에 비해 서로의 음악 스타일이 너무 동떨어진 것 같아 마음에 걸린다는 등의 이유로 도망쳐왔습니다. 하지만 환갑을 앞두고 한 번은 해봐야겠다는 쪽으로 마음이 바뀌었죠. 젊었을 때 오누키 씨에게 여러모로 도움을 받았는데 정작 저는 폐만 끼친 것 같아 보답하고 싶은 마음도 있었습니다. 짐승처럼 살던 저도 나이가 들면서 조금은 사람이 됐으니까요.

지금이니까 털어놓는 것이지만, 사실 20대 초반에 잠시 오누키 씨와 함께 살았던 적이 있습니다. 그런데 저한테 다른 사람이 생기는 바람에 그 집을 나와버렸어요. 정말 너무했죠. 나중에 오누키 씨와 친하게 지내던 저희 어머니가 우리 아들이 그동안 신세를 졌다면서 그녀를 찾아갔었던 모양이에요. 오누키 씨에게 "어머님께서 단아한 진주목걸이를 주셨어요"라는 이야기를 들었습니다.

당시, 오누키 씨가 발표한 곡이 〈새 셔츠〉(新しいシャツ)인데, 그 노래의 가사를 들으면 눈물이 납니다. 그런데 이 노래에 울컥하는 것은 저만이 아닌지, 둘이 함께한 공연에서 최대한 감정을 억누르며 이 곡의 전주 부분을 연주하기 시작했는데 웬일인지 객석에서 오열하는 소리가 들려왔습니다. 아마 저희의 오래전 관계를 아는 사람이 있었던 것이겠죠. 하지만 그로부터 긴 시간이 흘러 이제는 친척 같은

사이가 되었고 《UTAU》를 통해 어른이 된 뮤지션 동료로서의 새로운 관계를 구축해낸 것 같습니다.

그래도 그 시절을 떠올리면 그리움이 밀려옵니다. 오누키 씨와 알게 된 1970년대쯤에는 다들 아직 무명이었고, 남는 것이 시간이었습니다. 마작을 치려고 해도 두 명으로는 모자라기 때문에 친하게 지내던 야마시타 다쓰로 군에게 전화를 걸어 "올래?"하고 부르면, 그는 네리마의 부모님 빵집에서 쓰는 미니 트럭을 끌고 곧바로 달려왔습니다. 또 한 사람, 근처에 살던 기타리스트 이토 긴지 군을 불러내 넷이 하루 종일 마작을 하곤 했습니다. 사흘 밤을 꼬박 새우는 일도 허다했죠.

누구 하나 제대로 된 벌이를 하는 사람도 없었는데 어떻게들 먹고 살았는지. 그나마 저는 아직 예술대학에 재학 중이었기 때문에 수업은 빼먹더라도 배가 고프면 정기권으로 우에노의 학교까지 갈 수가 있었습니다. 학교 식당 앞에서 거미줄을 치듯 버티고 서서 아는 얼굴이 보이면 "돈 가진 것 좀 없니?", "나 밥 좀 사주면 안 돼?" 하고 뻔뻔하게 뜯어먹었습니다. 여하튼 90엔이면 돈가스 덮밥을 먹을 수 있는 시절이었으니까요.

해바라기 같은 어머니

2010년 제게 일어난 큰일 중에는 앞서 애기한 어머니와의 사별이 있었습니다. 이전 해 여름쯤부터 급격히 상태가 악화된 어머니를 요양병원에 모신 후, 일본에서 지낼 때면 항상 백화점 지하의 식품관에 들러 맛있는 도시락을 사서 얼굴을 보러 갔습니다. 그러나 연말부터 점차 의식이 흐릿해지는가 싶더니 결국 이듬해 1월 9일, 먼 길을 떠나셨습니다. 이미 아버지를 떠나보낸 경험이 있었는데도, 어머니와의 이별은 역시 타격이 컸습니다. 침울한 것은 아니었지만, 커다란 상실감을 느꼈죠.

문예편집자였던 아버지는 집에서도 늘 원고를 들여다보는 사람이었습니다. 평일에는 제가 잠들기 전에 돌아오는 일이 거의 없었고, 가끔가다 마주쳐도 거만한 분위기가 느껴져 다가가기 어려운 존재였습니다. 그와 대조적으로 쾌활하고 사교적인 어머니와는 어릴 때부터 무슨 이야기든 함께 나누는 사이였습니다. 그렇긴 하지만, 제게는 두 분의 다른 모습 모두가 있죠. 전쟁을 겪은 과묵한 규슈 출신의 사내인 아버지와 도쿄 출신의 밝은 해바라기 같은 어머니. 이토록 상반된 두 분의 성격 때문에 가끔은 자아가 분열되는 듯한 느낌이 들기도 합니다.

모자 디자이너였던 어머니는 패셔너블했고, 이탈리아 영화를 무척 좋아하셨습니다. 제가 태어나서 처음 본 영화가 페데리코 펠리니(Federico Fellini) 감독의 〈길〉이었어요. 어릴 때 영화관에 가서 엄마의 무릎 위에 앉아 흑백의 스크린을 올려다보던 생각이 납니다. 정작 내용은 하나도 기억나지 않지만 거기서 들었던 '다~리라리라~'라는 여주인공 젤소미나의 테마곡만은 오래도록 귓가에 맴돌았습니다.

이토록 이탈리아에 심취한 어머니였기에 몇 번인가 여행도 가셨고, 제 페루자 콘서트 일정에 맞춰 친구분과 놀러온 적도 있습니다. 마침 그 공연장에 페루자 시장이 왔었는데 그분이 어머니를 좋게 보고는 "사카모토 맘마"라 부르며 에스코트를 해주기도 했죠.

'게이코'(敬子)라는 어머니의 이름은 전쟁 전 총리대신이었고 도쿄 역에서 암살 당해 생을 마감한 하라 다카시(原敬)에게서 따온 것이라고 합니다. 외할아버지가 지어주신 이름인데 어머니는 할아버지의 첫 자식으로, 아래에 세 명의 동생이 있었으나 그중 어머니가 제일 말솜씨도 좋고, 공부도 잘했다고 합니다. 이케다 하야토[5]와 친한 친구였던 할아버지는 이 아이가 아들이었으면 정치를 시켰을 것이라 말하곤 했죠. 기도 센 편이라, 제가 "와카오 아야코[6] 진짜 예쁘다"라고 말하면 "그 사람이 예뻐?" 하며 왠지 모를 라이벌 의식을 불태우기도 했습니다. 세상을 떠나신 지금도

---

5   池田勇人, 일본의 58~60대 총리를 역임한 정치가.

6   若尾文子, 1960년대 황금기 일본 영화계를 대표하는 일본의 여배우.

어머니의 그 야무진 표정이 새록새록 떠오릅니다.

참고로 친분이 있던 가네코 기미 씨의 가집 《풀의 분수》 (草の分際)에 따르면 젊은 시절 엄마는 어린 제 손을 이끌고 여성 중심 평화활동 단체인 '풀씨회'(草の実会)의 반전 시위 에 참가하기도 했던 모양입니다. 그때의 기억은 하나도 남 아 있지 않지만, 아마도 저는 철들기 전부터 어머니의 사상 에 큰 영향을 받아왔는지 모릅니다.

계절의 순환

어머니가 돌아가시고 얼마 지나지 않아 고토[7] 연주가 사와이 가즈에 씨의 위촉을 받아 〈고토와 오케스트라를 위 한 협주곡〉(箏とオーケストラのための協奏曲)을 썼습니다. 일 본의 전통 악기를 본격적으로 다룬 첫 작업이었죠. 초연은 2010년 4월이었지만 실제로 아이디어를 떠올린 것은 그 이 전 해, 유럽 투어가 한창이던 때였습니다.

가을이 깊어가던 계절, 영국 내에서 다른 지역으로 이동 을 하던 버스 안에서 저는 느닷없이 민속학자 오리쿠치 시 노부의 말을 떠올리고 있었습니다. 오리쿠치는 '겨울'(冬, 후유)은 생명의 씨앗을 늘린다는 데서 '번식할 식'(殖) 자를

7   일본의 전통 현악기로 한국의 가야금과 비슷하다.

쓰는 '후유'(殖ゆ)라는 동사에서 왔고, '봄'(春, 하루)은 씨 앗이 땅속에서 뿌리를 뻗어 싹을 틔운다 하여, 에너지 등을 뻗어내고 떨친다는 뜻의 동사인 '하루'(張る)에서 유래했다 고 풀이했습니다. 그 영향으로 저는 사계절이 춘하추동의 순서가 아니라 겨울에서 시작되는 것일지 모른다고 생각했 습니다. 계절의 변화란 당연하게도 인간의 삶을 상기시키 는데, 그렇게 보면 가을이 곧 생의 마지막이 되죠.

〈고토와 오케스트라를 위한 협주곡〉은 총 4악장으로 'still'(겨울), 'return'(봄), 'firmament'(여름), 'autumn'(가 을)으로 구성되어 있습니다. 겨울부터 여름까지의 3악장은 미니멀하게 구성되었으나 마지막 악장인 가을만큼은 멜로 디가 두드러지는 선율이 더해져 고요히 끝을 향해 흘러갑 니다. 천성적으로 부끄러움이 많아 제 개인 작업에서는 무 심코 억제해버리기 일쑤지만, 다른 뮤지션에게 곡을 줄 때 는 의도적으로 로맨티시즘을 담아내기도 합니다. 곡의 의 뢰자이기도 했던 사와이 씨는 이렇게 기복이 큰 음악을 선 명하게 연주해주었습니다.

저의 고희를 기념하여 commmons에서 기획한 '내가 좋 아하는 사카모토 류이치 10선'에서 40년 지기 친구 무라카 미 류는 이 협주곡에 대해 많은 이야기를 해주었습니다. 조 금 길지만, 그의 글에서 해당 부분을 인용합니다.

개인적으로 사카모토 류이치 최고의 걸작은 이 〈고토와

오케스트라를 위한 협주곡〉(2010)이라고 생각한다. 4악장으로 구성된 이 콘체르트는 춘하추동이라는 사계절에 '멈춤과 태동', '싹틈과 탄생', '성장', '황혼·어둠·죽음'을 겹쳐가며 이미지화해 미니멀 뮤직의 틀 안에서 조용하게 끓어오르는 물이 새어 나오듯, 또한 '엄밀함과 억제'를 '감정'의 가시가 푹 찔러버리듯, '로망'을 엮어낸다. 이 콘체르트는 사카모토가 돌아가신 어머니께 바치는 레퀴엠이다. 그래서 우리는 전곡을 통해 인자함과 슬픔의 감정을 느낀다.

사카모토가 그의 음악에서 이런 식으로 인자함과 슬픔의 감정을 드러내는 일은 없다. 그 감정은 늘 곡의 이면에 숨어 있다. 사카모토의 어머니는 이 곡을 듣지 못하셨다. 레퀴엠이니 당연한 일이지만, 그래도 나는 어머니께 들려드렸으면 좋았겠다는 생각을 한다. 사카모토의 콘서트나 영화 시사회 등에서 나는 그의 어머니 옆이나, 옆의 옆자리에 가까이 앉곤 했다. 한마디로 좋은 자리였다는 뜻이다. 나는 가볍게 목례를 하고 자리에 앉았다. 어머니는 "매번 고마워요"라며 내게 인사하셨다. 그러나 웃는 모습을 보여주신 적은 없었다. 엄격해 보이는 얼굴이었다. 이분이 사카모토를 키우셨구나, 하는 생각이 들었다.

역시 작가는 작가네요. 훌륭하게 이야기를 연결해냈습니다. 제 스스로 〈고토와 오케스트라를 위한 협주곡〉이 어머니를 위한 레퀴엠이라고 명확히 밝힌 적은 없습니다. 얼마 전 피아니스트 아오야기 이즈미코 씨가 쓴 『드뷔시의 마지막 1년』에는 지금껏 다 알고 있다고 생각했던 드뷔시와 그가 재능을 높이 사 지원을 아끼지 않았으나 만년에는 연을 끊은 사티의 이야기가 소개되어 있었는데, 두 사람 사이의 사소한 에피소드들을 알고 난 후 다시 음악을 들어보니 지금까지와는 인상이 달랐습니다. 이런 식의 영향을 받을 수 있으니, 아직 이 협주곡을 한 번도 들어본 적이 없다면 무라카미의 지나치게 아름다운 해설은 잠시 잊어주시길 바랍니다. 아무런 사전 지식 없이 들어주셨으면 하는 것이 제 솔직한 바람이니까요.

다만, 〈고토와 오케스트라를 위한 협주곡〉을 쓰기 시작했던 2009년 가을의 막바지에 사계절이란 원래 겨울로 시작하여 가을에 끝나는 것 같다는 생각을 하며, 멀리 떨어진 병실에 있는 어머니의 모습을 떠올린 것은 사실입니다. 그런 의미에서라면, 이 곡은 역시 진혼곡입니다.

미야기 현 농업고등학교에서 만난 '쓰나미 피아노'

3

자연에는
대적할 수 없다

한국과의 인연

2011년의 활동은 1월 9일, 한국 서울에서 콘서트를 여는 것으로 시작했습니다. 《CHASM》에 앞서 발매한 싱글 〈undercooled〉(2004년)에 피처링한 한국인 래퍼 MC 스나이퍼가 게스트로 출연해, 앙코르 무대에서 우리 두 사람이 만든 이 곡을 처음으로 연주했습니다. 그의 열정적인 에너지에 힘을 받아, 장내 관객들의 반응도 무척 뜨거웠던 것으로 기억합니다.

이날의 공연은 유스트림(Ustream) 서비스를 통해 중계되었습니다. 일본을 중심으로 약 400곳의 장소에서 퍼블릭 뷰잉이 진행되었다고 하더군요. 유스트림을 통한 무료 송신 서비스는 이전 해의 북미 솔로 투어나 오누키 다에코 씨와의 《UTAU》 투어에도 도입했었는데, 시애틀 공연에서는 기술적 지원을 위해 트위터로 소통하던 전(前) 마이크로소프트 일본 법인 회장 후루카와 스스무 씨, 미디어 크리에이터 히라노 도모야스 군이 달려와주었습니다. 콘서트 생중계 자체는 1990년대부터 진행해왔는데 그것이 이토록 저렴한 가격에, 경량의 기재로 가능해졌다는 점에서 시대의 변화를 느꼈어요. 결코 좋은 음질은 아니었지만, 온라인으로 공연을 본 분들이 "실제 콘서트에 가보고 싶다", "나도 같은 공기를 느끼고 싶다"는 트윗을 남겨줘서 기뻤습니다.

『음악으로 자유로워지다』가 이미 한국에 출간되어 있던 때라 사인회를 열었는데 수많은 분들이 길게 줄을 서 있었습니다. 나이가 지긋한 남성 팬들은 물론, 젊은 여성 팬들도 놀라울 정도로 많아서 조금 당황했습니다. 일본에서는 한동안 그런 일이 없었으니까요. 팬레터나 선물을 준비해주신 분도 많았습니다. 제 초상화를 그려온 팬도 있었고요. 한국, 일본이라는 국적과 상관없이 같은 아시아인으로서 응원해주는 듯한 느낌도 받았습니다.

"당신이 〈마지막 황제〉로 아시아인 작곡가 중 최초로 아카데미상을 수상한 것이 자랑스럽습니다"라는 이야기를 듣기도 했고요. 이런 반응은 뉴욕에서 자주 경험합니다. 미국에서 열리는 제 콘서트에는 아시아계의 관객들이 많은데, 이 역시 같은 인종으로서 응원해주는 것 같아 감사한 마음입니다.

그러고 보니 그 이후 중국의 여고생에게 "최근 중국 내에서 금지령이 풀린 〈전장의 크리스마스〉를 보고 큰 감동을 받았습니다. 데이비드 보위는 이미 세상에 없으니 사카모토 씨의 팬이 될 거예요"라는 내용의 편지를 받기도 했었네요. 계기가 무엇이든 새로운 세대가 여전히 관심을 가져주니 영광입니다.

한국에서 처음 콘서트를 연 것은 한일 월드컵 개최를 앞둔 2000년이었습니다. 전쟁 이후 이승만 정권 때부터 이어진 일본 대중문화 유입 제한이 막 완화되기 시작했을 때쯤이었는데, 문화 개방 이후 한국에서 공연한 일본인 아티스트로서는 두 번째였을 것입니다. 그때 이미 삼성과 현대 등이 약진 중이었고, 한국 경제의 기세가 일본 경제를 따라잡으려 하고 있었죠. 아마 많은 한국인들이 '드디어 숙적 일본을 이길 수 있다, 우리는 이제 오르막에 올랐다'라며 들떠 있었을 것입니다. 그 말은 이내 현실이 되었고요.

그렇지만 제가 만났던 현지의 음악 관계자들은 우리가 한국의 발전을 칭찬할 때마다 "아닙니다. 문화적으로 저희는 아직 갈 길이 멀어요. 일본에게 배울 것이 많습니다"라며 겸손하게 답했고, 저는 그 냉정한 균형 감각에도 큰 감명을 받았습니다. 그로부터 20년이 지난 지금, BTS와 영화 〈기생충〉을 비롯한 한국 문화가 세계를 석권하고 있죠. 저 또한 한류 붐의 불을 붙인 〈겨울 연가〉를 시작으로 〈대장금〉, 〈미스터 션샤인〉 등의 한국 드라마에 푹 빠졌고, 지금도 넷플릭스를 통해 자주 보고 있습니다.

1980년, 한국 광주에서 민주화운동이 일어났습니다. 광주 시민들이 군사 독재 정권에 맞서 민주주의 실현을 요구했던 민중 항쟁으로, 군인 및 경찰과의 충돌로 수많은 시민이 희생됐음에도 불구하고 중국의 천안문 사건과 마찬가지로 당시에는 어떤 보도도 접하지 못했습니다. 그러나 저는 인편을 통해 "지금 한국에서 엄청난 일이 벌어지고 있다"는 소식을 들었죠.

광주 항쟁도 있고 해서, 다음 해인 1981년에 잡지 관련 일로 처음 한국을 방문하게 됐을 때는 솔직히 약간 긴장했습니다. 그러나 실제로 서울에 도착해 거리로 나섰을 때는 놀라지 않을 수 없었습니다. 얼핏 보기에는 도쿄 거리와 다름이 없는데, 글자만 일본어에서 한국어로 바뀌어 있는 느낌이었죠. 마치 SF 영화처럼 시공간이 뒤틀려 다른 행성에 떨어져버린 듯한 인상을 받았습니다. 홍콩이나 마닐라에서 느끼는 아시아 도시 특유의 열기와도 어딘가 달랐습니다. 서울의 길을 걷다 보면 맞은편에서 걸어오는 사람들이 하나같이 동창생 야마다 군, 고바야시 군처럼 낯익은 얼굴로 보입니다. 마치 쌍둥이처럼 닮은 도시가 다른 언어를 쓰며 존재한다는 사실이 어찌나 신기하던지, 그 감각을 잊지 못할 것 같습니다.

1980년대 초반의 한국은 여전히 계엄령이 내려진 상태였고 자정부터 새벽 네 시까지는 길거리를 돌아다닐 수 없었습니다. 이런 이유도 있고 해서, 제가 묵던 호텔 로비에서는 밤이 되면 대기 중인 한국 여성들을 볼 수 있었습니다. 그녀들은 일본인 남성들과 교섭을 했고, 계약이 성립되면 같이 방으로 모습을 감췄죠. 그런 시대였습니다.

어떤 날은 시장을 둘러보다 일본식 튀김 같은 것을 파

는 노점상이 보여 무심결에 "덴푸라네" 하고 중얼거렸는데 "당신네들 부모가 들여와서 그런 거 아니야!" 하고 버럭 화를 내길래 어떻게 사과해야 할지 몰라 멍하니 멈춰 서 있기도 했습니다. 억압한 사람들은 금방 잊지만, 억압 당한 사람들은 세대가 바뀌어도 잊지 못하는 법이죠. 그때의 경험 등을 계기로 일본과 동아시아의 역사에 깊은 흥미를 느끼게 되었습니다. 지금도 마찬가지고요.

참고로 제가 처음으로 친해진 한국인은 소설가 나카가미 겐지 씨의 소개로 알게 된 김덕수였습니다. 한국의 음악집단 사물놀이의 창시자이자 장구 연주자로, 저와 동갑이기도 해서 금방 가까워졌죠. 장구는 한국의 전통 타악기입니다. 김덕수의 파트너는 재일교포인 리에(김리혜) 씨로, 한국무용을 가르치고 있습니다. 서울에 갈 때마다 이 두 사람과는 거의 항상 만납니다.

이후 서울에서 뉴욕으로 돌아갔고, 초봄부터는 또 다른 일로 도쿄에 머물 예정이었습니다. 그리고 그날을 맞이하게 됩니다.

동일본 대지진과 후쿠시마 원전 사고

3월 11일은 미이케 다카시 감독의 영화 〈할복: 사무라이의 죽음〉을 위한 첫 녹음 날이었습니다. 14시 46분, 아오야마의 빅터 스튜디오에서 레코딩 준비를 하는데 발밑이 크게 흔들렸습니다. 순간적으로 무슨 일인지 파악이 안 됐지만 음악가의 서글픈 습성이랄지, 책상 밑으로 몸을 숨기기 전에 비싼 마이크부터 챙겼습니다. 저는 도쿄에서 나고 자랐기 때문에 어릴 때부터 여러 번의 지진을 겪어왔는데 이전과는 분명히 달랐습니다. 큰 진동이 5분 넘게 이어졌다 잠시 멈추는가 싶더니 다시 시작되었죠. 뭔가 심상치 않음을 직감했습니다.

두 번째의 커다란 흔들림이 진정되고, 늦게 도착한 기타리스트 무라지 가오리 씨와 녹음을 진행한 후, 아오야마의 스튜디오에서 당시 묵고 있던 롯폰기의 숙소까지 차로 이동했습니다. 그러나 도로 위는 극심한 정체였고 차는 꼼짝도 하지 않았습니다. 문득 옆의 보도를 보니 하얀 헬멧을 쓴 회사원들이 모두 시부야 역을 향해 걸어가고 있었습니다. 조심성이 부족한 것인지 모르겠지만 언제 고질라가 나와도 이상하지 않은 분위기라고 할지, 그야말로 특수 촬영한 영화에나 나올 듯한 풍경에 현실 감각이 사라졌습니다. 그러나 수도직하지진[1]이 일어난다고 상상하니, 이 상태로는 응급 차량조차 시부야 도로를 빠져나가지 못하고, 불이 나도 그저 타버리게 둘 수밖에 없겠다는 생각이 들어 두려워졌습니다. 결국 아오야마에서 자동차로 출발한 지 세 시

[1] 도쿄를 중심으로 한 수도권에서 발생하는 지진.

간 만에 롯폰기에 도착할 수 있었습니다. 대체 왜 걸을 생각을 안 했는지, 스스로도 의아합니다. 도보로 40분 정도의 거리였는데 말이죠.

호텔에 도착하자 로비에는 피난한 사람들이 잔뜩 모여 있었고, 물과 담요 등이 지급된 상태였습니다. 다행히 저는 미리 방을 예약해뒀지만, 그날은 전철이 멈춰버린 바람에 귀가하지 못하고 로비에서 하룻밤을 보내는 사람도 많았을 것입니다. 무라지 씨 역시 집에 가기 어려운 상황이었기 때문에 같은 호텔에 묵었습니다.

다음 날 아침, 쓰나미로 인해 후쿠시마 제1원자력 발전소의 전원이 꺼졌다는 뉴스를 보고 언제든 수소 폭발이 일어날 수 있는 상황임을 알게 되었습니다. 나중에 확인된 바로는 지진 당일에 멜트다운이 일어났던 모양입니다만. 다급하게 피폭을 억제할 요오드제를 찾아 다녔지만 어디에서도 구하지 못했습니다. 아마 그 시점에는 이미 정부가 관리에 들어가 있었겠죠. 어쩔 수 없으니 우선 서쪽으로 긴급 피난을 가야겠다는 생각에 공실을 찾아봤으나 이미 일본 내의 호텔은 오키나와 지역을 제외하고는 모두 만실이었습니다.

그러던 와중에 3월 12일 오후에는 1호기, 14일에는 3호기, 15일에는 4호기에서 연달아 수소 폭발이 일어났습니다. 저는 1990년대부터 환경 문제에 집중해왔고 2006년에는 'STOP ROKKASHO' 프로젝트를 시작하며 원자력 발전의 위험성을 호소해왔는데, 상상할 수 있는 최악의 광경을 목격하고 말았습니다.

당분간은 일본 이외의 곳으로 출국하기가 어려울 것 같아 도쿄에 머물며 당초 예정대로 〈할복: 사무라이의 죽음〉의 녹음을 마쳤고, 나리타 공항을 통해 미국으로 떠난 것은 3월 20일 이후였던 것으로 기억합니다. 평소 뉴욕행 비행기는 나리타에서 캄차카반도 쪽으로 북상해 이동하는데 그때는 후쿠시마 현 상공을 피하기 위해서인지 하와이 방향의 동쪽으로 곧장 날아가더군요. 그 경로를 표시하는 기내 디스플레이 화면의 지도를 사진으로 찍었습니다.

그리고 뉴욕으로 돌아간 직후인 4월 9일에는 급작스레 기획된 동일본 대지진 피해자를 위한 자선 콘서트 'Japan Society Presents CONCERT FOR JAPAN'에 참가했습니다. 제게 주어진 시간은 30분 남짓이었지만 그 시간 안에서 할 수 있는 다양한 시도를 했습니다.

우선 뉴욕에서 활동하는 댄서 야마구치 마요 씨가 애도의 메시지를 담은 노 작품 〈에구치〉[2]를 추는 것에 맞춰 피아노로 즉흥 연주를 했습니다. 거기에 중첩해 오토모 요시히데 군이 일본에서 보내온 비장탄[3]에 의한 노이즈 뮤직과 가수 데이비드 실비언(David Sylvian)이 아르세니 타르콥스

---

[2] 일본의 전통 가무극 중 하나.

[3] 졸가시나무를 원목으로 구워서 만든 고급 숯.

키(영화감독 안드레이 타르콥스키의 아버지)의 시 몇 편을 낭독한 음원을 재생했죠. 이어서 제 뮤지션 친구로, 몇 장의 앨범을 같이 만들기도 한 크리스티안 페네스(Christian Fennesz)가 특별히 제작해준 전자 음원도 함께 믹스했고 마지막으로 일본계 미국인 바이올리니스트 앤 아키코 마이어스(Anne Akiko Meyers) 씨와 듀오로 채플린의 〈스마일〉을 연주했습니다. 마요 씨와도, 앤 씨와도 함께 공연한 것은 이때가 처음이었는데 일본인의 뿌리를 가진 이들로서 피해 지역을 위해 뭔가 하지 않으면 안 된다는 생각이 일치했던 것 같습니다. 짧지만 짙은 시간이었습니다.

재해지에서 맛본 무력감

일본의 상황에 대한 염려를 놓지 못한 채, 4월에는 독일로 건너가 카스텐 니콜라이(알바 노토)와 5월부터 6월까지 유럽 투어를 이어갔습니다. 둘이 함께한 투어의 이름은 같은 해 발매한 컬래버레이션 앨범 《Summvs》의 이니셜을 따와 'S tour'라고 지었습니다. 크루는 영국인이 중심인 시니컬한 무리였는데, 서로의 속마음을 아는 사이라 항상 즐거웠습니다.

친한 친구인 카스텐 니콜라이는 1장에서 소개했었죠. 얼마 전에도 암 치료를 위해 입원한 저를 걱정하며 "뭔가

자연에는 대처할 수 없다

내가 도울 일은 없을까?"라고 메시지를 보내왔길래, 괴테를 흉내 내어 "Give me a light!"라고 답변을 보냈습니다. 그러자 얼마 후 카스텐이 편지를 보내왔습니다. 봉투에서 그가 직접 만들었다는 편지지를 꺼내자, 물감으로 그린 아트워크와 함께 저를 위해 캘리그라피로 적어준 격려의 메시지가 있었습니다. 정말 멋진 녀석이에요.

당시 카스텐은 베를린 미테 지구에 살고 있었는데 과거 동베를린 지역이었던 그곳에는 여전히 독특한 사회주의의 냄새가 묻어 있었습니다. 1989년 베를린 장벽이 무너진 직후, 이 지역에 젊은이들을 위한 댄스클럽과 바가 우후죽순 생겨났고, 2000년대 초반에 접어들 때쯤에는 문화의 발신지가 되어 있었습니다. 과도할 정도로 상업화되지는 않아 낮에는 엄마들이 유모차를 밀고 다니는, 언뜻 보기에는 한가로운 동네였죠. 그러나 밤이 되어 좁은 골목길로 들어서면 간판도 뭣도 없는, 반쯤 무너져가는 수상쩍은 건물 안에서 느닷없이 클럽 공간이 펼쳐졌습니다. 놀라웠죠. 영업을 하는 요일도 따로 정해져 있지 않아, 그저 젊은이들이 적당히 모여 어울려 놀고 있었습니다. 그 무렵까지는 아직 그런 분위기가 남아 있었어요.

카스텐이 데려가 준 바도 재미있었습니다. 여기도 가게 안은 마치 폐허 같았고 의자고 뭐고 아무것도 없었는데, 마스터가 "저기 바닥에 굴러다니는 옛날 브라운관 위에 앉아요"라고 무뚝뚝하게 말하더군요. 알고 보니 비디오 아티스트가 일주일에 한 번만 문을 여는 가게였다고 합니다.

거리 구석구석에서 이러한 브리콜라주,[4] 그 손수 빚어 낸 넘치는 창의성을 발견할 수 있다는 점이 감동스러웠습니다. 너무나 마음에 든 나머지, 아무 때나 미테에 가서 지낼 수 있도록 한동안 아파트를 빌려놓을 정도였어요. 아쉽게도 지금은 극심한 젠트리피케이션으로 인해 카스텐마저 그 지역을 떠나고 말았지만요. 그래도 베를린은 비교적 물가도 싸고 살기도 편해서 유럽, 아니 전 세계의 젊은이들이 모여드는 곳이며 그들 중 다수는 창의적인 직업을 가진 사람들입니다. 동시에 베를린 고유의 역사도 가까이에서 느낄 수 있으니, 여전히 매력적인 거리라고 생각합니다.

7월에는 다시 일본으로 돌아가 이와테 현 리쿠젠타카타 시와 게센 군에 있는 스미타 정을 방문했습니다. 이미 동일본 지진이 발생한 지 4개월이 지난 시점이었지만, 연안 지역에 펼쳐진 잔해 더미를 눈으로 직접 보고 나니 상상했던 것 이상의 충격이 느껴졌습니다. 인간이 만들어낸 모든 것은 언젠가는 부서지고 만다는 사실을 통감했죠. 《Out of Noise》도 자연에의 경외심을 담아 커다란 산수화를 그리듯 만들었는데, 그 의식이 지진이라는 재해를 계기로 한층 깊어졌다고 할까, 어떻게 해도 자연에는 대적할 수 없음을 깨달았습니다.

4   손에 닿는 대로 아무거나 이용하는 예술 기법.

제가 좋아하는 안젤름 키퍼(Anselm Kiefer)라는 독일인 아티스트가 있습니다. 나치 정권을 포함한 독일의 어두운 근대사를 주제로 실제 지푸라기나 재 등을 사용해 거대한 회화 작품을 만드는 것으로 알려져 있는데, 그의 박력 있는 작품도 동북 지역의 잔해 앞에서는 더없이 흐릿하게 보일 뿐입니다. 어폐가 있는 표현일지 모르지만, 재해지에서 목격한 광경은 궁극의 설치 작품이자 인간의 지혜를 뛰어넘은 놀라운 예술처럼 보였습니다. 물론 그런 생각은 저의 작업에도 영향을 끼쳐 인간 같은 존재가 노력을 통해 음악과 표현물을 만든다 한들, 거기에 과연 어떤 의미가 있을까 하는 무력감으로 이어지기도 했죠.

그럼에도 불구하고 인간이 오랜 시간을 거쳐 묵묵히 쌓아 올린 것들이 한순간에 너절한 잡동사니가 되어버린 모습을 물끄러미 바라보는 사이, 거기에 무언가 조금 보태는 정도는 괜찮지 않을까 하는 마음이 서서히 싹트기 시작했습니다. 본래 바람이 스쳐 가는 소리에 귀를 기울이는 것만으로 충분한 아름다움을 느낄 수 있음에도, 우리는 꾸준히 음악을 만들어왔습니다. '자연에는 대적할 수 없다'는 전제를 인정하지만, 한편으로 거기에 두어 개쯤 자신의 소리를 더해 즐길 권리는 있지 않을까 생각했죠. 지진이라는 재해를 계기로 그동안 막연히 품어온 가치관에 더욱 마음이 기울기 시작했다고 말할 수도 있겠습니다.

또한 이 시기에는 페이스북을 통해 알게 된 동료들과 마

음을 진정시켜주거나 사고력에 도움을 주는 책을 서로 추천하며 지내고 있었는데요. 그 목록을 정리해 8월에 서둘러 출판한 책이 『지금이니까 읽고 싶은 책, 3·11 이후의 일본』(いまだから読みたい本―3・11後の日本)이었습니다. 이바라기 노리코부터 스베틀라나 알렉시예비치에 이르기까지, 동서고금을 막론한 다양한 저자들이 쓴 통찰과 시사가 풍성하게 담긴 이야기를 한데 모은 책이었죠. 9·11 직후 출간된 앤솔러지 『비전』(非戰, 2001년)과 같은 편집 방침이었습니다.

저는 재해 이후의 정치 상황을 보며 일본의 민주주의가 아직 충분히 성숙하지 못한 것 같다는 생각에 빠졌고, 이를 계기로 마루야마 마사오의 책을 다시 읽고 있었습니다. 그가 전쟁 전 일본 정권의 의사 결정 시스템을 날카롭게 비평하며 지적한 "무책임의 체계"는 지금 이 시대에도 그대로 적용되고 있죠. 이러한 문제의식을 바탕으로 마루야마의 대표작 『현대 정치의 사상과 행동』에 나오는 「현대에서의 인간과 정치」라는 논문을 그 책에 실어 소개했습니다.

'모어 트리스' 활동

2011년 7월, 재해지를 방문한 것은 제가 대표를 맡고 있는 '모어 트리스'(more trees) 활동을 위해서였습니다. 리쿠젠타카타 시는 바다에 닿아 있는 반면, 인접한 산림 지역의 스미타 정은 옛날부터 임업 마을로 알려져 있었습니다. 지진 피해 직후 쓰나미로 집을 잃은 리쿠젠타카타 시의 주민을 돕기 위해 스미타 정에서 얻을 수 있는 목재와 현지의 토목 공사 업체의 협력을 받아 약 1,000동의 쾌적한 목재 임시주택을 짓기로 했습니다.

그러나 막상 스미타 정이 이와테 현청에 조성금을 요청하자 "마을의 독자적 대처는 재해구조법 적용에서 제외된다"는 답변과 함께 거절을 당했다고 합니다. 그 이야기를 우연히 인터넷으로 접했는데 융통성 없고 부정확한 기준이 어찌나 어처구니없던지, 머리로 피가 솟구치는 기분이 들더군요. 스미타 정의 대처가 훌륭하다는 사실은 의심할 여지가 없으니 총 3억 엔의 필요 예산을 '모어 트리스'가 모아보겠다고 과감히 공표했습니다. 그리하여 서둘러 시작한 것이 'LIFE311'이라는 프로젝트입니다.

이러한 경위로 현지 주민들과의 교류를 시작했고, 스미타 정의 이장님과도 만나게 되었는데 남자다운 매력이 넘치는 굉장히 멋진 분이었습니다. 저희의 활동을 매체에서 다루기 시작하자 이와테 현 측도 태도를 바꿔 "역시 저희가 자금을 지원하는 것이 좋겠습니다" 하고 황급하게 제안을 해왔지만 이장님이 직접 거절했다는 이야기를 들었습니다. 나중에 가서 위에서 이런저런 참견하지 말라면서요. 결과적으로 모어 트리스의 기부금은 목표액 3억 엔에는 미치지 못했지만, 2억 4,000만 엔 정도가 모였습니다.

이어지는 모어 트리스의 활동으로 스미타 정처럼 임업으로 유명한 미야자키 현의 모로쓰카 촌에 방문했는데, 이곳의 이장님도 무척이나 식견이 높은 분이었습니다. 임업이 번성하는 지역들은 소위 일본의 벽촌에 해당하는 곳입니다. 하지만 그곳의 모두가 세상의 움직임을 제대로 살피고 있었고 한 할아버지는 "사카모토 씨, 역시 일본도 얼른 탈탄소 사회로 이행하지 않으면 안 돼"라는 말씀을 해주셨습니다. 1차 산업에 종사하는 분들은 매일매일 자연과 부딪히며 살아가고 있는 만큼 환경의 변화를 누구보다 예민하게 감지하겠죠. 수산업에서는 바다의 온도가 1도 상승하는 것만으로 어획이 불가능해지기도 하니까요. 그분들의 생활이 자연에 직결되어 있습니다.

참고로 모로쓰카 촌은 임업을 중심으로 하지만, 거기에만 의지할 수는 없다며 표고버섯 재배, 찻잎 가공, 축산업에도 힘쓰고 있다고 합니다. 기후가 고르지 못한 해에도 제대로 먹고살 수 있도록 쇼와 30년대[5] 이장이 앞장서서 4개 기간산업의 구조를 만들었다고요. 중앙 정부보다 유능한 정치가들이 지방에는 참 많다는 것을 느꼈습니다.

모어 트리스를 시작한 2007년에는 설마 세상이 이런 사태를 맞이할 줄은 상상도 하지 못했습니다. 처음에는 그저

5   1955~1964년.

'No Nukes, More Trees'라는 표어가 떠올라 그 말을 프린트한 티셔츠를 만든 것뿐이었죠. 그랬던 것이 일반 사단법인으로 조직을 꾸려 고치 현 유스하라 정에서 숲 가꾸기 활동에 나서기 시작하면서 여기저기에 '모어 트리스 숲'이 생겨났고 지금은 일본 국내 열여섯 곳(열두 개 지역), 해외 두 곳에까지 확대되었습니다. 저는 개인적 흥미를 바탕으로 움직이는 것이지, 사회에 공헌하겠다는 의무감에 사로잡혀 있지는 않습니다. 하지만 이런 활동을 통해 음악에만 전념해서는 연을 맺을 수 없는 멋진 분들을 만날 기회를 얻은 것은 큰 행운이라고 생각합니다.

여담이지만 모어 트리스와 관련해, 2017년에는 이런 일이 있었습니다. 그해 생일, 해외에서 예상치 못한 나무 심기 증서가 날아왔습니다. 중국의 팬들이 돈을 모아 제가 태어난 날인 1월 17일의 숫자를 따서 총 1,170그루의 나무를 내몽골의 사막지대에 심어준 것입니다. 사전에 저희 사무실과 연락해 사카모토 류이치라는 이름을 쓰는 것에 대한 허가를 받은 후 저에게는 비밀로 하고 계획을 진행했다고요. 눈물이 날 정도로 기뻤습니다. 그 팬클럽은 다음 해에 중국의 빈곤 지역에 제 이름으로 음악 교실을 세우고 악기를 기증하기도 했죠. 처음에는 그저 입 밖으로 내뱉고 본다는 느낌이었는데, 'No Nukes, More Trees'의 메시지가 이렇게까지 세상에 영향을 끼치게 되다니 놀라울 따름입니다.

어린이 음악 재생 기금

재해지에서 돌아온 후에도 미디어를 통해 잔해 사진과 영상을 보았는데, 그 잔해 더미 속에 악기의 파편 몇 개가 뒤섞여 있는 것을 발견했습니다. 역시 뮤지션이라는 직업을 가지고 있어서인지 그것이 단순한 파편으로 보이지 않았고, 마치 살이 베이는 듯한 아픔을 느꼈습니다. 지진 피해로 망가져버린 악기를 어떻게든 고쳐 다시 음악을 연주하게 할 수는 없을까. 인간에게는 물과 식량뿐 아니라 음악도 필요하니까. 이런 생각으로 전국 악기협회 회장을 만나 '어린이 음악 재생 기금'을 설립했습니다.

동일본 대지진에서 진도 5.5 이상을 경험한 학교는 피해 세 개 현 안에 무려 1,850곳 정도가 있다고 들었습니다. 그런 피해 지역 학교의 망가진 악기들을 무상 수리하고, 도저히 고칠 수 없는 악기들에 대한 교체 비용을 이 기금을 통해 지원하기로 했습니다. 수리 작업은 현지 악기점에 맡겨 가급적 피해 지역에서 자금이 융통될 수 있는 구조를 만들었습니다. 연말에는 긴자의 야마하 홀에서 '어린이 음악 재생 기금'을 위한 자선 콘서트를 열기도 했고요.

다음 해인 2012년 초에는 이런 일도 있었습니다. 쓰나미로 인해 흙탕물을 뒤집어쓴 피아노가 있다는 소식을 듣고 미야자키 현 나토리 시까지 직접 보러 갔습니다. 보자마자 처음으로 느낀 점은 피아노가 상상 이상으로 튼튼하게 만들어졌다는 것이었습니다. 피해를 입었지만, 다른 악기들처럼 형태를 알 수 없게 부서지지는 않았더군요. 소금물에 젖은 채로 오랜 시간 방치되어 있었으니 금속의 현들은 당연히 녹이 슬어 있었습니다. 나무 건반도 수분 때문에 팽창해 반 정도는 눌러도 다시 돌아오지 않았습니다. 수리는 쉽지 않았고, 일부를 고치기는 했지만 일반적인 음악 활동에 사용하는 것은 기대할 수 없었죠.

하지만 이렇게 망가져버린 '쓰나미 피아노'의 건반을 누르며 귀를 기울여보니 완전히 흐트러진 조율의 현이 뭐라 말할 수 없을 정도로 정취 있는 소리를 내는 거예요. 그러고 보면 피아노라는 것은 원래 목재라는 물질을 자연에서 가져와 철로 연결해 우리가 선호하는 소리를 연주하도록 만든 인공물이잖아요. 그러니 역설적으로 말하면 쓰나미라는 자연의 힘에 의해 인간의 에고가 파괴되어, 비로소 자연 본연의 모습으로 회귀한 것은 아닐까 하는 느낌도 들었습니다.

이 피아노는 한 고등학교의 비품이었는데 쓰지도 못하는 상황에 마냥 놔둘 수가 없어 폐기할 예정이었다고 합니다. 그 이야기를 들은 저는 어찌할 바를 몰랐고, 결국 "제가 인수하겠습니다" 하고 말한 뒤 그 피아노를 가져 와서 이후에 설치 작품 〈IS YOUR TIME〉(2017년)을 만들었습니다. 같은 해에 발표한 앨범 《async》에도 '쓰나미 피아노'의 소리를 사용했고요.

돌아보면 저는 이때부터 작곡 면에서도 오선지의 규칙에 얽매이지 않는 쪽으로 방향을 틀었던 것 같습니다. 오선지는 음악이 시간 예술이라는 약속 아래 편의에 따라 구성된 것입니다. 제가 종종 설치 작품을 발표하는 것은 역시 그런 규제에서 벗어나고 싶은 바람과 깊이 관계되어 있습니다. 적어도 갤러리 안에서의 소리의 표현은 일반적인 음악처럼 시작이 있고, 끝이 있는 이야기일 필요는 없으니까요.

서머 페스티벌에서 있었던 일

2011년 8월 15일에는 오토모 요시히데 군의 제안으로 '프로젝트 FUKUSHIMA!' 음악 페스티벌에 참가했습니다. 후쿠시마에서 문화를 발신하는 목적으로 기획된 공연으로 입장료가 무료인 대규모 이벤트였습니다. 이러한 행사는 지금까지도 이어지고 있는데, 훌륭한 일이라고 생각합니다. 그들은 활동 지원금을 모으기 위해 'DIY FUKUSHIMA!'라는 기부 사이트도 미리 만들어두었습니다. 저도 뜻을 같이해 후쿠시마 시에 거주하는 시인 와고 료이치 씨의 작품에 영감을 받아 만든 곡 〈Quiet night〉(静かな夜)를 제공했습니다.

그랬더니 오토모 군이 〈Quiet night〉에 기타와 턴테이블 소리 등을 얹어 환골탈태한 또 다른 곡인 〈quiet night in

Fukushima〉를 만들어 이른바 답가의 형태로, 제가 공동 대표를 맡고 있는 'kizunaworld.org'를 위해 보내주었습니다. 'kizunaworld.org'는 지진 재해가 일어난 후 친구인 히라노 도모야스 군과 함께 시작한 프로젝트입니다. 세계 각국으로부터 재해지에 보낼 기부금을 모아 지원해주신 분들께 감사의 표시로, 이 프로젝트에 함께 뜻을 모아준 아티스트들의 작품을 선물했습니다.

페스티벌 당일에는 와고 씨가 자작시 「시의 돌팔매」(詩の礫)를 낭독하는 것에 맞춰 오토모 군과 제가 즉흥 연주를 했습니다. 참고로 이때는 어딜 가든 방사능 측정기인 가이거 계수기를 가지고 다녔는데, 후쿠시마 역 앞 광장에 심긴 식물에 대고 측정을 해보니 바늘이 끊어질 정도의 엄청난 선량이 나와 당황하지 않을 수 없었습니다. 그런데도 그 바로 옆을 어린아이와 젊은 여성 등이 아무렇지 않게 걷고 있었죠. 굉장히 걱정스러웠습니다.

이벤트에 앞서 공연장인 '사계의 마을' 잔디밭에 커다란 보자기 천을 까는 세리머니가 있었는데, 차에서 내려 거기까지 걸어가는 길에 노점들이 늘어서 있었습니다. 그중 한 곳에서 과일을 팔았는데 할머니가 "후쿠시마 복숭아 달고 맛있어. 애들은 안 먹는 게 좋지만"이라고 웃으면서 말하더군요. 내부 피폭의 위험성을 충분히 인지하고 있으면서도 복숭아를 파는 그녀의 모습에서 기쁘면서도 슬픈, 복잡한 감정을 느꼈습니다. "그래도 나이 든 사람들은 먹어도 괜찮아"라고 덧붙이더군요.

이 시기에는 YMO의 공연도 여러 차례 했습니다. 6월에는 로스앤젤레스의 할리우드 볼, 샌프란시스코의 워 필드 극장에서 연달아 미국 공연을 펼쳤고, 7월에는 처음으로 후지 록 페스티벌에 참가했으며, 8월에는 늘 그렇듯 'WORLD HAPPINESS'에 나갔습니다. 로스앤젤레스에서의 콘서트는 무려 31년 만이었다고 하더군요. 공연장에는 활동 당시부터 음악을 들어주었을 미국 전역의 열광적인 YMO 팬들이 집결했고, 〈Seoul Music〉(1981년), 〈Lotus Love〉(1983년) 등 자주 연주하지 않는 곡들도 오랜만에 선보였습니다.

할리우드 볼에서 열린 콘서트는 일본 특집의 일환으로 기획된 것으로 오노 요코 씨도 함께 공연을 했습니다. 다만 주최 측의 '후지야마 게이샤'식[6] 연출은 정말이지 너무하더군요. 2011년임에도 불구하고 아직도 이런 수준의 오리엔탈리즘, 더 적나라하게 표현하자면 레이시즘이 버젓이 통용되다니 어이가 없을 정도였습니다.

여담이지만, 후지 록 페스티벌 무대에서는 그 신선 같은 호소노 하루오미 씨, 온화한 성격의 다카하시 유키히로 군마저 "원자력 발전은 안 하는 게 좋아"라고 입을 모아 발언하는 모습에 깜짝 놀랐습니다. 20대부터 오래 알고 지낸

---

6   주로 서양인들의 시선으로 규정된 스테레오 타입의 '일본풍' 이미지.

사이지만, 지금껏 이들이 공개된 곳에서 정치적, 사회적 발언을 하는 것을 한 번도 들은 적이 없었습니다. 그런 두 사람이 확실히 탈원전을 주장하는 것을 보니 든든한 마음과 동시에, 이들도 그 정도로 사태의 심각성을 우려하고 있다는 생각이 들었습니다. 호소노 씨는 지진 직후에 구입한 중국산 선량계까지 가져왔었으니까요.

요시나가 사유리 씨와의 연대

오랜 시간 핵 폐기를 호소해온 이들 중에는 배우 요시나가 사유리 씨도 있습니다. 요시나가 씨는 1986년 도쿄에서 열린 평화 집회 이래, 일평생 '원폭시' 낭독에 힘써왔습니다. 그녀는 자원봉사로 이 활동을 이어왔다고 합니다. 원폭시란 히로시마나 나가사키의 원자폭탄으로 세상을 떠나거나 피해를 입은 분들이 쓴 시를 말합니다. 도게 산키치나 하라 다미키가 원폭 시인으로 널리 알려진 인물들이죠.

요시나가 씨가 문제의식을 느끼기 시작한 것은 젊은 시절, 오에 겐자부로의 『히로시마 노트』 중 하나의 에피소드를 영화화한 〈사랑과 죽음의 기록〉(愛と死の記錄)에 출연한 경험, 그리고 1980년대 NHK 드라마 〈유메치요 일기〉(夢千代日記)에서 태내 피폭 여성을 연기한 일이 계기가 되었다고 합니다. 후쿠시마 원전 사고로 인해 그녀의 활동이 한층 더 실제적인 의미를 띠게 되었죠.

그리고 2011년 10월, 영국 옥스퍼드대학의 초청으로 낭독회가 열리게 되었는데 저도 반주자로 함께 참여해달라는 제안을 받았습니다. 요시나가 사유리 씨는 일본 사람이라면 모르는 사람이 없는 그야말로 국민 배우입니다. 저 역시 예외는 아니라, 오래전부터 그녀를 좋아해온 '사유리스트'였습니다. 현대판 히미코[7] 같은 존재라고 할 수 있는 그녀에게 부탁을 받으면 그게 무엇이든 거절할 사람은 없을 것입니다. 게다가 요시나가 씨가 유럽에서 여는 첫 번째 낭독회였으니 이런 귀중한 자리에 불러준 것만으로 영광이라, 두말할 것 없이 넙죽 수락했습니다.

이때 사용한 행사장은 대학 캠퍼스 안에 위치한 유서 깊은 예배당이었습니다. 200석도 채 되지 않는 작은 공간에서 열린 이 행사는 먼저 영국인 낭독자가 영어로 번역된 시를 읽고, 뒤를 이어 요시나가 씨가 원문을 낭독하는 형식으로 진행되었습니다. 그녀의 목소리가 언어의 장벽을 뛰어넘어 감정에 직접 호소했기 때문일까요. 요시나가 씨가 시를 낭독하는 동안 일본어를 거의 이해하지 못할 현지 관객분들이 흐느끼는 소리가 들려왔고, 피아노를 치던 저도 그만 따라 울 뻔했습니다. 도중에 하얀 비둘기 한 마리가 길을 헤매다 예배당 안으로 들어왔던 것이 기억나네요.

---

7   卑弥呼. 고대 야요이 시대에 추대된 일본 최초의 여왕.

자연에는 대처할 수 없다

처음으로 요시나가 씨와 함께 일했던 것은 이전 해 여름, 도쿄에서 열린 '요시나가 사유리 평화를 위한 유대'라는 콘서트 형식의 낭독회에서였습니다. NHK 홀에서 열린 이 행사에는 요시나가 씨와 친분이 있는 당시의 황후, 미치코 님[8]도 계셨는데, 공연이 끝나고 VIP 룸에서 출연자들과 인사 나눌 수 있는 자리가 마련되었습니다. 제 순서가 되어 미치코 님 앞에 섰는데, 부동자세로 똑바로 서서 눈도 제대로 마주치지 못하는 상태가 되었습니다. 미치코 님이 "아까 연주했던 피아노곡, 악보가 있어요?" 하고 묻기에 "아니요, 즉흥곡입니다"라고 답하자 "이런, 아무것도 남지 않는 거구나. 그것 참 아쉽네" 하고 답하셨지요. 창피할 정도로 바짝 긴장했습니다. 젊은 시절에는 전공투운동을 했고, 천황제에도 비판적인 입장인데 정말 이상한 일이었죠. 군국 교육을 받고 만주에까지 파견되었던 아버지에게 이어받은 무언가가 제 안에 있는 것일까요. 참고로 아버지는 전쟁 후에는 자유주의적 사고방식을 가지게 되었지만, 한번 몸에 배어든 것은 평생토록 남는다고 생각합니다.

그날 함께 공연했던 훨씬 어린 젊은 뮤지션들은 똑같이 알현의 기회가 주어지자, 미치코 님의 눈을 똑바로 마주 보더니 거의 반말에 가까운 말투로 편하게 대화를 나누더군요. 가까이에서 그 모습을 보던 저는 "불경하다!"는 생각을

8   2019년 상황후로 직위가 변경되었다.

농담 반, 진담 반으로 하고 있었습니다. 2005년 미국의 부시 대통령이 일본을 방문했을 때도 이타미 공항에서 헬리콥터를 타고 출발해 교토고쇼[9] 부지 안에 착륙하는 것을 보고 아사다 아키라 씨와 함께 분노한 적이 있었어요. "왜 우익들은 미국의 저런 불경한 행위에 항의를 안 하는 거야!" 하고요.

이후 미치코 님에게는, 가깝게 지내는 쓰다주쿠대학의 하야카와 아쓰코 선생님의 부탁으로 제가 작곡한 피아노곡의 악보를 보내기도 했습니다. 꽃무늬를 곁들여 특별 사양으로 악보를 만들었습니다. 미치코 님도 취미로 피아노를 연주하기 때문에 악보를 원했던 것일지도 모르겠습니다. 직접 뵌 것은 딱 한 번뿐이었지만, 멋진 분이었습니다.

요시모토 다카아키 씨와의 재회

10월 말에는 일과 상관없이, 문득 생각이 나서 요시모토 다카아키 씨를 만나러 갔습니다. 요시모토 씨는 굳이 설명할 필요도 없는 전후 일본을 대표하는 지식인 중 한 명으로, 그야말로 '교주'와 같은 강렬한 카리스마를 가진 분입니다. 학생운동의 파벌이 친(親)요시모토파, 반(反)요시모

9   약 500년간 일본 천황의 집무실이자 거처였던 곳.

토파로 나뉠 정도였으니까요. 저는 당연히 친요시모토파였고 젊었을 때부터 큰 영향을 받아 1986년에는 함께 『음악기계론』(音楽機械論)이라는 책을 쓰기도 했습니다. 당시 자주 사용하던 도쿄의 스튜디오에 요시모토 씨가 직접 와주셔서, 제가 몸담고 있는 필드인 음악에 대해 책 한 권 분량의 대담을 나누는 호화로운 시간을 가졌습니다.

요시모토 씨는 원래 키가 크고 체격이 좋습니다. 그런데 오랜만에 만나 뵈니 기억했던 것보다 머리의 위치가 훨씬 아래에 있더군요. 자세히 살펴보니 나이가 드신 탓에 허리가 많이 굽어 있었습니다. 하지만 의자에 앉는 순간, 변함없이 거대한 존재감이 느껴져 안심했습니다. 요시모토 씨는 원자력 발전에 대한 발언도 자주 하는 논객입니다. 지진 재해 이후에는 『반원자력발전 이론』(「反原発」異論)이라는 책을 출간했는데, 좌익이면서도 원자력 발전을 문명의 상징으로서 옹호하는 특수한 입장이었습니다. 그 점에 관해서는 저와 완전히 대립했죠. 묻고 싶은 것이 많았는데, 그날 충동적으로 요시모토 씨의 집까지 찾아간 것치고는 대화의 내용이 잘 기억나지 않습니다. 정치적, 사상적인 이야기는 별로 안 했던 것 같아요.

기억나는 점은 술을 좋아하는 요시모토 씨를 위해 고쿠류(黑龍)였나 꽤 괜찮은 술을 들고 갔던 것과 노안으로 시력이 떨어진 요시모토 씨가 독서용으로 글자를 확대해주는 커다란 돋보기 같은 기계를 쓰고 있었다는 것 정도입니다. 요시모토 씨는 책을 그렇게나 좋아하는 독서가이면서도, 집에 소장하고 있는 책이 의아할 정도로 적었습니다. 엄선한 문고와 양서 등 그에게 정말 특별한 책들만 드문드문 책장에 놓여 있었죠. 물어보니 예전부터 근처의 도서관을 자주 이용했다고 하더군요. 그 홀가분한 감각 역시 멋졌습니다.

요시모토 씨는 그로부터 반년도 지나지 않아 이듬 해 2012년 3월 16일에 폐렴으로 세상을 떠났습니다. 87세의 나이였습니다. 불길한 예감이 들었던 것은 결코 아니었지만, 살아 계실 때 한 번 더 뵐 수 있어 정말 다행이었다는 생각이 듭니다. 요시모토 씨가 '대장'이라는 호칭으로 저를 자주 불러주던 것도 생생히 기억나네요.

인생 최고의 선물

새해가 열리고, 2012년 1월 17일에 환갑을 맞이하게 되었습니다. 회사 직원에게 선물 받은 덕분에 어울리지 않게 빨간 창창코[10]를 입어보기도 했죠. 앞만 보고 달리다 문득 정신을 차려보니, 눈 깜짝할 사이에 60세가 되어 있었습니다. '벌써 그렇게 됐나?' 싶기도 하고 마치 남의 일처럼 느껴졌습니다.

---

10 일본에서 풍습으로 환갑 축하의 의미로 선물하는 소매 없는 붉은 옷.

이때 깜짝 선물로 프라이빗 트리뷰트 앨범을 받았습니다. 호소노 씨와 유키히로 군, 다카노 히로시 군, 오야마다 게이고 군, 다카다 렌 군, 곤도 도모히코 군과 유잔 등 친분이 있는 뮤지션들과 제 딸 사카모토 미우가 참여해 평소에 웬만하면 감동하는 일이 없는 저도 가슴이 뜨거워졌습니다. 이 앨범은 비매품으로, 제가 진행하는 라디오 프로그램 〈RADIO SAKAMOTO〉에서 특별히 호소노 씨가 불러준 〈Birthday Song〉을 소개한 적은 있지만, 음원은 일절 세상에 공개되지 않았습니다.

그리고 한 가지 더, 환갑 기념으로 인생 최고의 선물을 받았습니다. 생일 당일에 파트너가 "잠깐 나갔다 올까?" 하고 제안하길래 시키는 대로 준비된 차에 올라탔더니, 맨해튼 57번가로 향하더군요. 그곳에는 피아노의 메카격인 스타인웨이앤선즈(Steinway&Sons)의 본점이 있는데, 저는 '여기가 바로 그 글렌 굴드가 들른 적이 있다는 가게구나'라고 생각하며 지하에 있는 피아노들을 시험 삼아 이것저것 쳐보고 있었습니다. 그런데 갑자기 파트너가 "아무거나 좋아하는 것으로 골라봐" 하는 거예요. '설마, 말도 안 돼!'라고 생각했죠.

파트너가 말하길, 집에 피아노가 없다는 핑계로 연습을 전혀 안 하는 저를 보다 못해, 더 이상 발뺌할 수 없도록 선물해주기로 마음먹었다고 합니다. 못 이기는 척, 거실에 놓을 수 있는 조금 작은 크기의 베이비 그랜드 피아노를 골랐습니다. '연주 기술은 실제 콘서트 현장이 아니면 늘지 않는다'는 주의였지만, 선물까지 받은 이상 평소에도 피아노를 칠 수밖에 없게 되었습니다. 생각해보면 어릴 때 영향을 주었던 외삼촌에게 갈색 피아노를 물려받았던 이래 처음으로, 60세의 나이에 저만의 피아노를 갖게 된 셈입니다.

크라프트베르크와의 유대

봄에는 카스텐과의 투어로 중남미의 여러 국가를 돌았고, 처음으로 방문한 아르헨티나에서는 크루들과 함께 엄청난 양의 소고기를 먹기도 했습니다. 7월 7일과 8일에는 마쿠하리 멧세에서 열린 'NO NUKES'에 'YMO+오야마다 게이고+다카다 렌+곤도 도모히코' 밴드로 출연했습니다. 제가 생각해낸 'No Nukes, More Trees'라는 표어에서 출발해 '탈원전'을 테마로 기획된 페스티벌인데 라이브 공연뿐 아니라 토크 세션 등의 행사도 진행되었습니다. 새해가 되고 나서야 준비를 시작했음에도 예상외로 많은 아티스트들이 취지에 동감해 참여 의사를 밝혀준 것은 그야말로 기분 좋은 오산이었습니다. 여름에는 이전 해에 이어 편저자가 되어 『NO NUKES 2012 우리들의 미래 가이드 북』(NO NUKES 2012 ぼくらの未来ガイドブック)을 출간하기도 했죠.

〈NO NUKES 2012〉의 무대

'NO NUKES' 페스티벌에 제가 꼭 부르고 싶었던 팀이 있었는데, 1975년 《방사능》이라는 앨범을 발표한 독일의 테크노 밴드 크라프트베르크(Kraftwerk)였습니다. 팀의 리더인 랄프 휘터(Ralf Hütter)에게 상의를 했더니 곧바로 흔쾌히 출연 수락을 해주었습니다. "예산도 별로 없을 테니 일본까지 가는 여비는 이코노미석 값만 쳐줘도 된다"며 배려도 해주었죠. 유럽은 1986년 일어난 체르노빌 원전 사고로 커다란 피해를 입었고, 그를 계기로 원자력 발전에 대한 비판의 목소리가 높아졌습니다. 그러나 후쿠시마에서 또다시 사고가 일어나고 말았습니다.

랄프는 'NO NUKES' 무대에서 크라프트베르크의 대표곡 〈Radioactivity〉를 특별한 버전으로 연주하고 싶다고 했습니다. 이 곡에는 원래 "체르노빌 해리스버그 세라필드 히로시마"라고 방사능 피해를 입은 지역의 이름을 열거하는 구간이 있는데, 그 부분을 업데이트하고 싶다고요. 그래서 새롭게 추가할 '후쿠시마'의 발음을 가르쳐주기도 하고, 그들이 준비해준 일본어 가사를 다듬기도 하면서 매일같이 메일로 연락을 주고받다가 당일을 맞이했습니다.

크라프트베르크와는 1981년, 그들이 처음 일본에 방문했을 때부터 교류해왔습니다. 저희 YMO에게는 테크노 팝을 개척한 대선배님 같은 존재였기 때문에, 처음에는 그들의 대기실에 인사하러 갈 수 있다는 사실만으로도 두근거렸습니다. 하지만 막상 만나고 나니 금세 의기투합하게 됐고, 당시 잘나가는 디스코텍이었던 롯폰기의 '쓰바키 볼'로 안내하기도 했습니다. 그렇게 멋진 음악을 만들다니 혹시 사이보그가 아닐까 하는 환상마저 품고 있었는데, 사적인 자리에서는 별 볼품없는 촌스러운 점퍼를 입고 있길래 긴장이 탁 풀렸습니다. 디스코텍에서 일본 여성들과 함께 춤을 추며 추파질하는 모습에 환상이 깨지기도 했죠. "뭐야, 그냥 보통 아저씨들이잖아" 싶었어요. 물론 그때 저희 YMO를 보고 똑같은 생각을 한 사람도 있겠지만요.

그렇게 보기보다 인간미 있는 크라프트베르크와 'NO NUKES'로 오랜만에 함께 공연할 수 있게 되어 감회가 새로웠습니다. 랄프는 물론, 오랫동안 그들과 함께 일한 당시의 매니저도 탈원전 활동에 꾸준히 힘써온 분이었습니다. 평소에 그들은 공연 후 다른 뮤지션들과의 뒤풀이 자리에 잘 참가하지 않는데, 그날만큼은 흥이 올라 크라프트베르크와 YMO 멤버가 다 함께 마쿠하리 호텔 안에 있는 바에 가서 술을 마시기도 했습니다.

생각해보면 저는 곳곳에서 그들의 도움을 받아왔습니다. 'STOP ROKKASHO'의 웹사이트를 만들었을 때도, 그보다 더 거슬러 올라가 2001년에 '지뢰 제로'를 목표로 한 프로젝트 'ZERO LANDMINE'을 시작했을 때도 크라프트베르크가 특별히 사운드 로고를 제작해주었습니다. 코즈(cause), 즉 대의를 함께하는 친구라고 할 수 있겠네요.

'고작 전기' 발언의 진의

이 시기에는 일본에 머물 때마다 총리 관저 앞에서 열리는 탈원전 시위에 참가했습니다. 이렇게 많은 이들이 정치에 대해 목소리를 높인 것은 1970년대 이후 처음이었죠. 7월 16일에는 요요기 공원에서 진행된 '사요나라 원전 10만인 집회'의 단상에서 연설을 했는데, 수많은 청중의 수를 보니 정부의 원전 정책에 대한 국민의 분노를 실감할 수 있었습니다. 하지만 매체들은 그때의 발언 중 "고작 전기"라는 한 마디만 떼어내 보도했고, 이후 제게 엄청난 비난이 쏟아졌습니다. 암 환자가 되고 나서는 "전기 써서 암 치료 받는 거냐?"라며 야유를 받기도 했지요.

'고작'이라는 단어 하나에 꽂혀 감정적으로 반응하는 사람이 이렇게까지 많다는 사실에 놀랐지만, 저는 전기의 가치를 부정할 생각은 전혀 없었습니다. 어디까지나 '인간의 생명과 전기 중 어느 쪽이 중요한가' 하는 질문을 던졌을 뿐이며, 아마 대부분의 사람들은 이 질문에 '생명'이라고 답할 것이라 생각합니다.

또한 그 연설을 통해 호소하고 싶었던 내용은 보다 안전한 발전 방법에 관한 것이었습니다. 후쿠시마 원전 사고 이전까지는 일본 국내에서 전기를 생산하는 방법이 화석 연료를 이용하는 것과 원자력 발전밖에 없다고 알고 있는 사람도 많았으리라 생각합니다. 하지만 실제로 사고 이전의

자연에는 대처할 수 없다

총 전력 중 원자력 발전의 비율은 30퍼센트 정도였습니다. 원전은 가장 위험한 발전 방법이며 막대한 비용이 듭니다. 게다가 만약 무슨 일이 생기면 단번에 돌이킬 수 없는 사태를 초래하죠. 실제로 후쿠시마 사고 이후 16만 명이나 되는 주민이 불가피하게 피난을 해야 했습니다. 건강에 문제가 생기지는 않을까 두려워하며 살아가야 하는 사람의 수는 그보다 더 많습니다.

다른 선택지가 존재하는 상황에서, 가장 리스크가 높은 방법으로 발전을 계속해야 할 필요는 어디에도 없습니다. 기후 변화가 가속화되고 있는 만큼 태양광을 비롯한 재생 가능 에너지 쪽으로 방향을 틀어야 한다는 것이 당시 저의 주장이었으며, 그 생각은 지금도 변함없을뿐더러 점점 강해지고 있습니다. 사고가 일어난 지 10년 이상의 시간이 흘렀지만 녹아내린 연료조차 회수하지 못했고, 폐로에 얼마나 많은 시간과 비용이 드는지에 대해서는 누구도 정확하게 답하지 못합니다. 이는 일본 경제에 엄청난 부담으로 작용할 것입니다.

저는 '고작 전기' 발언을 포함해 그때 했던 연설 내용에 대해 조금도 후회하지 않습니다. 마음대로 말을 잘라서 쓸 사람은 좋을 대로 하면 그만입니다. 그러나 이 기회에 전후의 맥락을 포함한 내용을 문자화하여 다시 전합니다. 과연 사카모토 류이치가 "전기는 필요 없다"고 주장한 것이 맞는지, 부디 판단해주시기 바랍니다.

장기적이긴 하겠지만 (원자력 발전을) 당장 멈추라고 해 봤자 멈추지 않으니, 우리가 할 수 있는 일은 전력회사에 대한 의존을 줄여나가는 것입니다. 이런 주장은 당연히 그들에게 어느 정도 압박으로 작용할 것이고, 전력회사의 요금 체계 설정 문제나 발전과 송전의 분리, 지역 독점 문제 등이 점점 자유화되면, 원전에 기대지 않는 전기를 우리 시민들이 선택할 수 있을 것입니다.

또한 일반 가정이나 사업체 등이 점차 자가발전을 하는 식으로 시간이 걸리더라도 조금씩 전력회사에 대한 의존도를 낮춰가는 겁니다. 우리 돈이 전력회사로 들어가 그 돈이 원전이나 관련 시설이 되는 것이니 이런 데 쓰일 돈의 액수를 조금이라도 줄여가는 것이 중요하다고 생각합니다.

생각해보면, 고작 전기입니다.

고작 전기 때문에 왜 생명이 위협을 받아야 합니까. 저는 언제가 될지는 모르지만, 이번 세기가 반쯤 지났을 때쯤, 2050년경에는 전기 같은 것은 각 가정과 회사, 공장에서 자가 발전하는 일이 당연해지는, 상식이 되는 사회가 되어 있을 것이라는 희망을 품고 있습니다. 그렇게 되길 바랍니다.

고작 전기 때문에 이 아름다운 일본, 나라의 미래인 아이들의 생명이 위협 받게 돼서는 안 됩니다. 돈보다 생명입니다. 경제보다 생명입니다. 아이들을 지킵시다. 일본의 국토를 지킵시다.

마지막으로 "Keeping silent after Fukusima is barbaric".

후쿠시마 원전 사고 이후의 침묵은 곧 야만이다, 이것이 제 신조입니다.

트리오 자선 콘서트

2012년 10월에는 트리오 편성으로 오랫만의 커버 앨범 《THREE》를 발매했습니다. 이전 해 연말, 유럽에서 몇 차례의 공연을 마친 후 최종 목적지였던 포르투갈 포르투에서 레코딩한 앨범입니다. 레코딩보다 투어를 먼저 진행한 것도 관객들 앞에서 이 멤버 구성으로 연주를 반복해 원숙미를 더한 후 녹음을 하면 완성도가 더 높아질 것이라는 생각 때문이었습니다.

첼로는 예전 트리오 앨범 《1996》(1996년)에도 참여해준 오랜 친구, 자크 모렐렌바움(Jaques Morelenbaum)이 맡았습니다. 자크는 브라질 출신으로 조빔 밴드에서 활동했던 베테랑 중의 베테랑입니다. 한편 바이올리니스트로는 유튜브를 통한 오디션 후 최종 단계에서는 실제 연주를 살펴보고 주디 강이라는 한국계 캐나다인을 발탁해 새로운 재능을 더했습니다.

레코딩 작업을 했던 포르투는 제 피아노를 담당해주는 조율사 호세 로차의 출신지로, 그의 이야기를 듣고 있으면 포르투갈의 수도 리스본과 제2의 도시 포르투의 관계가 흡사 일본의 도쿄와 오사카 같다는 생각이 듭니다. 그는 종종 이런 농담을 던지곤 했어요. "리스본에서 제일 아름다운 것은 고속도로 진입로에 있는 '포르투는 이쪽 방향입니다'라는 안내판이야."

《THREE》를 발매한 직후에는 호주 브리즈번에 초대받아 '아시아 태평양 스크린 어워드'를 수상했고, 그 시상식장에서 《전장의 메리크리스마스》에서 함께 연기한 배우, 잭 톰슨과 재회하기도 했습니다.

이후 《THREE》 발매 기념 투어를 일본의 아홉 군데 지역과 한국 서울의 세종문화회관에서 진행했습니다. 또한 트리오 투어의 연장선으로 12월에는 다시 리쿠젠타카타 시를 방문해 현지 주민 700명을 초대해 자선 콘서트를 열었습니다. 동일본 대지진 이후 두 번째 겨울을 맞이했음에도 여전히 약간의 잔해가 남아 있었고, 길게 엮은 천 마리의 종이학이 걸려 있는 모습이 마음을 아프게 했습니다. 파멸적인 피해를 입은 연안 부두의 빈터에 제단이 마련되어 있어서, 그 앞에 웅크리고 앉아 손을 모았습니다. 외국인 투어 멤버들에게 "여기도 원래는 거리였어"라고 설명을 해줘도 아무것도 상상할 수 없을 정도로 공허한 상태였습니다.

자선 콘서트를 앞두고 모어 트리스의 'LIFE311' 프로젝트를 통해 지원했던 스미타 정의 목조 가설 주택에도 방문했습니다. 추운 계절이라 다 같이 고타쓰에 들어가 주민들과 이야기를 나눴습니다. 평소에는 쾌활한 두 명의 멤버도 모든 것이 휩쓸려간 재해지의 모습을 직접 보고는 할 말을 잃은 채, 진지한 표정을 짓고 있었습니다.

그렇게 맞이한 콘서트 당일에는 첼리스트 자크도, 바이올리니스트 주디도 넋을 기리는 마음을 담아 온 힘을 다해 연주해주었습니다. 저도 재해민들에게 닿기를 바라는 마음으로 진심을 담아 피아노를 쳤습니다. 9·11 사건 직후, 한동안 음악을 만들기는커녕 들을 마음조차 생기지 않았던 저는 맨해튼을 산책하던 중 우연히 이름 모를 스트리트 뮤지션이 연주하는 비틀스의 〈예스터데이〉를 들은 것을 계기로 비로소 음악과 다시 마주할 수 있었습니다. 주제넘지만, 그때 제가 느낀 것을 그분들에게도 전하고 싶다는 바람 또한 있었습니다.

사실 재해민들과의 적정한 거리감을 찾는 것은 쉬운 일이 아닙니다. 비극적인 이야기를 다시 들춰내고 싶은 마음은 결코 없지만, 그렇다고 가볍게 힘내라는 말을 건넬 수도 없습니다. 그럼에도 불구하고, 음악을 통해 응원의 마음이 조금이라도 전해지기를 소망하며 제가 할 수 있는 범위 안에서 이런저런 시도를 했던 2년간이었습니다.

아이슬란드의 레이캬비크에서

아이슬란드로부터 배우다

저는 지금껏 일을 하며 다양한 장소를 방문해왔지만, 아직 가보지 못한 나라도 많습니다. 2013년은 한 번도 가본 적 없던 새로운 땅과의 만남으로 시작합니다.

해가 바뀌고 얼마 지나지 않은 2월, 아이슬란드에서 열리는 음악 페스티벌에 카스텐 니콜라이와 듀오로 초청을 받았습니다. 그간 스페인 바르셀로나에서 열렸던 일렉트로닉 뮤직에 특화된 페스티벌 '소나'(Sonar)의 출장 판으로, 이 해부터는 아이슬란드의 수도인 레이캬비크에서도 열리게 되었습니다. 소나는 한때 도쿄에서도 개최되었죠.

아이슬란드에는 예전부터 관심이 많았습니다. 왜냐하면 『소생하라! 꿈의 나라 아이슬란드』(よみがえれ!夢の国アイスランド)를 읽었으니까요. 아이슬란드도 다른 나라와 마찬가지로 2008년 리먼 쇼크의 영향으로 금융 위기를 겪게 되는데, 이후 구미 국가들의 경제 확대 노선에서 벗어나고자 하는 운동이 일어나 기적적으로 부활을 이뤘습니다. 그 운동에 사상적인 영향을 끼친 것이 2006년에 쓰여 30만 인

구의 거의 절반에 해당하는 사람이 읽었다고 알려진 이 책입니다. 아이슬란드의 정치가들이 행해온 과거의 과오들을 정면으로 비판하는 한편, 지열 발전 대응 등을 소개하며 작은 나라로서 지속가능성에 무게를 두어야 하는 것의 중요성을 호소한 획기적인 책입니다.

저자는 안드리 스나이어 마그나손(Andri Snær Magnason)이라는 아동문학 작가로, 그를 만나는 것 또한 아이슬란드 방문의 주요 목적 중 하나였습니다. 대담을 요청하자 다행히도 흔쾌히 수락해주었고, 그 내용은 잡지 《부인화보》(婦人画報)에 실렸습니다. 1990년대부터 아이슬란드 곳곳에 미국 자본의 대규모 알루미늄 공장들이 들어섰고 공전의 투자 붐이 일었습니다. 그러나 그 이면으로 공장에서 나온 폐기물로 인해 환경이 오염되기 시작했고, 명물이었던 철새 서식지가 위기에 빠지는 상황이 되었습니다. 요컨대, 일본이 경험한 고도 경제 성장기의 공해 문제와 거의 비슷했죠. 실제로 아이슬란드에서도 얼마 지나지 않아 버블 붕괴가 일어났고, 이러한 비즈니스와 환경보호의 대립이 더욱 심화되기 시작했습니다.

다만, 앞서 말했듯 아이슬란드는 문제가 닥치면 직접 민주주의라고 부를 수 있을 정도로 시민들이 활발하게 의견을 교환합니다. 이것이 대단한 점이죠. 정치가들 역시 실패로 이어진 판단들을 반성합니다. 실제로 버블을 초래한 원흉이 된 은행 간부에게 경제 붕괴의 책임을 물어 재판에

회부했고, 그는 투옥되었습니다. 금융 위기를 겪자 곧바로 국정 선거를 바로잡아 20대 무렵 비요크와 같은 밴드에서 보컬을 맡았던 뮤지션이 음악 활동과 겸해 수도의 시의원이 되기도 했습니다.

아이슬란드는 1944년, 그때까지 종주국이었던 덴마크로부터 분리 독립하여 주권 국가가 되었으나 실제 역사는 물론 그보다 오래되었습니다. 게르만 신화로 알려진 『에다』라는 책이 있죠. 일본의 『고사기』(古事記)처럼 북유럽 국가에 매우 중요한 문헌 중 하나인데, 그 가장 오래된 버전인 통칭 『스노리 에다』를 쓴 저자가 13세기 아이슬란드의 시인 스노리 스투를루손(Snorri Sturluson)입니다.

여담입니다만, 아이슬란드인들의 이름은 퍼스트 네임 뒤에 패밀리 네임이 붙는 구미의 일반적인 형식과 다릅니다. 퍼스트 네임 다음, 그의 아버지 혹은 어머니의 퍼스트 네임에 아들일 경우 '손'을, 딸일 경우 '도티르'를 붙이는 관례가 있기 때문이죠. 안드리 마그나손은 마그나의 아들이라는 의미로, 만약 그에게도 아들이 있다면 그 아들의 이름은 '○○ 안드리손'이 되는 것입니다. 서로 이름이 비슷한 경우도 있다 보니 아이슬란드 사람들의 이야기를 듣다 보면 마치 국민 모두가 친척인 것 같은 생각마저 듭니다. 연대감이 강하고, 여차할 때 신속한 결단을 내리는 것에는 분명 이런 이유도 있지 않을까요.

일본에서 아이슬란드에 가려면 이동 시간만 꼬박 하루

가 걸리지만, 뉴욕에서의 편도는 불과 6시간 남짓으로 생각보다 가깝습니다. 하지만 그렇게 멀리 떨어진 아이슬란드와 일본은 사실 둘 다 유라시아 판과 북아메리카 판의 양쪽 끝에 살짝 올라탄 섬나라들입니다. 생각할수록 지구의 구조는 참 재미있는 것 같아요. 대륙판이 움직임에 따라 아이슬란드는 매년 몇 센티미터씩 넓어지고 있다고 합니다.

이제 재생 가능 에너지의 최선진국이 된 아이슬란드는 수력 발전으로 총에너지의 70퍼센트, 지열 발전으로 30퍼센트를 조달하고 있다는 이야기를 들었습니다. 합치면 100퍼센트 자연 에너지인 것이죠. 부럽습니다. 현지의 지열 발전소를 견학했는데, 지열 터빈이 일본 기업 미쓰비시중공업의 제품이라 깜짝 놀랐습니다. 일본도 온천이 많은 화산국이니 같은 방식을 쓰지 못할 리가 없는데 말이죠. 일본 또한 잠재적으로는 자연 에너지 대국이 될 가능성이 있다고 생각합니다. 곧바로 떠오르는 것만 꼽아봐도 지열, 태양광, 풍력 등 에너지에 활용할 수 있는 요소들이 아직 남아 있다고 생각되고, 360도 바다로 둘러싸인 나라라는 환경적 특성에도 불구하고 모처럼 주어진 방대한 조력을 사용하지 않는 점도 아쉽습니다.

이때의 방문을 계기로 아이슬란드의 매력에 빠진 저는 이듬해에 주최 측이 먼저 제안해주지도 않았는데 뻔뻔하게 테일러 듀프리(Taylor Deupree)와 함께 소나에 출연해버렸습니다. 뉴욕에서 음악 레이블 '12k'를 이끌며 스스로도 뮤지션으로 활동하는 테일러는 제가 지금껏 만나온 미국인 중에 가장 조용한 사람입니다. 그의 음악 역시 그를 닮아 정적입니다. 그래서 매우 친해지기 쉬웠고 과거 몇 번의 리믹스를 부탁하기도 했으며, 이 무렵 처음으로 함께 만든 앨범《Disappearance》(2013년)를 발매했습니다.

중동의 왕녀

이어서 3월에는 처음으로 가보는 또 다른 땅, UAE(아랍에미리트연합국)에 방문했습니다. UAE를 구성하는 국가 중 하나인 샤르자 수장국의 왕녀가 현대미술 애호가인데 그 재단이 주관하는 샤르자 비엔날레에 초청된 것입니다. 왕녀는 런던대학에서 미술사를 공부했다는데 영어는 물론, 러시아어에 일본어까지 유창하게 구사했습니다. 무척 총명한 분이었고, 그녀가 생활하는 거대한 왕궁을 밖에서 구경시켜주기도 했습니다. 그곳에는 상시 500명 정도의 인원이 일하고 있다고 하더군요. 그러나 왕녀의 얼굴은 공개된 적이 없어 일반 시민들은 설령 그녀가 바로 옆에 있어도 알아보지 못한다고 했습니다. 덕분에 왕녀는 마치 〈로마의 휴일〉에 나오는 오드리 헵번처럼 거리를 활보하고 다녔죠.

샤르자에서는 다카타니 시로 씨, 음향 엔지니어 오노 세이겐 씨와 함께 제작한 〈silence spins〉라는 설치 작품을 전시했습니다. 다실의 모양을 본 따 다다미 약 3첩 넓이[1]의 공간을 만들고, 안쪽 벽에 소리를 흡수하는 소재를 붙였습니다. 그러면 다실 안에서 듣는 바깥 소리가 보통과 다른 방식으로 들리죠. 작품을 만들기 몇 년 전 다카타니 씨 부부, 아사다 아키라 씨와 함께 다이토쿠지(大德寺)에 방문했다가 그곳의 탑두[2]인 신주안(眞珠庵)에서 겪은 일이 영감이 되었습니다.

당시 저희는 신주안 안에서 차를 마시고 있었는데, 돌연 밖에 폭우가 쏟아졌습니다. 그 빗소리에 마음을 빼앗겨 다실 안에서 조용히 귀를 기울이다 보니, 단순히 바깥에서 폭우를 맞을 때와는 다른 뭔가 신기한 울림이 느껴졌습니다. 결국 그 자리에 앉아 있던 모두가 아무 말도 없이 30분 정도 빗소리에 빠져들었습니다. 시간을 초월한 '소리 공간'과 같은 감각이었는데, 마치 다실이 통째로 우주 공간에 던져진 듯한 느낌도 들었습니다. 실제로 우주에는 공기가 없으니 소리가 울리지 않겠지만, 이 일은 저에게도 다카타니 씨에게도 충격적인 경험으로 남아 지금도 우리 두 사람이 무언가를 만들 때 중요한 가치로 작용하고 있습니다. 그런 신비로운 체험에서 힌트를 얻어 제작한 것이 바로 이 설치 작품이었어요.

---

1   일반적으로 다다미 1첩을 1.62㎡로 계산한다.

2   본사 경내에 있는 작은 절.

〈silence spins〉는 샤르자 비엔날레 직전, 도쿄도 현대미
술관에서 열린 기획전 〈아트와 음악 – 새로운 공감각을 찾
아서〉에도 출품되었고, 그때는 피아노와 레이저를 사용한
다카타니 씨와의 공동 작품 〈collapsed〉도 함께 선보였습니
다. 〈아트와 음악〉전의 큐레이터였던 하세가와 유코 씨가
샤르자에서도 큐레이팅에 관여하고 있었기 때문에, 같은
작품으로 순회 전시를 실현할 수 있지 않았나 싶습니다.

　UAE뿐 아니라 중동을 방문하는 자체가 처음이었는
데, 지역에 따라 세속화된 정도가 달랐고 샤르자에서는 술
을 전혀 마실 수 없게 되어 있었습니다. 현지의 스태프들이
"만약 술을 마시고 싶으면 자동차로 30분 정도 걸리는 두
바이에 가서 드세요. 거기에서는 합법이니까요"라고 알려
주었지만 결국 그곳에 체류하는 일주일 동안 금주를 했습
니다. 샤르자에는 다른 나라에서 돈을 벌러 온 노동자들이
많았는데, 저희는 매일 저녁 파키스탄식 레스토랑에 가서
기름진 카레를 즐겨 먹었습니다.

　중동과 관련해서는 그 후에도 사우디아라비아의 부호
아티스트의 컬래버레이션 제안, 거대 콘서트홀의 공연 오
퍼, 중동 자본으로 만들어진 애니메이션의 영화음악 의뢰
등을 받았으나 공교롭게도 병을 앓게 된 것 등을 이유로 실
현하지는 못했습니다.

관광을 싫어하는 성미

되돌아보니 이 시기에는 여행만 다닌 것 같네요. 아주 옛날부터 뮤지션과 여행은 떼려야 뗄 수 없는 관계였습니다. 오스트리아 출신의 소년 모차르트가 당시 서양 음악의 중심지였던 이탈리아로 여행을 다녀온 이야기는 널리 알려져 있죠. 그에 반해, 독일에서 태어나 평생 이탈리아에 한 번도 가본 적 없는 바흐는 멀게만 느껴지는 그 땅을 떠올리며 〈이탈리아 협주곡〉을 짓기도 하면서 이탈리아의 음악 양식을 흉내 냈습니다. 바흐에게도 '남방동경'(南方憧憬)이라는 것이 있었던 모양이죠. 실제로 그 땅을 밟아본 적이 없더라도, 이국에 대한 동경은 얼마든지 창작의 원동력이 될 수 있습니다.

음악가와 여행의 인연이 깊은 또 하나의 요인은 당연히도 '흥행 비즈니스'와 관련이 있는데, 18세기를 살아간 작곡가 하이든의 시대에 그 시스템이 확립되었습니다. 하이든은 오랫동안 헝가리의 귀족 에스테르하지 가문에 봉직한 것으로 유명한데, 그런 그를 눈여겨보던 영국인 흥행사가 "런던에서의 오케스트라 공연을 위한 신곡을 만들어달라"며 노년에 접어든 하이든에게 의뢰를 했습니다. 그 제안을 받아들인 하이든은 두 차례에 걸쳐 열두 편의 교향곡을 만들었습니다. 그 콘서트는 귀족들이 아닌 시민을 위한 것이었습니다. 영국에서는 한발 앞서 시민 계급이 크게 일어나기 시작했던 것이죠. 그렇게 공연은 대성공을 이뤘고 하이든의 명성은 더욱 높아졌습니다. 이것이 오늘날까지 이어져오는 '음악의 흥행'의 시작이라 할 수 있습니다.

다만, 지금까지의 내용과 다소 모순되는 이야기일 수 있는데, 저는 개인적으로 관광을 매우 싫어합니다. 여행지에서 본 것을 통해 창작의 아이디어를 얻기는 하지만요. 카스텐은 젊었을 때 건축 공부를 하기도 했기 때문에 투어 중 쉬는 날이 있으면 꼭 그 지역의 건축을 보러 다닙니다. 한편 저는 기본적으로 종일 호텔 방에 틀어박혀 있죠. 카스텐의 권유를 받아 드물게 함께 외출하는 날도 있기는 하지만요.

한번은 앨범 프로모션을 위해 방문한 포르투갈에서 이런 일이 있었습니다. 그때는 혼자 머물고 있었는데 어느 날 현지 레코드 회사의 담당자가 직접 차를 끌고 와서 오전부터 그 지역을 안내해주었습니다. 저를 위해 일부러 신경을 써준 것이 분명하니 한동안은 내키지 않아도 참으며 함께 다녔습니다. 그러나 이른바 관광 명소라는 곳을 몇 군데 둘러보고 함께 점심 식사를 한 후, 다시 다른 곳으로 이동하려고 하던 오후 세 시쯤, 공교롭게도 차가 심하게 막히기 시작했습니다. 한동안 꼼짝도 하지 않았어요. 아침부터 스트레스가 쌓였던 저는 결국 인내심이 폭발해 멈춰 있던 차 문을 열고 "I hate sightseeing!"이라고 소리친 후 호텔까지 걸어서 돌아가 버렸습니다. 그는 말 그대로 '입이 떡 벌어진' 상태였습니다.

그리고 포르투갈을 떠나는 날, 공항까지 배웅을 나온 그 담당자는 "지난번에는 사카모토 씨의 의견도 묻지 않고 큰 실례를 했습니다" 하며 머리를 숙였고 조금이나마 사과의 마음을 전하고 싶다고 고급 와인을 건넸습니다. 저도 어른스럽지 못했고 그분이 100퍼센트의 선의로 관광 안내를 해준 것을 알고 있었기 때문에, "저야말로 제대로 설명도 안 해놓고 죄송합니다"라고 말하며 그 와인을 받았습니다. …받으려고 했는데, 느닷없이 제 손에서 미끄러지면서 봉투째 바닥에 떨어뜨리고 말았습니다. 병이 깨지고, 공항 로비는 금세 붉게 물들었습니다. 주변은 온통 와인 향기로 가득했지만, 이미 돌이킬 수 없었죠. 그는 울 것 같은 표정을 짓고 있었습니다. 그때 일은 정말 미안했습니다.

백남준과 존 케이지

2013년 4월에는 워싱턴 D.C.의 스미스소니언 박물관에서 열린 백남준 대규모 회고전의 기념 이벤트에 출연했습니다. 고등학생 시절 잡지 《미술 수첩》에서 그를 알게 된 이후부터 백남준은 제게 아이돌 같은 존재였습니다. 특히 바이올린을 사용한 작품들을 좋아하는데, 바이올린에 끈을 동여매어 마치 개를 산책시키듯 꽝의 거리 위를 걸어가는 아티스트 본인의 모습을 담은 비디오 아트 〈Violin with

String〉과 바이올린을 부수는 순간을 찍은 비디오 〈One for Violin Solo〉가 유명하죠. 이날의 이벤트에서는 이 두 개의 작품을 융합하여 바이올린 안쪽에 작은 마이크와 카메라를 설치하고, 부서지는 순간의 소리와 광경을 악기의 관점에서 회장의 스크린에 영사하는 라이브 퍼포먼스를 진행했습니다.

10대 시절부터 일방적으로 동경하던 백남준을 만난 것은 1984년의 일이었습니다. 그해 도쿄도 미술관에서 백남준의 개인전이 열렸고, 저는 전시 준비를 하는 그를 만나러 갔습니다. 전시장 쪽으로 걸어가자 맞은편에서 백남준이 손을 벌리고 다가오더니 "벗이 있어 멀리서 찾아오니!"라는 『논어』의 구절을 읊으며 저를 안아주었습니다. 그저 감동스러웠습니다. 백남준은 식민지 시대에 일본어 교육을 받은 세대고, 이후 도쿄대학에서 유학을 했기 때문에 일본어가 매우 능숙합니다. 그때부터 아주 친한 사이가 되어 백남준이 작업의 거점으로 삼았던 뉴욕 소호의 아틀리에에 몇 번인가 놀러 가기도 했습니다. 그곳은 허름한 빌딩 맨 위층에 있는 옥탑이었는데 화장실에 문도 없고, 겨울철에 찾아가면 하늘에서 내리는 눈이 천장 틈새로 떨어져 아틀리에 안에 흩날리기도 했습니다. 같이 만나러 갔던 아사다 아키라 씨가 "신주안이다"라고 말했던 것을 선명히 기억합니다.

한번은 백남준을 따라 존 케이지의 집에 방문했습니다.

3시간 정도 이야기를 나눴는데 그때 들었던 에피소드가 강하게 인상에 남았습니다. 그는 과거에 세 번, 여행을 하다가 짐을 잃어버린 적이 있다고 합니다. 공교롭게도 세 번 모두 짐을 찾지는 못했는데, 결과적으로는 그때까지의 인생을 리셋하고 재출발할 수 있는 좋은 기회가 되었다고요. "과거에 얽매일 필요 없다, 오히려 중요한 것은 버리는 용기다"라는 선불교 사상에 큰 영향을 받은 그다운 사고방식에 관해 들으며 '과연 그렇구나' 하고 생각했습니다.

전위 작곡가인 그가 단순한 '버섯 애호가'를 뛰어넘어 버섯이라는 존재에 깊이 매료되어 있다는 사실은 지식으로써 알고 있었으나, 실제로 집 안 부엌에 커다란 중국산 선반을 두고, 100여 개나 되는 작은 약품 선반 전부에 버섯과 허브를 꼼꼼하게 분류해놓은 것을 보고는 압도 당했습니다. 그는 아마추어이긴 했으나 연구자로서의 공적도 남겼고, 친구와 함께 뉴욕 균류 학회 창립에도 관여했습니다. 참고로 존 케이지가 버섯에 반하게 된 이유 중 하나는 사전에 단어 'music'과 'mushroom'이 이웃해 있었기 때문이라고 합니다. 생전에 본인의 입으로 자신의 섹슈얼리티를 확실히 공언한 적은 없지만, 요즘 말하는 '퀴어 작곡가'라고 할 수 있을지도 모르겠네요. 생각해보면 버섯과 같은 균류 역시 '논 바이너리' 생물이죠.

백남준이 존 케이지를 만난 것은 1960년 무렵입니다. 백남준의 퍼포먼스를 존 케이지가 보러 왔는데, 그것을 알게 된 백남준이 무슨 영문인지 가지고 있던 가위로 존 케이지의 넥타이를 싹둑 잘라서는 회장의 창문 밖으로 던져버렸죠. 백남준이 2006년 73세의 나이로 세상을 떠나고 뉴욕 전역의 아티스트들이 한데 모여 성대한 장례식이 거행되었을 때, 이 에피소드를 따라 수백 명의 남성 조문객이 너나 할 것 없이 넥타이를 잘라 관에 넣었습니다. 전설적 댄서인 머스 커닝햄도 휠체어를 타고 등장했는데 돌아가는 길에 저를 보고 미소를 지어줬어요. 근사한 순간이었습니다.

그로부터 9년 후, 백남준의 파트너였던 구보타 시게코 씨가 돌아가셨을 때도 멋진 장례식이 열렸습니다. 구보타 씨는 최근에 들어서야 마침내 일본에서도 회고전이 열리는 등, 아티스트로서의 활동이 알려지기 시작했죠. 노년에 입원해 있는 백남준을 촬영한 〈Sexual Healing〉이라는 매력적인 비디오 작품을 만들기도 했고요. 뉴욕에서 살아가는 아시아인 예술가를 대표하는, 정말 멋있는 부부였습니다.

영화제라는 공간

그 후로도 여행은 계속됩니다. 2013년 8월 말부터 9월 초까지 베네치아 국제영화제의 심사위원으로 이탈리아에 방문했습니다. 그해의 심사위원장은 베르나르도 베르톨루치였는데, 6월에 갑자기 "내가 당신을 심사위원으로 지명했으니 영화제에 오도록"이라는 메일을 받았습니다. 제 마음속 스승이자 아버지와 같은 존재인 그에게 직접 부탁 받은 일인데 거절이란 있을 수 없죠. 영화제 동안의 스케줄은 꽤 빡빡해서 하루에 3~4편의 영화를 보고, 심사위원 모두가 토론을 해 20편의 작품 중 경쟁 부문의 수상작을 선정해 나갑니다.

영화제에서는 정보가 엄격히 통제되고 심사위원들은 심사 기간 동안 절대 미디어의 취재에 응해서는 안 됩니다. 그런 까닭에 동선까지 주최 측이 모두 정해놓는데, 베네치아 공항에서 비행기 트랩으로 내려오자마자 대기하고 있던 차에 탄 후 일반 승객과는 다른 별도의 공간에서 입국 심사를 받았습니다. 베네치아 시가지의 레스토랑에 들어가 돈을 지불하려고 하자, "사카모토 씨에게는 돈을 받을 수 없습니다"라는 말을 듣기도 했죠. 루키노 비스콘티 감독의 작품 〈베니스에서의 죽음〉의 원작의 무대가 되었던 호텔 엑셀시오르를 숙소로 준비해주는 등 일본에서는 생각할 수도 없을 정도의 특별 대우를 받아, 영화제라는 이벤트에 대한 지역 전체의 존경심을 실감할 수 있었습니다. 리도 섬에 있는 호텔 방에서 밖을 내다보면 아드리아해의 윤슬이 빛나고 있었죠.

이때는 오래간만에 베르톨루치와 느긋한 시간을 함께할 수 있었습니다. 당시 70대였던 그는 허리가 좋지 않아 휠체어를 타고 다녔습니다. 처음에는 휠체어 생활이 싫고 상심도 커서 오랫동안 집 밖에 나가지 않았다고 합니다. 베르톨루치의 젊은 시절 사진을 보면 굉장히 용모가 아름다웠고, 실제로 본인도 외모에 상당히 신경을 쓰는 타입이었습니다. 어릴 때부터 아버지의 친구였던 피에르 파올로 파졸리니 감독의 귀여움을 받으며 그 손에 이끌려 영화를 보러 다니던 사람이었으니까요. 그런 시간을 거쳐 심사위원장으로 다시 한번 사람들 앞에 모습을 드러내는 것을 보니 조금은 마음이 긍정적으로 바뀐 것 같아 기뻤습니다.

영화제라는 공간은 참 신기합니다. 주위로부터는 동떨어져 있지만 그 안에서는 전 세계에서 모여든 영화 관계자들 간의 긴밀한 소통이 이뤄지고 있죠. 이 영화제에서는 예전부터 팬이었던 대만의 차이밍량 감독과도 알게 되었습니다. 처음에는 가볍게 인사를 나누는 정도였는데 그로부터 4년 뒤, 영화제를 위해 다시 베네치아에 방문하여 해안가를 걷고 있는데 어디에선가 "류이치~!" 하고 큰 소리로 부르는 목소리가 들렸습니다. 소리가 난 쪽을 돌아보니 차이밍량 씨가 그야말로 이탈리아 영화의 한 장면처럼 달려오고 있길래, 진한 포옹을 나눴습니다. 그는 오픈리 게이이기도 해서 애정 표현이 무척 풍부합니다. 그 뒤 차이밍량과는 타이베이에서 같이 시간을 보내기도 하고, 그의 작품 〈너의 얼굴〉을 위해 음악을 만들기도 했습니다.

심사위원을 하다 보면 다양한 미지의 영화들을 만나는 재미가 있습니다. 2018년, 베르리날레(베를린 국제영화제)에서 심사를 맡았을 때는 빈곤 국가라 1년에 겨우 세 편 정도의 영화만이 만들어진다는 남미 파라과이에서 촬영된 작품에 큰 감동을 받았습니다. 노년에 접어든 여성 커플의 모습을 그린 작품으로, 주제만 봐도 강권적 정치 체제의 파라과이에서는 좀처럼 상영되기 어려울 것 같다는 생각이 들었습니다. 그럼에도 불구하고 어떻게든 작품을 끝까지 완성해 해외 영화제에 출품하려 한 제작자의 용기에 마음이 울렸습니다.

마찬가지로 베르리날레에서 알게 된, 당시 이미 세상을 떠난 후였던 중국의 영화감독 후 보의 장편 〈코끼리는 그곳에 있어〉를 보고도 충격을 받았습니다. 그는 헝가리를 대표하는 감독 벨러 터르의 애제자로 장래가 촉망됐지만, 네 시간에 가까운 이 영화 한 편만을 남기고 29세의 나이에 스스로 목숨을 끊었습니다. 영화 전반에 흐르는 노이즈 섞인 음악도 훌륭했는데, 거기에 참여한 중국 밴드 Hualun(花伦)과도 나중에 소개를 통해 알게 되어 지금까지 교류를 이어오고 있습니다.

불과 2주 남짓의 영화제 기간 동안 수많은 영화와 만나고, 수많은 영화인을 알게 되고, 수많은 나라의 사정을 접합니다. 세분화되어버린 음악 업계에서는 이렇게 거대한 스케일로 전 세계에 작품들을 전파하는 일이 어렵다 보니, 이런 확장 방식이 부럽게 느껴졌습니다. 북유럽이나 중동에서 저를 알아주는 분들이 이렇게 많은 것도 단순히 저의 음악 활동 때문만은 아닐 테죠. 결국은 오시마 나기사 감독의 〈전장의 크리스마스〉에 출연하고, 베르톨루치 작품의 음악을 만들었던 경험이 크게 작용했을 것입니다. 지금도 이탈리아 사람들은 '베르톨루치 사단' 중 한 명인 저를 "루이지 사카모토"라고 부르며 동료처럼 여겨줍니다. 고마운 일이죠.

노가쿠에 다가가기

2013년은 제가 여러모로 신세를 져온 야마구치 정보예술센터 YCAM이 개관한 지 10주년이 되던 해였습니다. 그 10주년 기념사업에서 아트디렉터를 맡게 되어, 기념으로 〈Forest Symphony〉와 〈water state 1〉이라는 사운드 설치 작품을 만들었습니다. 〈Forest Symphony〉는 나무가 뿜어내는 미약한 생체전위를 음악으로 변환하고자 한 시도로, 이소자키 아라타 씨가 설계한 YCAM의 공간을 스피커를 통해 숲으로 변모시키고 싶었습니다. 또한 〈water state 1〉은 다카타니 씨와 제가 오랫동안 관심을 가져온 물을 다룬 작품입니다.

이어서 10월에는 노무라 만사이 씨와의 협업으로 단 하루간 노가쿠를 상연하기도 했습니다. 저는 오랫동안 내셔널리즘과 군국주의를 상기시키는 기분이 든다는 이유로 노

〈LIFE-WELL〉상연 모습
촬영: 이토 유나 (YCAM) / 사진 제공: 야마구치 정보예술센터 (YCAM)

가쿠나 가부키, 다도, 꽃꽂이 등 일본의 전통예술로 여겨지는 것들을 기피해왔습니다. 하지만 50세가 될 무렵 방문했던 아프리카에서 새의 아름다움에 시선을 빼앗기고는 '이것이야말로 화조풍월(花鳥風月)의 세계구나'라고 쓴웃음을 지었던 것이 계기가 되어 일본의 전통예능에 점차 흥미를 가지게 되었습니다. 사실 젊었을 때에도 노가쿠에는 관심이 있었는데 좀처럼 접할 기회가 없었습니다. 처음으로 노가쿠를 제 음악에 도입한 것은 3·11 대지진 당시 녹음 중이던 〈할복: 사무라이의 죽음〉의 영화음악에서였는데 오쓰즈미카타[4] 가메이 히로타다 씨가 참여해주었습니다.

YCAM에서의 이벤트는 2부로 구성했는데 제1부에서는 고전 공연인 교겐[5] 〈다우에〉(田植), 마이바야시[6]인 〈가모시라하타라키〉(賀茂 素働), 스바야시[7]인 〈쇼죠미다레〉(猩々乱)를 새롭게 연출해 무대에 올렸고, 〈쇼죠미다레〉에서는 제가 피아노를 쳤습니다. 물과 대기가 논밭과 구름, 해양으로 변화해가는 모습을 그린 이들 작품은 저의 관심사를 바탕으로 선정되었습니다.

이어지는 제2부는 〈LIFE-WELL〉이라는 제목의 신작으

---

3 能楽. 가면극 '노'와 희극 '교겐'으로 이뤄진 일본의 전통 무대 예술.

4 大鼓方. 노가쿠에서 큰북을 담당하는 연주단의 우두머리.

5 狂言. 노가쿠 막간에 상연하는 희극.

6 舞囃子. 연기자가 가면 없이 춤을 추는 노의 공연 형식.

7 素囃子. 노래가 들어가지 않는 노의 약식 연주 형식.

로 만사이 씨, 다카타니 씨와 함께 준비해온 작품입니다. W. B. 예이츠라는 제가 좋아하는 아일랜드 시인이 있는데 19세기부터 20세기 전반까지 살았던 그는 한 번도 일본에 방문한 적이 없었음에도 노 희곡을 몇 편 남겼습니다. 같은 시대에 고용 외국인으로서 도쿄에 체류하던 미술사학자 어니스트 페놀로사가 친구인 시인 에즈라 파운드에게 노가쿠 관련 지식을 전했고, 이 지식이 다시 파운드와 친분이 있던 예이츠에게 계승된 것입니다. 예이츠는 거기에 본인의 상상력을 더해 오리지널 노의 세계를 만들어냈습니다.

그중 유명한 것이 〈매의 우물에서〉(鷹の井戸)라는 작품입니다. 켈트 신화 얼스터 전설의 영웅 쿠 쿨린[8]은 불사의 물을 마시기 위해 숲속의 우물까지 찾아가지만, 그곳에 있던 노인은 이미 물이 다 말라버렸다고 말합니다. 그러자 우물을 지키고 있는 듯 보였던 여성이 갑자기 매의 소리를 내며 춤을 추기 시작했고 쿠 쿨린은 한동안 그 모습에 넋을 잃고 맙니다. 춤이 끝나자 주변은 원래 모습으로 돌아왔고 쿠 쿨린 또한 자신이 왜 이곳에 왔는지 까맣게 잊고 말았습니다. 모든 것이 노인의 꿈이었다고도 해석될 수 있는 불가사의한 작품입니다.

〈매의 우물에서〉는 이후 일본에 역수입되었습니다. 전

---

8   Cú Chulainn, 얼스터 전설에 등장하는 중요 인물. 대표작인 〈쿨리의 가축 습격〉에서 코노트 왕국의 군대에 맞서 17세의 쿠 쿨린이 얼스터 왕국을 지켰다는 내용이 나온다.

쟁 후에는 노가쿠 연구자 요코미치 마리오에 의해 〈응희〉(鷹姬)라는 제목으로 번안되어 지금도 꾸준히 상연되고 있습니다. 〈LIFE-WELL〉에서는 오리지널인 〈매의 우물에서〉와 〈응희〉를 의도적으로 믹스해 경계 없이 자연스럽게 융합시킨 특별 버전을 실험적으로 선보였습니다. 예전, YCAM에서 다카타니 씨와 함께 만들었던 〈LIFE−fluid, invisible, inaudible...〉의 수조 아래에 무대를 설치해 영상을 투영시켰고 만사이 씨가 주역으로 등장해 쿠 쿨린을 연기했습니다. 만사이 씨가 '하야시카타'[9]를 일류 연주자들로 꾸려준 덕분에 불과 200석 정도밖에 되지 않는 곳에서 공연하는 것이 아쉬울 정도로 호화로운 노가쿠 무대를 꾸밀 수 있었습니다.

노가쿠에서 연주되는 악기는 북이든, 피리든 공간을 찢어버릴 듯 강렬한 소리를 냅니다. 그에 비하면 피아노 소리는 아무래도 약하게 느껴지죠. 피아노는 음이 이어져 성립되는 음악을 위해 만들어진 악기이기 때문에, 한 음으로 음악을 표현할 수 있는 일본 악기의 존재감에는 비할 수가 없습니다. 그래서 저는 현 위에 파이프와 돌을 올려 일부러 노이즈만을 낼 수 있게 만든 프리페어드 피아노[10]를 연주했습니다.

여행과 창작

9   囃子方. 노가쿠에서 박자를 맞추며 흥을 돋우는 반주 음악 연주자.
10   현이나 해머에 이물(異物)을 장치해 의도적으로 변질시킨 피아노.

이전 해, 뮤지션 친구 존 존(John Zorn)이 운영하는 뉴욕의 '더 스톤'이라는 작은 공간에서 일주일 연속으로 즉흥 라이브 연주를 하게 되었을 때도 매번 새로운 소리를 낼 수 있도록 피아노 위에 철사나 금속, 부젓가락과 신문지 등을 올려놓았던 적이 있었죠. 이 같은 모색 자체는 존 케이지가 이미 수십 년 전에 시도했기 때문에 특별히 새로울 것이 없지만, 특정한 음악 양식을 위해 치밀하게 제작된 피아노라는 악기를 '물질'의 소리가 나는 도구로 되돌려놓기에는 여전히 유효한 수단이라고 생각합니다. 이 연속 이벤트 기간 중 어떤 날에는 뉴욕에 사는 여성 노가쿠 연주가를 초대해 〈도조지〉(道成寺)의 란뵤시[11]를 즉흥으로 공연해보자고 제안하기도 했습니다. 〈도조지〉는 연기자가 1분에 한 번 움직일까 말까 하는, 극도의 집중력을 필요로 하는 작품으로 제가 가장 좋아하는 노가쿠 중 하나입니다.

만사이 씨처럼 노가쿠의 최선단에서 활약하시는 분들은 예전부터 '서양 음악의 표현'을 도입하는 것에도 욕심을 내왔습니다. 예컨대, 간제류[12] 가문에서 태어나 전쟁 후 곧바로 세상에 나온 간제 히사오, 히데오 형제는 기존 상식에서 보면 굉장히 파격적으로 느껴지는 표현들을 시도했죠. 특히 '쇼와 시대의 제아미[13]'라 불리는 형 히사오 씨는 노가쿠

11 乱拍子. 북 장단에 맞춰 추는 발짓이 특징적인 춤.

12 観世流. 노가쿠의 5대 유파 중 하나.

무대에서 피아니스트 다카하시 아키 씨의 반주를 사용하는 참신한 연출을 했고, '메이노 카이'(冥の会)를 결성해 노가쿠뿐 아니라 그리스 비극이나 사뮈엘 베케트의 〈고도를 기다리며〉 같은 작품을 상연하기도 했습니다.

　이러한 경계를 뛰어넘는 자세와 능력을 이어받은 사람이 2021년 세상을 떠난 프랑스 문학 연구가 와타나베 모리아키 선생님으로, 와타나베 선생님은 문학 연구에 정진했을 뿐 아니라 연출가로서도 일선에서 활약하셨습니다. 만년에는 〈말라르메 프로젝트〉라는 이름으로 교토 예술극장 슌쥬자(春秋座)에서 그간 전문적으로 연구해온 프랑스 시인 말라르메의 작품을 낭독하는 퍼포먼스를 했고, 저도 선생님께 직접 제안을 받아 〈이지튀르〉를 비롯한 여러 작품의 음악을 담당했습니다. 고등학생 시절 NHK 프로그램 〈프랑스어 강좌〉에서 와타나베 선생님을 보고 일본인치고 무척 우아한 프랑스어를 구사하는 미남이라는 인상을 받았었는데요. 선생님이 본격적인 연극 활동도 꾸준히 하시는 분이며 미셸 푸코의 주요 저서를 한발 앞서 번역하는 등 단순한 학술인이 아니었다는 사실을 알게 된 것은 그로부터 한참 후의 일이었습니다. 아직 10대 소년이던 학창 시절의 만사이 씨를 가장 먼저 주목했던 것도 와타나베 선생님이었다고 하더군요. 이렇게 보니 많은 것들이 이어져 있네요.

여행과 창작

13　世阿弥, 무로마치 시대의 노가쿠 배우이자 작가.

지휘자의 격식

2014년에는 연초 일찍부터 스즈키 구니오 씨와의 공동
저서 『애국자의 우울』(愛国者の憂鬱)을 출간했습니다. 스즈
키 씨는 우익 단체 '일수회'의 명예 고문이지만 관저 앞에
서 열리는 반원전 시위에 자주 참가해서 그 시위 현장에서
알게 되었습니다. 스즈키 씨는 제게 무서워 보이는 이미지
였는데 가까이서 만난 그는 매우 온화한 눈빛을 가진 분이
었습니다. 게다가 실제로 이야기를 나눠보니 의외일 정도
로 의견이 맞는 부분이 있었습니다. 지진 재해 이후 이 나
라의 상황에 큰 위기감을 느끼고 있는 것은 스즈키 씨나 저
나 마찬가지였죠. 천황제나 자위대, 영토 문제 등에 관해
서는 생각이 달랐지만, 그 대화를 통해 새로운 관점을 배운
적도 여러 번 있었습니다. 특히 감명을 받은 것은 "먼저 개
인이 있고, 그다음에 국가가 있다. 국가에 몸 바쳐 죽기 위
해 한 사람 한 사람의 인간이 태어난 것이 아니다"라는 스
즈키 씨의 말이었습니다. '진정한 애국자는 이래야 한다'는
생각이 들었습니다.

4월부터는 이시카와 현립 음악당을 시작으로 〈Playing
the Orchestra 2014〉라는 타이틀의 오케스트라 콘서트를 일
본 내 일곱 곳에서 진행했습니다. 오케스트라를 이끌며 제
곡을 선보이는 연주회는 이전 해에도 했지만, 아쉬움이
남았던 면이 있어 이번에는 직접 피아노를 치면서 지휘도

겸하기로 했습니다. '치며 이끄는' 역할을 맡은 것이죠.

지휘의 경우 정식 교육을 받은 경험은 없으나 초등학생 무렵 텔레비전에서 봤던 헤르베르트 폰 카라얀의 유려한 지휘에 매료되어 연필을 지휘봉인 양 손에 쥐고, 눈을 감은 채 지휘하는 모습을 흉내 내곤 했습니다. 명성 있는 다른 지휘자들과는 또 다른 독특한 우아함이 카라얀에게는 있었습니다. 카라얀과 대조적으로, 세련된 꾸밈이 없는 우직함이라고도 표현할 수 있는 빌헬름 푸르트벵글러의 지휘도 무척 좋아하지만요.

젊었을 때부터 몇 번인가 오케스트라를 앞에 두고 지휘할 기회가 있었지만, 예전에는 소위 말하는 '지휘자 따돌림'이라는 것을 당하기도 했습니다. 프로페셔널인 오케스트라 연주자들의 눈에는 제대로 훈련도 되지 않은 제 지휘 능력이 빤히 보였을 테니 일부러 지시를 따르지 않거나 음을 바꾸는 등의 심술을 부린 것이죠. 하지만 저는 저대로 또 성질이 강해서 오랜 경력의 연주자에게 "할 마음 없으면 가세요"라는 건방진 소리를 하기도 했습니다.

지휘는 재미있습니다. 손끝에 같은 악보가 놓여 있고, 같은 오케스트라 멤버가 모여 있어도 지휘자에 따라 소리가 완전히 달라집니다. 당연한 이야기이지만, '자~아!' 하는 느낌의 신호를 줄 때와 '빰!' 하는 신호를 보낼 때의 반응은 완전히 다릅니다. 지휘자가 새끼손가락 하나만 움직여도 거기에 의미가 생기고, 때에 따라서는 눈빛 하나만으

여행과 창작

159

로도 연주에 관여할 수 있습니다. 그래서 일류 지휘자들은 절대로 쓸데없는 움직임을 보이지 않습니다.

오케스트라 멤버들은 실질적인 지시를 선호합니다. '여기는 조금 더 크게', '이 부분은 더 강하게' 등 가급적 구체적으로 말해주길 원하죠. 하지만 저는 가끔 의도적으로 시적 표현을 사용하기도 합니다. 예를 들어 "이 부분은 깊은 숲속에 있는 인적 없는 호수. 마치 거울과 같은 호수의 수면에 어렴풋한 물결이 일듯이" 같은 식으로요. 이것은 상대가 인간일 때만 가능한 일로, AI는 이해할 수 없는 영역일지도 모릅니다.

한번은 작곡가 마유즈미 도시로 씨에게 "사카모토 군, 지휘 괜찮은데?" 하는 칭찬을 들은 적이 있습니다. 언제나 세련되고 댄디한 마유즈미 씨에게 그런 칭찬을 듣게 되니 기뻤습니다. 소설가 미시마 유키오를 존경하던 마유즈미 씨는 다케미쓰 도루 씨와 함께 제가 가장 재능 있다고 생각하는 전후 작곡가입니다. 본래의 능력으로 뭐든 해내니, 오히려 너무 많은 재주들이 걸림돌이 되어 더 크게 성공하지 못한 것 같은 인상도 있습니다.

마유즈미 씨는 학창 시절부터 밴드 활동이나 영화음악 작업 등의 일을 해와서 인맥이 탄탄했는데, 어느 날 인편으로 다케미쓰 도루라는 재미있는 녀석이 있다는 소문을 듣게 됩니다. "대단한 작곡가인데 너무 가난해서 악기도 못 산대. 게다가 부부가 같이 폐렴으로 앓아누운 모양이야"라는 이야기를 들은 마유즈미 씨는 일면식도 없는 다케미쓰 도루 씨에게 피아노를 보내주었다고 합니다. 정말 멋스러운 행동이죠. 다케미쓰 도루 씨는 물론 큰 감동을 받았다고 해요.

마유즈미 씨는 저도 잘 챙겨주셨는데 1984년에는 그가 사회를 보던 텔레비전 프로그램인 〈제목 없는 음악회〉에 저를 불러주셨습니다. 그리고는 "이 악보를 계속 가지고 다녔어"라며 그때 기준으로 8년 전, 제가 예술대학 대학원 수료 작품으로 만들었던 오케스트라 곡 〈반복과 선〉(反復と旋)을 방송에서 소개해주었습니다. 이후로도 〈제목 없는 음악회〉에는 여러 차례 출연했습니다.

단잔신사에서 본 〈오키나〉

5월에는 노가쿠 작업을 통해 알게 되어 친해진 고쓰즈미카타[14] 오쿠라 겐지로 씨의 권유로 나라 현의 단잔신사(談山神社)까지 찾아가 〈오키나〉(翁)의 상연을 보았습니다. 아스카무라에서 한 시간 반 정도 걸리는 도노미네라는 산을 오르면 단잔신사가 나오는데 다이카 개신[15]과 관련된 지

---

14 小鼓方. 노가쿠에서 작은북을 담당하는 연주자.

15 7세기 중엽 중앙집권적 정치체제를 구축하기 위해 행해진 일본의 정치 개혁.

역으로 알려져 있죠. 신사에 들어서면 옆쪽으로 쪼르르 흐르는 샘물을 만날 수 있습니다. 그 샘물은 나라 분지를 지나 마지막에 오사카만으로 흘러갑니다. 현재 활동하는 노가쿠 연주가들의 뿌리가 이 강가로부터 시작되었다고 하는데요. 모두 '하타노 가와가쓰'(秦河勝)라는 도래인의 피를 이어받은 '예능의 신'의 후예로, 지금은 인간 국보로 지정된 오쿠라 씨도 본명의 성은 '하타'(秦)라고 들었습니다.

단잔신사에서는 매년 봄이 되면 봉납의 형태로 〈오키나〉를 상연하는데 이것이 모든 노의 원점이라고 알려져 있습니다. 하지만 노 전문가나 연주자 들 중에도 그 정확한 의미를 이해하는 사람이 없을 정도로 〈오키나〉의 내용은 결코 쉽지 않습니다. "도르르도르르졸졸졸"이라는 정체불명의 대사가 갑자기 나오는데, 그것은 어쩌면 그 지역의 샘물이나 농업과 관련이 있을지도 모르겠습니다.

저는 〈오키나〉란 천손족(天孫族)이 이 땅에 내려오기전, 산인(山人)들의 신이 아니었을까 생각합니다. 이는 다이카 개신의 모의가 이곳에서 행해졌던 것과도 관련이 있는데, 이후 덴지 천황이 되는 나카노 오에 황자와 정치가 후지와라노 가마타리가 중요한 정치 개혁을 앞두고, 선주민들이 모시던 신의 힘을 받으러 단잔신사까지 온 것이 아닐까 싶어요. 그렇게 〈오키나〉라는 작품은 신에게 바치는 제사의 성격을 유지하면서 불교와 와카[16] 등의 문화로부터 지대한 영향을 받아 오랜 시간에 걸쳐 마침내 무로마치 시대의 노가쿠로 완성된 것이 아닐까요. 이런 가설을 세워가며 상연을 감상했습니다.

　어디까지나 저 혼자만의 생각이며 어떠한 근거도 없습니다. 하지만 100퍼센트 틀렸다고 단언할 수도 없을 테죠. 전체가 세 부분으로 나눠진 〈오키나〉는 제아미가 세련되게 다듬은 것처럼 이야기의 전개가 선명한 것도 아니고, 그저 시종일관 미스터리한 인상을 주는데 바로 그 점이 매우 흥미롭습니다. 오랜 옛날에는 일본열도에도 다양한 선주민족이 있었겠죠. 그러니 나라가 있는 기이 반도뿐 아니라 도쿄에서 가까운 보소 반도, 이즈 반도 혹은 스와 등의 산속에도 단잔신사처럼 야마토 조정에 의해 통일되기 이전의 문화적 원석이 예상 외로 남아 있지 않을까 하는 생각이 들었습니다.

삿포로 국제 예술제

　2014년의 큰 이벤트로 '삿포로 국제 예술제'가 있었습니다. 제1회라는 기념할 만한 행사의 개최를 위해 2년 전 객원 디렉터로 임명된 이래, 홋카이도를 오가며 차근차근 준비를 해왔습니다. 처음 제안을 받았을 때는 고민했지만,

여행과 창작

16　일본 고유 형식의 시.

영화제 심사위원과 마찬가지로 스스로 하고 싶다고 할 수 있는 일이 아니라는 생각에 도전하게 되었습니다.

홋카이도는 일본 정부가 메이지 시대 이후 추진해온 '개척'이라는 이름의 근대화의 상징과 같은 지역입니다. 원래는 아이누 민족이 살고 있던 땅을 일본인이 폭력적으로 개척해 삿포로 같은 커다란 도시를 만들어왔죠. 그런 배경을 토대로 이 예술제에서는 '도시와 자연'이라는 주제로 환경 파괴를 포함한 근대화의 행보를 예술을 통해 돌아보고, 과거의 실패에 대한 반성을 바탕으로 21세기 포스트 근대를 살아가는 우리의 삶의 방식을 돌아보고자 했습니다. 제가 이 일을 맡은 이상, 작품 한 점이 수억 엔에 거래되는 현대미술 업계의 트렌드를 등지고, 전례 없는 예술제로 만들고 싶다는 마음이 있었습니다.

당연하지만, 이런 대규모 예술제의 디렉터를 맡게 된 것은 처음이었기 때문에 솔직히 어디까지 직접 관여하는 것이 좋을지 알 수가 없었습니다. 결과적으로는 원래 하지 않아도 될 일까지 해버린 것 같더군요. 친분이 있는 시마부쿠 미치히로 씨, 모리 유코 씨에게는 직접 연락을 해 신작 제공을 요청했고, 홋카이도의 눈과 연관해 나카야 우키치로[17]의 전시를 기획하기도 했으며, 근대화에 대한 비평 정신이 담긴 스나자와 빗키나 구도 데쓰미의 조각을 찾아내기도

17   中谷宇吉郎, 눈과 얼음에 관한 연구에 몰두한 물리학자이자 시인.

했습니다. 안젤름 키퍼의 설치 작품을 전시하기 위해 일본의 미술관들에서 소장하고 있는 키퍼의 작품을 모두 조사해 주제에 맞는 작품을 선정하는 등 타협하지 않는 자세로 사소한 부분까지 결정했습니다. 물론, 혼자 할 수 있는 일이 아니었기 때문에 협력 큐레이터로 함께해준 전문가 이이다 시호코 씨에게 많은 도움을 받았습니다.

아티스트로서도 직접 참가해 홋카이도 하늘의 현관문인 신치토세 공항에 예술제 기간 동안 흘러나올 '웰컴 사운드'를 만들기도 했습니다. 미술작가 선정뿐 아니라 세세한 일들에까지 다 관여했습니다. 예전에 보고 감명을 받았던 시디 라르비 셰르카위(Sidi Larbi Cherkaoui)와 데이미언 잘렛(Damien Jalet)의 컨템포러리 댄스 작품 〈BABEL(words)〉을 어떻게든 초빙하고 싶은데 예술제 자체만으로는 예산이 충당되지 않길래 스폰서를 찾기 위한 도쿄 공연을 기획하기도 했죠. 피나 바우쉬가 세상을 떠난 지금, 그들의 작품이야말로 세계 최고의 댄스 퍼포먼스가 아닐까요.

YCAM 개관 10주년 기념사업과 삿포로 국제 예술제의 디렉터를 병행하던 이때 제 머리는 그야말로 '아트 뇌' 상태가 되어 있었습니다. 저는 초등학교 고학년 때부터 집에 있던 화집을 꺼내 마네와 모네, 르누아르, 세잔 같은 인상파 화가들의 그림을 바라보는 것을 좋아했습니다. 서툰 실력으로 열심히 보고 따라 그리며 마네 부인의 초상을 모사했을 정도였으니까요. 본격적으로 현대미술과 만나게 된 것은 고등학교 입학 후의 일로, 잡지를 통해 요셉 보이스와 앤디 워홀 등의 아티스트의 존재를 알게 된 것이 그 시작이었습니다.

고등학교에 들어가자 읽는 책의 내용도 달라졌습니다. 학교 도서실에서 존경하는 선배에게 "이거 한번 읽어봐"라며 추천 받은 책이 하니야 유타카의 『허공』(虛空)이었는데 아버지가 집에서 전화로 자주 대화하던 상대로 알고 있던 하니야 유타카가 이 사람이었구나, 하고 깨달았습니다. 소리로만 들어왔던 '하니야 씨'의 이름을 한자로 어떻게 쓰는지 알게 된 순간이었죠.

시대는 1960년대 후반이었고 거리에 나가면 예술극장이 있었습니다. 지금 생각해보면 조금 조숙한 느낌은 있지만 그야말로 전형적인 젊은이의 행동인데, 영화관에서 고다르의 작품을 본 다음 신주쿠에 있는 재즈 카페를 혼자 돌아다니곤 했습니다. 자주 들렀던 카페는 '빈'으로, '후게쓰도'(風月堂)도 나란히 있었지만 그곳에는 전위 시인인 척하는 손님들이 많아 내심 무시했습니다. 그래 놓고 저는 정작 가쿠란[18] 차림에 학모를 쓰고 다니거나 고등학교 2학년 중반 무렵부터는 청바지를 꿰어 입고 반카라[19]인 척을 했지만요. 그 후 제가 다니던 신주쿠 고등학교는 학생들의 강력한 요청으로 교복과 학모 등을 폐지했습니다.

참고로 당시의 도립고등학교는 학교군제도[20]를 바탕으로 하고 있었는데 신주쿠 고등학교는 고마바 고등학교와 같

은 그룹으로 묶여 두 학교 입학생들의 성적이 비슷한 수준
이 되도록 합격자가 배정되었습니다. 제 세 살 아래인, 이후
미술가가 된 오카자키 겐지로 씨는 당시 얼굴도 몰랐을 텐
데 어찌 된 영문인지 저를 동경해 신주쿠 고등학교 입학을
희망했었다고 합니다. 하지만 학교군 배정에 의해 고마바
고등학교에 입학했다고요. 신주쿠 고등학교의 남녀 성비가
3대 1이었던 것에 반해 고마바 고등학교는 3대 5라서 오히
려 저는 고마바 고등학교에 가고 싶었는데 말이죠.

이야기가 옆으로 샜지만, 아무튼 예술에 눈을 떴던 고
등학생 때 이후 처음이라 할 수 있을 정도로 진심으로 아트
에 몰입했던 이 시기에는 지식을 업데이트하기 위해 여러
가지를 보고 들었습니다. 2013년 가을에는 오직 아니쉬 카
푸어(Anish Kapoor)의 전시를 보기 위해 베를린까지 가기도
했죠. 저한테는 관광이라는 의식이 없었기 때문에 입국 심
사에서 "독일에는 어떤 목적으로 왔습니까?"라는 질문을
받고 "카푸어의 전시를 보기 위해 왔습니다"라고 우직하게
답했더니 직원이 멍한 표정을 짓더군요. 카푸어는 지진 재
해 이후 '루체른 페스티벌 아크노바'를 위해 이소자키 아라

18 일본 남학생 교복.

19 서양식 생활방식과 패션 스타일을 좇는 '하이 카라'에 대응되는 조어로,
    보수적이고 거친 느낌을 연출하는 이들.

20 과거 일본에 있던 공립 고교 입시 선발제의 하나로 한 학구에 있는 여러
    개의 학교를 입학 대상으로 하는 제도.

타 씨와 가동식 콘서트홀을 공동 설계한 것을 계기로 일본에서도 유명해졌습니다.

2014년 봄에는 미국 코네티컷 주에 있는 건축가 필립 존슨(Philip Johnson)의 저택 '글라스 하우스'에 나카야 후지코 씨의 안개 조각 전시를 보러 갔습니다. 모더니즘을 바탕으로 설계한 건물 자체는 아담했고, 사방이 투명한 유리 통창으로 되어 있어 프라이버시가 전혀 없는 구조였는데 놀랍게도 눈에 보이는 지평선을 포함한 모든 땅이 존슨가의 소유물이라고 하더군요. 아버지의 유산을 물려받은 필립은 현대미술 수집가이기도 한데, 부지 내에는 포스트모던 양식으로 지어진 집보다 훨씬 큰 갤러리도 있었습니다.

마음속에 그리던 오프닝

예술제를 이끌기 위해서는 그 지역의 정치나 유력 인사들과도 좋은 관계를 유지해야 합니다. 저도 어쨌든 세금을 사용하는 행사의 대표자이니 상공회의소 청년부나 지역 명사들이 모이는 자리에 나가 "지원을 부탁드립니다"라고 인사를 하며 돌아다니곤 했습니다. 원래는 이런 사교 활동을 제일 어려워하는데 말이죠. 한번은 스트레스를 받았는지 모임 다음 날 열이 날 정도였습니다.

그래도 삿포로는 변호사 출신의 리버럴한 성향을 가진

우에다 후미오 씨가 시장이라, 탈원전을 포함한 여러 면에서 사상이 일치해 비교적 수월했지만, 당시 재임 중이던 아베 신조 총리의 영향력이 막강했던 야마구치에서는 꽤 고생을 했습니다. YCAM은 야마구치 시의 소유였기 때문에 보수적인 시의회 의원들 사이에서 "사카모토인지 뭔지, 디렉터로 임명하지 마"라는 반대 의견도 나왔었다고 합니다. 10주년 기념사업을 준비하던 기간에 때마침 야마구치 현의 지사 선거가 예정되어 있었고, 저는 현 지사의 후계 후보에 대항하는 혁신계 후보자와 아는 사이였기 때문에 현직 측에서 지인을 통해 상대편을 지지하는 연설을 하지 말라는 압력을 받기도 했죠.

그러나 한편으로는 삿포로 시도 이왕 행정에 관여할 것이라면 '이 계획'을 실행해줬으면 한다며 제게 기대하는 바가 있었습니다. YCAM과 어깨를 나란히 할 만한 일본 미디어아트의 거점을 이 북쪽 땅에 만들겠다는 계획이었죠. 당시 삿포로 시는 '유네스코 창조 도시 네트워크(미디어아트 도시)'에 가맹한 직후였는데, 이런 연유도 있고 해서 완전한 미술 전문가도 아닌 저를 디렉터로 지명하지 않았나 생각합니다. 예술제가 끝난 뒤에도 신설된 미디어아트센터를 중심으로 문화를 발신해나가면 세계적으로 존재감을 드러낼 수 있지 않을까 생각했습니다.

우에다 시장도 저의 이런 계획을 지지해주었고, 역사가 있는 삿포로 시 자료관을 아트센터로 변경하는 계획에 찬성해 센터 리노베이션을 위한 건축 공모전도 실시했습니다. 그리고 1위 선정까지 마쳤는데 유감스럽게도 그 계획은 무산되고 말았습니다. 나중에 시장도 바뀌었고 담당 공무원들도 3년 만에 교체되어버렸습니다. 원통할 따름이죠. 자민당이 득세를 하든 아니든, 지금도 여전히 활발하게 운영되고 있는 YCAM은 일본에서 유일하게 연구실을 갖춘 훌륭한 미디어센터입니다.

삿포로 국제 예술제의 개막 이벤트로 이사무 노구치가 설치한 모에레누마 공원을 무대로 노가쿠와 아이누 고전무용을 결합한 퍼포먼스 〈북쪽의 대지를 축복하다〉(北の大地を寿ぐ)를 선보일 예정이었습니다. 노무라 만사이 씨와 간제 기요카즈 씨 등이 제가 단잔신사에서 감상했던 〈오키나〉를 포함해 〈다카사고 축언지식〉(高砂祝言之式), 〈후쿠노가미〉(福の神)를 연기하고, 동시에 오비히로 지역의 '가무이토우포포(カムイトウウポポ) 보존회'[21]의 회장 사카이 나나코 씨의 협력으로 아이누 문화 계승자들이 〈사로룬림세(두루미의 춤)〉나 〈에무스린세(칼의 춤)〉, 〈가무이유칼(신요)[22]〉 등의 작품을 상연할 계획이었죠.

저는 홋카이도에서 예술제를 여는 이상, 이곳이 본토로부터의 개척사와 아이누 민족의 싸움의 장이었음을, 그리

---

21 우포포(ウポポ)는 아이누족의 전통적인 노래로, 오비히로 가무이토우포포 보존회는 일본의 중요무형민속문화재로 지정되기도 했다.

고 근대 일본에서는 아이누에 대한 차별이 존재했다는 사실을 외면해서는 안 된다는 생각에서 서로 간의 첫 화해를 위한 의식을 치러야 한다고 생각했습니다. 그리하여 '야마토'의 신과 아이누의 신 모두의 축복을 받는 장을 만들겠다는 목표로 기획을 했죠. 하지만 공교롭게도 당일 상연 직전에 폭우가 쏟아져 행사가 중지되고 말았습니다. 같은 시간, 저는 집의 뒷마당에서 부디 이 행사가 무사히 진행되기를, 제 나름의 방식으로 아이누 신에게 빌고 있었습니다. 어쩌면 그것이 화를 부른 것일지도 모르겠네요. 아쉬움이 컸던 만사이 씨와 동료들이 공연장 대기실에서 〈오키나〉의 일부인 〈산바소〉(三番叟)를 연기해 그 영상을 보내주었습니다.

또한 오프닝 행사로 비둘기 세리머니도 준비되어 있었습니다. 지금 같은 관광지로 발전하기 전인 1980년대에 발리를 방문한 적이 있는데 무심코 논길을 걷고 있자니 갑자기 상공에서 '휘익' 하는 소리가 들렸습니다. 놀라서 하늘을 올려다보자 수십 마리의 비둘기가 몸에 피리를 단 채 크게 선회하고 있는 것이 아니겠어요. 그 '소리 덩어리'는 멀리 가는가 싶으면 이내 돌아와 머리 위를 날았습니다.

저는 우연히 그 모습을 보고 이것이야말로 궁극의 환경예술이구나 싶은 생각에 매우 강렬한 자극을 받았었는데, 머릿속 한구석에 오랫동안 남아 있던 그 광경을 예술제 오

22 멜로디에 얹어 구연하는 아이누 구전 문예의 일종.

프닝 행사에서 꼭 실현해보고 싶었습니다. 삿포로를 방문할 때마다 현지의 업자를 찾아가 좋은 소리가 나는 피리의 형태를 수없이 조정하고 이와 병행해 비둘기 사육사에게 협력을 부탁해 이 퍼포먼스 〈Whirling noise − 선회하는 노이즈〉를 준비해갔습니다. 그리고 마침내 당일, "삿포로 국제 예술제를 개막합니다"라는 시장의 개회 선언과 함께 가슴에 피리를 단 비둘기들을 휘익 하고 한번에 날려 보냈지만, 공교롭게도 단 한 마리의 비둘기도 상공을 선회하지 않고 순식간에 어디론가 날아가 버렸습니다. 아름다운 피리 소리가 상공에 울려 퍼지는 일도 없이, 찰나에 끝나 버렸죠. 어쩌면 비둘기들은 익숙하지 않은 모에레누마 공원을 한시라도 빨리 벗어나 자신의 둥지로 돌아가고 싶었는지 모릅니다. 아니면 주위에서 매와 같은 맹금류의 낌새를 감지하고 두려움을 느낀 것일지도 모르죠. 아무튼 '아이코…' 싶은 순간이었습니다.

지금은 웃으며 말할 수 있는 이 오프닝 행사에 안타깝게도 저는 참석하지 못했습니다. 뉴욕의 자택에서 그저 물끄러미 중계를 지켜보고 있었을 뿐이었죠. 오랜 시간 동안 피땀 흘려 준비한 예술제의 현장에도, 정작 행사 기간 동안은 한 번도 가지 못했습니다. 왜냐하면, 예술제 직전에 받은 검사에서 처음으로 암이 발견되어 치료에 전념해야 했기 때문입니다.

그야말로 청천벽력이었습니다.

요양을 위해 머물던 하와이의 바람을 맞으며

5 │ 첫 번째 │ 좌절

노구치 정체와 매크로바이오틱

처음으로 노화를 느낀 것이 마흔두 살 때였습니다. 레코딩을 하던 어느 날, 평소와 다름없이 스튜디오에 들어가서 의자에 앉아 악보를 손에 들었는데 웬일인지 눈앞의 오선지가 뿌옇게 흐려져 음표의 위치가 뚜렷하게 보이지 않았습니다. 처음에는 조명이 어두운 탓인가 싶어 어시스턴트에게 조명을 하나 더 가져다 달라고 했습니다. 하지만 악보는 여전히 흐릿했습니다. 이상하다고 생각하며 책상의 높이도 조절해봤지만 상황은 달라지지 않았습니다. 이래서는 일을 할 수가 없겠다 싶어 한동안 멍하니 의자에 기대앉아 있었습니다.

그리고 별생각 없이 악보를 다시 집어 들었는데 방금 전까지 잘 보이지 않던 오선지와 음표가 갑자기 선명해졌습니다. 그 상태에서 악보를 양손에 들고서 그 위치를 앞뒤로 움직여보니 전날에 비해 초점이 맞는 지점이 눈에 띄게 멀어져 있었습니다. 노안이 왔음을 알게 된 순간이었죠. 어릴 적부터 항상 1.5의 시력을 유지해온 저로서는 눈앞이 침침

한 경험 자체가 처음이라 충격을 받았습니다. 그렇다고 자력으로 어떻게 할 수 있는 일도 아니잖아요. '노'(老)라는 글자가 거슬렸지만 어쩔 수 없이 노안경을 사기로 했습니다. 처음으로 노안경을 쓰고 본 세상은 마치 다른 세계 같았는데, 이제껏 나도 모르게 얼마나 많은 것들을 놓치고 살았을까 싶어 그 또한 쇼크였습니다.

그로부터 몇 년 후, 오랜만에 오누키 다에코 씨의 앨범 제작에 참여해 마지막 녹음을 마치던 날, 뉴욕의 스튜디오에 뮤지션 동료와 이웃 친구들을 불러 뒤풀이 파티를 열었습니다. 성취감 있는 일을 마무리 지은 후에 마시는 술은 어느 때보다 맛있죠. 기분 좋게 취한 저에게 이날의 주인공인 오누키 씨가 다가오더니 "손금 좀 보여줘"라고 말했습니다. 오누키 씨도 꽤 취한 듯한 모습이었습니다. 그 생글거리는 표정에 안심해버린 저는 아무 생각 없이 손바닥을 내밀었는데, 제 손을 살피던 그녀의 얼굴이 서서히 굳어졌습니다. 안 좋은 예감이 스친 순간, 오누키 씨가 무척 조심스럽게 이런 말을 꺼냈습니다. "당신, 이대로 있으면 앞으로 얼마 못 살아." 장난기가 전혀 느껴지지 않는, 진지하기 그지없는 말투였습니다.

오누키 씨는 한 가지 방법이 있다고 했습니다. 그러면서 가르쳐준 것이 바로 '노구치 정체'였습니다 노구치 정체는 전쟁이 끝나고 얼마 지나지 않아 노구치 하루치카가 확립한 치료법으로, 뼈 소리를 뚝뚝 내며 몸을 끼워 맞추는 여타 정체[1]들과 달리 인간의 정신에까지 관여하는 이론이라고 하더군요. 오누키 씨는 "정체를 시작하면 살기 불편해지긴 할 거야"라는 말도 덧붙였으나 막내아들이 아직 다섯 살밖에 안 됐던 때라 벌써 죽을 수는 없었습니다. 적어도 아들이 성인이 될 때까지 앞으로 15년 정도는 더 살아야 한다고 생각했죠. 저는 그때까지 정체는커녕 마사지조차 제대로 받아본 적이 없었으나, 호기심에 자극 받아 '마지막 수단'이라는 노구치 정체를 체험해보기로 했습니다.

노구치 정체는 동양의학에서 하나의 완성형이라고도 볼 수 있을 것 같습니다. 오누키 씨는 그녀의 중학교 동창이기도 한 사에구사 마코토 선생님을 소개해줬는데 선생님 본인이 어린 시절 병약했던 몸을 노구치 정체로 극복한 적이 있다고 합니다. 선생님을 찾아가 우선 척추를 가볍게 만져주는 치료를 받았습니다. 솔직히 처음에는 선생님이 손끝으로 보내주는 그 '기'(氣)라는 것을 전혀 느끼지 못했고, 정말로 효과가 있는지도 알 수 없었습니다. 하지만 이야기에는 설득력이 있었고, 마치 비밀결사를 몰래 엿본 듯한 고양감도 들어 조금 더 자세히 알고 싶다는 호기심이 생겼습니다.

원래 하나에 잘 꽂히는 성격인 저는 당시 나와 있던 노구치 하루치카의 책을 모두 사서 독파했습니다. 일본에 돌

첫 번째 화살

---

1 지압이나 안마 등으로 척추뼈를 바르게 하거나 몸의 상태를 좋게 하는 것을 일컫는다.

아갈 때마다 사에구사 선생님에게 정체를 받고, 뉴욕에 돌아오면 그것을 흉내 내어 직접 해보기를 반복했죠. 주위 사람들의 몸 어딘가에 문제가 생기면 『가정의 의학』[2] 대신 노구치 정체 책을 펼쳐 읽으며 원인을 찾아보기도 했습니다.

이 무렵에는 노구치 정체에 대한 이해도가 높아짐에 따라 몸의 컨디션도 확실히 좋아지는 것을 느낄 수 있었습니다. 사에구사 선생님은 합기도에도 정통해서, 그것도 가르쳐주었습니다. 대체의학 선생님들은 신체와 직면한다는 공통점 때문인지 무술을 잘 아는 사람들이 많습니다. 합기도는 다른 격투기와는 달리 근력이 강한 쪽이 이기는 무술이 아닙니다. 오히려 상대의 힘이 세면 그것을 역이용해 기술을 걸기 쉬워진다는 점이 흥미로웠죠. 사에구사 선생님은 고무술(古武術) 전문가인 고노 요시노리 씨도 소개해주었습니다. 하루는 고노 씨가 제 콘서트에 일본도를 들고 오기도 했습니다. 공연이 끝나고 대기실에 찾아온 고노 씨는 마침 그날의 게스트로 와 있던 가라테 유단자 디자이너 야마모토 요지 씨와 겨루기를 시작하더군요.

사에구사 선생님의 이야기를 듣고, 정크 푸드를 탄산음료로 넘기는 것에 족했던 그때까지의 식습관을 반성하며 현미를 주식으로 야채, 절임 반찬, 건어물 등을 곁들이는

---

2 『家庭の医学』, 1949년 초판 발매 이후로 450만 권 넘게 판매된 일본 가정 의학 서적계의 스테디셀러.

매크로바이오틱을 실천하기도 했습니다. 매크로바이오틱의 창시자인 사쿠라자와 유키카즈 씨의 책을 닥치는 대로 읽었고, 한동안은 매크로바이오틱에서 더 나아가 유제품이나 생선, 꿀 등의 동물성 식품을 일절 섭취하지 않는 비건으로 지내며 완전 채식주의에 도전했습니다. 예상외로 큰 어려움 없이 이어가기는 했지만, 반년 정도밖에 지속하지 못했습니다.

"어떤 가혹한 환경에서도 살아남는다"는 말이 저의 오랜 신조였는데, 실제로 생명력 넘치던 젊은 시절에는 3일 연속으로 밤을 새워도 아무렇지 않았습니다. 열여섯 시간 정도 일에 파묻혀 있어도 집중력이 떨어지지 않았고, 매일 밤 한두 시까지 스튜디오에 처박혀 곡을 만들다가 새벽에 나가서 아침까지 술을 마시며 돌아다녔습니다. 그 후 다시 스튜디오로 돌아와 작업을 하는 경우도 왕왕 있었고요. 제가 그런 리듬으로 살다 보니 당시의 스태프들은 하나둘 과로로 쓰러졌고, 그들끼리 "우리가 살기 위해서라도 사카모토 음식에 투구꽃 독을 좀 타면 어떨까?"라는 말을 농담 반, 진담 반으로 나누곤 했다고 합니다.

한때는 이렇게 무한한 체력을 가졌었는데, 40대가 되자 예전과 달리 남들 못지않은 피로를 느꼈습니다. 게다가 평소에 동물성 단백질을 섭취하지 않으니 자연스레 성격도 유해져, 언제부터인가 세상과 싸워나갈 투쟁심을 잃어가고 있는 제 모습을 발견했습니다. '이대로는 안 되겠어. 오히려 죽음에 가까워지고 있는 꼴이잖아' 하는 초조함에 비건 생활을 그만두기로 했습니다. 그린란드가 그렇듯, 지구상에는 환경적으로 식물이 자라지 않아 동물의 고기밖에 먹을 것이 없는 지역들도 적잖이 존재합니다. 극단적인 예지만, 생존을 위해 필요하다면 생쥐라도 잡아먹지 않을까요. 생명력을 희생하면서까지 수행승처럼 엄격한 식생활을 계속하는 것은 주객전도라는 판단에 마음을 바꿨습니다.

하지만 반년 동안의 비건 생활이 쓸데없는 일이었다고는 생각하지 않습니다. 매크로바이오틱을 시작하며 식이요법의 본질을 배울 수 있었고, 그 후로 몸에 닿는 물건들은 가급적 자연 소재를 사용하도록 신경 쓰고 있습니다. 오누키 씨의 충고대로, 어떤 면에서는 살기 불편해졌을지도 모르지만 자신에게 소중한 것, 해야 할 것을 구분하는 버릇이 생겨 '보다 나은 삶'을 위해 노력하게 된 것은 틀림없습니다. 투병 중인 지금도 전신 상태의 유지와 향상을 위해 병원에서의 암 치료와 더불어 식이요법, 침과 뜸, 한방, 정체 등을 병행하고 있습니다.

미국의 의료

노구치 정체를 바탕으로 잘못된 생활을 바로잡고 난 후, 약 20년간은 다소 체력이 떨어지기는 했지만 건강히 잘 지내고 있었습니다. 감기에 걸려도 병원에 가거나 약을 먹지 않고 반신욕만으로 컨디션을 회복했으며, 그렇게 해도 아무 문제없었습니다. 몇 차례 받았던 건강검진에서도 별다른 이상이 없었죠. 그래서 어딘가 방심했는지도 모르겠습니다. 2014년 6월, 목에 약간의 위화감이 느껴져 오랜만에 병원에 갔는데 혹시 모르니 정밀 검사를 해보자고 하더군요. 목 안의 세포를 떼어내 검사를 진행했고, 중인두암이라는 선고를 받았습니다. 설마 내가 암에 걸릴 줄이야, 믿을 수가 없었습니다.

가장 먼저 머릿속을 스친 것은 다음 달에 오프닝을 앞두고 있던 삿포로 국제 예술제였습니다. 객원 디렉터로서 프로그램 전반에 관여해왔는데 개막 직전에 손을 놓는 것은 너무 무책임한 일이라고 생각했습니다. 암이라는 사실을 숨기고 몰래 병원에 다니면서 예정대로 행사장을 오가는 선택지도 있었습니다. 하지만 고민에 고민을 거듭한 끝에, 치료에 전념하기로 마음을 먹었고 예술제 관련 행사를 비롯해 그해에 계획된 스케줄을 모두 취소한 뒤 뉴욕에 머무르기로 했습니다.

뉴욕에서 치료하기로 결심하고 나니 또 다른 고민이 생겼습니다. 서양의학을 선택할 것인가, 대체의학을 선택할 것인가 하는 문제였습니다. 앞서 얘기했듯 저는 오랜 시간 대체의학에 심취해왔습니다. 주변 사람들에게도 자연식 치료법을 강하게 추천했죠. 하지만 조사를 하면 할수록, 암이라는 것이 얼마나 강력한 병인지 알 수 있었습니다. 대체의학만으로 어설프게 자극했다가는 암세포들이 오히려 더 난폭하게 역습해올 가능성도 있었죠. 그래서 우선은 서양의학으로 치료를 받으면서 면역력 저하를 막기 위해 대체의학도 동시에 활용하는 복합적인 방법을 사용하기로 했습니다. 어느 한쪽만으로는 충분할 것 같지 않았습니다.

인터넷 검색을 하면 암에 효과적이라는 이런저런 상품 정보가 나옵니다. 인삼 주스에 미생물 효소, 버섯 엑기스 등등. 저는 그 모든 제품들이 의심스럽다고 일축할 생각은 전혀 없습니다. 저 역시도 열심히 찾아보던 시기가 있었고요. 하지만 그런 상품의 광고 문구로 쓰이는 '완치 사례'는 만 명 중 한 명꼴의 극히 드문 케이스가 아닐까 합니다. 실패한 사람들의 사례는 언급되지 않을 뿐, 드러나지 않는 9,999명은 사망한 것 아닐까요. 치료된 사례가 거짓말이 아니라고 해도, 먹으면 무조건 암이 사라지는 마법 같은 상품은 없습니다. 그에 비해 서양의학은 외과 수술을 하면 몇 퍼센트의 확률로 호전이 되고, 항암제 치료의 경우 이 정도의 확률, 방사선 치료로는 이 정도 확률로 효과를 본다는 등, 과거 자료를 토대로 한 증거들을 훨씬 많이 축적해왔다는 사실에는 의심의 여지가 없습니다.

서양의학의 중심지인 미국은 동시에 대체의학의 중심지이기도 합니다. '전 국민 의료보험제'가 아직 실현되지 않은 나라로, 이를 추진하는 정치가들을 극좌 취급하는 미국에서 제대로 된 암 치료를 받으려고 하면 의료비가 기하급수적으로 불어납니다. 실제로는 입원이 필요한 환자라도 보험 회사가 그 환자에게 지불 능력이 없다고 판단하면 그냥 돌려보낼 정도라고 하니까요. 그런 이유도 있고 해서, 비교적 저렴한 대체의학에 대한 기대가 큰 편입니다.

또한 다소 의외라고 생각할지도 모르겠지만 제가 다니던 뉴욕 암 센터에서도 환자들을 대상으로 허브와 한방 관련 정보를 제공하거나 요가 강좌를 열기도 했습니다. 요청하면 침구원도 소개해주고요. 어쩌면 서양의학과 대체의학의 거리가 일본보다 더 가깝다고 할 수 있을지도 모릅니다. 저처럼 병행 치료를 하는 사람도 드물지 않고요.

미국 병원을 본격적으로 다닌 것은 이때가 처음이라 이래저래 놀라운 일들이 많았습니다. 우선, 병원 안이 춥습니다. 옛날부터 미국인들이 에어컨을 좋아한다는 사실은 알고 있었지만, 아무리 그래도 병원 실내를 16도로 유지하다니요. 와인셀러랑 같은 온도잖아요. 그런데도 주변을 둘러보면 저 같은 암 환자가 반소매 차림으로 돌아다니며 아무렇지 않게 콜라를 벌컥벌컥 들이켜고 있었습니다. 대합실에서는 콜라와 커피가 무한 제공됩니다. 콜라에는 발암물질이 있다고들 하고, 설령 그렇지 않다고 해도 대량의 설탕이 들어가 있으니 절대 몸에 좋을 리가 없는데 말이죠. 미국의 최상급 암 센터에서 이 무슨 질 나쁜 농담인가, 하는 생각이 들었습니다. 정말 미국은 대단한 것 같아요. 만약 입원했다면 분명 햄버거를 줬을 것입니다.

반대로 역시 미국은 미국이구나, 하고 감탄했던 점은 디지털화된 병원 서비스입니다. 환자 한 명 한 명의 개인 계정이 있어 병원에서 진찰을 받고 나면 그날 안에 전용 포털 사이트를 통해 조사 결과를 한눈에 확인할 수 있습니다. 예컨대, 혈중 단백질 검사 하나를 해도 이전 검사 때와 지금의 수치를 쉽게 비교할 수 있죠. 사이트를 통해 병원 주치의와의 연락도 가능하며 진료 예약이나 변경도 간편하게 할 수 있습니다. 또한 병원의 자체 제작 애플리케이션도 있어 거기에 약은 물론, 약초, 허브, 한방 등의 이름을 입력하면 지금까지 얼마나 연구가 진행되어왔는지, 어떤 효능이 있는지 등의 내용을 쉽게 찾아볼 수 있습니다. 환자의 편리성 면에서도, 종이나 전화가 불필요하다는 면에서도, 디지털화는 반드시 추진하였으면 합니다. 일본도 하려고만 하면 기술적인 구현은 얼마든지 가능할 테니, 꼭 실현했으면 좋겠습니다.

이 첫 번째 암 치료 때는 주치의의 추천도 있고 해서 방사선 치료를 선택했고, 약간의 항암제도 투여 받았습니다. 총 7주간에 걸쳐 암세포에 조금씩 방사선을 조사(照射)하는 치료 프로그램이었습니다. 초반에는 상상했던 것보다 아프지 않길래 솔직히 이 정도면 할 만하겠다는 생각으로 낙관하고 있었습니다. 하지만 후반으로 갈수록 구강 내의 통증이 점점 심해졌고 5주째쯤 됐을 때는 너무 아파서 선생님에게 그만 멈춰달라고 울며 부탁하기도 했습니다. 그러나 주치의가 말하길, 여기서 멈추면 오히려 암의 힘만 몇 배 이상 세져 역습해올 것이라고 하더군요. 여기서 포기하면 그대로 죽는다며 치료가 끝날 때까지 조금만 더 참아달라고 설득하는 선생님의 말씀에 어찌어찌 7주간의 치료를 끝냈습니다. 방사선 치료 프로그램이 다 끝나고도 한 달 정도는 환부의 통증이 계속됐지만, 그래도 고생한 보람이 있는지 효과가 나타났습니다.

인두에 암이 생기고 가장 곤란해진 것은 식사였습니다. 방사선 치료 때문에 목구멍뿐 아니라 입 안 전체가 짓물러서 침을 삼키는 것조차 괴로웠습니다. 특히 산미가 있는 음식은 격한 통증을 동반했죠. 제가 무척 좋아하는 바나나에도 산미가 있다는 사실을 통증과 함께 알게 되었고, 그래도 무언가를 입에 넣어 영양을 섭취하긴 해야 해서 한동안은 어찌할 바를 몰랐습니다. 참마나 죽처럼 걸쭉한 음식들은 그나마 삼키기가 쉬우니 네 종류의 진통제를 동원하여 어떻게든 먹어보려 애쓰기도 했는데, 여러 가지를 시도해본 결과 가장 좋았던 것은 수박이었습니다. 채소에 가깝기 때문인지 과일치고 드물게 산미가 없더군요. 그 사실을 깨달은 날부터 마치 예전에 배우 가와시마 나오미 씨가 "내 몸은 와인으로 이뤄져 있다"고 말했던 것처럼 "내 몸은 수박으로 이뤄져 있다"고 말하는 양 수박만 먹었습니다.

참고로 매일 들이붓듯 마시던 술도 이때 첫 번째 암 치료를 하며 딱 끊어버렸습니다. 이따금 좋은 음식점에 가서 식사를 하다가 알코올 생각이 간절할 때는 와인을 마시는 파트너의 글라스를 빌려 살짝 한 번 핥아보기도 하지만요. 향기만으로 쓴맛의 정도와 방부제의 양을 유추할 수 있는 것을 보면 예전보다 감각이 예민해졌는지도 모르겠습니다.

뉴욕에서의 생활

오로지 치료가 목적이기는 했지만, 2014년은 뉴욕에 이주한 이후 처음으로 거의 1년 내내 집에서 보낸 해였습니다. 원래 뉴욕으로 거점을 옮긴 것은 이 도시에 대한 특별한 동경이 있어서는 아니고, 순전히 편의성 때문이었습니다. 저는 직업 특성상 젊었을 때부터 런던, 로스앤젤레스를 비롯한 수많은 구미의 대도시에 출장 다닐 기회가 많았습니다. 하지만 그때마다 매번 멀리 떨어진 도쿄로 돌아가는 것이 귀찮아서 차라리 어디에서든 상대적으로 가까운 뉴욕으로 이사해버리자고 마음을 먹었던 것입니다. 그렇게 1990년대 초에 뉴욕에 집을 지었지만, 그 후로도 이곳저곳 다니기 바빴고 결과적으로 오랫동안 집에 머무른 적은 없었습니다. 애초에 저한테는 어딘가에 정착해서 산다는 개념이 없기도 했고요.

그래도 1년을 뉴욕에서 보내며 계절의 변화와 휴가철의

퍼레이드 등 다양한 이벤트를 경험하다 보니, 점점 이 도시에 대한 애착이 싹텄습니다. 흔히 보수적인 사람들이 "아름다운 사계절은 일본에서만 맛볼 수 있다"고 자랑하곤 하는데, 그것은 거짓말입니다. 집의 작은 뒷마당에 있는 나무도 가을이 깊어지면 빨갛게 물들고, 잎이 떨어진 나뭇가지 위로 겨울의 하얀 눈이 쌓이는 것을 보면 '참 좋구나' 하는 마음이 절로 듭니다.

이렇게 뉴욕에서의 생활을 즐기면서 그 충전 기간 동안 허우 샤오시엔과 에드워드 양으로 대표되는 대만 뉴시네마 작품들에 푹 빠져 지냈습니다. DVD를 구해와 집에서 자주 봤는데, 당시는 에드워드 양의 영화 대부분이 아직 DVD로 발매되기 전이라 몇 번이나 덮어쓴 듯한 화질 나쁜 비디오 테이프에 녹화된 것을 누군가에게 받아서 봤을 거예요.

돌아보면 이렇게 오랫동안 쉬었던 것은 20대에 이 일을 본격적으로 시작한 이래, 처음 있는 일이었습니다. 아, 제가 먼저 휴가를 달라고 한 적이 딱 한 번 있긴 했어요. 〈마지막 황제〉(1987년)로 아카데미 영화음악상을 탄 직후에 "큰 상 받았으니까 한 달 동안 쉬게 해줘!"라고 사무실에 무리하게 부탁해서 어찌어찌 스케줄을 뺐습니다. 그런데 그 젊은 나이에 아무것도 안 하고 멍하니 있자니 그것은 또 그것대로 금방 질리더라고요. 휴가가 시작된 지 불과 3일 만에 "아무 것도 할 게 없잖아. 일거리 가져와!"라며 적반하장으로 화를 내고 말았습니다. 하여튼 제멋대로인 인간이죠.

첫 번째 악절

189

참고로 뉴욕의 우리 집 근처에는 화가 겸 영화감독인 줄리언 슈나벨(Julian Schnabel)이 살고 있습니다. 그가 저를 자주 초대해줘서 컨디션이 좋을 때는 종종 놀러 가기도 했습니다. 〈마지막 황제〉의 프로듀서였던 제러미 토머스의 소개로 슈나벨을 알게 되었을 당시, 그는 4층 건물에 살고 있었습니다. 건물 전체가 핑크색으로 칠해져 있었고 집 안에는 천장이 높은 거대한 아틀리에가 마련되어 있었습니다. 신표현주의 아티스트로 알려진 그의 그림 작품들은 꽤 사이즈가 큽니다. 아틀리에에는 그 거대한 작품들이 몇 십 개씩 벽에 걸쳐 세워져 있죠. 갈 때마다 "이게 최근에 그린 그림이야"라며 자랑을 합니다.

슈나벨은 여러 번 결혼과 이혼을 했는데 재미있는 점은 상대가 바뀔 때마다 집 건물이 점점 높아진다는 것입니다. 첫 번째 파트너와 헤어졌을 때는 4층 건물이 7층으로 바뀌더니, 다른 상대가 생겼다가 얼마 후 그 여성과 헤어지자 이번에는 그 건물이 11층까지 올라갔습니다. 본인에게 직접 전하기는 그렇지만, 저는 화가로서의 슈나벨보다 영화감독으로서의 그의 재능에 매료되어 있습니다. 뇌경색으로 전신마비가 되어 눈의 깜빡임만으로 회고록을 쓰는 편집자의 이야기를 그린 〈잠수종과 나비〉는 특히 훌륭했습니다. 가슴팍이 두툼한 슈나벨은 좌우지간 정력적이고 재미있는 사람인데, 같이 놀려면 저도 덩달아 에너지를 써야 하기 때문에 요즘에는 전화가 오면 모른 척하고 있습니다.

하와이의 역사

1년이란 시간을 거의 뉴욕에서 보냈던 2014년이지만, 방사선 치료의 후유증이 진정되어 드디어 고형물도 입에 넣을 수 있게 된 12월에는 재활의 명목으로 런던에 가서 '아라키'(THE ARAKI)의 스시를 맛봤습니다. 연말에는 일본에 돌아가 이즈의 오래된 료칸에서 며칠을 보내기도 했죠.

언제부터인가 연말이 되면 일본의 온천 숙소에 묵는 습관이 생겼는데, 특히 마음에 들어 자주 다니던 곳이 아타미의 '호라이'였습니다. 그곳의 온천탕에서는 사가미 만으로부터 아침 해가 떠오르는 모습을 볼 수 있고 정원에는 큼지막한 소나무가 있으며, 그 너머로 어선들이 오가는 풍경을 보는 것도 운치가 있습니다. 그야말로 살아 있는 우키요에를 보는 기분이죠. 어머니가 살아계셨을 때는 함께 모시고 가기도 했습니다. 하지만 거대 리조트 운영 사업체가 호라이를 흡수하고 말았습니다. 2012년 말쯤이었나, 친하게 지내던 여주인이 죄송하다는 듯이 "앞으로 호시노 리조트가 경영을 맡게 되었습니다"라고 하더군요. 료칸의 존속을 위한 어쩔 수 없는 결정이었을지 모르지만, 소중한 이름까지 바뀌게 되어 아쉬울 뿐입니다.

그렇게 새해가 밝았고, 2015년 2월에는 하와이에 갔습니다. 뉴욕에서 암 치료가 한창이던 시기, 지인에게 소개받은 후로 메일을 통해 정중히 이런저런 제안을 해주셨던 대체의학 쪽 선생님이 계셨습니다. 그때까지는 안면조차 없었지만 몇 번의 연락을 주고받으며 신뢰 관계가 형성되어 이왕이면 선생님이 계신 하와이의 치료원에 직접 다녀보고 싶다는 생각이 들었습니다.

선생님은 일본계 미국인으로 침술 치료를 기본으로 하지만, 정기적으로 채혈을 해 현미경으로 적혈구의 모양과 흐름을 관찰했습니다. 과학적 지식이 도입된 하이브리드 침술 치료라고나 할까요. 뜸이나 아로마 치료, 한방 처방도 받았습니다.

이 선생님의 치료법 중 특징적인 것으로 초록색 페이스트를 전신에 바르는 치료가 있었습니다. 발가벗은 온몸에 미라처럼 붕대를 감고, 아마도 약초로 만들어졌을 초록색 페이스트를 그 위에 바릅니다. 그리고 나서는 위를 보고 누워 30분 정도의 시간을 보내야 합니다. 방사선 치료로 쌓인 독소를 디톡스하는 효과가 있다는데, 좌우지간 꼼짝하지 않고 가만히 있는 것이 괴로웠습니다. 게다가 그 30분 동안 이어폰으로 선생님의 어머니가 직접 고른 음악을 강제적으로 들어야 했는데, 심지어 그 곡들 중에는 어머니 본인이 직접 부른 노래도 있었습니다. 그것만큼은 도저히 받아들일 수가 없어 "나는 음악 안 좋아하니까 틀지 마세요"라고 말했습니다. 어머니와 아들 모두 서비스 정신이 넘치는 좋은 사람들이었지만요.

이 치료원에는 19세기 초반에 하와이 왕국을 건국한 것으로 유명한 카메하메하 대왕의 직계 자손도 다니고 있었습니다. 원래 카메하메하 대왕에게는 스무 명이 넘는 부인이 있었는데 그로부터 세대가 몇 번 바뀔 만큼의 시간이 흘렀으니, 지금은 직계 자손만 해도 2,000명은 족히 되지 않을까요. 제가 소개 받은 분도 카메하메하 대왕의 분위기를 그대로 물려받은 듯한 뭉실뭉실한 체격의 남성이었는데, 그는 하와이의 선주민들 사이에서 여전히 왕으로 존경 받고 있다고 합니다.

지금은 모두가 밝은 관광지의 이미지로 인식하는 하와이이지만, 사실은 슬픈 역사를 가지고 있습니다. 하와이 왕국의 영화는 오래가지 못했고 19세기 말에는 미국 본토 해군들의 무력과 상인들의 경제력에 의해 미국 영토에 병합되고 말았습니다. 일본의 육군도 비슷한 시기에 조선을 침략하여 이후 한일합병으로 이어지니, 전 세계 여기저기에서 이런 일이 벌어지고 있었던 것입니다.

그러나 제가 치료원에서 만난 카메하메하 대왕의 피를 물려받은 풍채 좋은 그 남성은 "미국의 군사 점령은 명백한 불법이며 이를 절대로 받아들일 수 없다"면서 부단한 독립운동을 했고, 이로 인해 체포된 적도 여러 번 있다고 합니다. 이후 그의 꾸준한 호소가 결실을 맺어 1993년, 마침내 미국 연방의회 결의에서 하와이 왕국의 붕괴는 위법 행위에 의한 것이라는 정식 인정을 받았습니다. 당시의 클린턴 정권은 하와이의 선주민들에게 사죄를 했습니다. 국가

측의 사죄와 함께 하와이 원주민들의 자치주가 마련되었는데, 대체의학 선생님이 그 지역에서도 시술을 한다고 하길래 같이 따라가 보았습니다. 하와이라고는 하지만, 관광객이 전혀 없는 무척 멋진 곳이었습니다. 대체의학과 무술의 근접성에 대해서는 앞에서도 언급한 적이 있는데, 하와이의 선생님 역시 사범으로도 활동하고 있습니다. 너무 위험하다는 이유로 오랫동안 비밀리에 전승되어왔다는 그 지역의 독자적인 무술도 보여주었습니다.

만들어진 전통

저는 옛날부터 하와이에는 별로 가고 싶은 마음이 없었는데, 소위 말하는 하와이안 뮤직 특유의 분위기가 싫었기 때문입니다. 어릴 때부터 '짜란~' 소리를 내는 스틸 기타의 촐랑거리는 가락이 왠지 마음에 들지 않았습니다. 하지만 조사를 하다 보니 이 하와이안 뮤직이 실은 근대 이후에 재창조된 '전통음악'이라는 사실을 알게 되었습니다. 미국의 영토가 되고 얼마 지나지 않은 20세기 초반, 하와이안 뮤지션들은 대륙에서 온 백인 관광객들을 즐겁게 해주기 위해 컨트리 뮤직을 변형하여 특유의 '이국정서'가 느껴지는 음악을 만들어냈습니다. 다시 말해 호텔의 디너쇼나 풀 사이드에서 연주하기 위해, 이른바 지배자들의 욕망을 투영한 형태로 만들어진 문화라는 것입니다. 본래 하와이의 민족 음악은 찬트(chant)와도 닮아 꽤 정취가 깊습니다. 그런 진정한 전통음악을 계승하는 뮤지션들이 평소에는 자본주의 사회에서 살아남기 위해 리조트용의 가짜 전통음악을 연주하고 있는 것입니다. 이를 생각하면 심경이 복잡해집니다. 어릴 적부터 품어온 하와이안 뮤직에 대한 저의 생리적 거부 반응은 결코 틀리지 않았던 것 같습니다.

다만, 이런 식으로 근대 이후의 역사를 더듬어볼 수는 있다고 해도, 가장 먼저 하와이에 도착했던 사람들은 그곳에 섬이 존재한다는 사실을 어떻게 알았을까요. 그들은 4,000킬로 정도 떨어진 폴리네시아에서 넘어왔다고 알려져 있는데, 통나무를 잘라 만든 배를 타고 손으로 노를 저어 이동했다면 적어도 2~3개월의 시간이 걸렸을 것입니다. 그동안 식사는 어떻게 했을까요. 낚시로 조달한다고 해도 육지에서 그 정도 떨어져 있는 곳에는 물고기가 거의 살지 않을 텐데요. 먼바다에는 산호도 없고 물고기의 먹이인 플랑크톤도 없으니까요. 분명 닭은 싣고 갔을 것입니다. 매일 달걀을 낳잖아요. 설령 폴리네시아를 출발할 때 하와이 섬의 대략적 위치를 파악하고 있었다고 해도, 물살이 빠른 조수 위에서 자신들이 맞는 방향으로 가고 있는지 어떻게 알았을까요. 아마도 해가 진 후 달과 별에 의존해 위치를 확인하는 것 외에는 방법이 없었겠죠. 이렇게 생각해보면 하와이라는 땅은 정말이지 신비하고 흥미롭습니다.

진정한 의미의 치유

1개월간의 임시 거주를 위해 하와이에서 빌렸던 집은 방이 여덟 개나 될 정도로 휑하니 넓었습니다. 게다가 치료원에서의 시술은 하루 한두 시간이면 끝나버리기 때문에 그야말로 시간이 남아돌았습니다. 영화 DVD도 안 가지고 갔고, 당시에는 아직 구독 서비스도 보급되기 전이었습니다. 그래서 모처럼 생긴 기회에 지금껏 취향이 아니라는 이유로 제대로 듣지 않았던 작곡가들의 음악을 느긋하게 들어보기로 했습니다. 생각해보면 이 시기에는 그래도 체력이 어느 정도 회복되어 머리가 일하는 모드로 바뀌지 않았나 싶어요.

작곡가의 지명도와는 상관없이 제가 제대로 들어보지 않은 곡들은 잔뜩 있습니다. 의외일지도 모르지만, 브루크너나 말러 등도 옛날부터 잘 맞지 않는다고 생각해 귀 기울여 듣지 않았습니다. 처음에는 그 작곡가들의 곡을 전부 들어버리겠다는 의욕에 차 있었지만, 결국에는 레퀴엠으로 유명한 프랑스 작곡가 가브리엘 포레(Gabriel Faure)의 작품에 정착했습니다. 포레를 좋아하지 않았던 이유는, 그의 곡이 지나치게 감미로웠기 때문입니다. 원래부터가 살롱 뮤직이니까요. 그뿐 아니라, 포레는 파리음악원의 원장을 맡았다는 점에서 아카데미아의 화신 같은 존재였습니다. 그를 처음 알았던 10대 때에는 이런 달짝지근한 선율을 만드는 아저씨가 선생님으로 칭송 받는 것마저도 아니꼬워 절대로 안 듣겠다며 덮어놓고 싫어했습니다. 혈기 왕성한 철없는 젊은이다운 생각이었죠. 이것의 여파라고 할까, 전위 작곡가 이치야나기 도시 씨가 학창 시절에 만든 곡이 포레와 비슷하다는 이야기를 전해 듣고는 우습게 여기기도 했습니다. 정말 너무했죠.

그런데 신기하게도 포레의 곡을 꼬박 한 달 동안 하루 몇 시간씩 듣다 보니 점차 그 장점이 느껴졌습니다. 시간이 천천히 흐르는 하와이의 기후와 곡조가 잘 맞았던 것인지도 모르겠지만, 어딘가 프루스트의 소설 같다는 인상도 받았습니다. 실제로 프루스트는 포레의 작품을 좋아했고, 개인적인 친분도 있어 미니 콘서트를 열기도 했다고 합니다. 특히 초기 작품인 〈바이올린 소나타 1번〉이 『잃어버린 시간을 찾아서』의 세계와 가까운 것 같다는 생각을 멋대로 하고 있습니다. 이때 포레를 집중적으로 들으며 그에 대한 불호를 극복한 것은 나이가 들며 일본 음악을 받아들이게 된 것과 거의 똑같은 경험이었습니다. 이런 변화는 나이를 먹은 것의 영향도 있을 테고, 병에 걸려 몸과 마음이 모두 약해진 상태에서 어떤 면으로는 과하다 싶은 그의 달콤한 멜로디가 새삼 사무치게 와닿았기 때문이기도 하겠죠. 그러나 뭐가 어찌 됐든, 제대로 들어보지도 않고 가치 판단을 하는 것은 역시 옳지 않은 일이구나, 하고 반성했습니다. 고집이 있다는 자체만으로도 자신의 가능성을 좁힐 수 있음을 통감했죠. 충분한 여유 시간을 갖게 되면서 처음으로 깨달은 사실이었습니다.

하와이에서 받은 대체의학 치료가 그 자체로 얼마나 효과가 있었는지는 잘 모르겠습니다. 하지만 하와이의 리조트들로부터 멀리 떨어진 지역에 머물며 그곳에서 부는 바람을 느낀 것은 최고의 특효약이었습니다. 과연 한번 하와이에 가면 푹 빠져버리는 사람이 많은 것이 바로 이 기분 좋은 바람 때문일 거라고 실감했죠. 광고 음악으로 쓰인 〈energy flow〉(1999년)가 저의 의도와는 무관한 방식으로 '힐링 뮤직'으로 호평을 받았을 때, 저는 온몸의 털이 삐죽삐죽 서는 기분이었습니다. 치과에서 흘러나올 법한 값싼 음악과 똑같은 취급을 받는 것 같아 정말로 싫었어요. '치유의 교주' 같은 이름으로 저를 칭송하는 것도 난처하기만 했습니다. 이러한 이유도 있고 해서, 저는 늘 '치유'라는 말을 탄압했고, 내 입으로는 절대 그 말을 쓰지 않겠다고 마음먹어왔습니다. 하지만 그로부터 수십 년의 시간이 흘러 병에 걸린 몸으로 하와이의 바람을 맞으며 이것이야말로 진정한 의미의 '치유'라 할 수 있지 않을까, 하는 생각이 들었습니다.

저는 이 기간 동안 하와이의 좋은 날씨에 완전히 마음을 뺏겼고, 사실은 무리해서 별장까지 샀습니다. 당시에는 나중에 하와이로 이주해 살아도 괜찮지 않을까 막연히 생각했었거든요. 그런데 막상 체력을 회복하자 하와이에 대한 관심이 싹 사라져버렸고, 결국 그 별장은 이듬해 딱 한 번 가본 것을 마지막으로 팔아버렸습니다. 그 집을 살 때 현지 부동산에서는 "지금 하와이에 집을 사두면 나중에 절대로 손해는 안 보실 거예요"라고 말했고, 그것도 별장 구매에 결정적 요인 중 하나였는데 팔 때 보니 완전 손해였습니다. 이 또한 저의 조심성 없고 제멋대로인 성격을 보여주는, 살짝 부끄러운 에피소드입니다.

일로 복귀하다

한 달간의 하와이 요양을 마칠 때쯤에는 다행히도 슬슬 일에 복귀할 수 있지 않을까 싶을 정도의 건강 상태를 되찾았습니다. 그래서 오토모 요시히데 군의 권유에 따라 예전에 일주일 동안 연속 이벤트를 진행했던 뉴욕의 '더 스톤'에서 둘이 함께 공연을 열기로 했습니다. 아흔아홉 명밖에 들어가지 못하는 작은 공간이지만 2015년 4월 14일, 소리 소문 없이 진행한 이 라이브가 거의 1년 만에 재개하는 음악 활동이 되었습니다. 오토모 군과는 오랜 친구로 오해 받는 일이 많은데, 사실 서로 알게 된 것은 동일본 대지진 직전이었습니다. 전문적인 음악 교육을 받지 않은 그는 저와는 완전히 다른 접근법으로 곡을 만듭니다. 오토모 군은 좋은 의미로 작곡을 위한 지식을 가지고 있지 않으며, 머리가 좋고 훌륭한 음악을 많이 압니다. 그래서 같이 세션을 하면 저 역시 큰 자극을 받고 많은 것을 배우죠. 참고로 오토모 군은 제 뒤를 이어 2017년 삿포로 국제 예술제의 객원 디렉터를 맡았습니다. 관객의 입장으로 보러 갔었는데 삿포로 거리 여기저기에서 자유롭게 음악을 발생시키고자 하는 오토모 군다운 방식이 재미있었습니다.

그렇게 서서히 일에 복귀하고 싶다는 생각을 하던 차에, 갑작스레 걸려온 한 통의 전화가 제 운명을 바꿔놓았습니다. 멕시코 출신 영화감독인 알레한드로 곤잘레스 이냐리투(Alejandro Gonzalez Inarritu)의 팀에서 뮤직 슈퍼바이저를 담당하고 있는 여성이 제 사무실로 전화를 걸어와, 느닷없이 지금 이냐리투가 제작 중인 영화의 음악을 담당해줄 수 있겠냐고 묻는 것입니다. 그 작품이 바로 이후 아카데미 영화제에서 열두 부문에 노미네이트된 영화〈레버넌트: 죽음에서 돌아온 자〉였습니다. 하지만 당시 저는 병이 나은 지 얼마 안 돼, 결코 정상적인 컨디션이라고 할 수 없었기 때문에 "실은 제가 암 치료 후 요양 중이라서…"라고 답을 하려고 했더니 그녀가 "저도 전에 유방암에 걸렸었는데 바로 일에 복귀했어요. 병을 물리치는 데는 그게 더 좋아요"라고 단호하게 말하며 협상의 여지를 주지 않았습니다. 그래서 5월에는 그녀가 말한 대로〈레버넌트〉의 러시 프린트(편집되지 않은 영상)를 보기 위해 로스앤젤레스로 날아갔습니다.

〈레버넌트〉

이냐리투 감독은 2000년에 개봉한 그의 데뷔작 〈아모레스 페로스〉가 공개됐을 때부터 주목하고 있었습니다. 영상을 한 번 보고, 굉장한 재능이라고 생각했습니다. 이후 작품 속 무대 중 하나가 도쿄였던 영화 〈바벨〉의 클라이맥스 장면에 제 곡 〈美貌の青空(미모의 푸른 하늘, 1995년)〉을 길게 삽입했는데, 그때 전화기 너머로 "어떻게 사용하면 되나요?"라고 물었던 것이 처음으로 받은 연락이었습니다. 〈바벨〉은 그해 아카데미 작곡상을 받았고, 이냐리투는 아르헨티나 출신의 음악감독 구스타보 산타올라야에게 "네가 받은 오스카상, 반은 류이치한테 줘"라고 농담을 던지기도 했다더군요.

이후 2010년에 이냐리투가 제 북미 투어를 보러 와줘서 처음으로 직접 인사를 나눴고, 〈레버넌트〉의 러시 프린트를 보기 위해 방문한 로스앤젤레스에서가 두 번째 대면이었습니다. 이 단계에서는 아직 편집 작업도 안 되어 있고, CG 효과도 들어가기 전이었기 때문에 작품 속 주연인 리어나도 디캐프리오를 덮치는 곰 역할을 시퍼런 천을 뒤집어쓴 사람이 하고 있었습니다. 그렇게 웃기고 어설픈 장면들이 도처에 있었지만, 그럼에도 불구하고 러시 프린트만으로도 작품의 압도적인 힘이 충분히 전달되었기 때문에 힘든 작업이 될 것이라는 각오와 함께, 그 제안을 수락했습

이냐리투 감독과의 미팅

니다. 이 결정에는 파트너의 설득도 한몫했습니다. "지금 전 세계에서 이냐리투 감독한테 직접 음악을 부탁 받는 사람이 몇 명이나 될 거 같아? 암이 재발해서 죽어도 좋으니까 그냥 해"라고 하더군요. 세상에, 참 잔인하죠.

이냐리투는 영상뿐 아니라 소리에도 굉장한 고집을 가지고 있습니다. 〈레버넌트〉에서는 제가 맡은 음악과는 별개로 음향 효과를 담당하는 팀이 따로 있었는데 그쪽은 결국 두 번이나 교체되었습니다. 처음으로 담당했던 팀은 하룻밤 만에 잘렸고, 다음에 들어왔던 팀도 내쫓겨, 최종적으로는 루카스 필름 쪽 팀을 무리하게 데려왔다죠. 감독들은 영화관과 같은 상영 환경을 조성해놓고 세부적인 부분까지 철저히 체크하는데, 예를 들어, 전투 장면에서 인디언이 쏜 화살이 날아가는 소리는 물론, 달리는 사람의 지갑에 달린 쇠붙이 소리까지 무엇 하나 대충 듣고 넘기지 않습니다. 거기서 조금이라도 어색함이 느껴지면 다음 날까지 다시 소리를 만들어 오라고 하죠.

젊었을 때 라디오 DJ와 콘서트 프로듀서 일을 하기도 했다는 이냐리투도 귀가 무척 예민하지만, 여기서 특별히 언급하고 싶은 사람은 그의 작품의 전반적인 사운드를 디자인하는 마틴 에르난데스라는 인물입니다. 이냐리투와는 10대 시절부터 친구로, 같이 오토바이를 타고 놀러 다니곤 했다는데요. 마틴은 몇 만 장의 레코드를 소장하고 있는 수집가이며 음악에 대한 방대한 지식을 가지고 있습니다. 제 음악도 어릴 때부터 쭉 들어왔다던데, 제가 완전히 잊고 있던 곡까지 전부 기억하고 있더군요. 저보다 제 음악을 잘 아는 사람이 멕시코에 있다니, 무척이나 놀라웠습니다.

게다가 그는 지식뿐 아니라 머릿속에 있는 이미지를 기재를 이용해 능숙하게 구현하는 능력도 탁월합니다. 참고로 마틴은 이냐리투 감독을 비롯해 그의 친구이자 라이벌이기도 한, 현대 할리우드를 함께 이끌어가는 일명 '멕시코 영화 3인방'인 알폰소 쿠아론, 기예르모 델 토로와도 같이 일하고 있습니다.

영화 제작 분야에서는 주로 감독과 프로듀서가 관심을 받고, 그 외에는 그나마 카메라맨들이 호평을 받는데 저는 항상 마틴 같은 사운드 디자이너들도 더 많은 조명을 받아야 한다고 생각해왔습니다. 단순히 '사운드'라는 한마디로 정리되지만, 영화 속에서는 배우의 대사와 음향 효과, 그리고 음악까지 세 종류의 소리가 시끌벅적하게 뒤섞입니다. 사운드 디자이너는 시간의 흐름에 맞춰 음량 그리고 공간 속 울림의 방식을 변화시켜가며, 각 장면마다 어떤 소리가 메인이 되어야 하는지를 판단해 컴퓨터로 세세하게 조정해 나가죠. 실로 엄청난 작업량입니다.

〈어머니와 살면〉

실은 이 시기에 저는 야마다 요지 감독의 영화 〈어머니와 살면〉(2015년)을 위한 음악도 만들고 있었습니다. 이 영화의 작업은 첫 번째 암이 발견되기 전에 이미 결정되어 있었습니다. 이전 해에 진행한 〈Playing the Orchestra 2014〉의 도쿄 공연을 야마다 감독과 주연 배우 요시나가 사유리 씨가 보러 와주었는데, 대기실에서 인사를 나눌 때 영화음악 이야기를 꺼내시더군요. 너무 황송해서 콘서트 때 흘렸던 땀이 순식간에 식는 느낌이었습니다. 이 두 분이 직접 부탁을 하는데 거절할 수 있는 일본인이 과연 있을까요. 그리하여 저는 〈레버넌트〉의 음악을 만드는 동시에, 완전히 다른 타입의 영화를 위한 곡 작업도 병행하게 되었습니다. 건강할 때조차 두 편의 영화 작업을 동시에 진행한 적이 없었는데 말이죠. 머릿속의 교통정리도 쉽지 않았지만, 체력적으로도 힘들었습니다.

야마다 감독과 함께 일하는 것은 이번 작품이 처음이었습니다. 맨 처음 테마 음악을 완성했을 때 일본으로 가서, 도쿄 세이죠의 도호 촬영장에 있는 통칭 '야마다의 방'에서 그 곡을 들려드렸습니다. 그러자 감독님께서 "너무 좋아요"라며 GO 사인을 주셨고, 덕분에 이쪽 작업은 비교적 차분하게 진행할 수 있었습니다. 이따금 감독님이 손수 쓰신, 음악에 대한 지시 내용이 담긴 편지를 받기도 했습니다.

참고로 당시 야마다 감독은 근처에 사는 미술가 요코 다다노리 씨와 사이가 좋아 매주 일요일이 되면 함께 돈가스를 먹고, 안미쓰[3] 가게에 가는 습관이 있었습니다. 야마다의 방 한구석에는 '요코 코너'가 마련되어 있어, 요코 씨가 본인의 아틀리에에서 혼자 그림을 그리다 적적해지면 그곳에서 그리곤 했다더군요. 요코 씨는 무척 친화력이 좋은 분이라 다른 일로 요코 씨의 아틀리에를 방문해 두 시간 정도 이야기를 나누고 돌아가려고 했더니 "아니 왜, 벌써 가려고?"라며 몇 번이나 붙잡으셨습니다.

야마다 감독은 1950~60년대의 일본 영화 황금기의 촬영장 분위기를 알고 있는 사람 중 마지막으로 남아 계신 분입니다. 그래서 저는 〈어머니와 살면〉의 작업을 하면서 오즈 야스지로로 대표되는 그 시대의 일본 영화를 오마주하는 마음으로 음악을 만들었습니다. 이상하게 들릴 수도 있는데, 저는 오즈 야스지로 감독의 작품을 너무 좋아해서 오히려 잘 보지 못합니다. 하여튼 보기만 하면, 바로 울어버리니까요. 이야기가 시작되기도 전에, 작품의 배경이 되는 일본 가옥의 토방이나 계단이 화면에 잡히고 그 장면 안에 옛날식 검은 전화기가 보이기만 해도 참을 수가 없습니다.

분명, 이 풍경은 더 이상 어디에도 존재하지 않는다는 '비재'(非在)의 감각이 감당할 수 없을 정도의 향수를 불러

3 팥, 과일, 우뭇가사리 등을 넣은 일본식 디저트.

일으키는 것이겠죠. 블루스는 19세기 후반, 강제적으로 미국에 끌려갔던 흑인 노예들이 만들어낸 음악 장르인데, 신기하게도 그들의 출신지인 아프리카 국가에는 정작 블루스 같은 음악이 없습니다. 이미 잃어버린 고향에 대한 노스탤지어가 새로운 문화를 탄생시킨 것이죠. 그래서 저는 향수의 감각이야말로, 예술에 가장 큰 영감을 주는 것 중 하나라고 생각합니다.

하지만 예전에는 그 위대한 오즈 감독의 작품 속 영화음악이 도저히 납득이 되지 않았습니다. 〈동경 이야기〉를 시작으로 그의 작품 다수를 사이토 다카노부라는 작곡가가 담당했는데 작품 속에 흐르는 음악들이 지나치다 싶을 정도로 평범했기 때문입니다. 영상은 라슬로 모호이너지(László Moholy-Nagy)의 작품에 필적할 정도로 구성주의적 아름다움이 넘치는데, 음악은 그것과 전혀 어울리지 않게 너무 느슨했습니다. 젊었을 때는 이래서는 안 된다는 분노에 휩싸여, 할 수만 있다면 오즈의 작품 속 모든 음악을 내 손으로 전부 다시 만들고 싶다고 생각할 정도였죠.

그런데 나이를 먹으며 생각이 바뀌었습니다. 오즈 야스지로 정도의 위대한 영화감독이 음악에만 신경을 쓰지 않았을 리가 없잖아요. 분명 작곡가에게 "평범하게 만들어줘"라고 지시를 했을 것입니다. 오즈는 작품으로서의 영화음악만을 추구했던 것이 아니라, 그의 영화에 자주 등장하는 구름이나 빌딩, 전철이나 석등과 마찬가지의 존재로서 음악을 보고 있었던 것 아닐까요. 음악 그 자체가 보는 사람들의 기억에 남지 않아도 괜찮았을 겁니다. 저는 오즈 작품의 특징을 그렇게 해석했고, 야마다 감독님께는 조금 죄송한 표현이지만 〈어머니와 살면〉의 음악을 일부러 평범하게 만들기로 마음먹었습니다. 서양 작곡가에 비하자면 슈베르트에 가까운 느낌이랄까요. 하와이에서 포레에 대한 불호를 극복했던 이야기를 했는데, 슈베르트 또한 너무 평범해서 10대 무렵에는 진지하게 들어볼 마음이 도통 생기지 않던 작곡가입니다. 하지만 나이를 먹고 무리해서 들어보니, 역시나 마음을 울리더군요.

그러한 연유로 〈어머니와 살면〉을 위해 의뢰받은 스물여덟 곡은 다행히 큰 어려움 없이 2015년 여름에 완성할 수 있었습니다. 12월 12일에 개봉한 이 영화의 음악이 공식적으로는 암 치료 후 복귀 작품이 되었습니다. 여담이지만, 제가 야마다 감독과 일하던 시기에 마침 일본에서 이냐리투 감독의 전작 〈버드맨〉이 공개되었습니다. 어느 날, 야마다 감독이 문득 "버드맨 봤어?" 하고 묻는 거예요. 비밀 엄수의 의무 때문에 "제가 바로 그 이냐리투 감독의 차기작 음악을 담당하고 있습니다"라고 밝힐 수가 없었습니다. 그래서 "네, 봤습니다"라고 짧게 답하고 말았는데, 야마다 감독이 "대단한 작품이야. 저렇게 나오면 당해낼 재간이 없잖아. 더 이상 영화 같은 거 못 만들게 돼버린다고"라며 분하다는 듯 말했습니다.

같은 영화라도 야마다 감독과 이냐리투 감독의 작품은 하나부터 열까지 다릅니다. 게다가 당시 이미 80대였던 야마다 감독은 〈남자는 괴로워〉 시리즈를 시작으로 수많은 명작을 남긴 거장이죠. 〈어머니와 살면〉이 무려 여든세 번째 감독작이었습니다. "〈버드맨〉 같은 건 나랑 상관없어"라고 딱 잘라 말해도 되는 위치잖아요. 그런데도 자신보다 30살 이상 어린, 타국의 영화감독의 재능을 순수하게 질투하고 있었습니다. 저 헝그리 정신이야말로 일류의 증거구나, 하는 생각에 이야기를 듣는 동안 기분이 좋아졌습니다. 그때 이냐리투와 함께 일하고 있었다는 사실은 지금까지도 결국 말하지 못했지만요.

Trust me!

그리고 이야기는 다시 이냐리투 감독에게 커다란 숙제를 받은 〈레버넌트〉로 돌아갑니다. 지금까지는 〈레버넌트〉의 영화음악을 맡게 된 일을 일부러 단순하게 이야기했지만, 처음 여성 스태프가 통화로 섭외를 하며 했던 말은 "We need layers of the sounds"였습니다. 다시 말해, 그들이 원했던 것은 정확히 표현하면 '소리의 중첩'이었고 흔히 생각하는 멜로디가 들어가는 음악이 아니었습니다.

일반적인 영화음악을 만드는 작업은 그나마 이해가 쉽

습니다. '여기는 현대음악의 느낌으로', '이 부분은 아름다운 선율이 들어가도록' 같은 감독의 지시를 바탕으로 접근하면 되니까요. 하지만 "layers of the sounds"라는 추상적인 의뢰가 전부였기 때문에 어떻게 할지 머리를 싸매야 했습니다. 아마 이냐리투 감독의 머릿속에도 정답은 없었으리라 생각합니다. 그러니 우선은 제 나름대로 영상에 어울리는 '소리의 중첩'을 준비할 수밖에 없다는 생각으로, 로스앤젤레스에서 러시 프린트를 본 직후 뉴욕 스튜디오로 돌아가 바로 작업에 착수했습니다. 감독과의 대화를 통해, 이 작품을 위해 만드는 음악에는 이른바 '보통의 피아노 소리'를 쓰지 않기로 결정했습니다.

몇 개의 데모 음원을 만들면 어느 정도 정리해 이냐리투에게 보내고, 그의 의견을 반영해 수정해가는 방식으로 작업을 했습니다. 이냐리투가 뉴욕으로 와서 같이 의견을 조율하기도 했습니다. 조율의 내용을 예를 들어보면, 총격 장면에서 자주 쓰이는 방식은 총소리에 맞춰 "밤밤, 밤밤" 같은 타입의 음악을 넣는 것이지만 의도적으로 '휴우 휴우, 휴우 휴우' 같은 느낌의 음악을 사용할 수도 있습니다. 이는 어디까지나 감독의 센스에 달렸죠. 어떤 감독과 일을 하든 처음에는 이런 모색으로 시작하는데, 우선 이쪽에서 공을 던져 그에 대한 지적을 받으면, 이를 바탕으로 보이지 않는 과녁의 위치를 좁혀나가는 방식의 소통을 한동안 계속했습니다.

그러는 동안 영화의 편집도 함께 진행되었고 5월에 러프한 러시 프린트를 볼 때에는 'ver. 1.0'이었던 것이 'ver. 1.1', 'ver. 1.2', 'ver. 2.0'··· 이런 식으로 점점 업데이트되어 그때마다 그 영상 데이터가 제게 전송되었습니다. 메인 촬영지였던 캐나다에서는 지구온난화의 영향으로 많은 양의 눈이 필요한 라스트 신을 계획한 대로 찍을 수가 없어, 그 장면은 남겨두었다가 8월에 남반구인 아르헨티나까지 가서 따로 촬영했다고 들었습니다.

　음악에 접목하기 위해 아이슬란드 출신의 작곡자이자 첼리스트, 힐두르 구드나도티르(Hildur Guonadottir)를 뉴욕 아바타 스튜디오로 불러 레코딩을 한 것도 딱 그 여름 무렵이었습니다. 메인 테마를 피아노와 첼로로 연주하기도 하고, 그녀와 함께 긴 즉흥곡을 녹음하기도 했습니다. 그것을 마틴이 영상에 어울리도록 적절히 배치하여 사용해주었죠.

　힐두르 이외에도 〈버드맨〉의 작품 전반에 흐르는 획기적인 영화음악을 거의 혼자 도맡아 하고, 직접 카메오 출연까지 한 드러머 안토니오 산체스(Antonio Sanchez)도 작업에 참여해주었습니다. 그에게도 아바타 스튜디오에서 즉흥곡을 연주해달라고 부탁해서, 그 음원의 일부를 사용했습니다. 또한 제가 인터넷에서 발견한 이래 호감을 가지고 있던 '프란틱 퍼커션 앙상블'이라는 독일 그룹에게도 작업을 부탁했습니다. 공교롭게도 베를린에서의 레코딩에는 직접 참여하지 못했지만, 오랫동안 알고 지낸 현지의 엔지니어에게 지시를 내리는 방식으로, 몇 번이고 수정을 거듭하는 고생스러운 과정을 거쳐 어찌어찌 박력 넘치는 곡을 녹음할 수 있었습니다. 〈레버넌트〉는 이듬해 2월에 열릴 아카데미 시상식에 도전하기 위해 2015년이 끝나기 전에 아슬아슬하게 개봉을 해야 했습니다. 한발 앞서 상영이 시작되는 미국의 개봉일이 12월 16일로 정해져 그 일정에 맞춰 극장도 모두 잡아두었기 때문에, 거기서 거꾸로 날짜를 계산하면 늦어도 그 전 달까지는 작품이 완성되어야 했죠. 영상 편집도 착착 진행되어 11월에 접어들 때쯤에는 'ver. 8.5'까지 나왔습니다. 영상은 다 합쳐 300번쯤 본 것 같네요.

〈레버넌트〉는 156분 길이의 영화라, 거기에 맞춰 필요한 곡도 많아졌습니다. 마감이 다가올수록 점점 시간에 쫓겼습니다. 옛날에는 16시간 정도 작업에 몰두해도 문제없었고 환갑이 지나고도 12시간 정도는 집중할 수 있었는데, 역시 아프고 난 후의 체력으로는 6시간이 최선이었습니다. 하지만 그렇게 해서는 끝낼 수가 없으니 무리해서 8시간 정도를 퍼렇게 질린 채로 작업하는 상태였어요. 그럼에도 불구하고, 하루 종일 스튜디오에 틀어박혀 일하고도 곡 하나를 만들어내지 못하는 날도 있었습니다.

그러다 도저히 혼자서는 시간 내에 다 할 수 없겠다는 판단에, 친구 카스텐 니콜라이(알바 노토)에게 도움을 요청했습니다. 항상 바쁜 카스텐인데, 운 좋게도 그때 마침 스케줄이 비어 있었고, 제 무리한 부탁을 들어주기 위해 노트

북을 들고 곧바로 로스앤젤레스로 날아와주었습니다. 다행히 그의 시그니처인 전자음 가공은 이냐리투가 그리는 이미지와도 잘 맞았습니다. 처음에는 개인적으로 의뢰를 받은 작업이지만, 최종적으로 〈레버넌트〉의 음악 담당 크레딧이 '사카모토 류이치/알바 노토'가 된 것은 이런 연유에서였습니다.

하지만 그렇게 애를 써서 어렵게 마감 기한을 맞췄음에도 불구하고, 이냐리투의 엄격한 판단을 거쳐 탈락된 곡들도 몇 개 있습니다. 원래 영화의 가편집본에는 가이드라는 형태로 감독이 생각하는 이미지에 가까운 기성 곡들이 들어가 있었습니다. "이런 느낌으로 만들어달라"라는 레퍼런스들이었죠. 그래서 저는 영상에 어울리면서도 그 곡을 뛰어넘을 수 있는 새로운 음악을 만들려 했는데 결과적으로는 가이드 음악이 그대로 사용되는 경우도 있었습니다.

예전 같으면 감독이 그런 판단을 하면 "뭐야, 젠장!" 하고 자극을 받아 시간이 부족하더라도 어떻게든 분발해 더 좋은 곡을 만들려고 했을 것입니다. 하지만 이 시기에는 체력도, 지력도 한계였습니다. 자신의 힘이 부족하다는 것을 인정하지 않을 수 없었죠. 물론, 분한 마음은 남았습니다. 지금도 여전히 〈레버넌트〉에 본래 가지고 있던 제 힘을 100퍼센트 다 쏟지 못했던 것을 후회합니다.

저는 항상 '노력을 싫어한다'고 공언해왔는데, 실제로 지금까지는 큰 고생 없이 그렇게 해왔습니다. 체력에는 늘 자신이 있었죠. 거기에 교만이 없었다면 거짓말일 겁니다. 이러니저러니 해도 〈마지막 황제〉의 영화음악은 불과 2주일 만에 완성했으니까요. 그런데 〈레버넌트〉를 작업하면서 생전 처음으로 좌절을 맛봤습니다. 이제 와 생각해보면 항암제 치료 후 머리가 맑지 않아 좀처럼 집중력이 생기지 않는 '케모브레인' 증상도 분명 있었고, 이냐리투의 요청에 부응하기 위해 새롭게 도입한 기재 때문에 애를 먹은 것도 사실입니다. 하지만 그것들은 변명에 지나지 않죠.

비유를 하자면 100미터를 10초 00에 뛰던 운동선수가 부상을 입고 공백기를 가졌다가 복귀 후 전력으로 달렸는데도 10초 5의 기록밖에 내지 못하는 것과 비슷하지 않을까요. 본인은 예전과 똑같이 뛸 수 있을 것이라 생각하고 과거의 이미지를 그대로 가지고 있는데, 아무리 해도 몸과 뇌가 따라주지 않는 것이죠. 이런 초조한 감각은 당사자가 아니면 알 수 없을지도 모릅니다. 저는 기억나지 않는데, 제 파트너의 말에 따르면 이 영화를 위해 필사적으로 작업하던 시기에는 밤마다 악몽에 시달리기도 했다고 합니다. 〈레버넌트〉의 음악은 안타깝게도 아카데미 수상 레이스에는 포함되지 못했지만, 골든 글러브의 후보에 올라 로스앤젤레스에서의 기념식에서 카스텐과 재회했습니다. 덕분에 조금 마음이 가벼워지긴 했습니다만….

이 쓸쓸하기도 한 경험 덕분에 저의 새로운 세계가 열린 것도 사실이었고, 이후 참여한 〈분노〉(2016년), 〈남한산성〉

〈2017년〉의 영화음악은 어떤 면에서는 〈레버넌트〉의 연장선에 있다고 해도 과언이 아닙니다. 그토록 엄격했던 이냐리투 감독에게 끝까지 제 주장을 밀어붙였던 부분이 하나 떠올랐습니다. 영화의 중반부, 죽을 뻔했던 주인공이 움막 안에서 몸을 추스르다 꿈과 현실의 사이에서 이미 세상을 떠난 아들과 재회하는 장면이 있습니다. 환상적이며 감동적인 이 장면에 어떤 음악을 쓰느냐를 두고 격론이 오갔고, 마감 직전까지 그 곡을 붙들고 씨름을 했습니다. 그런데도 이냐리투 감독은 결국 가이드로 사용한 음악을 선택하려고 하는 거예요.

그래서 큰맘 먹고 이냐리투 감독에게 "Trust me!"(날 믿어줘요!)라고 말하고, 녹음까지 밀어붙여 최종적으로는 제 곡이 선택을 받았습니다. 그것이 비교적 반응이 좋아, 저는 영화가 완성된 후 가슴팍에 'Trust me'라는 대사를 적고 그 아래에 'THE REVENANT Music Team 2015'라는 문구를 넣은 티셔츠를 만들어 전 스태프에게 나눠주었습니다. 등 쪽에는 '6M23'이라는 그 장면과 곡의 번호도 넣었고요. 이 티셔츠는 지금도 소중하게 간직하고 있습니다.

السَّماء الواقية

中谷宇
森羅万

中谷宇吉郎集

Fujiko NAKAYA
FOG 霧 BROU

Burned at the Feast
lected Poems of Arseny Tarkovsky

ed by
Ashes and Dimitri Psurtsev

DANSAEKHWA
WITH LEE UFAN

German

Spanish
Italian
Farsi

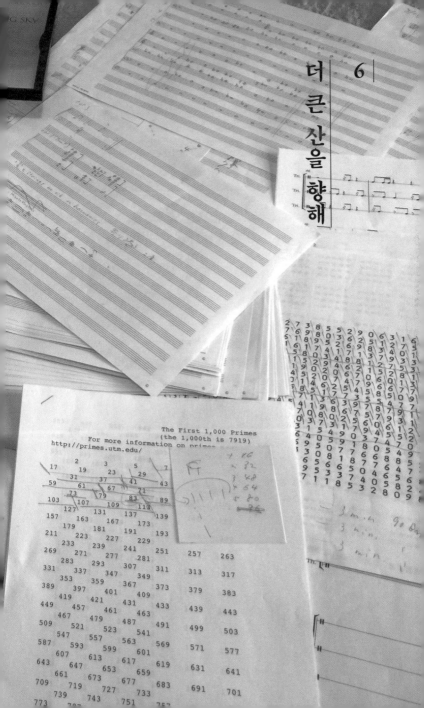

단 하루의 교수직

'교수'라는 저의 별명은 다카하시 유키히로 군이 지은 것입니다. 그와 처음 만났을 무렵 저는 아직 도쿄예술대학에서 석사과정을 밟고 있었습니다. 분명 당시에는 대학원생 자체가 흔치 않기도 했을 거예요. 스튜디오에서 함께 일하던 시절 제가 화음의 이론에 대해 설명한 적이 있는데, 그가 그런 제 모습을 재미있어 하며 '교수'라는 말을 꺼낸 것이 그대로 굳어져버렸습니다.

나이가 들자, 몇 군데 대학에서 실제로 교수를 해달라는 제안을 받기도 했습니다. 하지만 〈스콜라 사카모토 류이치의 음악 학교〉에서 완전히 지쳐버린 저는 가르치는 일이 제 적성에 전혀 맞지 않는다는 사실을 깨달았고, 시간적으로 구속 받는 것도 싫어서 이런저런 이유를 대며 도망쳐왔습니다. 젊었을 때에는 다마미술대학에서 도노 요시아키 씨가 맡고 있는 수업에 게스트로 초대를 받아놓고, 당일 아침까지 술을 마시다 하치오지까지 가는 것이 귀찮아져 약속을 취소한 적이 있을 정도로 엉망인 인간이니까요.

더 큰 신을 향해

그런데 2013년에 도쿄예술대학으로부터 객원 교수로 와주지 않겠냐는 연락을 받았을 때에는 웬일인지 그 제안을 수락하고 말았습니다. 물론 망설임은 있었지만, 모교라는 이유도 있다 보니 학생을 불러 모으는 '호객' 담당이라는 것을 알면서도 딱 잘라 거절하지 못했습니다. 뭐, 국가에서 몇 억 엔을 끌어왔다는 자랑만 늘어놓던 당시의 학장에게는 실망했지만요. 나중에 문화청 장관이 된 것을 보면 분명 예술이나 학문보다는 그야말로 '정치'에 더 관심이 많았던 것이겠죠.

객원 교수로서의 제 일은 1년에 딱 한 번, 학생들 앞에서 이야기를 하는 것이었습니다. 하지만 제안을 받았던 해에는 스케줄이 맞지 않았고, 그다음 해에는 요양 때문에 수업을 하지 못하다가 2015년 말 〈레버넌트〉라는 커다란 프로젝트로부터 해방되고 난 후에야 마침내 실현이 되었습니다. 예술대학에 소속되어 있는 학생이라면 학부생, 대학원생 관계없이 누구나 참가할 수 있도록 했더니 정원을 훌쩍 넘은 학생들이 신청을 해서 과제를 통한 선발을 실시했습니다. 3차까지의 선발 과정을 거쳐, 제가 모든 답안을 직접 확인한 후 재미있어 보이는 스물여덟 명의 학생을 뽑았습니다.

그렇게 맞이한 강의 당일, 오랜만에 우에노의 예술대학 강의실에 방문한 저는 조금 낯설기도 하고 신기하기도 한 마음에, 우선 선발된 학생들의 자기소개부터 들어보기로 했습니다. 요즘 학생들의 관심사가 무엇인지 궁금하기도 해서, 수업 초반에 각각의 전문 분야와 좋아하는 영화를 물어봤더니 전문 분야에 대해서는 "르네상스 시대의 음악을 연구하고 있습니다"라는 식으로 똑 부러지게 설명도 하고 대화도 잘 이끌어가더군요. 그런데 영화에 관해서는 "최근에 미야자키 하야오 감독의 〈바람이 분다〉를 보고 감동했습니다" 같은 이야기를 아무렇지 않게 하는 거예요. 물론, 지브리가 나쁘다는 뜻은 아닙니다. 하지만 대학생이라면, 그것도 예술대학의 학생이라면 조금 더 특색 있는 답을 할 것이라 생각했기 때문에 완전히 맥이 풀려버렸습니다. 참가한 학생 전원에게 같은 질문을 했는데, 고다르의 이름을 말한 학생이 딱 한 명 있는 게 다였습니다.

설령, 자신의 전문 분야에서 좋은 작품을 만드는 재능이 있다고 해도 이렇게까지 다른 장르에 관심이 없을 수 있는지, 예대생들의 교양마저 이토록 빈곤해진 것인가, 하는 생각에 기가 막혔습니다. 결국 자기소개를 쭉 듣고 토론하는 것만으로 세 시간을 넘겼고, 저는 완전히 녹초가 되어버렸습니다. 어떤 면에서는 제가 학생들에게 너무 큰 기대를 한 것일지 모르겠지만 이 일을 매주 하는 건 도저히 불가능하며 내 일을 할 수 없게 될 것 같다는 생각이 들었습니다. 애초에 제가 현역 예술대 학생이었으면 "학교에 사카모토 류이치가 온다"는 말을 들어도 절대 그 수업에 가지는 않았을 것입니다. 사실은 그런 녀석들에게 볼 만한 점이 있게 마련이죠.

모노파와 타르콥스키

2016년 2월부터 3월까지는 같은 해 9월에 공개된 영화 〈분노〉의 음악을 만들고 있었습니다. 〈어머니와 살면〉과 마찬가지로 요양 전부터 결정되어 있던 일이었죠. 이상일 감독은 제게 '믿음'과 '불신'에서 비롯되는 작품이니 그 양의성(兩意性)을 지닌 하나의 곡을 만들어달라고 의뢰했습니다. 그런 것을 무슨 수로 만드나 싶었지만, 요구에 부응하도록 어떻게든 작업을 해봤습니다.

4월 8일부터 10일까지는 제가 2006년에 에이벡스 산하에 설립한 레이블 commmons의 10주년 기념으로 '건강 음악'이라는 이벤트를 개최했습니다. 젊었을 때부터 줄곧 건강하지 않은 음악만 듣고 만들었던 저이지만, 큰 병을 앓은 것을 계기로 '건강'과 '음악'의 관계에 대해 다시 한번 차근차근 생각해보자는 취지로 기획한 행사였습니다. commmons 소속 아티스트들의 콘서트 외에도 라쿠고 공연, 라디오 체조, 호흡 레슨, 요가 워크숍 등을 준비했고 음식 부스들에도 신경을 썼습니다.

그리고 4월 말부터 새로운 앨범 제작에 들어갔습니다. 마감 기한도 따로 정해두지 않고, 음악에 대해 지금까지 배우고 활용할 수 있는 지식을 일단 전부 배제한 후, 새하얀 캔버스를 마주하는 자세로 곡을 만들고자 했습니다. 그랬더니 처음 3개월 정도는 전혀 아이디어가 떠오르지 않더군요. 그래도 어떻게든 손을 움직여보고 싶어 우선은 제가 좋아하는 바흐의 음악을 편곡해보았습니다. 다섯 곡 정도를 안개 낀 회색빛 분위기로 믹싱해봤는데 결과물이 나름 괜찮아서 앨범 전체를 바흐의 편곡으로 채워도 재미있겠다는 생각도 했어요.

하지만 한편으로는 《Out of Noise》(2009년) 이후 8년 만에 발표하는 오리지널 앨범이 처음부터 끝까지 다른 작곡가에 대한 오마주로만 이뤄져 있어도 괜찮을지 고민이 되었습니다. 멍하니 그런 고민을 하고 있을 때 커다란 영감을 준 것이 이우환 선생님의 작품이었습니다. 저는 그분을 마음 깊이 존경하는 나머지, 직접 가르침을 받은 적이 없음에도 무심결에 '선생님'이라는 경칭을 붙여 부릅니다. 1970년 전후에 미술계에 화려하게 등장한 이우환 선생님과 스가 기시오 씨 등은 '모노파'(もの派)라는 총칭으로 불렸습니다. 그들은 인간의 꾀바른 상상력 따위는 던져버리고 '모노'(もの) 그러니까 물체 그 자체를 들여다봐야 한다고 주장했습니다. 돌이나 나무 같은 자연 소재를 가공하지 않고 그대로 전시하는 행위 속에 비로소 강력함이 깃든다고 했죠.

대학 새내기 시절의 저는 '이렇게 멋질 수가!'라며 모노파의 철학에 감명을 받았지만 그 콘셉트를 곧바로 자신의 음악에 응용할 생각은 미처 하지 못했습니다. 조금 더 솔직히 말하자면, 어떻게 응용해야 좋을지 몰랐던 것이죠. 하지만 그로부터 반세기에 가까운 시간이 흐르고, 새로운 앨범

더 큰 산을 향해

223

을 위해 작업해온 바흐의 편곡들을 모두 버리고 무심의 상태로 돌아간 순간, 문득 커다란 캔버스에 굵은 붓으로 짧은 선 하나를 그어낸 이우환 선생님의 페인팅 작품이 머릿속에 스쳤습니다.

아마도 인간의 뇌의 습성이 아닐까 싶은데, 우리는 밤하늘의 별을 보면 무심코 반짝이는 점과 점을 이어 별자리를 그리곤 합니다. 실제로 그 별들은 몇 만 광년씩 떨어져 있을 텐데, 마치 같은 평면상에 있는 것처럼 인식해버리죠. 마찬가지로, 새하얀 캔버스에 하나의 점을 찍고, 두 번째 점을 찍으면 우리는 또 그 두 개의 점을 직선으로 이어냅니다. 거기에 세 번째 점을 찍으면 이번에는 삼각형을 만들어버리고요. 이는 음악에도 똑같이 적용되는데 〈레버넌트〉의 메인 테마를 예로 들자면, 시작할 때 울리는 그 두 개의 음만으로도 우리는 의미를 느낀다는 것입니다.

이우환 선생님의 작품에서 촉발하여, 저의 새로운 앨범에서는 모든 사물에서 의미를 찾아내려는 뇌의 습성을 부정하고자 했습니다. 이에 더해, 생물학자 후쿠오카 신이치 씨에게도 시사 받은 바가 있었습니다. 아오야마학원대학의 교수이자 록펠러대학의 객원 교수이기도 한 후쿠오카 씨와는 그가 뉴욕에서 지내는 동안 종종 식사를 같이하는 사이였습니다. 후쿠오카 씨의 말에 따르면 밤하늘의 별들을 마음대로 이어 붙이는 인간의 뇌의 특성, 즉 이성을 '로고스'라 칭하며 이에 대비되는 별 본래의 실상을 '피시스'라고 부른다고 합니다. 피직스(물리학)의 어원으로 '자연 그 자체'를 뜻하는 말이죠. 언제부터인가 후쿠오카 씨와 시간을 보낼 때면 항상 우리 인간은 어떻게 하면 로고스를 뛰어넘어 피시스에 근접할 수 있을지에 관한 이야기를 나눕니다. 정말이지 집요할 정도로요.

보통의 음악은 소리와 소리의 관계를 치밀하게 구축하는 방식으로 만들어갑니다. 하지만 이번 새 앨범을 만들 때만큼은 그와 정반대의 방법론에 도전해보고 싶었습니다. 그래서 다시 처음부터 제작을 시작했을 때에는 뉴욕 길거리에서 주운 돌을 툭툭 두드리고, 스윽스윽 문질러가며 그 소리들을 녹음해 그야말로 음악으로서의 '모노파'의 실현을 시도했습니다. 한여름에 교토에 가서 매미 소리가 가득한 산에서 필드 레코딩을 하기도 하고, 프랑스의 바셰트 브라더스의 음향 조각 소리를 녹음하기도 하고, 미국인 조각가 해리 베르토이아(Harry Bertoia)의 음향 조각의 소리를 녹음하기 위해 맨해튼의 미술관을 방문하기도 했습니다.

이런저런 시행착오를 거치면서 결국 7개월간 다른 굵직한 작곡 의뢰들을 고사해가며 레코딩을 진행했습니다. 어느 단계에서인가 앨범 전체를 아우르는 하나의 중심 콘셉트가 떠올랐고, 그것 또한 창작의 뒷받침이 되었습니다. 바로 '가공의 타르콥스키 영화 사운드트랙'이라는 콘셉트입니다. 타르콥스키는 『시간의 각인』이라는 책에서, 영화에는 원래 음악이 필요 없다고 주장했습니다. 마이크를 넣어

뉴욕 자택의 마당에서 필드 레코딩

촬영하는 영상 자체에 이미 소리가 들어가 있으니, 의도적으로 나중에 삽입하지 않아도 이미 영화 안에 음악이 넘쳐흐르는 것 아니냐면서요.

예컨대 영화 〈희생〉에서는 타르콥스키에게 커다란 존재인 바흐의 〈마태 수난곡〉을 사용하기도 하지만 그 밖의 부분에서 흐르는 퉁소 연주곡은 처음에는 그저 바람 소리로밖에 들리지 않습니다. 또한 〈노스텔지아〉에서의 가장 큰 음악은 물이었습니다. 매우 주의 깊게 설계된 물소리가 곧 영화음악인 것이죠. 저는 타르콥스키가 남긴 일곱 편의 작품을 다시 보며, 점점 엉뚱한 생각을 하게 되었습니다. 어떤 의미로는 영화음악 자체를 부정했던 그의 작품의 음악을 만약 내가 맡게 되면 어떻게 될까, 하고요. 사운드트랙이라는 콘셉트를 잡은 것에는 "layers of the sounds"를 주문한 이냐리투와의 작업의 영향도 물론 있었습니다.

앨범의 믹싱 단계에서는 프로듀서인 파트너의 권유로, 자동차 안에서 시험 청취를 했습니다. 미국에서는 자동차를 운전하며 음악을 듣는 사람이 많다며, 엔진 소리 등 자동차가 내는 노이즈나 외부의 환경 소음이 섞여도 묻히지 않는 믹싱을 해야 한다고 하더군요. 그녀의 말에 따르면 전작 《Out of Noise》의 사운드는 다소 섬세해 차 안에서는 잘 들리지 않았다고 합니다. 그래서 이번 앨범은 임시 믹싱 단계에서 CD를 만들어 엔지니어, 스태프들과 함께 차를 타고 맨해튼 거리를 빙빙 돌면서 시험 청취를 했습니다.

그랬더니 놀랍게도 이 앨범은 오히려 외부의 소리와 뒤섞일 때 그 재미가 배가되더군요. 자동차가 빨간불에 멈췄을 때 옆에 나란히 선 버스의 모터 소리가 '부르르르' 하고 울리면 그것이 더 좋은 블렌딩이 되었습니다. 허드슨 강 근처에 헬리포트가 있는데 타이밍 좋게 헬리콥터가 착륙하기에, 아무리 그래도 이 소리는 너무 시끄러울 거라 생각하며 가까이 다가갔는데 굉음 속에서도 음악이 묻히지 않았습니다. 그것을 모두 함께 확인한 후, 이 앨범의 믹싱 방향성이 틀리지 않았다며 안도했습니다.

《async》

《async》라는 타이틀을 떠올린 것은 제작 마지막 단계에서였습니다. 어쩌면 이름을 붙인다는 행위 자체가 로고스적 개념화에 빠지는 것일지도 모르겠으나, 작품에는 '무제'든, 뭐든 제목이 필요합니다. 20대에 선배 작곡가 모로이 마코토 씨와 대담을 나눈 적이 있는데, YMO의 활동을 하고 있던 때이기도 해서 그런지 "상당히 딱 들어맞는 음악을 시작했네. 하지만 머지않아 '어긋남'을 목표로 하게 되지 않을까?"라는 말을 들었습니다. 당시에는 별로 와닿지 않았던 말인데도 오랫동안 머리 한구석에 남아 있었고, 이따금 모로이 씨의 이야기를 떠올렸습니다. 그리고 마침내 "어굿남"으로 향하는 순간을 맞이하게 된 것이죠. 더불어 한동안 빠져 지냈던 트위터 등의 SNS와도 의식적으로 거리를 두기 시작해, 모든 것이 동기화되어가는 시대의 흐름에 의도적으로 등을 돌려 문자 그대로 '비동기'(非同期)로 향하고자 하는 마음을 제목에 담았습니다. 실제로 이 앨범 속 몇 곡은 비동기를 구현하고 있습니다.

앨범을 완성해 2017년 3월 29일에 발매를 하고 난 후에도, 매번 새로운 작품을 위해 여기저기 날아다녔던 이전까지의 방식을 고수하기보다, 모처럼 애써 만든 《async》를 한층 더 발전시키고자 하는 마음이 컸습니다. 이 앨범은 자연의 소리를 들을 때처럼 3차원의 공간에서 청취 체험을 할 때 비로소 본연의 모습을 느낄 수 있어서, CD 같은 물건은 어디까지나 입체적인 음악을 2차원의 미디어에 정착시키기 위한 장치에 지나지 않는다는 생각도 했습니다. 그리하여 앨범 발매 직후 와타리움 미술관에서 열린 〈사카모토 류이치 – 설치음악전〉에서는 이상적인 청취 공간을 실현하기 위해 힘을 쏟았습니다.

〈설치음악전〉의 메인 회장에서는 제가 신뢰하는 독일의 오디오 브랜드, 무지크 일렉트로닉 가이타인에서 만든 스피커를 사용해 《async》의 전곡을 5.1ch 서라운드로 들을 수 있는 환경을 구축했습니다. 원래대로라면 한 음, 한 음에 각기 다른 스피커를 할당해야 했을지 모르지만, 비록 환상일지라도 최대한 현실 세계의 소리에 근접할 수 있도록 이런저런 궁리를 했습니다. 봄이 되면 시골 논밭에 있는 수백 마리의 개구리들이 일제히 소리 내어 울지만, 사실 각각의 개체마다 우는 음정도, 리듬도 모두 다를 것입니다. 빗소리를 들을 때도 인간은 버릇처럼 일정한 규칙성을 발견해내지만, 사실은 바람과 강우량 등에 따라 불규칙하게 내리는 '비동기'적인 것임에 틀림없습니다. 앨범 전반에 걸쳐 '사물 그 자체의 소리'를 목표로 했기 때문에 이 전시에서는 가능하면 그런 자연계의 소리 환경을 재현하고 싶었습니다. 그 이미지를 형태로 만들기 위해 지금까지 여러 차례 설치 작업을 함께해온 다카타니 시로 씨에게 영상 배치 및 회장 전체의 구성에 대한 어드바이저 역할을 부탁했습니다. 같은 해 12월부터는 하쓰다이에 있는 ICC에서 이 전시회를 발전시킨 〈설치음악전 2〉를 개최했습니다.

〈설치음악전〉에 당시 아직 만난 적이 없던 이우환 선생님이 오셔서 포스트잇에 감상을 적어주셨고, 그것을 나중에 미술관 직원을 통해 전달받았습니다. 또한 이 전시회를 위해 태국의 영화감독 아피찻퐁 위라세타쿤이 특별히 영상 작품을 만들어주었습니다. 아피찻퐁과는 2013년 샤르자 비엔날레에서 안면을 텄는데, 그때는 엇갈리듯 가볍게 인사를 나눈 것이 전부였습니다. 그 후로는 한동안 만나지 못했는데 2016년 12월, 그가 도쿄도 사진미술관에서 개인전을 열기 위해 일본에 방문하면서 재회하게 되었습니다. 그때 저는 아직 세상에 공개되지 않은 《async》의 믹스를 그에게 건네면서 "혹시 뭔가 끌리는 곡이 있으면 영상을 만들어주지 않을래?" 하고 뻔뻔스러운 질문을 던졌습니다.

칸 국제영화제에서 황금종려상을 받은 사람이니, 당연히 쉽게 수락할 것이라고는 기대하지 않았습니다. 그러나 아피찻퐁은 "들어볼게요"라며 흔쾌히 음악을 받았고, 얼마 후 "이 곡과 이 곡을 이어서 길게 만들면 좋을 것 같다"는 제안을 해왔습니다. 그 말을 듣고 특별 버전을 준비해 그에게 보냈더니, 컬래버레이션의 형태로 비디오 설치 작품인 〈first light〉를 만들어주었습니다. 꿈과 신화, 정글이 한데 어우러진 듯한 그의 영상은 몇 번을 봐도 역시 멋집니다. 난해한 면도 있어 '수면 불가피'라는 감상을 듣기도 했지만, 관객의 졸음마저 작품과 함께하는 듯한 기분이 듭니다. 그 후, 이번에는 아피찻퐁에게 의뢰를 받아 그의 첫 VR 작품인 〈태양과의 대화〉(2022년)를 위한 음악을 만드는 등 교류를 이어가고 있습니다.

새로운 표현 형식

그 이후, 4월 25~26일에 뉴욕 '파크 애비뉴 아모리'에서의 공연을 시작으로 《async》를 토대로 한 퍼포먼스를 몇 차례 진행했습니다. 처음에는 앨범의 내용을 충실하게 재현하는 연주회의 형식이었으나, 다카타니 시로 씨가 연출을 맡고 회차가 거듭되면서 점차 무대예술 혹은 설치 작품으로서의 성격이 강해졌습니다. 뉴욕의 공연장은 100명 정도를 수용하는 자그마한 홀이었는데 비요크, 원오트릭스 포인트 네버(OPN), 요한 요한슨 등의 뮤지션과 퍼포먼스 아티스트 마리나 아브라모비치, 이우환 선생님과 마찬가지로 제게 영감을 줬던 후쿠오카 신이치 씨 등이 보러 와주신 덕에 객석이 무척 호화로워졌습니다.

참고로 마리나 아브라모비치(Marina Abramovic)는 미술계에서 '퍼포먼스 아트의 그랜드 마더'라고 불리는 전설적인 존재로, 표현이 과격한 것으로 널리 알려져 있습니다. 무대 위에서 손가락 사이에 빠른 속도로 칼을 꽂는 '러시안 게임'을 직접 선보이며 실제로 상처를 입을 때까지 이어간 적도 있고, 〈Rhythm 0〉라는 퍼포먼스에서는 나폴리의 'Studio Morra'에 마네킹처럼 서서, 근처 테이블에 놓인 72개의 아이템 중 아무거나 이용해 원하는 행동을 해달라고 관객에게 요청했습니다. 심지어 아이템 중에는 권총과 총알도 있었는데요. 당연히 총을 발사한 사람은 없었지만 그녀에게 공격성을 드러낸 관객이 가위로 옷을 잘라버리기도 했다고요. 이런 일화들을 익히 들어왔던 터라, 분명 굉장히 무서운 사람일 것이라는 생각에 바짝 긴장했는데 실제로 만나보니 의외로 무척 상냥한 분이었습니다. 센스 좋고 사랑스러운 누나 같은 이미지였어요.

그리고 요한 요한슨(Johann Johannsson)은 뉴욕 공연 다음 날 우리 집에 와서는 다카타니 씨와 제가 퍼포먼스용으로 제작한 유리 소재의 악기라고 할까, 음향 설치 작품 같은 장치가 있었는데 그것을 써보고 싶다고 했습니다. 요한은 그 장치가 굉장히 마음에 들었던 모양이라, 반나절 동안 계속 혼자 이런저런 소리를 내가며 녹음을 했습니다. 당시 그가 작업 중이던 사운드트랙에 사용할 계획이라고 하더군요. 이때는 건강한 모습이었는데, 안타깝게도 요한은 그로부터 1년도 채 지나지 않아 세상을 떠났습니다.

이듬해인 2018년에는 〈dis·play〉라는 타이틀로 프랑스에서 총 여섯 번의 공연을 진행했는데, 거기에서도 《async》를 바탕으로 퍼포먼스를 했습니다. 마침 〈덤 타입〉(Dumb Type) 전[1]이 열리고 있던, 반 시게루 씨가 설계한 퐁피두 메츠 센터에서도 공연을 했고, 파리 일본문화회관에서 공연을 한 날에는 작품 제작을 위해 현지 체류 중이던 이우환 선생님이 찾아와주셔서 처음으로 직접 만나 뵙게 되었습니다.

그다음 해인 2019년에 싱가포르에서 상연한 〈Fragments〉 퍼포먼스는 특히 인상적이었습니다. 싱가포르 국제 예술제에 다카타니 씨의 무대 작품 〈ST/LL〉이 초청되었는데, 음악의 일부를 제가 담당하기도 해서 꼭 현지에 보러 가고자 했습니다. 그 이야기를 전해들은 주최 측이 모

더 큰 산을 향해

---

[1] 1984년 교토시립예술대학 학생 중심으로 결성된 아티스트 그룹, 덤 타입 (Dumb Type)과의 그간의 교류를 기념하며 퐁피두 메츠 센터에서 일본의 현대미술과 건축, 시각 문화를 주제로 열렸던 전시.

처럼 오신다면 연주를 부탁하고 싶다는 뜻을 밝혀왔습니다. 그래서 〈ST/LL〉 공연 며칠 후, 그 무대를 그대로 써서 《async》를 토대로 한 퍼포먼스를 하게 되었습니다.

무대 위에는 풀(POOL)이 설치되었고 그 안에는 물이 채워져 있었습니다. 물 위에는 피아노와 기타, 유리 설치물 등 소리를 내는 몇 개의 '섬'들이 떠 있었고, 저는 필요에 따라 풀 안을 첨벙첨벙 걸어 다니며 그 악기들과 '모노'(もの), 즉 물체들을 손에 들고 즉흥적으로 소리를 만들어냈습니다. 물의 일렁임까지 영상으로 실시간 투영하여 《async》의 내용을 완전히 환골탈태시킨, 스스로도 흡족한 퍼포먼스였습니다. 언뜻 봐도 일반적인 피아노 콘서트와는 다름을 알 수 있어서인지, 이날만큼은 〈메리 크리스마스 미스터 로런스〉를 연주해달라는 객석의 압박이 느껴지지 않았습니다.

생각해보면, 앨범은 음악 시장에서의 유통을 목적으로 만들어진 포맷으로, 장당 60분 남짓이라는 재생 시간을 포함해, 편의에 의해 생겨난 형태일 뿐입니다. 새로운 형태의 음악이 가능하다면, 특정한 장소에 몇 명의 관객만 초대해 다실에서 차를 대접하듯 완성된 음악을 발표해도 상관없죠. 이제 CD도 잘 안 팔리는 시대이니, 어쩌면 이런 방식이 더 돈이 될지도 모릅니다.

과거에 아사히 출판사에서 출간했던 '슈칸본'(週刊本) 시리즈 중 한 권에 「혼혼도 미출간 도서목록」(1984년)이라는 특집으로 참여했던 적이 있습니다. 당시 제가 주재하던 출판사 '혼혼도'(本本堂)에서 출간하고는 싶지만 실현 불가능할지 모르는 도서 기획을 모았어요. 다카마쓰 지로 씨와 이노우에 쓰구야 씨 등에게도 도움을 받아 50권의 타이틀과 장정을 내용물보다 먼저 만들어버렸습니다. 그중 한 권으로 나카가미 겐지 씨가 매일 작품을 갱신해나가는 바인더 스타일의 책을 구상했었는데, 아직 인터넷도 보급되지 않았던 시절이라 실현하지는 못했지만 '한 권의 책', 혹은 '한 장의 앨범'으로 규정된 형식을 깨부수고 싶다는 발상은 이미 1980년대부터 가져왔던 것 같습니다.

《async》 베이스의 퍼포먼스를 통해 저 스스로도 새로운 표현의 단계에 도달했다는 보람을 느낄 수 있었는데, 아쉽게도 일본 내에서는 아직 이 공연을 선보이지 못했습니다. 프랑스 공연에는 싱가포르 예술제 관계자가 찾아와 그 만남이 다음 해의 공연으로 이어졌습니다. 그렇게 성사된 싱가포르 공연에 찾아온 홍콩의 이벤트 기획자는 "다음에 꼭 와주세요"라는 제안을 했고요. 그러나 이들과 같은 관심과 열의를 보이는 일본 회사나 극장은 한 군데도 없었습니다. 아마 제가 지금 이런 음악 활동을 하고 있다는 사실을 대부분의 일본 사람들은 잘 모를 겁니다. 그러니 해외에서 열리는 공연을 일부러 찾지도 않을 테고요. 예전의 일본은 해외 아티스트를 초빙하는 일에 있어서도 세계를 선도하는 존재였는데, 새로운 쇄국의 시대가 도래해버린 것인가 하는 생각에 씁쓸해졌습니다. 제 사무실 쪽에서 알고 지내는 프로

모터에게 연락을 하면 공연을 열어주는 곳이야 물론 있을 것입니다. 하지만 욕심을 조금 부려보자면, 지금의 사카모토가 어떤 표현을 하고 있는지 정보의 안테나를 세우고 활동을 좇아, 적어도 일본에서 가까운 싱가포르의 공연 정도는 보러 와주는 열정이 있었으면 좋겠습니다. 저의 어리광이랄까요.

저는 늘 제 마음이 가는 대로 앨범을 만들어왔기 때문에, 작품마다 그 취지와 방향이 제각각이라 아티스트로서의 통일감이 없다는 것이 저의 작은 콤플렉스였습니다. 한마디로, 시그니처가 없죠. 예를 들어 야마시타 다쓰로 군이나, 브라이언 이노 같은 사람은 어떤 앨범을 들어도 확고한 시그니처를 느낄 수 있잖아요. 하지만 지금까지 저는 그들과 달리 그때그때 하고 싶은 것만을 좇아왔으니 어쩔 수 없는 일이라고 생각해왔습니다.

그런데 《async》를 만들었을 때는 시그니처를 확립했다는 것과는 다소 다른 뉘앙스일지 몰라도 '여기에서 얻은 것만큼은 절대 잃고 싶지 않아, 다음에는 이 성취의 연장선에 있는 더 높은 산으로 향할 거야' 하는 생각이 강하게 들었습니다. 앨범이 완성됐을 때 "너무 마음에 들어서 아무한테도 들려주고 싶지 않다"는 코멘트를 남긴 배경에는 이런 개인적인 감격도 있었습니다. 그래서 이후부터는 《async》로 손에 넣은 것을 소중하게 여기며, 소중하게 키워나가기로 마음먹었습니다.

이우환 선생님의 작품을 만난 것이 열여덟 무렵이었으니, 어쩌면 그때부터 '모노'(もの)로서의 음악의 길을 향해 곧바로 걸어갈 수 있었을지도 모릅니다. 하지만 그 길을 택하지 않았던 것은 젊은 시절의 제가 돈과 여자에게 눈이 멀어 있었기 때문이에요. 구체적인 이야기는 상상에 맡기겠지만 그렇다고 나이를 먹은 지금, 그 인생을 후회하지는 않습니다. 분명 환갑을 넘기고, 큰 병을 앓고, 속세의 욕망에 휘둘리지 않는 청빈한 상태가 되었기 때문에 비로소 자신이 올라야 할 산이 모습을 드러내기 시작한 것이겠죠. 말하자면, 큰 나선을 그리듯 빙 돌아 원점으로 돌아온 셈입니다.

아시아에서의 프로젝트

《async》 발매 후에는 한국과의 작업이 잇달았습니다. 하나는 〈안녕, 티라노: 영원히, 함께〉(2018년)라는 그림책을 원작으로 한 애니메이션 영화로, 2017년 4월에 처음으로 미팅을 했습니다. 감독은 일본인이고, 작화도 일본의 데즈카 프로덕션에서 맡고 있었으나 메인 프로덕션이 한국 회사였습니다. 중국 영화사에서도 투자를 했고요. 제작팀의 중심인 젊은 한국 프로듀서가 음악감독으로 저를 지명해줬고, 한중일의 공동 제작 프로젝트라는 점에 매력을 느껴 제안을 수락하게 되었습니다. 애니메이션을 위한 음악 작업은 정말 오랜만이었고 아이들에게도 전달되는 음악을 만들어야 한다는 어려움이 있었지만, 메인 캐릭터인 네 마리의 공룡에게서 아이디어를 얻어 꽤 즐겁게 작업할 수 있었습니다.

〈안녕, 티라노〉는 2018년 10월, 부산 국제영화제에서 월드 프리미어 상영작으로 공개된 후, 한국에서는 이듬해인 2019년에 정식 개봉하였으나, 일본에서는 마침 확산된 코로나19의 영향으로 개봉이 미뤄지고 미뤄지다, 2021년 말이 되어서야 극장에 걸렸습니다. 물론 누구의 잘못도 아니지만, 최적의 타이밍을 놓쳤다는 점에서 아쉬움이 남습니다. 참 신기한 것이, 어차피 관객의 입장에서는 개봉이 언제가 되든 처음 보는 작품인데, 완성 후 얼른 세상에 내놓지 않으면 작품의 기세가 약해진다고 할까, 뭔가 시들해지고 맙니다. 마치 가지처럼요. 묵혀둘수록 풍미가 좋아지는 와인이나 위스키와는 또 다르죠.

2017년 6월에는 이병헌과 김윤석이 공동 주연한 한국 영화 〈남한산성〉(2017년)의 음악을 만들었습니다. 에이전트를 거치지 않고, 제 개인 홈페이지의 문의란을 통해 직접 의뢰를 해왔는데 그 마음가짐에 부응하고 싶다는 생각에 곧바로 긍정적인 답변을 보냈습니다. 〈남한산성〉은 1636년 조선에서 일어난 '병자호란'을 소재로 한 블록버스터 사극으로, 군신관계를 요구한 청나라에 맞서는 조선의 왕, 인조와 신하들의 47일간의 농성을 그린 작품입니다. 청나라에 침략 당한 조선의 임금과 조정은 남한산성으로 피신해 항복과 항전 사이에서 고뇌합니다. 게다가 계절이 겨울이라 살이 에이는 추위와 굶주림을 견뎌내야 했지만, 어떻게든 저항하고자 합니다. 결말을 밝히자면, 결국에는 조선이 굴복하여 왕 인조가 세 번 절하고 아홉 번 땅에 머리를 조아리며 청나라의 황제에게 무릎을 꿇습니다. 이것이 청나라가 막 시작되었을 때의 이야기이니, 청나라의 마지막 황제를 그린 영화 〈마지막 황제〉와 쌍을 이루는 작품이라고도 할 수 있지 않을까요.

영화 작업을 하며 처음으로 알게 된 사실인데, 이 사건은 조선의 역사 중 열 손가락 안에 꼽을 수 있는 큰 비극이라고 합니다. '이'(李) 씨는 여전히 한국에서 가장 흔한 성씨 중 하나인데 그 치욕적인 역사 탓에, 자신이 이 씨의 후손이라는 사실을 인정하고 싶지 않아 하는 사람들도 간혹 있다는 이야기를 들었습니다. 그러나 저는 오히려 그 정도로 한국인들이 꺼려하고 불편해 하는 병자호란을 기어코 소재로 삼아 그려내는 제작진의 의지에 감명을 받았고, 한국영화의 음악을 한 번쯤 만들어보고 싶은 마음이 있었기 때문에 제안을 받아 기뻤습니다. 이전에 한국의 친구라고 소개한 적 있는 김덕수에게도 협력을 부탁해, 그에게 젊은 전통악기 연주가들을 소개 받아 연주를 맡겼습니다. 참고로 이 작품의 연출과 각본을 맡은 황동혁 감독은 이후 넷플릭스 오리지널 작품 〈오징어 게임〉을 만들어 세계적 흥행을 거두었죠.

더 큰 산을 향해

〈안녕, 티라노〉와 〈남한산성〉 작업 사이에는 뉴욕 맨해튼에 있는 쿼드 시네마(Quad Cinema)의 리노베이션 오픈에 맞춰 '사카모토 류이치 회고전'이 개최되었습니다. 제가 과거에 참여했던 영화 중에서 페드로 알모도바르 감독의 〈하이 힐〉(1991년)과 브라이언 드 팔마 감독의 〈팜므 파탈〉(2002년)을 포함한 여덟 편의 작품을 선정해 특별 상영했습니다. 쿼드 시네마는 일본의 메이가자[2] 같은 시내의 작은 극장으로 젊은 영화인들이 운영하고 있습니다. 그 세대가 아날로그 레코드에 매료되는 것과 마찬가지로, 영화도 구할 수 있는 한 구해서 필름 상영을 고수하고 있었는데 실제로 꽤 분위기가 좋았습니다. 대학에서 영화학을 전공한 아들은 "영화의 포커스가 어설프다"느니 "영사기를 돌리는 기술이 부족하다"느니 불만이 많았지만요. 치료를 위해 2014년의 대부분을 뉴욕에서 보내서인지, 이렇게 한 명의 지역 주민으로 받아들여주는 것이 기뻤습니다.

〈CODA〉

2017년 8월 말에는 4년 만에 베네치아 국제영화제를 찾았습니다. 단, 이번에는 심사위원 자격이 아니라 일반 참가

2   名画座. 상영이 끝난 명작이나 고전 등을 상영하는 영화관.

자로서였죠. 저를 촬영한 다큐멘터리 필름 〈Ryuichi Saka-moto : CODA〉의 특별 상영이 결정되어 방문하게 되었습니다. 일본과 미국 혼혈인 감독 스티븐 노무라 쉬블(Stephen Nomura Schible) 씨와는 지진 재해 후 인연을 맺었습니다. 원자력 공학자인 고이데 히로아키 씨가 뉴욕에서 후쿠시마 방사능 오염에 관한 강연을 열었고, 저는 맨 앞줄에서 이야기를 들었습니다. 마침 그곳에 있던 쉬블 씨가 그런 제 모습을 목격하고는 강연 직후 "당신의 영화를 찍고 싶습니다"라며 연락을 해왔습니다. 처음에는 'NO NUKES 2012'의 라이브 영상이 주가 되는 탈원전 활동에 중점을 둔 기획이었습니다. 흔치 않게 일본 사회도 변화하려는 조짐이 보였기 때문에, 그 격동의 분위기를 제 모습을 통해 기록해두는 것도 의미가 있을지 모른다는 생각에 깊이 고민하지 않고 수락했습니다.

하지만 영상을 촬영하는 과정에서 조금 더 시간을 들여 사카모토 류이치라는 아티스트의 전반적인 모습을 담아내는 방향으로 콘셉트가 바뀌었습니다. 저는 제 자신을 영웅적으로 그려내주길 바라는 욕망도, 사생활을 드러내고 싶은 욕망도 전혀 없었습니다. 하지만 감독의 겸허한 태도에 조금씩 마음이 열려 이 사람이라면 믿고 맡겨도 되겠다는 생각이 점점 커졌습니다. 그런데 그 와중에 제가 암에 걸려버렸고, 쉬블 씨는 이대로 촬영을 계속해도 괜찮을지 한동안 몹시 고민했던 모양입니다. 차라리 제가 독려해주는 편

더 먼 산을 향해

이 낫겠다 싶어 "잘됐네, 이렇게 됐으니 영화가 크게 흥행할 거야" 같은 농담을 던지곤 했죠.

말은 그렇게 했지만, 투병 중에 집과 개인 스튜디오에 촬영 팀이 드나드는 것은 저도 내키지 않았습니다. 그래서 당초 계획에는 없었지만, 대학 졸업 후 영상 작가로 활동 중인 제 아들이 이 일을 맡아주면 계속 찍을 수 있을 것 같다고 제안했습니다. 물론 아들이 이 제안을 받아들일지, 설령 한다고 해도 그 영상을 감독이 마음에 들어 할지 알 수 없었죠. 이런 문제들에 대한 판단은 두 사람에게 맡겼는데, 직접 이야기를 나눈 결과 아들이 "할게"라고 얘기했고, 결국 2014년 이후 뉴욕에서의 영상은 거의 아들이 찍게 되었습니다.

어느 날 혼자 피아노 연습에 집중하다 은근한 인기척이 느껴져 돌아보니 아들이 카메라를 들고 저를 찍고 있었습니다. 실제 영화에 "아, 당했다"라고 말하는 제 목소리와 함께 그 영상이 담겼는데, 그렇게 서툰 연주를 하는 모습을 찍다니 가족이 아니었으면 용서하지 않았을 겁니다.

제가 그 영화에서 제일 좋아하는 부분은 필드 레코딩을 위해 숲으로 들어가는 시퀀스입니다. 카메라가 저에게서 멀어져 나무 위를 기어가는 자벌레를 찍은 짧은 숏이 훌륭했어요. 쉬블 씨에게 "이 컷을 편집하면 하차할 거야"라는 말까지 하며 꼭 실어달라고 강요했습니다. 사카모토 류이치를 밀착 촬영한 다큐멘터리라는 것을 관객 모두가 알고 있으니 항상 제 모습이 보일 필요는 없잖아요.

최종적으로 〈CODA〉에 《async》를 제작하는 내용까지 담게 되었으니 일종의 메이킹 필름이라고 볼 수도 있습니다. 〈CODA〉, 즉 '종결부'라는 제목은 제가 1983년에 발표한 동명의 앨범과는 무관하게 영화 제작 막바지에 쉬블 감독이 정한 것입니다. 제가 중병을 앓는 예기치 못한 상황이 발생한 만큼, 이 제목을 그대로 쓰면 너무 의미가 무거워지지 않을까 하는 우려도 있었던 모양입니다. 저 스스로도 제 인생이 여기서 끝나 버릴 것만 같아 저항감이 있었습니다. 그렇지만 원전 사고를 시작으로 전 세계가 '종결부'를 향해 가고 있는 것은 아닐까 하는 당초 감독의 문제의식과 새로운 음악을 완성시키는 과정을 그 마지막까지 담아낸 필름이라는 두 가지 의미를 생각해, 결국은 이 제목 그대로 작품을 발표하기로 결정했습니다. 오히려 이를 역설적으로 풀어, 지금부터 또 하나의 새로운 챕터가 시작된다는 방향성을 갖기로 했죠. 이 작품은 11월 초에 일본에서도 공개되었고, 저로서는 드물게 개봉 첫날, 무대 인사에 참여했습니다.

굴드에게 은혜를 갚다

12월에는 'Glenn Gould Gathering'이라는 글렌 굴드 탄생 85주년 기념 이벤트의 큐레이션을 맡게 되었습니다. 저는 초등학생 때부터 굴드에 푹 빠져 지냈습니다. 앞으로 몸을 구부린 자세로 연주하는 그의 모습을 너무 열심히 따라한 나머지 심한 새우등을 하고 피아노를 치는 버릇이 생겨 선생님에게 주의를 받은 적도 있습니다. 굴드를 동경하는 마음을 이곳저곳에 공언하고 다녔더니 그의 모국인 캐나다의 글렌 굴드 재단 관계자의 귀에까지 들어가, 캐나다 건국 150주년에 맞춰 무언가 해주었으면 좋겠다는 제안이 왔습니다. 1982년, 50세의 젊은 나이로 세상을 떠난 굴드와는 당연히 만난 적이 없지만, 저는 그에게 일방적으로 영향을 받아왔습니다. 예전에 소니 뮤직에서 제가 고른 그의 베스트 연주곡들을 모아 《글렌 굴드 사카모토 류이치 셀렉션》(2008년)을 내기도 했는데, 이번에도 그에게 보은하고자 하는 마음으로 그 일을 수락했습니다. 행사장은 도쿄의 캐나다 대사관에서도 가까운 소게쓰 회관(草月会館)으로 정했습니다.

굴드는 작곡한 작품을 몇 편 남기기는 했지만 기본적으로 연주가입니다. 그의 피아노 연주 작품 중에 특히 유명한 것은 바흐의 〈골드베르크 변주곡〉과 베토벤의 〈피아노 협주곡〉입니다만, 연주가를 위한 헌정 앨범을 어떻게 만들어야 할지 고민이 되었습니다. 그래서 저는 친구인 아티스트 카스텐 니콜라이(알바 노토)와 크리스티안 페네스에게 연락을 하고, 룩셈부르크 출신의 기백 좋은 피아니스트 프란체스코 트리스타노(Francesco Tristano)에게도 참가를 요청했

습니다. 프란체스코와의 공연은 이때가 처음이었는데 그는 굴드와 마찬가지로 〈골드베르크 변주곡〉을 연주한 앨범을 발매한 적이 있습니다. 뿐만 아니라, 바흐가 대선배 작곡가인 북스테후데를 만나기 위해 400킬로미터나 되는 길을 도보로 여행했다는 일화에서 아이디어를 얻어, 이 두 사람의 곡과 자작곡을 한데 엮어 연주하는 재미있는 콘셉트의 앨범 《long walk》를 발표하기도 해 예전부터 궁금하던 인물이었습니다. 그런 프란체스코가 연주하는 '클리어'한 피아노의 음에 대비되도록, 저는 프리페어드 피아노와 신시사이저를 연주하고 거기에 카스텐의 전자음과 페네스의 노이즈를 덧씌우는 형식으로 굴드를 오마주하는 컬래버레이션 콘서트를 열었습니다. 특히 카스텐의 아이디어가 훌륭했는데, 연주 중에 콧노래를 부르는 것으로 유명한 굴드의 특징에 착안을 했더군요. 카스텐은 제가 연주하는 바흐의 곡에 본인의 여자 친구가 녹음한 허밍을 얹어 들려주었습니다. 역시 현대미술가답다는 생각이 들었습니다. 무대 뒤의 스크린으로 굴드가 살았던 집과 근처의 공원, 무덤 등이 담긴 영상도 틀었습니다. 콘서트 외에도 굴드가 사랑했던 일본문화를 소개하는 취지로, 아베 고보의 원작을 데시가하라 히로시 감독이 영화화 한 〈모래의 여자〉(砂の女)를 상영하기도 하고, 나쓰메 소세키의 『풀베개』에 대해 이야기하는 그의 육성을 활용한 설치 작품을 준비하기도 했습니다. 이사무 노구치가 만든 꽃과 돌과 물의 광장이 있는 회관 1층의

더 큰 산을 향해

소게쓰 플라자에는 생전 굴드가 연주하던 대로 건반이 움직이는 자동 재생 장치가 들어간 피아노를 설치해두었고요.

저로서는 이런 형태로 괜찮을지 끝까지 고민이 많았던 이벤트였는데, 다행히도 굴드 재단 관계자분들이 무척 기뻐하며 이 콘서트와 설치 작품 그대로를 하나의 패키지로 묶어 캐나다를 비롯한 세계 각지에서 선보여줄 수 없겠냐고 물어왔습니다. 아무래도 여러모로 힘들 것 같아 거절하긴 했는데, 3일간 5회의 콘서트로 회당 500명씩 관람했다고 계산해도 그 공연을 2,500명밖에 보지 못했다는 사실을 생각하면 아쉽기는 합니다.

여담이지만, 소게쓰 회관은 제가 전위음악과 만나게 된 장소이기도 한데, 열 살쯤 엄마의 손에 이끌려 다카하시 유지 씨와 이치야나기 도시 씨의 콘서트를 보러 간 적이 있습니다. 그때 유지 씨가 치던 빨간색 뵈젠도르퍼 피아노는 색이 특이하기도 해서 기억하고 있었는데, 굴드 이벤트의 사전 답사를 위해 방문한 공연장 무대 뒤에 아직도 그 피아노가 놓여 있는 것을 발견하고는 큰 감동을 받았습니다. 그 빨간 피아노를 본 순간 50년도 더 전에 봤던 콘서트의 기억이 되살아났습니다. 유지 씨가 피아노 속에서 알람 시계를 울리기도 하고 피아노 줄을 향해 야구공을 던지기도 했던 것이요. 어린 마음에 그의 분방한 연주 방식에 놀랐고, 음악과 자유에 대한 배움을 얻었습니다.

베르톨루치와의 이별

그리고 2018년을 맞이했는데, 이 해에는 저의 은인인 베르나르도 베르톨루치와의 헤어짐이 있었습니다. 해가 바뀌고 찾아온 2월, 저는 심사위원으로 초청 받아 베를린 국제영화제에 참가하기 위해 독일에 머물고 있었고, 심사와 더불어 클래식 부문에서 상영되는 오즈 야스지로 감독의 작품 〈동경의 황혼〉과 관련해 저와 마찬가지로 오즈 야스지로로부터 큰 영향을 받은 빔 밴더스(Wim Wenders) 감독과 함께 프리젠테이션을 진행하고 있었습니다. 영화제라는 공간의 재미를 알려준 사람 역시 베르톨루치였는데, 그 시기에 갑자기 그에게서 전화가 오더니 "어이, 류이치. 나도 너랑 똑같이 인후암에 걸렸어"라고 하는 거예요. 전혀 어둡지 않은 목소리로 "This is my love"(이것이 나의 사랑이야)라고 농담을 던지더군요. 그는 어떤 상황에서라도 농담을 하는 사람이니까요.

베르톨루치는 "한시라도 빨리 병원으로 문병 와" 하고 말했습니다. "독일에 있으니까 이탈리아까지 금방 오잖아"라면서요. 하지만 저는 영화제가 끝나면 곧바로 프랑스로 넘어가 세 도시에서 콘서트를 해야 하는 상황이었습니다. 베르톨루치는 "콘서트 같은 건 그냥 취소해버리고 일단 나를 보러 로마로 와. 아무튼 만나야겠단 말이야"라고 보챘지만, 일정을 변경하는 것은 역시 어려웠기 때문에 고민 끝에 가지 않기로 했고, 그것으로 끝이었습니다. 결국 그는 그해 11월에 세상을 떠났고 베를린에서의 통화가 마지막 대화가 되었죠. 무리를 해서라도 로마에 들렀어야 했는데, 지금은 후회가 됩니다.

베르톨루치는 연명 치료를 멈춘 후 마지막 한 달을 집에서 보내며 매일 원 없이 와인을 마시고 의료용 대마도 마음껏 피우며 무척 신나게 보냈다고 합니다. 연일 친구들이 놀러 왔던 모양이라, 그가 떠난 후 그의 아내인 클레어에게 "이보다 더 웃었던 적은 없다 싶을 정도로 실컷 웃다가 즐겁게 갔어요"라는 이야기를 들었습니다. 분명 행복한 마지막이었을 거예요.

나의 뿌리

3월에는 NHK 〈패밀리 히스토리〉의 스튜디오 녹화가 있었습니다. 본인을 대신해 가족의 역사를 취재한다는 취지의 방송인데 아마 젊었을 때 섭외를 받았다면 거절했을지도 모릅니다. 그런데 저도 나이가 드니까 신기하게도 '돌아가신 부모님에게 선조들의 이야기를 더 많이 들어됐으면 좋았을걸' 하는 마음이 싹트더군요. 선조들의 실체를 알게 되는 것에 대한 두려움도 있었지만, 큰맘 먹고 출연하기로 했습니다.

저희 부모님은 두 분 다 규슈에 뿌리를 두고 있습니다. 이것 외의 모든 정보는 기본적으로 프로그램 제작진이 조사한 것인데, 제 친가 쪽 증조부인 가네키치는 원래 후쿠오카 번의 번주(藩主)인 구로다 가문을 섬기며 잡일을 하던 최하급 무사였다고 합니다. 근접한 구루메 번과의 경계에 있는 미나기무라라는 곳에서 적의 침입을 감시하는 역할을 담당했다고요. 히코 산이라는 산에서 내려오는 길의 기슭에 살고 있었기 때문에 영주로부터 '언덕(坂, 사카)의 기슭'에서 따온 '사카모토'(坂本)라는 이름을 받았다고 합니다. 예전부터 '내 선조는 패잔 무사일 것 같다'는 예감이 있었는데 어떤 면에서는 맞는 이야기였던 셈이죠. 증거 자료를 확보하지 못해 방송에서는 소개되지 않았는데, 더 거슬러 올라가면 가네키치 윗세대의 선조들이 이른바 '숨은 크리스천'이었기 때문에 이교도들에게 비교적 관대했던 구로다 가문에서 먼 옛날 그들을 거둬준 것이라는 설도 있다고 합니다.

가네키치는 지금의 후쿠오카 현 아사쿠라 시에 있는 아마기라는 마을로 이주해 그곳에서 '요리 사카모토'(料理坂本)라는 이름의 요정을 운영했다고 합니다. 아마기는 후쿠오카와 오이타를 잇는 교통의 요지였기 때문에 다행히 가게는 번창했다고요. 가네키치는 이내 마을의 유력자가 되었고, 지금도 그 지역 신사의 도리이[3]에 기부자로 이름이 새겨져 있습니다. 그 신사의 경내에서 아마추어 스모 경기를 열거나 당시의 프로 스모 선수를 초청하는 등의 흥행 사업을 했는데 가네키치가 그 일을 맡았다고 합니다. 놀랍게도 제작진은 1975년에 지역 신문사가 마을 장로를 만나 아마기의 역사를 취재할 때 녹음해둔 카세트테이프까지 찾아냈고, 거기에는 가네키치에 대해 "이 사람은 우두머리였어요. 우두머리에도 여러 종류가 있지만요"라고 증언한 내용이 담겨 있었습니다. 아무래도 방송이라 직접적으로 언급되지는 않았지만, 어쩌면 야쿠자로 유명했던 것이 아닐까 하는 생각이 들었습니다.

가네키치의 장남이 저의 친조부인 쇼타로인데, 그는 어렸을 때부터 예능을 좋아하는 소년으로 알려져 있었다고 합니다. 아마추어 가부키를 즐겨 했는데, 당시 지역 신문에 "가장 큰 갈채를 받은 아마기 예능계의 명인"이라고 소개된 기사가 남아 있습니다. '후쿠오카의 단주로[4]'라고도 불렸던 희고 갸름한 얼굴의 미남으로, 배우 인기투표에서 압도적 1위를 차지하곤 했다고요. 쇼타로는 부친이 경영하는 '요리 사카모토'에서 일하던 다카라는 여성과 결혼했고 그 사이에서 태어난 장남이 바로 저의 아버지 가즈키입니다. 쇼타로는 취미를 더욱 발전시켜 29세에 '아마기 극장'을 설립해 경영주가 되지만, 불과 2년 후에 비극적인 사건을 겪

---

3   신사 입구에 세우는 기둥 문.

4   이치카와 단주로(市川團十郎). 전설적인 가부키 배우.

게 됩니다. 희극 공연 중 극장에서 싸움이 벌어져 거기에 휘말린 창구의 남성 직원이 칼에 찔려 사망하고 만 것이죠. 쇼타로는 이 일의 책임을 지고 극장 경영에서 물러나게 됩니다.

그 후 쇼타로는 심기일전하여 후쿠오카의 생명보험 회사에 취직했고, 가족들을 두고 혼자 부임지에서 샐러리맨 생활을 하게 됩니다. 외근 영업을 했다더군요. 하지만 몇 개월 채 지나지 않아 부임지에서 다른 여성을 만났고 잔인하게도 그 사실을 아내, 즉 제 조모에게 전합니다. 저의 조모는 남겨진 여섯 명의 아이를 혼자 키우게 되죠. 이토록 무책임한 쇼타로의 모습을 보고 자라서인지 아버지의 형제들은 모두 성실했고, 특히 저희 아버지는 장남으로서의 책임을 다하기 위해 열심히 노력했다고 합니다. 훗날 제가 많은 여자들을 만나며 경박한 생활을 하자 아버지는 "우리는 건실하게 살아왔는데 네가 이럴 줄이야…"라며 힘없이 어깨를 떨궜습니다. 놀기 좋아하던 할아버지의 성격이 격세유전된 것 아닐까요. 피는 못 속이죠.

그런 저의 아버지 가즈키는 니혼대학 문학부에 진학한 다음 해, 태평양전쟁이 발발하고 전세가 악화되자 학도 출진 명령을 받습니다. 그는 사가 현에 있는 통신대에 배치되어 처음에는 "가족을 위해 미련 없이 죽는다"라며 군인으로서의 사명감을 불태웠다고 합니다. 그 후 옛 만주의 동안 지역에 배속되어 그곳에서는 오로지 아군들에게 모스 부호를 보내는 일만 했다고요. 방송에서는 극한의 지역에서 손가락에 동상이 걸려, 치료를 위해 마취도 없이 손톱을 뽑았을 때의 고통스러운 경험을 기록한 수기가 소개되기도 했습니다.

그리고 1945년이 되자 이번에는 본토 결전 대비를 위해 다시 일본으로 불려 갔고, 후쿠오카 지쿠시노의 통신기지에서 종전 소식을 듣게 됩니다. 남동생의 증언에 따르면 종전 후 돌아온 가즈키는 한동안 아무 일도 손에 잡히지 않는 듯 집 안에만 틀어박혀 있었다고 합니다. 자신은 무사했지만 만주에서 같이 고생했던 동료들이 종전 후에도 시베리아에서 강제 노역을 하고 있다는 것에 대한 죄책감도 있었던 모양입니다. 반년쯤 지나 근처의 주물 공장에서 겨우 일을 하기 시작했는데 동료들이 지나치게 낮은 월급에 불만을 품고 있다는 사실을 알고, 앞장서서 단체 교섭을 이끌어냈다고 합니다. 그런데 사장을 앞에 앉혀놓자 공장 직원들이 모두 입을 닫아버렸고 이에 화가 난 아버지가 곧바로 사표를 내던져버렸다는, 그런 일도 있었다고요.

이후 가즈키는 원래 좋아하던 문학에 다시 빠지게 되고, 지역 유지와 함께 《아사쿠라 문학》(朝倉文學)이라는 동인잡지를 발행해 직접 소설을 쓰기 시작합니다. 군국주의에의 반성으로 말미암아, 전쟁을 향해가는 세상에 대한 의문을 가진 청년을 주인공으로 한 작품이었다고요. 그 동인잡지가 우연히 아마기에서 요양을 하던 편집자의 눈에 들어왔고 가즈키는 "도쿄의 출판사에서 소설 편집자로 일해 보지 않겠나?"라는 제안을 받게 됩니다. 그 출판사가 바로 가즈키가 정년을 맞이할 때까지 몸담았던 가와데쇼보(河出 書房)였습니다.

한편 외가 쪽 증조부인 시모무라 다이스케는 지금의 나가사키 현 이시하야 시에서 농사를 짓고 있었습니다. 원래 대들보가 다 드러나는 허름한 집에 살던 소작농이었던 다이스케는 러일전쟁 즈음에 조선업으로 번성하던 사세보로 이주했습니다. 그곳에서 시청의 '임시 고용직'으로 일하게 되는데, 실상은 허리에 방울을 달고 뛰어 돌아다니다 불러 세우는 사람이 시키는 일을 하는 '심부름꾼' 같은 것이었다 고요.

다이스케의 셋째로 태어난 아이가 저의 외조부 야이치 였습니다. 야이치는 어렸을 때부터 공부에 열심이었고 초등학교 수업 시간에 알게 된 링컨을 존경했습니다. 가난한 집안에서 자라 미국의 대통령 자리에까지 오른 링컨에게 자신의 모습을 투영하며 입신양명을 꿈꿨죠. 하지만 시모무라 집안의 형편으로는 구제 중학교[5]에 진학할 수가 없었 습니다. 초등학교를 졸업한 야이치는 일단 해군용 군수품 제조 공장에서 견습공으로 일하기 시작했으나, 진학의 꿈

5 舊制 중학교. 현재의 중고등학교 통합 과정에 해당하는 5년제 중등교육 기 관.

을 끝내 버리지 못하고 그 지역에 있던 사세보 중학교 교장의 집까지 찾아가 자신을 편입 시켜달라며 직접 담판을 짓습니다. 그 교장 선생님도 보통이 아닌 것이 "시험을 봐서 합격하면 편입을 인정해주겠다"고 답했다더군요. 그래서 졸음이 오면 송곳으로 무릎을 찔러가며 미친 듯이 공부했고, 그 결과 야이치는 합격점을 받아 중학교 4학년에 편입하게 됩니다.

그 후 야이치는 장학금을 받아 구마모토 현의 구제 제5고등학교에 입학하고, 학생 기숙사에서 평생의 친구가 될 이케다 하야토와 만나게 됩니다. 이케다 하야토는 훗날 일본의 총리가 되어 '국민 소득 배증 계획'을 내걸고 일본의 고도 경제 성장을 추진하는 인물인데, 두 사람은 고등학교 시절부터 함께 천하국가를 논하던 사이였다고 합니다. 고등학교 졸업 후에도 이케다와 나란히 교토제국대학 법학부에 진학했고 몇 년 후 초등학교 시절의 은사님이 딸을 데리고 교토에 놀러 왔던 것을 계기로, 그 딸인 미요와 결혼하게 됩니다.

야이치는 대학 졸업 후 교호 생명보험에 취직하여 이후 회사가 흡수 합병을 거듭하며 노무라 생명보험, 도쿄 생명보험으로 사명이 바뀌는 동안 이사직까지 오르게 됩니다. 미요와의 사이에는 저의 어머니인 게이코를 시작으로 1녀 3남을 두었습니다. 그러다 한 시기에 저의 조부인 사카모토 쇼타로가 야이치의 부하가 되었고, 두 사람은 서로의 자

녀에 대한 이야기를 나눕니다. 쇼타로는 자신의 장남이 도
쿄의 출판사에서 일하고 있다고 말했고, 야이치가 집에 돌
아와 딸에게 그 사실을 전하자 책을 좋아하던 게이코는 그
사람이 편집한 책을 꼭 한번 읽고 싶다는 말을 꺼냅니다.
그러자, 가족을 버리고 집을 나간 사람이 참 멋대로다 싶지
만, 쇼타로가 아들에게 전화를 걸어 상사의 집까지 책을 가
지고 가달라고 부탁했고, 가즈키는 자신이 담당했던 시이
나 린조의 『영원한 서장』(永遠なる序章)을 들고 시모무라 집
안을 찾아가게 된 것입니다. 저희 부모님은 그날 처음으로
만났습니다. 두 분이 결혼을 한 것은 그로부터 2년 후의 일
이었습니다.

　〈패밀리 히스토리〉의 제작진들은 정말 대단하더군요.
사카모토 집안과 시모무라 집안, 양가의 역사가 수많은 자
료들과 함께 상세하게 방송에 소개되었고, 마지막에는 아
버지 가즈키가 썼던 일기의 한 구절을 읽어주기도 했습니
다. 앞서 말했듯 아버지는 집에서 항상 심각한 표정을 짓고
있었고 입만 열면 "이 멍청한 놈" 같은 소리나 하던 사람
이었습니다. 저는 무서워서 눈도 똑바로 쳐다보지 못했고,
제대로 대화를 나눠본 기억조차 없습니다. 그러나 그런 아
버지가 남몰래 자식의 이야기가 실린 잡지와 기사, TV 편
성표까지 잘라 스크랩을 해두었더군요. 제가 태어난 날에
쓴 일기에는 "남자아이 태어나다! 왠지 모르게 미소를 금
할 수가 없다"라고 적혀 있었습니다. "간호사의 품에 안긴

갓난아기를 바라본다. 크고, 예쁘구나!"라는 내용이 이어졌습니다. 생전의 아버지는 단 한 번도 저를 칭찬해준 적이 없었는데, 태어났을 때는 이렇게까지 감정을 다 드러내며 기뻐했다니. 녹화 중에 울 생각은 없었는데, 도저히 눈물을 금할 수가 없었습니다.

참고로 저희 어머니는 살아계실 때 "너는 예능 방송에만 나오고 NHK에서는 섭외가 안 들어오니?"라며 제게 자주 한탄을 하셨습니다. 제가 개그맨 다운타운의 콩트 프로그램에 나가 '아호아호만'[6]을 연기하는 모습을 보고서, 억지로 저런 일까지 하고 있다고 생각해 멋대로 화를 낸 것입니다. 사실 사무실에서는 말렸는데 제가 하고 싶다고 한 일이거든요. 비록 세상을 떠난 후이지만, 어머니는 아마 우리 가족의 이야기를 이런 멋진 프로그램에서 다뤄줬다는 사실에 꽤 만족하고 계실 것입니다.

외삼촌의 어린 시절 놀이

2018년 3월 말에는 '라쿠야키'[7]의 명가인 교토의 '라쿠 기치자에몬'(樂吉左衛門)의 가마를 방문했습니다. 지금은 16대째로 대가 바뀌었지만 당시 저를 맞이해준 분은 15대

---

6   '바보바보맨'이라는 뜻의 우스꽝스러운 캐릭터.

인 미쓰히로 씨였습니다. 라쿠 씨와는 예전에 토크 이벤트를 함께한 적이 있는데 "실패한 도자기들도 있나요?"라는 저의 질문에 "물론이죠, 많이 있습니다"라고 대답을 하셨습니다. 저는 상식이 없는 사람이라, 그 말을 듣고 혹시 실패작을 얻을 수 있는 방법이 없을까 생각했습니다.

실은 이 시기의 저는 농담 반 진담 반으로 《async》의 다음 앨범은 도자기로 만들자는 구상을 하고 있었습니다. 앨범을 구매한 사람 모두가 도자기를 깨고, 그 깨지는 찰나에 울리는 단 한 번의 사운드를 즐겨주기를 바라는, 궁극의 개념미술이죠. 라쿠 씨에게 실패작을 얻어 소리 연구에 참고하고 싶다는 생각을 전하자, 예상대로 어렵겠다는 답변이 돌아왔습니다. 생각해보면 당연한 것이, 혹시라도 실패작이 세상 밖으로 나돌면 라쿠 씨의 이름에 흠집이 나니까요. 라쿠 씨의 말에 따르면 제대로 만들어지지 않은 것들은 박스 안에 휙휙 던져두었다가, 다시 흙으로 되돌려서 다음 작품에 쓴다더군요. 제 입장에서는 도자기가 깨지는 소리만 들으면 되기 때문에 실물을 꼭 가져올 필요는 없었습니다. 교섭을 통해 라쿠 씨의 작업 공간 안에서 깨는 것은 괜찮다는 허락을 받았고, 저는 실패작들을 닥치는 대로 깨부수며 소리를 녹음했습니다. 라쿠 씨는 '실패작'이라고 딱 잘라 말했지만 그것은 어디까지나 그의 주관적인 판단일 뿐, 일

7   樂燒. 일본의 도자기 굽기 방식 중 하나로 주로 차 사발을 만든다.

반 사람의 눈으로 보기에는 충분히 가치가 높아 보였지만
요. 20개 정도를 깨고 나니, 아무래도 양심의 가책이 느껴
져 그쯤에서 멈췄습니다.

결국 도자기 앨범은 발매하지 못했지만 2021년, 3월에
한정 수량으로 만들었던 아트 박스 《2020S》에서는 디자이
너 오가타 신이치로 씨의 디렉션으로 가라쓰의 도예가 오
카 신고 씨와 협력해 오리지널 도기 그릇을 만들었습니다.
그 그릇을 제가 깬 순간의 소리를 사용한 〈fragments, time〉
이라는 곡과 깨진 도자기의 파편을 그대로 아트 박스에 넣
어 구입한 분들에게 보냈습니다. 각각이 한 점의 작품인 것
이죠.

처음 이런 생각을 하게 된 연유는 외삼촌의 어릴 적 에
피소드가 인상에 남았기 때문입니다. 〈패밀리 히스토리〉에
서 이어지는 이야기입니다만, 저의 어머니에게는 세 명의
남동생이 있었고, 시로카네에 있는 외가에 놀러 가면 외삼
촌들이 저와 놀아주곤 했습니다. 장남이던 유이치는 도쿄
대학에서 국제 관계론을 공부하고 로자 룩셈부르크 연구가
가 되었습니다. 그는 동서냉전에 돌입한 지 얼마 되지 않아
동독으로 망명했고, 보수적인 정치사상을 가진 아버지 야
이치는 아들을 잃은 것이나 마찬가지라며 낙담했다고 합니
다. 그러나 얼마 후 유이치는 일본어가 유창한 독일인 파트
너를 데리고 돌아왔고, 아흔을 넘긴 지금도 정정하게 지내
고 계십니다.

둘째 외삼촌 료지는 2018년 1월에 돌아가셨습니다. 그는 샹송 등의 프랑스 음악을 좋아했고 저는 어릴 적 외삼촌의 레코드 컬렉션을 마음대로 꺼내 듣다가 드뷔시를 만나게 되었습니다. 그 당시 료지는 게이오대학의 럭비부 소속으로 주말마다 흙투성이가 되어 집에 오곤 했습니다. 그 아래의 외삼촌이 이후 고등학교 수학 교사가 된 사부로인데, 사부로가 나중에 와세다대학에 입학했기 때문에 라이벌 학교에 다니던 료지와 사부로는 '소케센[8]이다!'라며 자주 싸우곤 했습니다. 제게 독일 음악의 세계를 가르쳐준 사부로도 2016년 11월에 세상을 떠났습니다.

사부로가 한 살배기 아기이던 시절, 그는 그릇이나 접시를 툇마루 돌바닥에 던지며 놀았다고 합니다. 부엌에서 식기를 슬쩍 꺼내와 깨뜨리고는 그 소리를 들으며 즐거워했다고요. 사부로는 '쩌억' 하는 굵직한 소리보다 '쨍그랑' 하는 맑은 소리를 좋아했는데, 그런 소리가 나는 그릇들은 죄다 아리타 도기 같은 얇고 비싼 그릇이었다고 합니다. 더 대단한 것은 사부로의 엄마, 그러니까 제 외할머니의 반응이었는데, 보통은 아이가 그런 장난을 치면 혼낼 법도 한데 할머니는 가만히 그 모습을 지켜보기만 했다더군요. "아아, 저 애는 소리에 민감하구나" 하고 혼잣말을 하면서요. 할머니도 바이올린을 배운 적이 있는 음악 애호가였습니다. 시모

더 큰 산을 향해

8   早慶戰, 와세다와 게이오 두 대학의 대항전을 부르는 별칭.

무라 집안의 대화에 자주 등장하던 이 옛날이야기가 제 머리 한구석에 남아, 도자기를 깨서 소리를 내는 방법을 떠올리게 되었습니다. 이 또한 '모노'(もの)로서의 음악이네요.

　편집자의 입장에서 작가들을 지원해온 아버지에게 살아계시는 동안 창작 선배로서의 이야기를 많이 들어뒀으면 좋았을 텐데, 하는 후회도 듭니다. 그렇지만 저는 부모님뿐 아니라, 외삼촌들을 포함한 친척들에게도 많은 것을 물려받았습니다. 그리고 보면 저라는 인간은 그야말로 주위 어른들로부터 영향을 받아 만들어진 존재구나, 하는 생각이 듭니다.

썬더캣(왼쪽), 플라잉 로터스(오른쪽)와
뉴욕 브루클린의 공연장에서

7 │ 새로운 재능과의
만남

브렉퍼스트 클럽

2017년 1월, 도널드 트럼프의 미국 대통령 취임은 저에게도 상당히 충격적인 일이었습니다. 저는 미국 시민권자가 아니기 때문에 애초에 투표권이 없습니다만, 설마 트럼프가 당선될 것이라고는 생각지 못했습니다. 말하자면 히틀러가 합중국의 대통령이 된 수준의 중대한 사태였습니다. 이전 해 말, 선거 결과가 나오자 주위의 많은 미국인들이 쓰러져 울었고, 심지어 해외로 이주해버린 사람도 있었습니다.

그럼에도 불구하고, 이런 시대이기 때문에 더더욱, 그 어느 때보다 음악과 예술이 필요하다는 생각이 강하게 들었습니다. 정치적인 메시지를 작품에 담는 식의 직접적인 의미로가 아니라, 정치로부터 자립한, 보편적이라고는 할 수 없을지언정 지속되는 세계가 있다는 사실을 시사하는 무언가가 필요했죠. 뒤이은 팬데믹 상황에서도 그랬듯, 세계가 어려움에 직면했을 때 음악과 예술의 존재는 사람들에게 큰 구원이 될 수 있습니다. 아마도 정치가들은 좀처럼 이해하지 못할 테지만요.

　그것 때문에 시작한 것은 아니지만, 2018년 초부터 한 달에 한 번 정도의 간격으로 뉴욕에 같이 살고 있는 친구들과 '브렉퍼스트 클럽'이라는 이름의 조찬 모임을 하는 습관이 생겼습니다. 로리 앤더슨과 과거 애플 사에서 근무하던 이에인 뉴턴이 정기 참가자였고 작곡가 아르투 린제이도 뉴욕에 머무는 동안에는 얼굴을 내밀었습니다. 모두 뮤지션이거나 음악을 좋아하는 사람들이었지만 신기하게도 음악에 대한 이야기는 별로 하지 않았고, 만나면 무조건 "요즘은 무슨 책 읽어?"라며 책 이야기를 하거나 정치, 사회 관련 주제에 관해 열정적인 대화를 나누곤 했습니다. 매회 네 명 정도가 참석해 맨해튼 시내의 이런저런 카페를 다니며 서로의 근황을 보고하는 느슨한 모임입니다. 제가 치료를 위해 일본에서 보내는 시간이 길어지자 화상회의 프로그램 Zoom으로도 몇 번 만났습니다. 온라인 모임은 가게에서 만나는 것과 달리 좌석 수에 제한이 없기 때문에, 어떤 활동을 기획할 때는 각각 알고 지내는 활동가들을 불러와 한 화면에 40~50명의 얼굴이 꽉 찰 때도 있었습니다. 그때는 2020년에 있을 대통령 선거에 맞춰 아티스트로서의 목소리를 높이자는 뜻으로 모였죠.

글라스 하우스에서의 경험

2018년 5월부터는 한국 서울의 중심지에 오픈한 사설 아트 스페이스 'piknic'의 개관 기념 전시로 〈Ryuichi Sakamoto Exhibition: LIFE, LIFE〉가 열렸습니다. 이전 해 12월, 도쿄에 머물고 있을 때 아트 관련 일을 한다는 젊은 한국인 부부와 여성 큐레이터가 찾아와 그들이 준비 중인 새로운 공간에서 제 전시회를 기획하고 싶다고 하더군요. 〈설치음악전〉을 보고 제안을 해온 모양이었습니다. "그래서 언제 전시할 계획인데요?" 하고 묻자 '이듬해 봄'이라는 답이 돌아왔습니다. 오픈 예정일까지 반년도 채 남지 않은 일정이라 "무리예요, 무리. 최소한 1년 정도는 준비 기간이 필요합니다" 하고 거절했는데 어찌나 열의를 보이던지 일단 기획을 진행해볼 수 있게 수락했더니, 그들은 정말로 그 짧은 기간에 전시 준비를 마쳤습니다.

당시의 큐레이터가 무척 우수한 분이었는데, 그녀가 없었다면 도저히 실현될 수 없었던 기획이라고 생각합니다. piknic의 공간은 그리 넓지 않았기 때문에 어떤 작품은 원래 크기보다 작게 축소해야만 했지만, 이 전시회를 통해 〈LIFE—fluid, invisible, inaudible...〉(2007년)을 시작으로 《async》(2017년)의 5.1ch 서라운드 재생 공간에 이르기까지 과거 십여 년 동안 다카타니 시로 씨와 함께 만들어온 주요 사운드 설치 작품을 한데 모아 선보일 수 있었습니다. 또한

〈water state 1〉(2013년)은 YCAM에서 발표할 때 가쓰라 별궁의 내부 공간을 본떠 석조를 설치했던 것과 달리, 이 전시회에서는 산수화를 의식해 배치를 약간 변경했습니다. 젊었을 때는 〈블레이드 러너〉 같은 테크노 세계관이 멋져 보였는데, 나이를 먹으며 어느 순간부터 산수화에 매료된 저의 '노인네스러움'에 스스로도 놀라고 말았습니다. 참고로 일본 화가 중에서는 하세가와 도하쿠를 특히 좋아합니다.

한국에서는 건축물이나 정원에 돌을 사용하는 일이 많아서인지 서울 시내 한복판에 커다란 석재상이 있었습니다. 다카타니 씨와 함께 방문했는데 처음에는 선택지가 너무 많아서 어쩔 줄을 몰라 하다가 그중 마음에 드는 것 10개를 골라 piknic의 전시회장으로 보냈습니다. 돌을 사용하면 어떻게 해도 이우환 선생님의 흉내처럼 보이기 십상이지만, 〈water state 1〉의 중심이 되는 수면 주위에 보이지 않는 선으로 그린 커다란 삼각형을 만드는 느낌으로 적절한 위치를 찾아 돌을 배치했습니다. 이러한 공간적 접근은 음악의 창작에도 자극을 줍니다. 돌을 사용한 예술계 대선배인 이우환 선생님께서도 이 작품을 직접 보러 와주셨고, 5개월의 전시 기간 동안 총 6만 2,000명의 관람객이 방문했다는 이야기를 들었습니다.

그다음에는 호주로 날아가 카스텐 니콜라이(알바 노토)와 함께 멜버른과 시드니에서 라이브 공연을 펼쳤습니다. 2002년부터 이어진 카스텐과의 컬래버레이션은 솔직히 말해, 다섯 번째 공동 제작 앨범인《Summvs》(2011년)를 발매했을 때 이미 서로가 가진 모든 것을 쏟아낸 느낌이 있었습니다. 저는 피아노를 맡고 카스텐은 전자음악을 담당하는 고정된 역할 분담 속에서 그 이상 작업을 계속해도 신선한 표현이 나오지 않을 것이라 생각했죠. 입 밖으로 꺼내지 않았을 뿐, 서로 같은 생각을 하고 있었습니다. 그러나 요양 후에 진행한《레버넌트: 죽음에서 돌아온 자》(2015년)의 공동 작업을 거쳐 2016년 9월, 오랜만에 함께 퍼포먼스를 선보인 글라스 하우스에서의 공연에서 그때까지와는 다른 화학 반응이 일어났습니다.

글라스 하우스에서의 퍼포먼스는 쿠사마 야요이 전시의 오프닝 이벤트로 기획되었는데 행사장의 여건상 피아노를 사용할 수가 없었습니다. 다른 방법이 없었기 때문에 오랜만에 신시사이저와 싱잉볼(스틱으로 울림을 내는 유리 그릇) 등 소리를 내는 다양한 도구를 들고 가 카스텐과 함께 즉흥 연주를 했는데, 그것이 오히려 더 좋은 결과를 만들어냈습니다. 긴 시간 동안 유지해온 피아노와 전자음이라는 역할 분담이 무너지자, 우리에게도 신선하게 느껴지는 소리가 탄생했습니다. 저의 아이디어는 필립 존슨이 설계한 그 건물 자체를 악기라고 생각하는 것이었습니다. 고무 방망이 등으로 유리 벽의 표면을 문지르고 두드리며 그 소리를 스피커로 확장시켰습니다. 마침 저희가 연주를 시작하기 직전 밖에 폭우가 쏟아졌고, 빗물이 유리 벽을 세차게 두드

글라스 하우스에서의 퍼포먼스
Photo courtesy of the Glass House

리는 소리까지 마이크로 담아냈습니다. 퍼포먼스가 후반에 접어들 때쯤 딱 비가 그쳤고 지평선까지 펼쳐진 숲 너머로 노을이 보였습니다. 드라마틱한 날씨마저 우리를 도와주는 것 같아 연주가 끝난 후 저와 카스텐은 진한 포옹을 나눴습니다. 40분가량 이어진 이 퍼포먼스의 음원은 《GLASS》(2018년)라는 제목으로 카스텐의 레이블인 NOTON에서 발매되었습니다.

글라스 하우스에서의 돌파의 경험이 강렬했기 때문에, 호주에서의 공연은 주어진 시간의 절반은 피아노를 사용한 기존의 레퍼토리를 선보이고, 남은 반은 다른 악기들을 동원해 즉흥 연주하는 방식으로 구성했습니다. 상의를 통해 기존 곡과 즉흥곡의 경계를 두지 않고 이어가기로 결정한 후 실행에 옮겨보니 굉장히 흡족한 결과가 나왔습니다. 그렇게 시드니의 명소 오페라 하우스에서의 퍼포먼스를 마친 후, 뒤풀이 때면 안 그래도 술을 많이 마시는 카스텐은 평소보다 훨씬 더 기분이 좋아 보였고 저 또한 커다란 감동에 휩싸여 우리 둘은 다시 한번 포옹을 나누며 한참을 끌어안고 있었습니다. 어쩌면 카스텐 역시 〈레버넌트〉 이후 음악을 대하는 방식이 달라졌는지도 모릅니다.

'카지쓰'를 위한 선곡

2018년에 뜻하지 않게 화제가 된 것이 있는데, 바로 제가 뉴욕의 일식 레스토랑 '카지쓰'(Kajitsu)를 위해 만든 선곡 리스트입니다. 당시 '카지쓰'는 두 개의 층을 사용하여 영업을 했는데, 2층은 메인인 일본식 사찰음식 레스토랑이고 1층은 '코카게'(Kokage)라는 캐주얼한 가게였습니다. 미국에서 맛있는 수타 소바를 맛볼 수 있다는 특별함도 있고 해서 저와 파트너는 그 두 가게에 자주 다녔습니다. 지금은 독립해 같은 뉴욕에서 'odo'라는 본인의 가게를 차린 당시의 셰프, 오도 히로키 군과도 친분이 있었죠. 교토의 '와쿠텐'(和久傳), 도쿄의 '야쿠모사료'(八雲茶寮) 등에서 경력을 쌓아온 그는 훌륭한 실력의 요리인이었고, 저는 제 손님들을 자주 그곳에 데려가곤 했습니다. 특별히 좋아하는 레스토랑이었죠.

그러던 어느 날 '코카게'에서 식사를 하는데 BGM이 자꾸 귀에 거슬리는 거예요. 브라질 팝부터 마일스 데이비스 같은 재즈 음악까지 마구 뒤섞어놓은 플레이리스트가 너무 식상하고 시끄러웠습니다. 한번 그런 생각이 들자 시간이 갈수록 더 신경이 쓰였고, 모처럼의 맛있는 음식을 음미할 수 없을 정도로 인내심의 한계를 느낀 저는 집에 돌아온 후 주제 넘는 일이라는 것을 알면서도 큰맘 먹고 오도 군에게 메일을 보냈습니다. "당신이 만드는 요리는 가쓰라 별궁처럼 아름다운데, 가게에서 나오는 음악은 트럼프 타워 같아"
라고요. 그리고 제 마음대로 선곡을 하기 시작했습니다. 얼
마 전 나카야 후지코 씨, 다나카 민 씨, 다카타니 씨와 함께
⟨a·form⟩ 퍼포먼스를 위해 노르웨이의 오슬로를 방문했을
때에도 뭉크 미술관에서 흘러나오는 R&B 음악이 어찌나
안 어울리던지 분개한 적이 있었습니다. 차마 그곳에서는
클레임을 할 수 없었지만, 평소에 자주 다니는 레스토랑이
니 조금 멋대로 굴어도 이해해주지 않을까 하는 어리광 섞
인 마음도 있었죠.

저의 곡은 일부러 넣지 않고 3시간가량의 플레이리스
트를 만들었는데, 골드문트의 ⟨Threnody⟩, 에이펙스 트윈
의 ⟨Avril 14th⟩ 등의 앰비언트 곡들이 주로 들어갔고, 조금
특이한 곡으로 다카하시 아키 씨가 연주하는 존 케이지의
⟨Four Walls⟩ 제1막 제1장도 추가했습니다. 사실 처음에 만
든 다른 버전의 선곡 리스트가 있었는데 파트너에게 "가게
분위기에 비해 너무 어둡다"고 지적을 당하는 바람에 허탕
을 치고 다시 고른 곡들이었습니다. 음악 큐레이터인 친구
다카하시 류에게도 도움을 받아 결과적으로는 매장의 벽과
가구 색에도 어울리는 적당히 밝은 느낌의 플레이리스트가
완성되었습니다. 이는 1층 '코카게' 매장을 위한 선곡으로,
원래 2층의 '카지쓰'에서는 음악을 틀지 않는데 반응이
좋아 위아래 층 모두에서 틀어주었습니다.

일로써 한 것은 전혀 아니었고, 유난한 참견이었을 뿐

인데 우연히 그 이야기를 들은 〈뉴욕 타임스〉의 기자가 가게와 저를 취재해 큼지막하게 기사를 내주었습니다. 본지에도 컬러 사진과 함께 소개되었고, 온라인판으로 실린 기사가 각국의 뉴스 사이트에 인용되면서 전 세계적으로 큰 반향을 일으키게 되었죠. 기사를 보고 일부러 '카지쓰'를 찾아준 손님들도 꽤 많았다고 합니다. 이 플레이리스트는 〈뉴욕 타임스〉 계정이 스포티파이 서비스를 이용해 정리해 두었으니 관심 있는 분들은 한번 찾아서 들어봐주세요.

젊은 아티스트들과의 인연

2019년이 시작되자마자 플라잉 로터스(Flying Lotus)의 방문이 있었습니다. 그 직전에 '뉴욕에 가는데 만날 수 있을까?' 하는 연락을 받았었죠. 우선 집 앞 카페에서 만났는데 갑자기 저를 "센세"[1]라고 부르더군요. 미국에서는 일본계 스승에게 가라테를 배우는 소년이 주인공인 영화 〈베스트 키드〉(The Karate Kid)가 엄청난 흥행을 했기 때문에 손윗사람에게 '센세'라는 호칭을 붙인다는 상식이 꽤 스며들어 있습니다. 플라잉 로터스는 일본의 서브컬처에 관해 이상할 정도로 잘 알고 있었고, 만화가 우메즈 가즈오와 만화

---

1   선생님을 뜻하는 일본어.

새로운 재능과의 만남

잡지 《가로》(ガロ)에서 활동했던 사에키 도시오의 선정적 괴기 만화를 특히 좋아한다고 합니다.

플라잉 로터스와 만난 것은 이때가 처음이었는데 이전에 그의 친구인 썬더캣(Thundercat)과는 연락을 주고받은 적이 있었습니다. 썬더캣은 2013년 발표한 그의 앨범 《Apocalypse》의 마지막 트랙에 제가 바르셀로나 올림픽 개회식을 위해 썼던 〈El Mar Mediterrani〉(1992년)를 샘플링했습니다. 당시 이 곡의 사용 허가를 받기 위해 매니지먼트를 통해 정중하게 연락을 해왔죠. 원래 오케스트라가 연주했던 곡이라 특이한 생각을 한다 싶었는데, 막상 들어보니 멋진 팝으로 승화되어 있어 깜짝 놀랐습니다.

썬더캣은 엄청난 테크닉을 가진 천재 베이시스트로 노래를 부르는 목소리에도 그루브한 느낌이 있습니다. 굳이 따지자면 플라잉 로터스가 형뻘이고 썬더캣이 동생 같은 관계로, 형이 동생의 작품을 프로듀싱하기도 하는데 좌우지간 사이가 무척 좋습니다. 두 사람 다 뼛속까지 '오타쿠'고요. 썬더캣은 《드래곤볼》과 《북두의 권》의 광팬으로 일본에 갈 때면 무조건 나카노 브로드웨이에 들러 관련 굿즈들을 사 모은다고 합니다. 드레드 헤어를 하고 머리부터 발끝까지 샛노란 옷에 레그워머를 매치하는 등 언제 봐도 '갸루'[2]처럼 눈에 확 띄는 귀여운 모습을 하고 있습니다. 참

2   짙은 화장과 화려한 패션 스타일을 즐기는 이들을 가리키는 말.

고로 썬더캣은 저 모르게 기획되었던 70세 기념 앨범《A Tribute to Ryuichi Sakamoto - To the Moon and Back》(2022년)에서 〈Thousand Knives〉(1978년)를 커버해주기도 했습니다.

1월에 뉴욕에서 플라잉 로터스와 첫 만남을 가진 후, 그의 열렬한 요청으로 6월에는 로스앤젤레스에 있는 그의 자택 스튜디오에서 레코딩을 진행하게 됐습니다. 플라잉 로터스는 재즈계에서는 모르는 사람이 없는 앨리스 콜트레인을 고모할머니로 두고 있지만, 그가 만드는 음악은 힙합이나 일렉트로닉을 기본으로 합니다. 그런 플라잉 로터스와 함께 저는 이틀 동안 피아노 연주에 몰두했습니다. 이때 녹음한 소재들에 대해서는 "네 마음대로 요리해서 사용해도 좋아"라고 말해두었는데 아직 발매는 되지 않았습니다. 그래도 계속 신경은 쓰고 있는 모양이라 가끔씩 '어떻게 하면 좋을까?' 하는 상담 연락이 오곤 합니다. 원하는 대로 쓰되, 이상하게 손대지만 않으면 된다고 생각하는 중입니다.

플라잉 로터스는 정말이지 음악에 푹 빠져 지내는 녀석이라 하루 종일 자택 스튜디오에 틀어박혀 음악을 만듭니다. 적어도 제가 본 바로는 그 집에 다른 사람이 살고 있는 것 같지는 않았어요. 다만, 작업 중에 뮤지션 친구가 놀러 오면 "색소폰 좀 불어줘"라며 편하게 부탁하곤 했습니다. 집 안 곳곳에 다양한 악기가 놓여 있었는데 그는 당시 "피아노를 잘 치고 싶다"면서 산 지 얼마 되지 않은 스타인웨이 피아노로 열심히 연습하고 있었습니다. 처음 만났을 때는 그의 부탁으로 제가 쓴 곡의 악보를 전해주기도 했죠. 피아노에 관해서는 아직 초보였지만 고모할아버지인 존 콜트레인의 어려운 곡에도 열성껏 도전하고 있습니다.

아무튼 음악에 관해서는 무척 성실한데 플라잉 로터스는 마치 그 에너지의 원천이라는 듯, 아침에 일어나서 밤에 잠들 때까지 온종일 마리화나를 피우고 있습니다. 늘 뻐끔뻐끔 연기를 내뿜고 있는 것을 보면 소비량이 엄청날 것이라고 생각합니다. 혹시 몰라 말해두는데 캘리포니아 주에서는 합법이기 때문에 문제가 없습니다만. 저한테도 몇 번이나 조인트(대마를 종이에 싼 것)를 권하길래 "아냐, 나는 이거 피우면 아무것도 못 해"라고 말하며 어떻게든 거절을 했습니다. 그의 집에 머무는 첫째 날 밤에는 그가 자신의 단골집이라는 로스앤젤레스의 스시집에 데리고 가주었고, 둘째 날 밤에는 그 보답으로 저와 제 파트너의 지인이 경영하는 일본 요리점에 초대했습니다. 그러나 약속 당일 그는 마리화나를 너무 많이 피운 바람에 정신을 차리지 못했고 약속 시간 직전에 "나는 못 갈 것 같으니까 둘이서 다녀와…"라며 쥐어짜는 듯한 목소리로 말하고는 결국 식사 자리에 나오지 못했습니다.

저에 대한 존경을 표해주는 해외 아티스트를 소개 받는 일은 그전에도 있었습니다만, 설마 21세기의 블랙 뮤직 신을 이끄는 플라잉 로터스나 썬더캣에게도 제가 모르는 사이 영향을 끼치고 있었다니, 제 이야기지만 스스로도 놀라웠습니다. 그들 같은 새로운 재능과의 만남은 저에게도 상당한 자극이 됩니다. 그 밖에, 최근에는 원오트릭스 포인트 네버(OPN)와도 교류를 하고 있습니다. 그는 글라스 하우스에서 했던 저와 카스텐의 퍼포먼스도 일부러 보러 와주었습니다. 그때는 인사만 나누는 정도였는데 이후 비요크의 집에서 가진 사적인 모임에 그도 함께 초대되어 거기에서 처음으로 느긋하게 대화를 나누었습니다. 원래 저는 몇 년 전 처음으로 OPN의 곡을 들었을 때부터, 엄청난 센스를 가진 뮤지션이 나왔구나, 하는 생각에 한 명의 리스너로서 큰 충격을 받았었습니다. 특히 아날로그 신시사이저를 사용하는 능력이 뛰어나다고 생각했죠. 그래서 대화가 시작되자마자 곧바로 어떤 키보드와 플러그인을 사용하고 있는지 등의 전문적인 이야기를 나눴고, 그 또한 타르콥스키의 상당한 팬이라는 사실을 알게 되어 무척 재미있었습니다.

비요크는 젊은 재능을 알아보는 예민한 후각과 네트워크를 가지고 있어 이 사람이다, 싶은 아티스트를 발견하면 높은 확률로 이미 그녀가 접촉한 이들이었습니다. 이처럼 어딘가 세상의 배후자 같은 면모를 지닌 그녀를 저는 뒤에서 몰래 '비요크 누님'이라고 부르고 있습니다. 사실은 그녀가 저보다 훨씬 어린데 말이죠. 비요크 누님에게서 가끔 메시지가 오는데 얼마 전에는 "이번에 도쿄에 갈 생각인데 일본 전통 북 살 수 있는 곳 어디 없어?" 하고 묻더군요. 저는 아사쿠사에 있는 '미야모토우노스케(宮本卯之助) 상점'을 알려주었습니다. 누님을 위해 추천 레스토랑을 예약해 둔 적도 있었죠.

그해 8월에는 또 다른 젊은 재능이라 말할 수 있는, 한국의 밴드 '새소년'과 점심을 함께 먹었습니다. 기타와 보컬을 담당하는 여성과 베이스와 드럼을 연주하는 남성들로 구성된 트리오로,[3] 밴드 이름은 한국어로 새로운 소년(新少年)이라는 뜻이라고 합니다. 봄 무렵 뉴욕에서 방영된 한국 채널을 우연히 보게 됐고, 그 프로그램을 통해 처음으로 알게 되었습니다. 리더인 황소윤의 기타 연주가 어찌나 멋있던지, 한순간에 팬이 되어버려 인터넷으로 검색을 해봤지만 당시에는 인디 밴드여서인지 좀처럼 정보를 찾을 수 없었습니다. 얼마 후 그들이 출연한 뉴욕의 페스티벌을 보러 갔고, 공통의 지인에게 소개를 받는 등의 경로로 친목을 다지게 됐습니다. 소윤은 무려 1997년생으로, 제 입장에서는 손녀라고 해도 이상할 것이 없는 나이입니다. 하지만 뮤지션이라는 공통점이 있기 때문에 같은 눈높이에서, 마치 친구 같은 말투로 격의 없이 소통할 수 있습니다. "언젠가 같이 앨범을 만들면 좋겠다"라는 이야기도 종종 나누면서요.

3   현재는 보컬 황소윤과 베이스 박현진의 2인조 밴드이다.

이우환 선생님으로부터의 의뢰

이야기의 순서가 조금 바뀌었는데, 2019년 초에는 이우환 선생님께 프랑스에서 열리는 선생님의 대규모 회고전을 위한 음악을 만들어달라는 의뢰를 받았습니다. 앞서 이우환 선생님은 《async》 작업에 큰 영감을 주신 분이라고 소개한 바 있는데요. 설마 불과 몇 년 후 직접 일을 제안 받을 줄은 상상조차 하지 못했습니다. 무척 황송한 마음으로 선생님의 작품을 떠올려가며 제 나름의 '모노파'를 구현해 약한 시간 길이의 곡을 만들었습니다. 그야말로 '모노'(もの)의 소리만이 계속되는 느낌의 작품이라 그것을 '음악'이라 부를 수 있을지 모르겠습니다만. 경애하는 아티스트와 이런 식으로 함께 일할 수 있다는 것은 정말 큰 영광이자 행복입니다.

전시장 음향의 최종 체크와 리셉션 파티를 위해 2월 말에는 3일 동안 현지에 체류했습니다. 반 시게루 씨가 설계한 퐁피두 메스 센터는 전시실 내 소리의 울림은 나쁘지 않았으나, 솔직히 말해, 동선과 관련해서는 다소 불편함이 있었습니다. 대기실에서 건물 2층의 레스토랑에 식사를 하러 가려면 일단 바깥으로 나가야 했거든요. 또한 커다란 커브를 그리는 듯 굽이쳐 있는 지붕이 디자인적으로는 근사하나, 움푹 들어간 부분에 물이 고여 어려움이 있다는 이야기를 미술관 직원에게 듣기도 했습니다.

이렇듯 실제로 건물을 방문해보면 건축가들은 사용자의 입장을 상상하지 못하는 것일까, 하고 고개를 갸웃거리게 되는 경우가 드물지 않게 있습니다. 도쿄 역 근처의 도쿄 국제 포럼이 그 최악의 사례로, 건물 입구까지는 10톤 트럭이 진입해 물건을 옮길 수 있지만 거기서부터 여덟 곳으로 나뉜 각 홀까지 큰 도구들을 반입하려면 길목 앞에서 4톤 트럭으로 짐을 옮겨 실어야 하는 구조라, 개관 초기에 많은 콘서트 스태프들이 한탄하곤 했습니다. 오사카에 있는 어떤 홀의 화물용 엘리베이터는 천장은 높은데 가로 폭이 몹시 좁아 기린은 들어가도, 피아노는 들어갈 수 없는 이상한 크기입니다. 도대체 무슨 생각으로 그런 설계를 했을까요.

이와 반대로, 앞서 언급한 그리스 아테네에 있는 원형 극장은 지금으로부터 거의 2,000년 전에 지어진 건물임에도 소리의 울림이 매우 좋았습니다. 결국 사용 편리성의 좋고 나쁨은 기술 그 자체보다, 설계자가 얼마나 사용자의 입장을 깊이 고려했는가에 좌우된다고 생각합니다. 저는 아직 방문하지 못했지만 야마구치 현의 아키요시다이 국제예술촌에는 이소자키 아라타 씨가 루이지 노노의 오페라 〈프로메테오〉를 상연할 목적으로 설계한 홀이 있다고 하는데요. 단 하나의 작품을 염두에 두고 만들어진 공간이라는 콘셉트를 포함해, 여러모로 흥미가 생깁니다.

교토 회의

그리고 2019년 5월에는 한 프로젝트를 위해 교토의 '덤타입' 사무실을 거점으로 2주간의 집중 합숙을 실시했습니다. 중심 멤버는 다카타니 시로 씨 부부와 아사다 아키라 씨 그리고 저였습니다. 오즈 야스지로 감독이 각본가 노다 고고 씨와 함께 온천 숙소에 틀어박혀 〈만춘〉과 〈동경 이야기〉 등의 대표작을 구성했다는 일화를 모방하여, 이때다 싶을 때는 같이 합숙을 하기로 했거든요. 교토에서 오랫동안 체류하는 것은 오랜만이라 궁궐 주변을 산책하기도 하고, 다이센인(大仙院)과 료안지(龍安寺)에서 가레산스이(枯山水)[4]를 즐기거나 친분이 있는 여주인이 운영하는 '간쿄 요시다야'(間居 吉田や)에서 다 같이 식사를 하기도 했습니다.

그러고 보니 〈LIFE〉(1999년) 상연 1년 전 정월에도 이 멤버들끼리 모여 작품의 뼈대를 세웠었죠. 아사다 씨가 가진 가공할 만한 밀도의 정보들과 빠른 말투에 이끌려 두 시간 바짝 집중해 무대용 대본의 큰 그림을 그렸습니다. 거기에 다카타니 씨가 어떤 영상을 사용할지, 제가 어떤 음악을 넣을지 등을 고민했죠. 방대한 양의 인용이 들어가는 오페라로, 제 파트너가 샘플 클리어런스를 전문으로 하는 변호사의 도움을 받아 수백 건의 권리관계를 처리하는 일을 맡

---

4   물을 사용하지 않고 지형으로만 산수를 표현한 정원.

앴는데, 그야말로 지옥 같은 1년이었다며 푸념을 하더군요. 영국의 전 총리인 윈스턴 처칠의 음성을 사용하는 것에 대한 인격권 클리어런스가 가장 힘들었는데, 유족이 변호사를 통해 허락의 뜻을 밝힌 것은 오사카성 홀에서의 첫날 공연이 시작되기 불과 30분 전이었습니다. 대체할 소재까지 준비해뒀는데, 아슬아슬하게 시간에 맞출 수 있었습니다.

이런 고생스러운 추억까지 공유하고 있는 이 멤버들과의 합숙을 저희끼리는 '교토 회의'라고 부릅니다. 지금은 주로 파리에서 활동하는, 마찬가지로 덤 타입의 멤버이기도 한 이케다 료지도 교토에 체류할 때마다 참가합니다. 뮤지션인 료지와 저는 스스로를 '교토 회의'의 분파인 '신 교토 악파'라고 칭하고 있죠. 전쟁 전, '근대의 초극'을 제창한 니시다 기타로와 다나베 하지메 등이 포함된 학자 그룹 '교토 학파'를 응용한 이름으로 '학'(學)이라는 글자를 '악'(樂)으로 바꿔봤습니다. 하이든, 모차르트, 베토벤으로 대표되는 18세기 후반부터 19세기 초반까지의 '빈 음악파'와 후발 세대인 쇤베르크, 베베른, 베르크를 칭하던 '신 빈 음악파'라는 명칭에서도 아이디어를 빌려왔습니다.

다만, 저희는 그저 모임에 이름을 붙여 놓고 있을 뿐 '신 교토 악파'의 작품은 아직 없습니다. 최근에는 NODA·MAP의 음악을 담당하기도 한, 역시 덤 타입의 멤버인 하라 마리히코 씨도 자주 얼굴을 내미는데, 그 역시 저희 팀의 젊은 구성원입니다. 그의 동생 하라 루리히코 씨는 노가쿠와 일본 정원 등에 대해 연구하고 있는데 두 사람 모두 교토에서 태어나고 자란 재미있는 형제입니다. 이처럼 교토에는 창작 동료들이 많은데, 특히 아사다 씨가 "노후에는 여기서 사는 게 좋아"라며 열심히 저를 설득하고 있습니다. 이런 이유도 있고 해서, 한동안은 데이비드 보위가 일본에 올 때마다 찾았다는 구조산(九条山) 한쪽에 땅을 사서 인생의 마지막 거처를 마련할까도 생각했었습니다만….

대만의 소수 민족

2019년 5월 말부터 6월 초 사이의 기간에는 앞서 이야기했던 싱가포르 국제 예술제에서 다카타니 씨와의 〈Fragments〉 퍼포먼스를 마친 후, 곧바로 대만으로 향했습니다. 제가 영화음악을 맡았던 한노 요시히로 감독의 영화 〈파라다이스 넥스트〉(2019년)와 차이밍량 감독의 영화 〈너의 얼굴〉(2018년)이 마침 같은 시기에 타이베이에서 프리미엄 상영을 한다고 해서 참가하게 되었죠. 그에 앞서 도쿄에서 알게 된 음악가 겸 배우 임강의 소개로 그가 자주 함께 일하는 제 동경의 대상, 허우 샤오시엔 감독과 염원하던 첫 만남을 갖고 몇 시간 동안 같이 식사를 하기도 했습니다.

대만 역시 제가 참 좋아하는 곳입니다. 허우 샤오시엔 감독과 에드워드 양 감독의 작품에는 일본 통치 후 군사정권 시대가 자주 묘사됩니다. 영화 속에는 통치 시대에 세워진 일본식 건물들도 빈번히 등장하는데, 저는 그것이 내심 의아했습니다. 현실에서는 어땠는지 조사해보니 그런 건물들에는 대부분 장제스와 함께 대륙에서 쫓겨난 엘리트층의 가족들이 살았다더군요. 오랫동안 항일전쟁을 해온 그들이 대만의 일본 건물에서 사는 것을 과연 어떻게 생각했을까요.

지금도 대만 곳곳에서 '쇼와의 거리 풍경'을 볼 수 있고 그곳에서 일반 시민들이 살아가고 있습니다. 뭐, 우리의 시각으로 보니까 쇼와 시대가 떠오르는 것이겠지만요. 한편, 지금 일본 현지에 간신히 남아 있는 '쇼와의 거리 풍경'들은 하나같이 테마파크처럼 과도하게 향수를 불러일으키도록 연출되어 있어 마음에 들지 않습니다. 식민지였던 대만이 과거의 일본 풍경을 오히려 더 잘 간직하고 있다니, 생각해보면 아이러니한 이야기죠.

이번 대만 체류 기간 중에는 딱 하루, 개인적인 시간을 마련해 원주민 주거 지역을 방문했습니다. 과거에는 육군들이 차별적 총칭으로 '고사족'(高砂族)이라는 말을 사용했지만 실제로 고사족이라는 민족은 없습니다. 현재 대만 정부가 공식적으로 인정하고 있는 것은 열여섯 개의 소수 민족으로, 과거에는 이들 사이에도 싸움이 있었다고 합니다. 저의 방문을 받아준 것은 그 민족 중 대만의 동쪽인 화련현 산중에서 생활하는 '부눈족'이었습니다. 10대 시절부터 문화인류학과 고고학을 좋아했던 저는 그린란드나 하와이에서도 그랬듯, 원래 그 땅에 살던 사람들의 생활과 문화를 직접 체험하고 싶어 합니다. 설령 이 지구상에 더 이상 순수한 형태를 간직한 곳이 없다고 하더라도요.

부눈족 사람들은 저와 일행을 노래와 춤으로 환영해주었습니다. 악기도 사용하지 않고 손뼉만으로 반주를 하며 노래하는 그들의 음악은 가사가 있는 것과 없는 것 등 다양합니다. 그중에서도 특히 예전부터 꼭 한번 들어보고 싶었던 것이 '팔부 화음 창법'이었는데, 이는 가사 없이 모음으로만 부르는 노래로 음정이 조금씩 어긋나면서 변화해갑니다. 매우 독특한 창법으로, 루이지 노노나 죄르지 리게티가 만든 현대음악과도 상통하는 복잡함과 풍요로움을 지니고 있습니다. 그들의 말에 따르면 이런 노래의 방식은 벌이 날아다닐 때의 '부웅 부웅' 같은 소리나 폭포수가 떨어지는 소리 등을 본뜬 것이라고 합니다.

그들이 불러준 또 다른 노래 중에는 언뜻 듣기에도 찬송가처럼 느껴지는 곡도 있었습니다. 그린란드의 이누이트가 그러했듯, 그들도 크리스트교에서 유래한 음악을 자신의 것으로 받아들여 노래하고 있었죠. 최근 일본에서는 모 신흥종교단체에 대한 논의가 활발하게 이뤄지고 있는데 15세기 이래 아마존의 오지부터 극동의 섬나라까지 온갖 지역에 선교사를 파견해 세계를 '세뇌'해온 본가 바티칸의 가톨릭 교회에 비하면 지배력도 수금 능력도 미미한 정도입니다.

그곳에 머무는 동안 부눈족 사람들은 무척 친절하게 저

희를 대해주었습니다만, 원래 그들은 '구비 가리⁵'에 능하다'며 두려움을 샀던 전투적 민족입니다. 농담 섞인 말투로 "남방에서 미군을 죽이는 일은 어렵지 않았어. 개네는 키가 커서 수풀 속에 숨어 있어도 머리가 다 보이거든"이라는 말을 하기도 했죠. 요컨대, 그들의 할아버지나 아버지는 전쟁 중 일본군 혹은 군무원으로 징용되어 남쪽의 여러 섬에서 전쟁을 해야 했던 것입니다. 반대로, 그 이전에 일본이 대만을 침략했을 때는 그동안 서로 적대시해온 원주민들이 하나로 뜻을 모아 맞서 싸웠는데, 부눈족은 특기인 활쏘기로 저항의 한 축을 담당했다고 합니다.

'오시마 나기사 상' 창설

2014년에 발견된 중인두암이 나아졌음을 확인한 것은 5년 후인 이때쯤으로, 이제 와 돌이켜보면 병에 크게 신경 쓰지 않고 예전처럼 세계를 여행하고 있었습니다. 여행 중간중간에도 여성 우주비행사를 주인공으로 한 〈프록시마 프로젝트〉(2019년)와 미나마타병의 진실을 전하기 위해 애썼던 보도 사진가 유진 스미스의 모습을 그린 〈미나마타〉(2020년)의 음악 작업을 했고 〈콜 미 바이 유어 네임〉에 제

---

5 首狩り. 다른 부족을 습격해 사람의 목을 베어 종교의식을 행하는 풍습.

곡을 써준 루카 구아다니노 감독의 부탁으로 그의 친구인 페르디난도 시토 필로마리노 감독의 작품, 〈베킷〉(2021년)의 영화음악을 만들기도 했습니다.

11월 말에는 다시 카스텐과의 듀오 공연을 위해 이탈리아에 갔는데, 저는 하루 일찍 로마에 도착해 이전 해 타계한 베르톨루치의 자택을 방문했습니다. 2018년 11월 26일 아침, 베르톨루치가 세상을 떠났다는 소식을 접한 후, 곧바로 그를 위해 작은 곡 하나를 썼습니다. 쓰지 않을 수가 없었어요. 스케줄상의 문제로 로마의 극장에서 열린 메모리얼 세리머니에는 참석하지 못했지만, 그때 만든 추모곡 〈BB〉를 연주하는 모습을 담은 영상을 식장에서 상영해주었습니다. 이전에 베르톨루치의 집으로 새하얀 장미를 잔뜩 보냈었는데 1년 만에 겨우 조문을 간 이때에도 여전히 수북한 하얀 장미가 드라이플라워로 장식되어 있었습니다.

『음악으로 자유로워지다』에서도 언급했듯 제 인생의 방향을 결정지어준 은인 두 사람을 꼽는다면 오시마 나기사와 베르나르도 베르톨루치일 것입니다. 〈전장의 크리스마스〉에 배우로 섭외해준 오시마 씨에게 젊었던 저는 "음악도 저한테 맡겨주시면 할게요"라는 건방진 말을 했었죠. 지금이야 이렇게 수많은 영화의 음악을 만들고 있지만 그 첫걸음은 〈전장의 크리스마스〉였습니다. 게다가 이 작품이 칸 영화제에 출품된 덕에 영화제 파티장에서 오시마 씨를 통해 베르톨루치를 만날 수 있었습니다. 베르톨루치는 〈전장의 크리스마스〉 속 데이비드 보위와 저의 포옹 장면이 세상에서 가장 아름다운 러브 신 중 하나라고 극찬했고 몇 년 뒤, 당시 파티장에서 자신이 구상 중인 작품이라며 열변하던 〈마지막 황제〉의 음악을 제게 의뢰해주었습니다. 2주일 안에 전곡을 완성하라는 말도 안 되는 주문을 했지만, 어떻게든 그의 명령을 따르려고 했던 결과가 지금까지 이어져 오고 있다고 해도 과언이 아닙니다.

베르톨루치의 죽음을 계기로 그보다 5년 앞서, 2013년 1월 15일에 세상을 떠난 오시마 씨에 대한 추억도 다시 떠올리고 있던 차에 '피아 필름 페스티벌'(PFF)이 그의 이름을 딴 오시마 나기사 상을 창설하려 한다며 상의를 해왔고, 젊은 시절의 은혜에 보답하고 싶다는 생각에 그들의 제안을 거절하지 못했습니다. 그렇게 해서 제가 맡기에는 너무 막중한 임무라고 생각하면서도, 심사위원장이라는 직책을 받아들이게 되었죠. 오시마 나기사 상은 영화의 미래를 개척해 세계로 뻗어나가고자 하는 '새로운 재능'에게 수여하는 상입니다. 오시마 씨는 늘 젊은 표현가들을 응원해왔으니까요. 심사위원으로는 구로사와 기요시 감독과 PFF의 디렉터인 아라키 게이코 씨가 취임했습니다.

수상자 발표는 매년 3월경에 이뤄지는데, 2020년 제1회 오시마 나기사 상 수상자로는 원래 리스트에는 없었으나 저의 추천으로 후보에 오른 다큐멘터리 영상 작가, 오다 가오리 씨가 선정되었습니다. 벨러 터르 감독 밑에서 공부했

던 그녀의 작품은 보스니아 헤르체고비나의 광산을 촬영한 장편 데뷔작 〈광산〉(鑛), 마야 문명의 동굴 호수를 담은 〈세노테〉(セノーテ)로 둘 다 훌륭했습니다. 사운드도 좋았어요. 항상 권력에 저항해왔던 오시마 씨의 사상과 근본적으로 맞닿아 있는 태도가 느껴지는 오다 씨가 기념비적인 첫 번째 상의 수상자가 되기를 바랐습니다. 유감스럽게도 제2회와 제3회에는 제가 추천할 만한 감독의 작품을 찾지 못했지만, 결코 타협하지 않는 마음을 가지고 앞으로도 가능한 한 이 상에 협력할 생각입니다. 오시마 나기사라는 이름에 걸맞은, 어떻게든 전 세계에 알리고 싶은 일본 영화가 좀처럼 없다는 것이 큰 문제라, 심사위원 세 명이 수상자 선정을 할 때마다 늘 그 얘기를 하게 되지만요.

야마시타 요스케 씨와의 놀이

2019년 12월에는 '야마시타 요스케 트리오 결성 50주년 기념 콘서트 폭렬반세기(爆裂半世紀)!'에 깜짝 게스트로 참가했습니다. 야마시타 트리오의 역대 멤버가 총출동했을 뿐만 아니라 타모리 씨, 마로 아키지 씨, 미카미 칸 씨가 게스트로 출연하는 호화 이벤트였는데 저는 요스케 씨와 함께 〈HAIKU〉(1989년)라는 곡을 즉흥 연주했습니다. 〈HAI-KU〉는 말 그대로 '5·7·5'의 리듬을 연주하는 곡입니다. 약

하든, 강하든, 높은음이든, 낮은음이든, 어떻게 쳐도 상관없습니다. 즉흥 연주 중 어느 한쪽이 '따라라라라' 하고 연주를 하면 상대방도 곧바로 거기에 호응한다는 약속만 미리 정해두었습니다. 자신의 연주에만 집중하면 상대의 소리가 들리지 않아 템포에 맞게 반응할 수 없기 때문에 상대방에게도 계속 주의를 기울여야 한다는 점 또한 재즈의 본질을 담은 이 곡의 매력이라 할 수 있겠죠.

저는 10대 무렵부터 신주쿠 PITINN 등에서 요스케 씨의 연주를 봐왔기 때문에 일방적으로 그의 존재를 알고 있었습니다. 제 안에서는 재즈의 기억과 고등학생 시절을 보낸 신주쿠의 풍경이 밀접하게 연결되어 있기 때문에, 이 이벤트가 신주쿠 문화센터에서 진행된 점도 좋았습니다. 예전에 몇 번이나 라이브 음악을 들으러 왔던 곳이죠. 요스케 씨와 저는 신기할 정도로 지인 관계가 겹치는데 YMO의 전 매니저로, 제가 아카데미상을 받은 직후 불행하게도 젊은 나이에 멕시코에서 사고로 세상을 떠난 이쿠타 아키라 군이 대학 시절 그의 사무실에서 아르바이트를 한 인연도 있습니다.

이런 추억도 있죠. 1980년대의 한 시기, 저는 뉴욕에서 빌 라스웰이 프로듀싱하는 전 섹스피스톨스 멤버, 존 라이든의 레코딩에 참여하고 있었습니다. 같은 시기에 요스케 씨도 공연을 위해 뉴욕에 와 있었기 때문에 3일 동안 매일 밤 만나 빌이 자주 다니던 일본풍 이자카야에서 아침까지 술을 마셨습니다. 술기운에 요스케 씨와 존 라이든이 싸움이 붙어 제가 "그만, 그만" 하며 말리기도 했고, 롤링스톤스가 때마침 레코딩을 하고 있다는 소식을 듣고 스튜디오에 몰려가기도 했습니다. 막상 가보니 멤버들은 아무도 없고 엔지니어 혼자 묵묵히 작업을 하고 있었지만요. 그렇게 술독에 빠져 지내던 뉴욕 일정의 마지막 날 새벽, "다 같이 요스케의 방으로 가자" 하고 호텔에 들러보니 침대 위에 멜로디카와 함께 텔로니어스 멍크의 악보가 놓여 있었습니다. 술에 취할 대로 취한 저는 멋대로 그 멜로디카를 주워들고 시험 삼아 멍크의 곡을 연주해봤습니다. 그 모습이 인상 깊었던 모양인지, 이후 요스케 씨가 그날의 이야기를 에세이에 싣기도 했죠.

지금은 프리 재즈 피아니스트로 알려져 있는 요스케 씨지만, 활동 초기에는 극히 스탠다드한 재즈 넘버들도 연주하곤 했습니다. 졸업한 국립음악대학에서는 원래 클래식 작곡 이론을 공부했기 때문에 마음만 먹으면 바흐나 쇼팽의 곡도 칠 수 있죠. 장르는 다르지만 음악적 바탕이 된 부분에는 저와 공통점이 있습니다. 그런 이유도 있고 해서, 저보다 딱 열 살이 많은 요스케 씨를, 스타일을 잃지 않고 꾸준히 활동하는 선배 뮤지션으로서 마음 깊이 존경하고 있습니다.

헤노코 기지 문제

2019년 연말은 예년과 같이 이즈의 온천에서 보내고, 새해가 밝은 2020년 1월 2일, 곧바로 도쿄에서 오키나와로 이동했습니다. 3일 후에 예정되어 있던 요시나가 사유리 씨의 자선 콘서트에 참여하기 전에 헤노코의 모습을 꼭 한 번 봐두고 싶었습니다. 헤노코 미군 신기지 건설 문제에 대해서는 간과해서는 안 된다는 생각으로, 예전부터 여러 차례 제 의견을 밝혀왔습니다. 2015년, 이제는 오래된 지인이 된 오키나와 민요 가수 고자 미사코 씨 등이 속한 그룹 '우나이구미'와 협업해 〈미루쿠유가후-undercooled〉(弥勒世果報)를 발표하고 그 수익을 신기지 건설 반대 운동을 지원하는 '헤노코 기금'에 기부한 적은 있지만, 실제로 현장을 보는 것은 이때가 처음이었습니다.

바닥이 유리로 되어 있는 배를 타고 매립이 예정된 해역에 다가가자 헤노코의 푸르른 바다와 선명한 산호초들이 눈앞에 펼쳐져 무척이나 아름다웠습니다. 이런 아름다운 자연을 훼손해 기지를 만들겠다니, 제정신이 아니라는 생각밖에 들지 않더군요. 먼바다에서 광활한 미군기지 건설 예정지를 보며 미국과 일본 사이에 주종관계가 존재하듯 일본 내에서도 본토와 오키나와 사이에 주종관계가 성립하고 있다는, 그 차별적 비대칭성을 통감할 수밖에 없었습니다. 후쿠시마 원전이 그랬듯, 중앙이 필요로 하는 위험한 시설을 멀리 떨어진 지역들에만 강요하는 것이 오늘날 일본의 모습이라고 생각합니다. 민주주의가 전혀 기능하고 있지 않죠. 육지로 돌아오니, 신년 명절임에도 불구하고 반대 의견을 가진 주민들이 헤노코 게이트 앞에서 농성을 하고 있어 절로 고개가 숙여졌습니다.

요시나가 씨가 오키나와에서 시 낭독회를 갖는 것은 이때가 처음이었다고 하는데, 여느 때와 다름없는 숭고함이 느껴졌습니다. 평소에는 원폭 시를 낭독하는 일이 많지만, 이날은 오키나와 전쟁과 관련된 시와 전몰자 추도식을 위해 아이들이 지은 시도 낭독하였습니다. 저는 그 옆에서 피아노 반주를 했죠. 언제나 아우라가 온몸을 감싸고 있는 요시나가 씨지만 그렇다고 고고하게 젠체하는가 하면, 절대 그렇지 않습니다. 오히려 시원시원한 성격으로, 호탕하다는 표현을 써도 될 정도입니다. 뒤풀이 자리에서는 술도 잘 마시고, 밥도 남들보다 더 맛있게 잘 먹습니다. 스태프들도 살뜰히 챙기며 "다 같이 먹어요"라고 먼저 말을 건네기도 하고요.

그 곁에는 늘 요시나가 씨를 오랫동안 서포트해온 '케이짱'이라 불리는 매니저분이 있는데, 후쿠시마 출신인 그녀는 원전 사고에도 목소리를 높여 분노하는 열정적인 사람입니다. 그런데 재미있는 점은 그 케이짱이 메일을 전혀 사용하지 못한다는 것입니다. 팩스와 구형 휴대폰으로만 연락을 주고받아, 가끔은 매니저 대신 요시나가 씨가 직접

295

제 안의 차별주의자

업무 관련 메일을 보내주기도 하죠. 옆에서 보기엔 신기한 요시나가 씨와 케이짱의 관계성이지만, 서로 없어서는 안 되는 업무 파트너라고 생각합니다.

그러고 보니 예전에 딱 한 번, 요시나가 씨의 남편분과 만난 적이 있습니다. 요시나가 씨는 인기가 절정에 달했던 스물여덟 살에 TV 프로듀서였던 오카다 다로 씨와 결혼했는데, 오카다 씨는 공개석상에 절대 모습을 드러내지 않는 분으로 행사에 동행하는 일도 없습니다. 하지만 어느 날 제가 파리의 레스토랑에서 식사를 하고 있을 때 저를 알아보시고는 "요시나가의 남편입니다" 하고 말을 걸어주었습니다. 남편분은 세계유산을 둘러보는 것이 취미라 자주 혼자 여행을 다닌다고 합니다. 평소에는 아내와 일하는 동료에게 인사를 하는 일이 없는데 제가 요시나가 씨의 낭독회를 도와주는 것이 고마워 큰맘 먹고 말을 걸어보셨다고 하더군요. 요시나가 씨의 남편답게 무척 멋진 신사였습니다.

코로나 사태의 시작

뉴욕으로 돌아와 이번에는 코고나다 감독의 〈애프터양〉(2021년)의 오리지널 테마곡을 만들었습니다. 코고나다는 한국계 미국인으로 오즈 야스지로를 무척 신봉한 나머지 그의 창작 파트너였던 각본가 노다 고고 씨의 이름의 순

서를 바꾸고 변형해 자신의 감독명을 지었다고 합니다. 저
는 예전부터 오즈 영화를 인용해 만든 그의 블로그(비디오
블로그)를 봐왔고, 훌륭한 센스에 매력을 느꼈습니다. 모더
니즘 건축의 메카를 무대로 한 그의 첫 장편 〈콜럼버스〉 역
시 고요하고 스타일리시한 작품이었죠. 그래서 그의 의뢰
를 기쁜 마음으로 수락했습니다.

하지만 그 무렵 갑자기 전 세계의 형세가 심상치 않아졌
습니다. 신형 코로나바이러스의 유행이 시작된 것이죠. 중
국 우한에서 처음 발견된 바이러스는 곧바로 전 세계로 확
산되었고, 일본 요코하마 항에 도착한 다이아몬드 프린세
스 호의 승객 중에서도 감염자가 발견되었다는 소식이 들
릴 즈음 베이징에 있는 현대 아트 연구기관 UCCA(Ullens
Center for Contemporary Art)에서 긴급하게 온라인 콘서트를
제안해왔습니다. 'Sonic Cure'(良楽)라는 타이틀의 이 콘서
트는 코로나 사태 속에서 고독함을 느끼는 사람들을 격려
하기 위해 마련된 기획이었습니다.

저는 흔쾌히 출연을 결정했고 30분 정도의 즉흥 퍼포먼
스를 담은 영상을 보냈습니다. 사실 공업도시 우한은 음악
업계에서는 심벌즈의 명산지로 알려져 있습니다. 제 스튜
디오에 있는 심벌즈에도 '중국 우한 제조'(MADE IN WU-
HAN CHINA)라는 각인이 있었죠. 촬영한 영상에도 그 문
장이 담겨 있었고, 중국에 사는 많은 분들이 "우리를 응원
해주고 있군요. 고마워요!"라고 댓글을 남겨주었습니다.

아무래도 인구의 자릿수가 다르다 보니, 2월 29일 송출한 이 콘서트는 아카이브를 포함해 300만 뷰를 기록했다고 합니다. 마지막은 '大家, 加油'(모두, 힘내세요)라는 중국어로 마무리했습니다. 이 콘서트에는 저 외에도, 세계 곳곳에 사는 여덟 명의 아시아계 뮤지션들이 원격 출연했습니다.

조금씩 이동에 제한이 생길 때였지만, 3월 초부터 한 달가량 일본에 머물렀습니다. 가장 큰 목적은 약 일주일간의 다카타니 씨와의 '교토 회의'로, 그때까지 브레인스토밍을 통해 모아놓은 단편적인 아이디어들을 퍼즐처럼 맞춰 틀을 짜고 작품의 전체 그림을 정하는 작업을 했습니다. 프로젝트와는 별개로, 당시 제가 고대 일본의 이즈모와 야마토의 관계에 관심을 가지고 있었기 때문에 기간 중 하루 동안 다카타니 씨를 데리고 나라를 여행했습니다.

야마토의 중심지인 나라에는 웬일인지 이즈모 계열의 자취가 많이 남아 있었고, 이소노카미 신궁(石上神宮)처럼 이즈모의 영혼을 모신 신사도 있습니다. 긴키[6]를 다스렸다고 알려진 니기하야히노미코토의 분묘도 슬그머니 남아 있죠. 저는 야마토 이전에 일본을 지배하던 것은 이즈모 왕조였다고 생각합니다. 그러나 이후 싸움에 승리해 일본을 통일한 것은 후발인 야마토 쪽이었죠. 그 야마토 조정이 지금

6   近畿, 교토 부, 오사카 부, 미에 현, 시가 현, 효고 현, 나라 현, 와카야마 현 등 2부 5현을 포함하는 혼슈 중앙부의 지방을 말함.

의 일본으로 이어진 것이니, 항상 이 나라의 실태에 의문을 가지는 저로서는 지워져버린 이즈모의 존재가 몹시 궁금합니다.

코로나의 파급력이 점점 커지면서 3월에 출연이 예정되어 있던 도호쿠 유스 오케스트라의 정기 연주회는 아쉽게도 취소되었습니다. 긴박한 분위기 속에 외출 자제를 호소하는 목소리가 이어지는 가운데, 음악으로 조금이나마 안도감을 선사하고 싶다는 생각으로 4월 2일에는 샤미센 연주자 혼조 히데지로 군의 도움을 받아 무료 온라인 연주회를 열었습니다. 혼조 군의 솔로, 두 사람의 즉흥 연주, 저의 솔로 이렇게 3부로 구성된 공연으로, 연주와 연주 사이에 '환기 휴식' 시간을 마련해 그 시간 동안 의료 관계자들과 인터뷰를 하기도 했습니다. 코로나 사태 초기만 해도, 일본에서는 이런 콘서트를 연 사례가 거의 없었으니 한발 앞서 갔다고 할 수도 있겠네요.

혼조 군 또한 썬더캣과 마찬가지로 젊은 나이에 탁월한 테크닉을 소유한 연주자로, 지인의 권유로 우연히 관람했던 뉴욕의 콘서트에서 그의 존재를 알게 됐습니다. 전통음악과 현대음악을 종횡무진하며 연주를 소화해내는 모습에 매료되어 공연이 끝난 후 "내일 우리 집에 놀러 오지 않을래?" 하고 초대했더니 바로 응해주었습니다. 그날 그 자리에서, 그가 가진 기술에 비하면 턱없이 심플한 것일지도 모를 샤미센 곡을 만들었고 그에게 연주를 부탁했습니다. 그렇게 만들어진 곡이 《async》에 수록된 〈honj〉입니다. 맞아요, 이 곡의 이름은 그에게서 따온 것입니다.

기묘한 시간 감각

그러는 동안 일본에서도 긴급사태가 선포되었고 뉴욕으로 돌아가는 비행기 일정이 4월 5일에서 8일로, 3일 연기되었습니다. 이때는 뉴욕이 도쿄보다 인구 대비 확진자 수가 훨씬 많았기 때문에 주위 사람들은 "이런 타이밍에 뉴욕으로 돌아가시나요?"라며 놀라워했습니다. 그러나 다른 선진국들에 비해 검사 수가 현저히 적고 정부의 대응도 기대할 수 없는 일본보다는 그나마 미국이 낫다는 것이 제 생각이었습니다. 2014년의 요양 생활을 통해 애착이 생긴 자택에서 느긋하게 보내고 싶다는 마음도 있었고요.

출국을 위해 방문한 나리타 공항은 텅 비어 있었고 기내의 승객도 불과 열다섯 명 남짓이었습니다. 원래는 몹시 혼잡한 도착지 JFK 공항의 입국 심사대도 마치 전세라도 낸 양 한산했죠. 공항이 위치한 뉴욕 퀸스부터 맨해튼까지 자동차로 이동하다 보니, 평소에는 관광객과 택시로 꽉 들어차 있는 대낮의 5번가에서도 인적을 찾아볼 수 없었습니다. 그야말로 빈껍데기 같은 상태였습니다. 좋은 비유는 아니지만, 중성자 폭탄이라도 떨어진 것 아닌가 싶을 정도로 비현실적인 광경이었죠. 거리의 풍경이 급변했다는 면에서는 9·11에 맞먹는, 혹은 그보다 더한 충격이었습니다.

집 근처에 구급병원이 있었는데 그 옆에는 냉동 트럭이 준비되어 있었습니다. 코로나로 사망한 환자들의 시신을 일시적으로 안치하기 위해서였죠. 그때는 아직 신형 코로나 바이러스에 대해 모르는 것투성이였고 시신으로부터의 감염 가능성을 배제할 수 없어 병원 안에 놔둘 수가 없었던 것입니다. 사망자들에 대한 공식적인 조치가 정해질 때까지 우선 다른 장소에 옮겨놓았다가 최종적으로는 화장터에 운반했겠죠.

귀국 후 2주간의 격리와 코로나 사태 속의 생활은 개인적으로는 그렇게까지 큰 문제가 되지 않았습니다. 아침에 일어나 메일을 확인하고 오후에는 스튜디오에서 음악을 만든 후 밤이 되면 잠드는 하루. 외식의 즐거움이 사라졌을 뿐, 특별한 볼일이 없으면 외출하지 않는 생활 패턴은 그전과 크게 다르지 않았으니까요. 저는 스카이프를 사용하기 시작했을 때부터 미팅과 인터뷰는 온라인으로 충분하다는 생각을 가지고 있었습니다. 다양한 국가의 참가자들이 모이는 프로젝트는 원래 대면 모임 자체가 어렵습니다. 함께 일하는 대부분의 일본인은 "직접 만나는 것이 좋겠다"고 했지만, 뉴욕에 사는 저에게는 물리적으로 쉽지 않은 일이었죠. Zoom이 보급되고 원격 미팅이 일반화되었다는 점에서는 팬데믹으로 인해 일의 효율이 향상된 측면도 있습니다.

그런 생활을 이어가던 중, 언제부터인가 새로운 습관이 생겼습니다. 뉴욕 시내의 병원에서는 저녁 7시에 의료 종사자들의 교대가 이뤄지는데, 그 시각이 되면 도시 곳곳에서 박수를 치거나 종을 울리는 소리가 들렸습니다. 자신이 감염될 수도 있다는 위험을 무릅쓰고 환자들을 돌보는 의료진을 위로하고 응원하기 위해 시민들이 곳곳에서 "고생하셨습니다"라는 메시지를 담아 동시에 소리를 내는 것입니다. 저도 매일 저녁 7시가 되면 마당에 나가 '삐익!' 하고 돌 피리를 불었습니다. 자연발생적으로 정착된 이 문화는 4월부터 수 개월간 지속되었던 것으로 기억합니다. 일종의 음악 퍼포먼스라고도 볼 수 있는 흥미로운 사건이었습니다. 이 또한 요셉 보이스가 말한 '사회적 조각'(Social Sculpture)이 아닐까요?

5월에 들어서면서는 'incomplete'라는 프로젝트를 시작했습니다. 브렉퍼스트 클럽의 멤버인 로리 앤더슨, 아르투린제이를 포함해 총 열한 팀의 뮤지션에게 연락을 해 각각의 팀들과 음악을 만들었습니다. 그 곡을 담은 영상을 유튜브에서 순차적으로 공개했죠. 코로나 사태 초기에는 모두가 지금껏 경험하지 못한 기묘한 시간 감각을 맛보았을 것입니다. 그때까지 쉴 새 없이 움직이던 사회가 갑자기 멈춰버린 셈이니까요. 하지만 분명 그 감각은 사람마다 조금씩 달랐겠죠. 그렇듯 미묘한 차이가 있는 개개인의 감각을 끌고 와 음악으로 기록하고 싶다는 생각이었습니다. 과연 이 생활의 종착지가 어디인지, 언제까지 계속될지 알 수 없는 상황. 이 시간은 컴플리트(완료)되지 않는다는 생각을 담아 프로젝트명을 지었습니다. 코로나가 전 세계 공통으로 일어난 현상인 만큼 최대한 다양한 지역의 뮤지션이 참여하길 바랐고, 중국의 고금 연주자 우 나와 이라크의 우드(아랍권에서 사용되는 현악기) 연주자 키얌 알라미 등도 함께해 주었습니다.

3·11 대지진 때에도 그랬지만, 세상이 급격하게 변화하는 것은 매우 충격적인 일입니다. 그러나 한편으로는, 이 충격을 쉽게 잊어버리고 싶지 않다는 생각도 강하게 듭니다. 100년에 한 번 겪을 듯한 이런 팬데믹은 분명 대부분의 인생에서 처음이자 마지막 경험이 될 테고, 그렇게 되기를 바랍니다. 덧붙여, 세계적 규모의 코로나 감염 폭발은 인간이 과도한 경제활동을 밀어붙이고, 자연환경을 파괴하면서까지 지구 전체를 도시화한 것에 원인이 있다고 생각합니다. 그 반성을 미래의 자양분으로 삼기 위해서라도 자연이 보내는 SOS에 의해 경제활동에 급제동이 걸린 이 광경을, 확실히 기억해둬야 할 것입니다.

암의 재발

2020년 6월에 받은 검사에서 직장암이 발견되면서 또 다시 투병 생활을 시작할 수밖에 없게 되었습니다. 첫 번째 장에서 쓴 내용과 이어지는 이야기죠. 하지만 제가 암이 재발했음을 밝힌 것은 이듬해 1월로, 그때까지는 가까운 스태프들에게조차 병세를 감춘 채 담담하게 예정된 일들을 해나갔습니다. 월요일부터 금요일까지 주 5일씩 몰래 병원에 다니면서요. 6년 전, 중인두암을 치료할 때는 늘 파트너가 따라다녀주었지만, 이 시기에는 코로나 방역 조치에 따라 환자 본인만 병동에 들어갈 수 있었기 때문에 거의 혼자 담당 암 센터에 다녔습니다. 오갈 때마다 이스트 리버의 옆 길을 지났는데 매일같이 보다 보니 물의 움직임에 따라 '지금은 밀물 때구나' 하는 식으로, 사소한 변화들을 알게 되었습니다.

통원을 계속하던 2개월 사이, 일본으로부터 요셉 보이스의 판화 작품을 받고서 작은 기쁨을 누리기도 했습니다. 당시, 코로나 사태로 관람객이 급감해 경영 위기에 처한 와타리움 미술관이 운영비 확보를 위한 크라우드펀딩을 진행했는데요. 저 역시 선대 관장인 와타리 시즈코 씨가 운영할 때부터 와타리움 미술관에 신세를 져왔기 때문에 목돈을 기부했고 거기에 대한 답례품으로 귀중한 보이스의 작품을 받게 되었습니다. 소중한 컬렉션의 일부를 처분할 수밖에 없었던 미술관의 사정을 생각하면 마음이 안 좋지만요.

9월 말에는 제가 음악을 담당한 넷플릭스 애니메이션 〈exception〉(2022년)을 위해 현악 연주 레코딩을 했습니다.

코로나의 영향으로 취소된 일정들도 있었기 때문에, 실로 7개월 만에 진행한 스튜디오 녹음이었습니다. 물론 모두가 마스크를 쓰고 연주했습니다. 뉴욕에서는 3월부터 락다운이 이어졌기 때문에 그동안 연주자들은 일을 할 수 없었습니다. 대부분의 가게가 문을 닫아 재즈 클럽에서의 연주 아르바이트조차 하지 못했죠. 다행히 뉴욕은 실업 보상이 후하고 지원금 지급도 확실한 편이었기 때문에 이날 모인 수십 명의 오케스트라 멤버 중에는 코로나 이전보다 오히려 수입이 좋아진 사람도 있었다고 합니다. 그럼에도 불구하고 "드디어 일할 수 있게 됐네요. 기뻐요"라고 말하며 눈물을 글썽이는 사람도 있었습니다. 당연한 이야기지만, 역시 인간은 일하지 않고 돈만 받는다고 만족할 수 있는 생물이 아니죠.

10월에는 음악 프로듀서 쓴쿠(つんく♂) 씨와 함께 이듬해에 발매된 소아암 치료 지원 자선곡 〈My Hero ~ 기적의 노래~〉를 만들었습니다. 쓴쿠 씨가 가사를 쓰고, 제가 멜로디를 만든 곡입니다. 쓴쿠 씨와는 오랜 세월 같은 업계에 몸담고 있으면서도 안면조차 튼 적이 없었는데, 마침 비슷한 시기에 인후암이라는 같은 병을 앓게 되면서 접점이 생겼습니다. 어느 날, 갑자기 쓴쿠 씨가 메일을 보내와 그때부터 병에 대한 정보를 교환하게 되었죠. 안타깝게도 그는 첫 수술에 실패해 성대 전체를 적출할 수밖에 없었는데, 제 경험상 효과가 있었던 방법들을 알려주기도 했습니다. 그

가 뉴욕에 왔을 때는 직접 만나기도 했고요.

이 자선곡은 에이벡스 측에서 저에게 먼저 제안해줬는데, 모처럼의 인연이기도 하니 쓴쿠 씨와 함께해보고 싶었습니다. 고맙게도 흔쾌히 수락해줘서 메일을 주고받으며 곡을 완성했습니다. 쓴쿠 씨가 쓴 가사에 맞춰 멜로디를 바꾸기도 하고, 반대로 제가 쓴 멜로디에 어울리게 가사를 수정하기도 하면서 조율을 거듭한 결과, 첫 작업치고는 순조롭게 공동 작업을 마칠 수 있었습니다. 암 환자들 사이에는 서로를 남으로 치부할 수 없는, 묘한 유대감이 생기거든요.

당시에 저는 쓴쿠 씨와의 작업을 통해 소아암 치료 지원을 호소하면서도 정작 제 병에 대해서는 다소 낙관적이었다고 할까, 직장에서 재발한 암이 무사히 치료되는 중이라고 믿고 있었습니다. 첫 번째 암에 걸렸을 때부터 저를 담당해온 여성 주치의 역시 "꼭 낫게 해드릴게요"라고 자신 있게 단언하기에 신뢰하고 있었죠. 이번에도 잘 회복하면 굳이 재발 사실을 세상에 밝힐 필요 없겠다는 생각까지 하고 있었습니다. 하지만 그 직후, 일본의 병원에서 간에도 암이 전이되었다는 사실을 알게 되었고 '6개월 시한부' 선고까지 받고 말았습니다.

기이하게도 2020년, 전 세계가 역병에 농락당하던 그 시기에 저는 제 몸속의 병과도 다시 맞서야 하는 상황에 놓이게 된 것입니다.

〈타임〉을 위한 노트와 악보

8 |

미래에 남기는 것

MR 프로젝트

2020년에 진행된 문예지 《신초》(新潮)의 일기 릴레이 기획에서 저는 이런 글을 썼습니다.

12월 3일 (목) TYO

이집트 공항에서 수하물 검사에 걸리는 바람에 비행기를 타지 못했다. 무슨 죄인지 알 수 없는 '카프카' 상황, 집에 돌아갈 수 없는 악몽.

12월 4일 (금) TYO

종합 건강검진. 이래저래 너덜너덜하다. 나쁜 음식은 먹지 않았고 6년 동안은 술도 조금만 마셨는데.

당시에는 구체적으로 밝히지 않았지만 바로 이 건강검진을 통해 암이 간에 전이되었다는 사실을 알게 되었습니다. 병원에서는 곧바로 정밀검사를 해보자고 권했지만, 전이되었다는 사실이 너무 큰 충격이라 금방은 받아들일 수가 없어 그날은 일단 집에 돌아가겠다고 했습니다. 일주일 후인 12월 11일에 재검사를 했고 "이대로 두면 앞으로 남은 시간은 6개월 정도입니다"라는 선고를 받았습니다.

하지만 저는 그다음 날 피아노 솔로 연주의 온라인 생중계를 앞두고 있었습니다. 그때까지의 인생에서 경험한 적 없을 정도로 자신의 '죽음'을 가까이 느끼며 그 상태 그대로 공연 당일을 맞이했습니다. 이 온라인 콘서트의 영상 연출은 마나베 다이토 군이 이끄는 라이조매틱스가 맡아주었습니다. 마나베 군과는 YCAM에 체류하며 〈LIFE - fluid, invisible, inaudible...〉(2007년)을 제작할 때 그가 영상 프로그래밍을 담당해준 것을 계기로 인연을 맺게 되었습니다. 생중계된 영상 속 배경은 제가 연주하는 피아노곡에 따라, 아무도 없는 텅 빈 홀이 되었다가, 쓸쓸해 보이는 회색 방이 되었다가, 허물어진 건조물이 있는 황무지가 되는 식으로 점차 바뀌어갔는데 그것들은 모두 라이조매틱스가 실시간으로 합성한 CG였습니다.

실제로 피아노가 놓인 공간은 360도 크로마키 스크린이 설치된 스튜디오로, 그림자가 생기지 않도록 사방팔방에서 조명을 비추고 있었고 많은 카메라와 기재의 열을 식히기 위해 겨울임에도 불구하고 냉방 장치를 강하게 틀어놓은 상태였습니다. 병 때문에 몸도 마음도 차갑게 시렸지만, 피아노 솔로는 제가 조금이라도 긴장을 놓으면 거기서 끝입니다. 만일 옆에 밴드 멤버가 있거나 배경으로 음악이 깔리거나 하면 조금 힘을 뺄 수도 있지만, 솔로 공연에서는 그럴 수 없습니다. 이날은 〈The Seed And The Sower〉(1983년), 〈Before Long〉(1987년) 등 오랜만에 연주하는 초기 곡을 포함해 커리어 전반을 아우르는 레퍼토리를 선보였습니다. 최악의 상황 속에서 어떻게 이 열다섯 곡의 연주를 마쳤는지 지금은 기억도 나지 않습니다. 유일하게 제 병에 대해 알고 있던 사람이자 프로듀서의 입장으로 스튜디오에 와 있던 파트너는 사카모토 류이치의 연주는 이것으로 마지막일지 모른다는 각오를 하고 있었다더군요.

사실, 이 피아노 솔로 생중계는 12월 14일부터 16일까지 진행하기로 예정되어 있던 메인 이벤트 'Mixed Reality'(MR, 혼합현실) 작품 촬영을 위한 전초전이었습니다. MR의 촬영이 일단 먼저 결정되었고 사람들에게 보여주는 방식으로 연주를 하지 않으면 정밀도가 높아지지 않는다는, 연습을 싫어하는 저의 지론에 따라 이후 의도적으로 준비한 것이 피아노 솔로 생중계였습니다. MR은 미래에 영원히 남는 것이기 때문에 어설프게 연주할 수는 없습니다. 그러나 아직 암의 재발을 주위 사람에게 알리지 않았던 시점에 많은 인원이 참여하는 스케줄을 제 개인적 사정으로 변경하기란 아무래도 쉽지 않았습니다. 그래도 수술 후 체력이 떨어진 상태에서는 도저히 제대로 된 연주가 불가능하기 때문에 돌이켜 보면 그때가 해낼 수 있는 마지막 타이밍이었다는 생각이 듭니다.

저는 예전부터 MR에 흥미가 있었습니다. 지금 미디어 아트계는 'Virtual Reality'(VR, 가상현실) 작품의 전성기입니다만, MR은 VR보다 한발 더 나아간 기술로 여겨지고 있습니다. 모션 캡처로 연주 모습을 기록해두면 디바이스상의 애플리케이션을 통해 현실세계에서 언제든 홀로그램과 같은 형태로 그 모습을 구현해낼 수 있고, 제가 죽은 후에도 자동 재생 피아노를 조합해 가상 콘서트를 열 수도 있습니다. 반세기만 일찍 이 기술이 나왔어도, 카라얀이 지휘하는 콘서트를 MR로 재현할 수 있었을지 모르죠.

이 프로젝트를 제안한 사람은 미국에서 영상 제작 회사를 경영하는 프로듀서 겸 디렉터, 토드 에커트라는 인물이었습니다. 그는 현재 마리나 아브라모비치의 파트너이기도 한데, 알고 보니 둘이 처음으로 데이트한 곳이 《async》 발매 직후 뉴욕에서 열었던 저의 공연장이었다고 하더군요. 저도 모르는 사이 둘의 인연에 도움을 준 것이라 할 수 있겠네요. 토드는 영상 및 예술 업계에서는 꽤 알려진 사람으로, 한번은 세계적인 인기 밴드가 자신들의 MR 작품을 만들어달라는 요청을 해왔다고 합니다. 그러나 토드는 "예전부터 팬으로서 좋아해왔던 사카모토 류이치의 연주회를 어떻게든 기록해두고 싶다"고 그 제안을 거절했다며 뜨거운 마음을 전해줬습니다. 그는 무려 〈LIFE〉(1999년) 공연만을 보기 위해 1박 일정으로 일본에 온 적도 있다고 합니다.

MR용 촬영은 피아노 솔로 생중계와 마찬가지로 온통

녹색으로 둘러싸인 스튜디오에서 진행되었습니다. 얼굴과 손가락에 모션 캡처용 마커를 잔뜩 달고 3일 동안 〈메리 크리스마스 미스터 로런스〉와 〈The Sheltering Sky〉 등의 대표곡을 조금씩 수록해나갔습니다. 기본적으로는 '전초전'으로 임했던 생중계와 같은 레퍼토리였죠. 조명이 너무 눈부셔 눈이 따끔거리는 환경에서 연주해야 했기 때문에 어려움이 많았습니다. 그렇게 모은 데이터를 실제 MR 영상으로 구현하는 과정에서도 굉장히 많은 수고가 든다고 합니다. 촬영 중에는 렌즈에 빛이 반사되는 것을 방지하기 위해 평소에 쓰던 안경을 벗어야 했고, 머리카락도 방해가 되지 않도록 딱 달라붙게 고정했습니다. 그런 세부적인 요소 하나하나를 제 현실 속 모습에 입힌 후, 자연스럽게 보이도록 이후 CG 작업도 추가해야 합니다.

3차원으로 영상을 제작한다는 어려움이 있었기 때문에 당초 예정보다는 일정이 밀리고 있지만, 2023년 6월에는 뉴욕의 새로운 문화시설 'THE SHED'에서 이 MR 작품을 선보일 것 같다는 연락을 받았습니다. 그 이후에는 맨체스터 등 세계 각지에서 공개될 예정이라고 들었습니다. 참고로 〈KAGAMI〉(거울)라는 이 작품의 제목에는 저의 신체의 상을 비추는 거울 같은 존재라는 의미가 담겨 있습니다. 타르콥스키를 향한 오마주이기도 합니다. 시한부 선고 직후 진행된 피아노 솔로 공연과 MR용 촬영은 스스로 생각해도 용케 해냈다 싶지만, 어떻게 보면 이 일이 있었기 때문에 그 절망적 정신 상태를 견뎌내고 살아남을 수 있었던 것일지도 모르겠습니다.

아이들에게 고백하다

연말연시는 일본에서 지내는 경우가 많은데 어느 때부터인가 그 체류 기간 중 아이들과 모여 식사를 함께하는 습관이 생겼습니다. 평소에는 각자 따로따로 생활하지만 1년에 한 번 정도는 서로 얼굴을 보는 시간을 갖자는 의미에서였죠. 2020년 연말에도 아이들과 그 가족이 한자리에 모였습니다. 한 명은 미국에 있어 오지 못했지만요. 지금은 손자도 둘이나 있는, 그야말로 할아버지입니다. 이 기회에 말해둬야겠다는 생각이 들어 솔직하게 제가 처한 상황을 털어놓았습니다. "보고할 것이 있어"라고 입을 연 순간, 그때까지 시끌벅적했던 자리가 얼음물을 끼얹은 듯 차가워지는 것을 느낄 수 있었습니다. 저도 괴로웠지만 이것만큼은 어쩔 수가 없었습니다. 계속 숨기고 있을 수는 없으니까요. 아무튼 이 해 연말은 암담한 심경으로 보냈습니다. 미국 대통령 선거에서 조 바이든이 도널드 트럼프에게 승리한 것 정도가 그나마 다행스러운 소식이었죠.

그래도 아이들에게 병에 대해 고백한 뒤로는 마음이 깔끔하게 정리돼, 비교적 냉정하게 죽음을 내다보며 여러 가지 구체적인 검토를 해나갔습니다. 일본에서 치료를 받는 동안 계속 호텔 생활만 할 수도 없었기에, 거주지를 어떻게 할지, 만약 금방 죽는다면 누구에게 부고를 전해야 할지, 장례식은 어떤 형식으로 치러야 할지⋯. 이런 사소한 것들을 미리 정해두지 않으면 제 의사와 상관없는 방향으로 진행될 수도 있으니까요. 『음악으로 자유로워지다』 이후의 활동을 돌아보며 살아 있는 동안 이 연재를 위한 구술 필기를 마치지 않으면 안 된다는 생각을 한 것도 그 일환이었습니다. 이렇게 세세한 모든 절차를, 파트너는 전혀 흔들리는 기색 없이 차근차근 정리해주었습니다. 그녀는 그런 강인함을 지닌 사람이니까요. 제가 반원전 운동을 활발히 하던 시기 "혹시 일본 정부에게 밉보여, 자객한테 당하기라도 하는 것 아닐까" 하는 이야기를 한 적이 있었는데요. 그러자 파트너는 "당신이 암살 당하면 여론이 반원전 쪽으로 쏠릴 테니 그건 그것대로 괜찮지 않아?" 하고 답했을 정도였습니다.

그리고 해가 바뀐 2021년 1월 14일, 첫 번째 글에서 말했듯 큰 수술을 받게 되었습니다. 사실은 이때도 아직 병에 대해 알릴 생각은 없었습니다. 하지만 수술이 한창일 때 어디서 정보를 얻었는지 모 스포츠신문이 "사카모토 류이치, 중병"이라는 특종을 내기 위해 관계자에게 확인 전화를 걸어왔습니다. 혹여 잘못된 정보가 떠돌면 안 된다는 사무실의 판단으로 다른 암에 다시 걸리게 됐다는 사실을 서둘러

밝히게 된 것입니다. 저는 그동안 전신마취로 잠들어 있었기 때문에 알 도리가 없었지만요.

베이징에서의 대규모 전시회

입원 중에도 원래 결정되어 있던 프로젝트들은 제가 없는 채로 진행되었습니다. 하나는 중국 베이징의 사설 미술관 'M WOODS'의 전시회였습니다. 2018년 한국 서울의 'piknic'에서 진행한 〈LIFE, LIFE〉 전시 오프닝을 찾아온, 중국 베이징에서 미술관을 운영한다는 부부가 "저희의 공간에서 규모를 더 크게 키워 이 전시를 개최할 수 있을까요?"라고 상담을 해왔습니다. 조지 부시와도 친분이 있는 자산가 집안 출신의 남편과 모델 같은 미모의 온라인 셀럽 아내라는, 예전의 중국이라면 쉽게 떠올릴 수 없을 정도로 현대적인 커플이었죠. 유럽 브랜드의 고급 차를 타는 남성이 "나랑 결혼해주면 널 위해 빨간 페라리를 사줄게"라고 프러포즈 하자 여성이 "자동차 같은 건 필요 없으니까 날 위한 미술관을 만들어줘"라고 대답했고 그 약속을 지키기 위해 실제로 건물을 세웠다는 농담 같은 에피소드를 들었습니다.

개인적으로는 재미있어 보이는데 한번 해볼까 하는 마음이 들었지만, 그들의 행보가 부자들의 놀이 같은 인상을 주기는 했습니다. 이런 이유로 중국 미술계에서도 'M WOODS'의 평판은 상당히 좋지 않았고, 지인에게 "그런 데서 전시를 하면 너에 대한 인식도 안 좋아질 거야"라는 충고까지 들었습니다. 이렇게 된 이상 내 눈으로 직접 확인을 해봐야겠다는 생각에 그들을 만나고 얼마 지나지 않아 베이징으로 시찰을 갔습니다. 초대를 받아서 가면 거절하고 싶을 때 곤란해질 수 있기 때문에 여행비는 사비로 부담하였습니다. 베이징을 찾은 것은 1990년대에 콘서트를 한 이후 처음이었습니다. 그때와는 완전히 다른 곳이라는 착각이 들 정도로 모든 것이 새로웠고 당장 공항만 봐도 나리타 공항의 10배는 되어 보이는 크기였죠. 어느새 이토록 큰 발전을 이룬 것일까, 까무러칠 정도로 놀랐습니다.

'M WOODS'는 1950년대 공장 터였던 곳의 용도를 바꿔 만든 중국 최대 규모의 현대미술 단지 '798 예술구'의 한편에 있습니다. 광활한 부지에 몇 백 채의 미술관과 갤러리, 음식점이 밀집해 있죠. 현재는 두 곳에 'M WOODS' 시설이 있지만, 당시에는 먼저 생긴 쪽만 사용 중이었기 때문에 제 전시를 진행하고 싶다던 베이징 중심부의 신관은 아직 공사 중이었습니다. 건물 외관은 거의 완성되어 있었지만 안쪽은 이제 막 작업을 시작한 상태로 화이트 큐브든, 블랙 큐브든 어느 쪽으로든 사용 가능하다는 설명을 들었습니다.

오너 부부와 천천히 대화를 나눠보니, 미술관에나 전시

되어 있을 법한 거대한 다이아 반지를 낀 '왕왕'이라는 이름의 아내가 굉장히 우수한 인재라는 사실을 금세 알 수 있었습니다. 그녀는 컬럼비아대학을 졸업하고 뉴욕 유명 갤러리에서 인턴으로 일한 경험이 있는 엘리트로, 결혼 선물로 미술관을 요구한 사람답다는 생각이 들었습니다. 작품 중에 정치색을 띠는 것들이 있으니 중국에서의 전시는 어렵지 않겠냐는 제 질문에는 "확실히 그런 면이 있죠" 하고 답하더군요. 그러나 "표면적으로 정치적인 메시지를 드러내지 않아도 자유로운 정신을 지니는 것의 소중함을 작품을 통해 전할 수 있지 않겠느냐"는 훌륭한 방향성을 제시해주었고, 믿을 수 있겠다는 판단을 내린 저는 진행을 맡겨보기로 했습니다.

〈坂本龍一: Ryuichi Sakamoto: seeing sound, hearing time〉이라는 타이틀이 붙은 이 전시회는 2021년에 개최하는 것으로 결정되었으나, 그사이 코로나 사태와 입원 등이 겹쳐 제가 직접 현장을 방문할 수가 없었습니다. 그리하여 제 대신, 함께 설치 작품을 만든 다카타니 시로 씨와 큐레이터 난바 사치코 씨를 포함한 열두 명의 팀원이 중국에 사전 준비를 하러 떠났습니다. 당시 중국의 코로나 방역 지침은 특히 더 엄격했고, 직항을 통해 베이징에 들어가는 것이 불가능했기 때문에 다카타니 씨 일행은 우선 다롄에서 격리를 했습니다. 그동안은 호텔 방 안에서 한 발짝도 나가지 못하고 매일 검사를 받았으며, 3주 후 음성이 확인된 후에야 겨우 베이징에 들어갈 수 있었다고 합니다. 본의 아니게 큰 고생을 시키고 말았죠.

다행히도 'M WOODS'의 직원들은 무척 우수했고, 일본과 중국이 힘을 모은 기적의 팀워크로 저의 주요 설치 작품들을 총망라한 역대 최대 규모의 전시를 성공적으로 이끌어주었습니다. 〈LIFE - fluid, invisible, inaudible…〉은 그동안 아홉 개의 수조를 천장에 달아 설치했었는데 회장이 넓은 만큼 특별히 열두 개로 개수를 늘려 전시했습니다. 전체적으로는 소리와 소음, 나아가 소리와 정적의 경계까지 맛볼 수 있는 전시회가 되었다고 생각합니다. 해외는 물론, 중국 국내에서의 이동도 금지되었던 시기였기 때문에 공교롭게도 베이징에 거주하는 사람들만 볼 수 있었다는 점이 아쉬울 뿐입니다. 그럼에도 불구하고 약 5개월간의 전시 기간 동안 총 10만 명에 가까운 관람객이 와주셨다고 합니다. 2023년 여름엔, 청두에 개관되는 'M WOODS' 신관에서 더 큰 규모의 전시 〈Ryuichi Sakamoto : SOUND AND TIME〉이 개최됩니다.

〈타임〉

2021년 6월 18일부터 20일까지는 네덜란드 암스테르담에서 저와 다카타니 씨가 연출한 극장 작품 〈타임〉의 3회

공연이 열렸습니다. 2019년과 2020년의 '교토 회의'는 이 작품을 위한 것이었죠. 앞서 《async》 완성 후, 지금까지 올라온 산 너머에 또 다른 커다란 산이 있음을 직감했다는 이야기를 했었는데요. 그때 제가 떠올렸던 것이 퍼포먼스와 설치 작품의 경계가 느껴지지 않는 형태로 존재하는 무대 예술로, 어디에서 발표할지도 정해지지 않은 상태에서 다카타니 씨와 준비를 시작했습니다. 그 후 타이밍 좋게 '홀란드 페스티벌'로부터 2021년의 협력 예술가 중 한 명으로 참가해주지 않겠냐는 제안을 받았고, 그렇게 초연이 결정되었습니다.

〈타임〉은 노가쿠의 영향을 받은 음악극이라 할 수 있는 작품으로, 무용가인 다나카 민 씨와 쇼(일본식 생황) 연주자 미야타 마유미 씨에게 출연을 부탁했습니다. 무대 위에는 물이 채워져 있고, 뒤쪽의 스크린에서는 다카타니 씨의 〈꿈의 세계〉(夢の世界) 영상이 펼쳐집니다. 민 씨는 물의 공간을 건너기 위해 곧은길을 내고자 끊임없이 도전하는 인류를 상징합니다. 그에 반해 미야타 씨는 쇼를 든 채 아무렇지 않다는 듯 쉬이 물의 공간을 건너는 것으로 자연을 상징해내죠. 스토리가 있는 듯 없는 작품이기 때문에 여기서 결말을 밝혀버리자면, 민 씨가 연기하는 인류는 어떻게든 물, 다시 말해 자연을 정복하려 애쓰지만 결국에는 큰 홍수에 휩쓸려 죽고 맙니다. 저는 이 작품을 통해 인류와 자연을 둘러싼 신화를 그려내고 싶었습니다. 그리고 길을 내려

고 노력하는 장면 외에, 나쓰메 소세키의 『몽십야』나 노가 쿠 작품인 〈간탄〉(邯鄲), 그리고 장자의 '호접지몽' 등 문학 작품의 한 구절을 인용해 그 텍스트를 민 씨가 낭독하도록 했습니다.

다케미쓰 도루 씨는 『시간의 정원사』(時間の園丁)에서 "무한의 시간으로 이어지는 듯한 단 하나의 음악 정원을 만 들고 싶다. 자연에는 충분한 경의를 표하며, 나아가 수수께 끼와 은유로 가득 찬 시간의 정원을 구축해간다"고 썼습니 다. 다시 말해 그는 무한의 시간 같은 음악을 만들고자 했 던 것인데 제가 〈타임〉에 담은 것은 다케미쓰 씨와 닮은 듯 다른, '시간은 환상이다'라는 메시지였습니다. 〈타임〉이라 는 타이틀을 걸고 굳이 시간을 부정하는 도전을 한 것이죠. 그럼 '꿈의 세계'를 그린 이유는 무엇인가. 꿈에서는 시간 이라는 것의 특성이 파괴되기 때문입니다. 〈간탄〉에서는 깨달음을 추구하던 남성이 5분 동안 낮잠에 드는데 꿈속에 서는 눈 깜짝할 새에 50년이 지나가 버리죠. '호접지몽'에 서는 사상가 장자가 까무룩 잠에 들었다가 꿈을 꾸는데 장 자가 나비가 된 꿈인지, 나비가 장자가 된 꿈인지 점점 알 수 없게 됩니다. 이렇듯 꿈과 현실의 구별이 되지 않는 세 계를 표현하고 싶다는 생각이었습니다.

콘셉트는 두 번째 암이 발견되기 전부터 잡혀 있었지 만, 실제로 작품을 완성해갈 때에는 병실에서 원격으로 참 여할 수밖에 없었습니다. 당연히 네덜란드에도 갈 수 없었

미래에 남기는 것

기 때문에 저는 스트리밍으로 공연을 지켜봤습니다. 그러나 영상만으로도 한 시간 전의 일이 마치 1분 전의 상황처럼 느껴지거나, 하나의 순간이 몇 번씩 반복되는 듯한 감각이 전달되어 재미있었습니다. 적어도 저는 이 무대를 통해 현실 세계와는 다른 종류의 시간을 체험할 수 있었죠.

하지만 반성할 점이 없는 것은 아니었습니다. 역시 대본이라는 것 자체가 일직선의 시간 축에 얽매여 있는 게 사실이라, 원래는 작품의 길이가 매일 즉흥적으로 바뀌는 연출을 구상했었습니다. 그래서 세계 각지에서 열릴 예정인 앞으로의 〈타임〉 공연에서는 '우연성'에 무게를 둔 존 케이지의 '찬스 오퍼레이션'을 모방하여, 모자 속에 숫자가 적힌 종이를 넣고 현장에서 뽑아 대처하는 장면을 보여주는 시도를 해보는 것이 어떨까 생각하고 있습니다. 물론 원활한 진행을 위해서는 상당한 준비가 필요해질 테고, 출연자에게도 조명 담당자에게도 큰 부담을 주게 되겠지만요.

최강의 서포트 시스템

수술과 입원·퇴원을 반복하던 2021년 상반기 동안, 어떻게든 해야 한다며 머리 한구석에서 생각이 떠나지 않았던 것이 이전 해부터 작업 중이던 과제인 넷플릭스 애니메이션 〈exception〉(2022년)의 음악이었습니다. 이 작품은 총

여덟 편의 에피소드로 구성되어 있는데, 영화 사운드트랙으로 치면 몇 작품 분량에 해당되는 3시간 정도의 음악을 만들어야 했습니다. 그나마 수술을 하기 전인 연초에 절반 분량인 에피소드 4까지의 작업을 마쳐놓기는 했지만, 남은 네 편 분량을 여름 안에 완성해 납품해야 했죠. 당시의 체력으로는 혼자서 끝까지 완성하지 못할 수도 있겠다는 생각에 대신 맡아줄 사람도 찾고 있었습니다. 그런데 허탈한 표정으로 애써 병실 소파에 앉아만 있기에도 버겁던 체력이었음에도 불구하고, 신기하게도 음악을 만드는 동안만큼은 아픔도, 부정적인 생각도 다 잊을 수 있었습니다. 집중력이 유지되는 것은 하루에 몇 시간뿐이었지만, 9월에 가까스로 마지막 에피소드의 작곡을 끝내 기한에 맞출 수 있었습니다. 제가 이래 보여도 꽤 책임감이 강하거든요.

그 후에는 '꼼데가르송'의 부사장인 패션 디자이너 와타나베 준야 씨로부터 그의 브랜드 '준야 와타나베'의 2022년 SS 레이디스 컬렉션의 음악을 만들어달라는 의뢰를 받아 작업을 진행했습니다. 이 시즌의 준야는 '아시아의 향수(鄕愁)'를 테마로 중국풍 재킷 등을 선보였습니다. 그에 맞춰 YMO 시대에 제가 작곡했던 〈Tong Poo〉(東風, 1978년)를 재편곡해달라는 요청을 받았죠. 처음에는 패션쇼에서 쓸 음악이라는 조건을 감안해 어느 정도 비트가 들어간 버전을 만들었고, 내 작업물이지만 스스로도 만족할 만하다는 생각으로 보냈는데 글쎄 퇴짜를 맞고 말았습니다. 아무래도 와타나베 씨의 머릿속에는 물이 잔잔하게 흐르는 큰 강의 이미지가 있었던 모양이라, 생각했던 분위기와 다르다며 재작업을 요구해왔죠. 물론, 그는 저의 심각한 병세에 대해 모르니 어쩔 수 없는 일이기는 했지만, 제 나름대로는 말 그대로 목숨을 깎아가며 작업했기에 다 내팽개쳐버리고 싶더군요. 그렇게 투덜투덜 불평을 하면서도 별수 없이 와타나베 씨의 요청에 따라 좀 더 느긋한 버전으로 다시 편곡을 했습니다. 그런데 분하게도, 통과된 최종 버전이 객관적으로 들어도 더 좋았어요. 영화음악을 만들 때도 이런 일은 왕왕 일어납니다.

여러 곳에서 조언을 들은 결과, 일본에서의 암 치료는 도쿄에 있는 한 대형 병원에 맡기기로 했고, 담당 주치의를 비롯한 선생님들께 지금까지도 여러모로 신세를 지고 있습니다. 제게는 담당 주치의와 더불어 개인적으로 건강 관련 상담을 받는 두 분의 전문가가 더 있습니다. 한 명은 고노 요시노리 씨의 소개로 알게 된 분으로, 그에게 가르침을 받던 와카바야시 리사 씨입니다. 그녀는 침구사로 활동할 뿐 아니라, 무술에도 조예가 깊습니다. 2014년, 중인두암 진단을 받았을 때부터 대체의학의 관점에서 다양한 의견을 제시해주었고, 식이요법과 한방에 관한 조언도 해주고 있습니다.

다른 한 명은 이니셜을 따 'K 선생님'이라고 칭하겠습니다만, 이식외과계의 권위자입니다. 저는 '리얼 블랙잭'이라고 부르기도 하는데 물론 만화 속 캐릭터와는 달리 정식 의사 면허를 가지고 있는 분입니다. 제가 병원에서 들은 설명 중에 제대로 이해하지 못한 부분이 있을 때면 그가 자료와 영상 등을 참고해 자세하게 해설을 해줍니다. 엄밀히 말하면 정식 주치의는 아니지만 항상 세컨드 오피니언을 제시해주는 소중한 분으로, 제 마음속의 '또 한 명의 주치의' 같은 존재입니다. 감사하게도 와카바야시 씨와 K 선생님 모두 매일같이 저의 상태를 살피는 메시지를 보내주고, 그날의 체온과 증상을 체크해 각자의 견해를 바탕으로 구체적인 조언을 해줍니다. 무슨 일이 있으면 메일로 신속하게 답변을 해주는 병원의 선생님을 포함한 이 최강의 서포트 시스템을 토대로 서양의학과 대체의학 양쪽 모두를 활용한다는, 처음 암에 걸렸을 때부터 유지해온 방침을 지금도 고수하고 있습니다.

우크라이나의 일리야

그리고 2022년이 되어 이 길고 긴 코로나 사태와 투병 생활에도 어딘가 익숙해져갈 때쯤, 또 하나의 충격적인 사건이 일어났습니다. 2월 24일, 러시아군이 우크라이나를 침공한 것입니다. 설마, 제가 사는 동안 또 다른 전쟁의 시작을 목격해야 할 줄은 몰랐습니다. 심지어 제2차 세계대

전 이후 유럽에서 일어난 최대 규모의 군사적 침공으로 보도되었죠. 저는 미국을 비롯한 NATO 국가들이 선이며 러시아가 악이라는 단순한 이원론을 펼칠 생각은 없지만, 우크라이나라고 하는 하나의 주권 국가를 압도적인 무력으로 침략한 러시아의 행위는 절대로 용서 받을 수 없다고 생각합니다. 그러나 이와 동시에, 시리아와 예멘, 팔레스타인 등에서 하루하루 목숨의 위협을 받으며 사는 사람들을 지금껏 우리는 우크라이나 사람들만큼 염려해왔는가 하는 반성이 곧바로 머릿속을 채웠죠.

하루라도 빨리 폭력이 멈추기를 기원하면서 매일 CNN 등을 통해 우크라이나의 정세를 좇던 중, 저는 한 편의 영상에 큰 감동을 받았습니다. 그것은 키이우에 사는 젊은 바이올리니스트 일리야 본다렌코가 지하 대피소에서 우크라이나의 전통 민요를 연주하는 모습이었습니다. 이후 그와 뜻을 같이한 29개국 94명의 바이올리니스트가 연주에 참여하는 동영상도 유튜브에 업로드되었죠. 그 음악이 너무도 가슴을 울려 눈물 없이는 들을 수가 없었습니다. 이 일을 계기로 약관(弱冠) 스무 살의 나이라는 일리야의 존재에 관심을 갖게 되었을 때, 갑자기 미국의 작곡가 친구 키스 케니프가 "우크라이나 지원을 위한 자선 앨범을 만들려고 하는데 참여해주지 않을래?" 하고 연락을 해왔습니다. 신기하게도 "일리야랑 같이 해보자"라고 말하더군요. 키스와는 한동안 연락도 하지 않았기 때문에 이 놀라운 우연에 놀라지 않을 수 없었습니다.

저는 기꺼이 제안을 수락했고 그를 위한 바이올린 연주곡과 피아노 연주곡을 만들어 악보를 보냈습니다. 일리야는 이번에도 지하 대피소에서 그 악보를 보며 연주를 했고 아이폰으로 녹음한 음원을 보내주었습니다. 거기에 제가 백 트랙을 추가해 만든 곡이 〈Piece for Illia〉였죠. 우크라이나 국가의 한 소절을 인용해 스스로도 만족할 만한 꽤 마음에 드는 곡을 완성했습니다. 이 곡이 수록된 4월 말에 발매된 앨범이 실제로 우크라이나 지원에 얼마나 힘이 되었는지는 알 수 없습니다. 앨범 판매 수익금으로 전달한 기부금이 턱없이 미미한 금액이었을지도 모르고요. 하지만 저로서는 고통스러운 상황에 놓인 일리야가 제가 쓴 곡을 아름다운 소리로, 진심을 다해 연주해주었다는 사실만으로 충분한 결실을 얻은 작업이었습니다.

가본 적 없는 나라라 할지라도 단 한 명이라도 그곳에 아는 사람이 있다면 그곳은 더 이상 단순한 이국이 아닙니다. 저에게 일리야는 우크라이나와의 인연을 맺어준 소중한 사람이었고 아직 직접 만난 적조차 없지만 친구라 부를 수 있는 존재라고 생각합니다. 그렇다고 아는 사람이 없는 나라의 일은 모른 척해도 되는가 하면, 결코 그렇지 않지만요. 그러나 세계 어디든 그곳에 사는 누군가의 얼굴이 구체적으로 떠오르는 순간, 뉴스가 전혀 다르게 보이기 시작합니다. 저는 어느 시기부터인가 제 사회적 활동에 "이름을 판다"라는 야유를 듣는 것에 전혀 신경 쓰지 않게 되었습니다. 물론 속으로는 '단순히 이름을 파는 게 목적이라면 이렇게 귀찮은 일을 하겠어?'라며 욕을 하지만, 그것을 드러내놓고 말하지는 않습니다.

이렇게 된 계기는 20세기 말, U2의 보노를 중심으로 펼쳐진 아프리카 최빈국의 대외 채무 탕감 운동인 '주빌리 2000'(Jubilee 2000)에 참여한 것이었습니다. 당시 브라이언 이노로부터 "너도 일본의 대표가 되어줘"라는 부탁을 받아 사회적 발언은 삼간다는 그때까지의 방침을 완전히 뒤엎고 동참하기로 했습니다. 일본에서는 아직도 예술가 등이 정치적 발언을 하는 것에 대한 세간의 거부감이 존재합니다만, 저는 그날 이후 '만약 내가 정말 유명해 팔 수 있는 이름이 있다면 오히려 더 적극적으로 이용해야 한다'는 쪽으로 마음을 바꿨습니다. 설령 위선자라는 비판을 받는다 해도, 그로 인해 사회가 조금이라도 나아질 수 있다면 좋은 일이 아닌가 싶어서요. 환경에 관한 운동도, 지진 재해 후 활동도 이런 신념의 힘으로 실천하고 있습니다. 한번 연결되면 쉽게는 그만둘 수 없죠.

도호쿠 유스 오케스트라

동일본 대지진 이후 시작한 '어린이 음악 재생 기금'을 발전시킨 '도호쿠 유스 오케스트라' 역시 그런 사회 활동의 일환입니다. 3년간의 모금 마련이 끝난 후, 모처럼 서로 인연을 맺었으니 함께 무언가를 해보는 것이 어떻겠느냐는 생각으로 피해 지역에서 어린이 오케스트라 단원을 모집해봤습니다. 그랬더니 놀랄 만큼 많은 어린이들이 손을 들어주었고 '루체른 페스티벌 아크노바 마쓰시마 2013'에서의 콘서트를 계기로 매년 3월에 도쿄와 동북 지역 각지에서 정기연주회를 여는 시스템이 갖춰졌습니다. 멤버는 이와테 현, 미야기 현, 후쿠시마 현 출신의 초등학생부터 대학생까지로, 입시나 진학 등의 문제로 결원이 생기면 보충 멤버를 추가로 모집합니다. 지금은 무려 100명에 가까운 대가족이 되었습니다. 그중에는 쓰나미의 흙탕물이 덮쳐 집과 악기를 모두 잃는 아픈 경험을 한 아이들도 있고, 재해 직후에 태어나 지진에 대한 기억이 없는 신입 멤버들도 있습니다. 동북 출신이라는 공통점을 가지고 있지만 한 사람 한 사람의 배경은 모두 다르죠.

저는 음악감독이라는 위치에서 그들의 활동을 꾸준히 지켜봐왔고, 때로는 작곡가 후지쿠라 다이 군에게 부탁해 워크숍을 열거나 아이들의 합숙에 참가하기도 했습니다. 학교의 동아리 활동에서는 단 한 살이라도 차이가 나면 후배가 선배를 신경 써야 하지만 이 오케스트라 안에서는 모두 평등합니다. 멤버 중에는 지역 음악단 활동을 병행하고 있는 친구들도 많은데 그들은 입을 모아 "이렇게 상하관계

미래에 남기는 것

가 없는 집단은 거의 없어요"라고 말하더군요. 누군가 규칙을 정한 것도 아닌데 자연스럽게 이런 분위기가 만들어졌습니다. 초등학생과 대학생이 반말로 대화를 나누는 모습을 보면 무척 기분이 좋습니다. 이 도호쿠 유스 오케스트라를 발족할 당시부터 저는 언젠가 그들을 위해 특별한 새로운 곡을 만들어야겠다고 마음먹어왔습니다.

그 생각이 형태를 갖춘 것이 바로 2020년 초 스코어를 만든 〈지금 시간이 기울어〉입니다. 하지만 공교롭게도 그해의 정기연주회는 코로나의 영향으로 취소되어버렸습니다. 그렇게 괴로운 2년간의 활동 정지 기간을 거친 후, 2022년 3월이 되어서야 마침내 콘서트를 열 수 있었고 〈지금 시간이 기울어〉의 초연이 결정되었습니다. 이 곡은 일반적으로는 좀처럼 쓰지 않는 11박자를 도입한 음악입니다. 3·11 대지진을 계기로 탄생한 오케스트라인 만큼, 어떻게든 11이라는 숫자를 사용해 추모의 의미를 함께 담아내고 싶었습니다.

또한 오케스트라 멤버 각자가 자신의 모습을 보여줄 수 있도록 모든 파트가 활약 가능한 전개로 구성하기 위해 궁리를 많이 했습니다. 곡을 쓸 때도 연주하는 아이들의 얼굴이 떠올라 꼭 그렇게 해내고 싶었죠. 다만, 11박자는 모든 사람에게 생소해 좀처럼 그 리듬을 잡기가 쉽지 않았습니다. 그저 기계적으로만 11박자를 세면 어떻게 해도 어긋남이 생겨버리기 때문에 곡을 구상하는 단계에서 현악기는

'4와 4와 3', 목관악기는 '3과 3과 3과 2', 이런 식으로 분할하여 파트마다 11박자가 되도록 리듬을 조합하는 방법을 고안했습니다. 그 결과 아이들이 연주하기에는 상당히 복잡한 곡이 되어, 직접 작곡을 하면서도 살짝 미안한 마음이 들었습니다만.

그렇지만 연주회 직전 그들이 합숙을 할 때도 Zoom을 이용해 원격 지도를 진행해 3월 22일에 열린 모리오카 공연에서 무사히 〈지금 시간이 기울어〉를 발표할 수 있었습니다. 저는 중계로 그 모습을 지켜봤는데, 훌륭한 연주였습니다. 함께 모여 연습을 할 수 없던 시기에도 개개인이 노력을 아끼지 않았기 때문에 나올 수 있었던 결과라고 생각합니다. 모리오카 공연으로부터 4일 후인 3월 26일에는 도쿄 산토리 홀에서의 공연이 예정되어 있었는데 저도 가능하면 그 자리에 들를 생각이었습니다. 물론 몸 상태가 문제가 될 수 있으니 약속을 하지는 못했지만 다행히도 당일에 컨디션이 좋아 참가할 수 있었습니다. 개인적으로도 코로나 사태와 암 치료 사이에, 오키나와 콘서트 이후 2년 만에 처음으로 사람들 앞에 서는 기회가 되었죠. 〈지금 시간이 기울어〉의 마지막은 열한 개의 종소리로 끝이 납니다. 저도 무대 한구석에서 음악을 감상하다 진혼을 위한 종소리가 들리는 순간, 울컥 복받치는 무언가를 느꼈습니다. 전체적으로 어둡고 다소 섬뜩한 인상을 주는 부분도 있는 곡이지만, 마지막에는 희미한 빛을 울릴 수 있지 않았나 생각합니다.

이 도쿄 공연의 제1부 프로그램은 2년 만에 실현된 〈지금 시간이 기울어〉의 연주회와 요시나가 사유리 씨가 협력해주신 시 낭독회로 구성되어 있었습니다. 요시나가 씨도, 저도, 당연히 러시아군에 의한 우크라이나 침공을 의식하고 있었습니다. 요시나가 씨는 평화를 기원하는 마음을 담아 오키나와 전쟁의 전몰자를 추모하는 시 등을 낭독했고, 저는 그녀의 제안도 한몫하여 작업하게 된, 나가사키를 무대로 한 영화 〈어머니와 살면〉의 테마곡을 연주했습니다.

제2부에서는 3·11 대지진 이후의 자연재해 피해자로 구성된 '쓰나가루 합창단'과 도호쿠 유스 오케스트라가 함께 베토벤 교향곡 9번, 일명 〈합창〉이라고 불리는 곡을 선보였습니다. 〈합창〉은 학자 오카다 아케오 씨가 「음악의 위기 〈합창〉을 부를 수 없게 된 날」에 쓴 내용대로 코로나 시대의 방역 지침 아래 가장 피해야 할 곡이 되고 말았습니다. 스케일이 매우 큰 곡으로 무대에 오르는 인원만 해도 오케스트라 단원이 100명, 합창 단원이 60명에 달했습니다. 그렇지만 저는 바로 이런 시기이기 때문에 이 대인원으로 70분이 넘는 〈합창〉을 성대하게 연주하는 것이 출연자와 관객 모두에게 어떤 의미를 전할 수 있을 것이라 생각했습니다. 물론 전원 PCR 검사를 통해 코로나 음성을 확인 받은 후에야 무대에 오를 수 있었지만, 음악을 연주하는 기쁨과 고양감을 느끼는 체험은 팬데믹 시대에든, 언제든 필요한 것이니까요.

D2021

동일본 대지진 후의 활동이 발전되어 생겨난 또 하나의 프로젝트로 'D2021'이 있습니다. 2012년, 저의 제안으로 시작된 탈원전을 표방한 음악 페스티벌 'NO NUKES'는 그 후로 거의 매년 개최되어왔습니다. 물론 지속하는 것 자체에 의의가 있지만, 점차 출연자와 연출 등이 고정되어 약간의 매너리즘을 느낀 것도 사실입니다. 게다가 원자력 발전뿐 아니라 아베 신조 정권이 추진해온 안보 관련 법안이나 대량생산·대량소비 모델의 한계, 더 나아가 차별과 빈곤, 분단 등 생각해봐야 할 문제들이 연이어 대두되고 있었죠. 그래서 저는 2019년의 페스티벌을 마지막으로 'NO NUKES' 활동을 일단락하고 아시안 쿵푸 제너레이션의 고토 마사후미 군(Gotch), 학생단체 SEALDs에서 활동했던 오쿠다 아키 군, 철학 연구가 나가이 레이 씨 등의 젊은 세대에게 운영을 맡기기로 했습니다.

당시 저는 가라타니 고진 씨가 『세계사의 구조』에서 주장한 '교환양식 D'라는 개념에 큰 관심을 가지고 있었습니다. 가라타니 씨에 따르면 '교환양식 A'가 증여와 답례의 호혜, 'B'가 지배와 보호에 의한 약취와 재분배, 'C'가 화폐와 상품에 의한 상품 교환으로, 'D'는 'A'가 고차원으로 회복된 것이라고 합니다. 단번에 이해하기 어려운 수수께끼 같은 이야기로, 최신 저서인 『힘과 교환 양식』에서는 'D'가

저 너머에서 나타나는 영적인 '신의 힘'이라는 표현도 등장하는데, 저는 젊은 친구들과 가라타니 씨의 글을 읽으며 이 'D'의 어소시에이션(공동체)을 쉽게 정의할 수 없다는 것이야말로 흥미로운 지점이라고 생각하게 되었습니다.

이런 가라타니 씨의 개념을 빌려 'NO NUKES'를 쇄신해 만든 새 단체는 재해(Disaster)로부터 10년(Decade)이 흘렀다는 의미도 함께 담아 'D2021'이라고 이름 지었습니다. 위기(Crisis)와 자본주의(Capitalism)라는 'C' 다음의 세계에 대해 생각해보고자 하는 목적도 있었죠. 2021년 3월에는 히비야 공원을 대관해 대규모 이벤트를 열 계획으로 후원 기업까지 확보해 준비를 하고 있었는데 유감스럽게도 코로나 감염 확산으로 취소되고 말았습니다. 저항(Demonstration), 민주주의(Democracy), 춤(Dance), 대화(Dialogue), 다양성(Diversity) 등 여러 가지 'D'를 주제로 음악 라이브 공연은 물론 에너지, 젠더, 교육 등 각 분야의 전문가를 불러 워크숍도 진행하는 알찬 프로그램이었는데 말이죠. 언젠가 실현할 수 있으면 좋겠습니다.

몇 년 전부터 친분을 맺고 있는 경제사상가 사이토 고헤이 군도 'D2021'의 온라인 토크 이벤트에 여러 차례 출연해주었습니다. 사이토 군의 존재는 그가 독일어로 쓴 박사 논문을 일본어로 재구성한 『대홍수가 오기 전에: 마르크스와 행성의 물질대사』를 계기로 알게 되었습니다. 저는 학생운동과 가라타니 씨의 저서의 영향을 받은 상태에서 『자본론』

을 읽었는데, 소련 붕괴 후 과거로부터 전해진 마르크스주의에 대한 기피가 세간에 퍼져 있는 상황 속에서 이런 젊은 청년이 마르크스를 정면 돌파해 연구하고 있다는 사실이 우선 놀라웠습니다. 게다가 그는 마르크스 만년의 초고 연구를 현대 생태론에 접목시키고자 하는 매우 실제적인 문제의식을 가지고 있었죠. 제목의 '대홍수'는 지구온난화에 의해 해면 수위가 상승해버린 미래에 대한 은유이기도 합니다. 1990년대부터 환경보호 활동을 해온 제 관심사와도 겹치는 부분이 많아 꼭 한번 이야기를 들어보고 싶었습니다.

그래서 페이스북에서 사이토 군의 계정을 찾아 제 개인 계정으로 연락을 해봤습니다. 사이토 군은 그 DM을 사카모토 류이치 사칭 계정에서 보낸 것이라 착각했던 모양이라, 한 차례 무시하고 넘겼다가 나중에 Gotch를 통해 진짜 제 계정이었음을 알고 직접 답장을 보내주었고, 그 후로 몇 번 대담을 했습니다. 제가 치료를 위해 'RADIO SAKA-MOTO'의 자리를 비운 동안에는 제 대신 임시 디제이를 맡아주기도 했죠. 사이토 군은 도쿄대학을 불과 3개월 만에 중퇴하고 장학금을 받아 미국 코네티컷 주에 있는 웨슬리안대학교로 유학을 가 학부 생활을 했는데, 사실 제 아들도 그 대학에 다녔습니다. 학교를 다닌 기간은 겹치지 않지만 아들에게 사이토 군은 바로 위 선배에 해당하죠. 리버럴 아트 교육으로 유명한 이 대학은 실험음악의 대가인 앨빈 루시에(Alvin Lucier)가 최근까지 교편을 잡기도 한, 여러모

미래에 남기는 것

로 매력적인 학교입니다. 그런 인연도 있어 왠지 사이토 군은 남처럼 느껴지지가 않아요.

처음 알게 되었을 때 오사카시립대학의 교원이었던 사이토 군은 2022년 봄에 도쿄대학으로 이적하며 도쿄로 이사를 했습니다. 그의 파트너가 피아니스트라 쭉 사용해온 그랜드 피아노를 놓을 수 있는 넓은 집을 도쿄 안에서 구해보려 했더니 국립대학 월급보다 그 월세가 더 비싸다고 하더군요. 그 이야기를 듣고 집을 구하기 위한 상담을 해주기도 했는데 결국은 포기한 것 같습니다. "탈성장론자가 집에 피아노를 놓으려 하다니 당치도 않다"고 하는 사람도 있다던데 제가 보기에 그런 비판은 난센스입니다. 사람은 빵만으로는 살 수 없어요. 가라타니 씨가 '교환양식'의 관점으로 세계를 보는 것에 반해, 사이토 군은 '생산양식'에 중점을 둔 사고를 합니다. 그 대비가 흥미로워 언젠가 이 두 사람이 진지하게 토론하는 날이 오기를 기대하고 있습니다.

덤 타입의 새 멤버

가라타니 고진 씨는 과거 덤 타입의 작품을 보고 "생각해보니 이것도 교환양식 D네"라며 농담 섞인 말을 한 적이 있다고 하는데요. 덤 타입에서 'Dumb'은 '바보 같은', '멍청한'이라는 부정적인 의미의 형용사입니다. 교토시립예술

338

대학 학생들이 1984년 결성한 아티스트 그룹으로, 1995년 HIV에 의한 패혈증으로 젊은 나이에 세상을 떠난 후루하시 데이지를 중심으로 활동을 펼쳐왔습니다. 후루하시 씨가 사망한 후에는 다카타니 시로 씨가 전체를 총괄하고 있지만 그렇다고 '리더'는 아닙니다. 집단 내에 위계가 생기지 않도록 하고 있거든요. 그들의 또 하나의 특징으로 프로젝트마다 멤버를 바꾼다는 점을 들 수 있습니다. 덤 타입은 2022년 베네치아 비엔날레의 일본관 출품 작가로 선정되었고, 같은 시기에 뮌헨의 미술관 '하우스 데어 쿤스트'에서도 단독 전시를 열기로 되어 있었습니다. 교토 회의를 위해 그들의 사무실을 방문하는 일이 많았던 저도 두 프로젝트에 같이 참여하지 않겠냐는 제안을 받았고, 어느새 덤 타입의 멤버가 되어 있었습니다. 그룹에 소속된 것은 YMO 이래 처음이었던 것 같네요. 소속이라고는 해도 느슨한 집단이라 들어오고 나가는 것은 자유지만요.

모처럼 참가하기로 한 만큼 저도 적극적으로 아이디어를 냈습니다. 베네치아에서 발표한 것은 〈2022〉라는 제목의 새로운 설치 작품이었는데, 콘셉트 기획 단계부터 함께했습니다. 일본관의 2층 전시실에는 이 파빌리온을 설계한 요시자카 다카마사의 고안으로 커다란 정방형의 구멍이 뚫려 있었는데, 다카타니 씨의 아이디어로 그 구멍에 접하도록 레이저 라이트를 설치해 방의 가운데에서 고속 회전하는 사방의 거울을 향해 붉은색 영어 문장을 투영하기로 했

339

미래에 남기는 것

습니다. 거울이 반사한 빔이 벽에 비치면 때때로 몇 개의 텍스트가 겹쳐져 읽히게 되는 장치입니다.

인용한 구절은 1850년대 미국 초등학교에서 사용되었던 지리 교과서 속 문장으로 "지구는 어떻게 생겼어?", "바다 건너편에는 뭐가 있지?" 같은 간결하면서도 보편적인 질문들이었습니다. 영어 질문의 낭독은 데이비드 실비언과 가히미 가리 모녀, 그리고 저의 사무실 스태프에게 부탁했습니다. 스피커도 회전하고, 콜라주된 각각의 목소리가 오버랩되기 때문에 전체적으로 사운드 아트의 인상을 주는 작품이라 할 수 있겠네요.

뮌헨의 전시회는 그들의 회고전으로, 저는 팬의 한 명으로서 지켜봐온 덤 타입의 과거 작품을 업데이트하는 안을 내놓았습니다. 덤 타입의 대표적인 설치 작품 중 열여섯 대의 턴테이블을 사용한 ⟨Playback⟩이라는 작품이 있습니다. 이것은 그들이 1990년대에 퍼포먼스를 할 때 썼던 전자음과 세계 각국의 언어로 된 인사를 기록한 열여섯 장의 레코드가 컴퓨터 제어에 의해 다양한 패턴으로 재생되는 작품이었습니다. 감상하다 보면 마치 플랫폼들끼리 커뮤니케이션을 하려는 듯한 느낌이 드는 장치였는데, 저는 이번에 그 열여섯 장의 레코드 각각에 지구상의 도시 열여섯 군데의 소리를 담고자 했습니다.

브라질 리우데자네이루에 있는 자크 모렐렌바움, 아이슬란드 레이캬비크에 있는 안드리 마그나손, 태국 치앙마이에 있는 아피찻퐁 위라세타쿤 등 앞서 소개한 적 있는 친구들을 시작으로 지인의 인맥을 이용해 남아프리카공화국의 케이프타운과 이란의 테헤란에서도 협력자를 찾았습니다. 그들이 녹음해준 아침부터 밤까지의 거리 소리를 레코드에 담아, 열여섯 도시의 시차를 가미해 순서대로 재생하기 시작했습니다. 단, 그렇게 하면 매일 똑같은 시차가 유지되는 패턴이 생기기 때문에 가령, 도쿄를 북극점이라고 가정하고 회전할 때마다 각 도시 간의 차이가 달라지게 하는 식으로 연출을 해봤습니다. 그리고 북극점이 되는 도시를 조금씩 움직여가며 복잡한 하모니가 발생하도록 궁리했죠. 베네치아에서의 작품도, 뮌헨에서의 작품도, 모두 현장에 있을 때 비로소 그 진가가 온전히 느껴지는 것들인데 원격으로 지시만 했을 뿐, 현지에서 완성작을 볼 수 없었다는 점이 아쉽습니다.

참고로 뮌헨의 '하우스 데어 쿤스트'에서는 덤 타입 바로 전에 나카야 후지코 씨가, 바로 뒤에는 카스텐 니콜라이가 전시를 하게 되어 저와 친밀한 아티스트들의 단독 전시가 계속되는 우연도 있었습니다. 그때 나카야 씨는 자신의 작품 〈안개 조각〉이 아우슈비츠의 가스실을 상기시켜 현지인들의 비판을 받지는 않을까 걱정이 많았습니다. 하필 이 미술관이 나치 정권 시절 히틀러가 개입해 원래의 디자인 시안을 수정한 것으로 널리 알려진 파시즘 건축이기도 했고요. 나카야 씨가 이런 우려를 표하자 정작 담당자인 독일

미래에 남기는 것

인 큐레이터가 "아, 그래요?" 하는 반응을 보이길래 맥이 빠졌다고 합니다. 뭐, 그만큼 독일에서는 반나치 교육을 철저하게 하고 있다는 뜻이려나요.

오랜만의 자택

간과 폐에 암이 전이되었다는 사실을 알게 된 후로 도쿄에서 투병 생활을 이어가던 저는 2022년 6월 중순에 뉴욕 자택으로 돌아왔습니다. 미국 대사관에서 '재입국 허가증'을 받기 위한 면접까지 치른 후, 무려 1년 7개월 만에 귀가할 수 있었습니다. 이런 표현이 조금 이상하게 들릴지도 모르지만, 그리웠던 내 공간에 들어서는 순간 마치 집이 기뻐하는 듯한 기분이 들었습니다. 저와 파트너가 집을 비운 사이에도 주 5일은 하우스키퍼가 집에 와 청소를 하고 식물을 돌봐주었지만, 역시 그곳에 사는 사람이 존재할 때 비로소 건물도 숨을 쉬는 것이겠죠. 오랜만에 거실 문을 열자 '어서 와'라고 반겨주기라도 하는 것인지, 방 안이 갑자기 따뜻해진 느낌마저 들었습니다.

마당에는 커다란 산딸나무가 있어 매년 4월 말이 되면 화사한 핑크색 꽃을 피웁니다. 이 산딸나무가 마치 집의 차양과 같은 역할을 해, 오후에 반지하 스튜디오에서 일을 하다 보면 나뭇가지와 이파리 사이로 비치는 햇빛이 창문을 통해 들어오는 딱 그 한때에 빛의 일렁임을 즐길 수 있습니다. 정원에는 다람쥐가 자주 놀러 와 주변에 떨어져 있는 나무 열매를 먹기도 하고, 화분에 씨앗을 묻어두기도 합니다. 한번은 창밖에서 '부스럭부스럭' 낯선 소리가 나길래 내다보니 나뭇가지에 앉은 독수리가 잡아온 작은 새를 먹고 있더군요. 날개를 뜯어가며 먹어 치우는 모습이 섬뜩하기는 했지만, 곰곰이 생각해보면 그 또한 자연의 섭리죠. 땅 위에 이리저리 떨어져 있던 작은 새의 뼈는 다음 날이 되자 깨끗이 사라져 있었는데, 아마도 근처의 고양이가 물어간 것이 아닐까 싶습니다. 아프리카를 방문했을 때도 절감했지만 본래 자연계의 주역은 동물과 곤충과 식물로, 우리 인간이 그 한 귀퉁이를 잠시 빌려 사는 것에 지나지 않습니다. '주택가에 원숭이 출현' 같은 뉴스 기사가 종종 나오는데, 그것은 거꾸로 된 이야기로, 원래 원숭이의 서식지였던 곳에 우리가 들어와 살고 있는 것이라고 생각합니다.

결코 넓지 않은 우리 집 정원에는 피아노 한 대가 덩그러니 놓여 있습니다. 2015년, 요양을 위해 방문했던 하와이의 풍토가 마음에 쏙 들었던 저는 그때의 기분으로 기세 좋게 중고 주택을 매입했는데, 그 집에는 거의 100년 전에 만들어진 피아노가 있었습니다. 정작 그 집은 큰 미련 없이 팔았지만, 시간이 묻어나는 낡은 분위기가 어찌나 근사하던지 피아노만은 뉴욕 자택까지 가지고 왔습니다. 그리고 '자연으로 돌려보내기 위한 실험'이라는 이름으로, 시험 삼

뉴욕의 자택 마당에 놓인, 자연으로 되돌아가는 중인 피아노와 함께

아 피아노를 마당에 그냥 놔둬보기로 했습니다. 몇 년의 시간 동안 수차례 비바람을 맞으며 도장도 다 벗겨진 지금은 점점 본래의 나무 상태에 가까워지고 있습니다. 이대로 어떻게 썩어갈 것인가. 그것은 우리 인간이 어떻게 나이 먹어가야 하는가, 하는 것과도 이어져 있다는 느낌이 듭니다.

사카모토 도서

오랜만에 뉴욕에 돌아오긴 했지만 특별히 할 일이 있는 것도 아니라, 새장 속 홰 위의 새처럼 소파에 누워 한가롭게 보냈습니다. 굳이 한 일을 찾아보자면 장서 정리 정도겠네요. 원래 일시 귀국을 예정으로 일본에 갔던 것이기 때문에 대부분의 짐은 집에 그대로 남아 있었습니다. 그러나 치료를 위해 도쿄에도 임시 거처를 두게 되었고, 그곳에 책장도 마련했기 때문에 이번 기회에 다시 읽고 싶은 책이나 새롭게 읽을 책을 골라 옮겨두는 것이 좋겠다는 생각이 들었습니다. 나름 열심히 골라냈는데도 분량이 여덟 박스나 되더군요.

장서 중에는 편집자였던 아버지의 유품도 있습니다. 아버지는 직업상 방대한 책을 소장하고 있었는데 그것들을 전부 보관할 수는 없어 돌아가셨을 때 대부분 처분했습니다. 다만, 아버지의 책장 한 칸에는 '영구 보존하도록'이라며 손수 써서 테이프로 붙여둔 메모가 있었습니다. 그것만 큼은 함부로 버릴 수가 없어 제가 계속 보관하기로 하고 뉴 욕 자택으로 가져왔죠. '영구 보존' 코너에는 아버지가 직 접 편집을 맡았던 문학작품이 아닌 취미였던 향토 완구와 불상에 대한 책, 혹은 영화 관련 서적이나 야스다 요주로의 작품 등이 있었는데 대부분 전쟁 전에 출간된 서적들이었 습니다. 생전에 소중히 여기며 몇 번이고 다시 읽던 작품들 일 테죠.

아버지의 영향인지 저도 옛날부터 책을 좋아해 최근에 도 야나카에 있는 갤러리 'SCAI THE BATHHOUSE'에 간 김에 대각선 맞은편에 있는 '미미즈쿠'(木菟)라는 헌책 방에 들러 우연히 발견한 시인 요시다 잇스이의 단상집 『도 화촌』(桃花村)을 구입했습니다. 이 책을 즐겨 읽던 다나카 민 씨가 일찍이 야마나시 산촌에서 농업 동료들과 설립한 단체에 '도화촌 무용단'이라는 이름을 붙인 것이 이 책에서 비롯된 것이라는 에피소드가 기억났습니다. '도화촌'이라 는 지명은 실제로는 존재하지 않지만, 민 씨는 자신들이 사 는 마을을 그렇게 부르고 있습니다.

편집자 이토 소켄 군의 도움을 받아 《부인화보》에서 연 재한 '사카모토 도서'도 최근의 중요한 일이었습니다. 제 장서 중 고전부터 신간까지, 그때그때 관심 있는 책을 골 라 저자의 인물 소개와 함께 싣는 기획으로 제1회의 책으로 는 로베르 브레송의 『시네마토그래프에 대한 노트』를 선택했습니다. 연재 중에는 저의 요청으로 만화가 야스히코 요시카즈 씨와의 대담이 이뤄지기도 했죠. 저보다 다섯 살 위로, 저와 같은 학생운동 세대인 야스히코 씨가 지금의 일본과 동아시아의 관계를 고대사와 근현대사의 쌍방향에서 그려내려고 한다는 점이 무척 흥미롭습니다. '이 나라는 어디서부터 잘못되기 시작한 것일까?'라는 공통의 문제의식을 확인할 수 있었죠.

특히 인상에 남아 있는 것은 제13회에서 소개한 니콜라이 넵스키의 『달과 불사』(月と不死)입니다. 19세기 말, 러시아에서 태어난 넵스키는 젊은 나이에 일본으로 유학을 와서 야나기타 구니오, 오리쿠치 시노부 등과 친분을 맺었습니다. 야나기타를 스승으로 섬기며 민속학자이자 언어학자로서 아이누어와 미야코지마 방언을 연구했죠. 이 책은 그가 일본 각지의 신앙과 신화, 풍습 등을 조사해 그 성과를 정리한 것입니다. 넵스키는 남들보다 훨씬 날카로운 청각을 지녔는지, 방언에 관한 논문이 많습니다.

그렇다면 달과 불사 사이에는 어떤 관계가 있을까. 일반적으로는 태양이 생명을 상징하고, 달은 죽음과 연결된 것으로 보는 일이 많습니다. 하지만 넵스키는 그런 어둡고, 어딘가 차가운 이미지를 짊어지기 쉬운 달이라는 존재를, 달을 여성에, 태양을 남성에 비유한 미야코 군도의 전설을 바탕으로 다시 해석해 생명을 탄생시키는 긍정적인 존재로 정의했습니다. 여담을 덧붙이자면, 약 14년 동안 일본에서

미래에 남기는 것

지낸 넵스키는 이후 사회주의 혁명을 거쳐 소련이 된 모국에 돌아가 일본어 교사로 일하면서 16세기에 사라진 티베트권 언어인 서하어를 연구하기 시작합니다. 그러나 몇 년 후 넵스키가 유학 중 홋카이도에서 만나 아내로 맞이했던 이소가 뒤늦게 딸을 데리고 소련으로 들어오자, 그녀를 일본에서 보낸 스파이일 것이라 몰아세우던 당시 정권에 의해 두 사람 모두 처형당하고 맙니다. 그로부터 20년 후, 스탈린에 대한 비판과 함께 넵스키 부부의 명예가 회복되기는 했지만, 그야말로 비극이 아닐 수 없습니다.

저는 귀하게 여기며 읽어온 이 장서의 일부를 가까운 미래에, 연재의 제목과 같은 〈사카모토 도서〉라는 이름으로 도쿄 모처에 작은 공간을 마련해 전시할 생각입니다. 아버지 같이 '영구 보존'을 원하는 것은 아니지만 거리의 헌책방처럼 책과 사람들이 오가는 장소가 되었으면 좋겠습니다. 참고로 책에 둘러싸여 지낸 뉴욕에서의 체류를 마치고 치료를 위해 도쿄로 돌아가 담당 병원에서 오랜만에 종양 표지자 검사를 했는데, 놀랍게도 수치가 떨어져 있었습니다. 담당 선생님은 "이건 분명 뉴욕 생활의 효과네요. 저희가 아무것도 안 하는 것이 오히려 나은 걸까요?"라며 고개를 갸웃거리더군요. 어쩌면 집 여기저기 붙어 있는 효모균 같은 것이 건강에 긍정적인 작용을 한 것일지도 모르겠습니다. 신기한 일이에요.

마지막 피아노 솔로

일본에 귀국한 후에는 MR 작품의 프로듀서였던 토드로부터 '내년의 공연을 위해 당신만의 향기를 만들고 싶다'라는 제안을 받아 교토의 오래된 향 전문점 '쇼에이도'(松榮堂)를 방문해 저의 이미지에 어울리는 향을 조합했습니다. 스무 종류 이상의 소재에서 후각에만 의존해 여덟 종류를 선택한 다음, 각각의 배합을 세세하게 조정해가는 작업을 했죠. 오랫동안 두고두고 자신의 향으로 기억될 것이라는 생각에 몇 시간에 걸쳐 진지하게 선정했습니다.

9월 말에는 일본을 방문한 BTS의 멤버, 슈가를 만났습니다. 굳이 설명이 필요 없는 세계 정상의 아이돌임에도 불구하고, 대화를 해보니 전혀 교만함이 없는 좋은 청년이었고, 매우 진지하게 음악 활동에 임하고 있다는 인상을 받았습니다. 다른 취미가 없는 것이 아닐까 싶을 정도로 늘 음악 생각을 하더군요. 이야기를 들어보니 열두 살 때쯤 부모님의 손에 이끌려 간 극장에서 재개봉한 〈마지막 황제〉를 보게 되었고, 그것을 계기로 음악에 관심을 가지게 되었다고 합니다. 이런 인연도 있고 해서 저와의 만남을 원했던 모양이에요. 기본적으로는 사적인 대면이었기 때문에 사담을 주고받은 정도지만, 슈가와 함께 다니는 다큐멘터리 팀이 카메라로 찍고 있었으니 당시 모습이 담긴 영상이 어딘가에서 공개될지도 모르겠네요. 그 후, 슈가의 제안으로 그

의 솔로 앨범 중 〈Snooze〉 트랙을 위한 피아노 연주 음원을
보냈습니다.

그리고 그사이인 9월 초부터 중반까지 무척 중요한 일
이 있었습니다. 바로 〈Playing the Piano 2022〉를 위한 촬영
이었죠. 2020년 말에 온라인 공개된 피아노 솔로는 칭찬해
주는 이들이 있기는 했지만, 몸과 마음의 상태가 모두 최악
이었던 때라 개인적으로는 적잖이 후회가 남았습니다. 비
주얼 면에서도 만족할 만한 결과를 얻지 못해, 그것이 마
지막이 된다고 생각하니 분한 마음이 들더군요. 그래서 아
직은 간신히 만족스러운 수준으로 피아노를 칠 수 있으니
더 늦기 전에 미래에 남길 만한 연주 장면을 담아둬야겠다
는 생각으로 이 기획을 준비했습니다. 개인적으로 일본에
서 가장 소리의 울림이 좋다고 생각하는 NHK 방송 센터의
509 스튜디오를 빌려 녹화를 진행하기로 했습니다. 감독이
상당히 엄격한 분이라 촬영 준비를 위한 시간이 확보되도
록 꽤 이른 단계부터 연주할 곡의 레퍼토리를 정해야 했죠.
아이폰으로 녹음한 임시 음원을 바탕으로 아침부터 밤까지
변해가는 하루의 흐름을 그리며 곡의 순서를 정하고 전체
적인 구성을 짰습니다. 무척 상세한 그림 콘티가 준비되었
고, 곡에 따라 조명과 카메라의 위치가 크게 바뀌었습니다.

참여한 스태프만 30명 정도 되는 대규모 팀과 세 대의
4K 카메라를 사용해 촬영을 했는데, 이번에야말로 이런 형
식으로 모두에게 공연을 선보이는 마지막 기회일 것이라

는 생각에 긴장하면서 하루에 몇 곡씩 녹화를 진행했습니다. 그중에는 〈The Wuthering Heights〉(1992년)나 〈Ichi-mei-Small Happiness〉(2011년)처럼 처음으로 피아노 솔로를 시도하는 곡들도 있었습니다. 〈Tong Poo〉는 이전까지와는 달리 느긋한 템포로 연주했습니다. 그런 의미에서, 마지막 기회라고 칭한 이 연주는 이제 와 비로소 만나는 새로운 경지라고도 할 수 있습니다.

다만, 지금의 저는 하루에 몇 곡을 제대로 치는 것만으로도 버겁기 때문에 오랜 시간 기다려주신 팬들에게는 죄송하지만, 라이브 콘서트를 해낼 수 있을 만큼의 체력은 아무래도 남지 않은 것 같습니다. 이 피아노 솔로는 13곡을 담은 60분 버전으로 12월에 먼저 온라인으로 공개된 후 NHK의 프로그램에서도 짧게 소개되었는데 언젠가는 총 20곡의 장편으로 편집된 '콘서트 영화' 버전도 선보이고 싶습니다. 상당한 에너지를 소비한 탓인지 촬영을 마치고 한 달 정도는 확실히 기력이 없다고 할까, 계속 몸 상태가 저조했습니다. 그래도 죽기 전에 스스로 납득할 만한 연주를 남겼다는 사실에 안도하고 있습니다.

연이어, 마찬가지로 시부야에 있는 Bunkamura의 스튜디오를 빌려 〈Sonate pour Violon et Piano〉(1971년)와 〈Quatuor à Cordes〉(1972년)의 레코딩을 진행했습니다. 각각 제가 도쿄예술대학 1학년, 2학년을 수료할 때 쓴 작품입니다. 어린 시절에 만든 곡들이긴 하지만 모처럼 악보가 남

미래에 남기는 것

아 있으니 이 역시 내가 살아 있는 동안 제대로 된 음원으로 기록해두고 싶다는 마음이 들었습니다. 둘 다 상당히 어려운 곡이라 예전의 제가 어떻게 쳤는지 신기할 정도로 지금의 저로서는 감당하기 힘들더군요. 그래서 알고 지내는 비올라 연주자 아다치 마리 씨에게 부탁해 일본 내 최고 실력자들을 모아 이틀에 걸쳐 녹음을 했습니다.

이전에 요즘 예대생들에 대한 불만을 말하기는 했지만, 우수한 인재들은 정말로 우수하더군요. 과거의 일본 오케스트라는 레벨이 낮다고 여겨졌는데 지금은 기술이 현격히 높아져 해외에 선보여도 부끄럽지 않은 수준이 되었습니다. 현대음악 분야에서도, 1960년대에 작곡가 이안니스 크세나키스가 다카하시 유지를 위해 〈헤르마〉라는 곡을 썼을 때는 전 세계에서 오직 유지만이 칠 수 있는 난곡이라고들 했지만, 지금은 수십 명의 피아니스트들이 연주하고 있을 겁니다. 〈Sonate pour Violon et Piano〉는 바이올린 소나타고, 〈Quatuor à Cordes〉는 현악 4중주인데 50년도 전에 쓴 곡을 세계적인 실력의 젊은 연주자들의 연주로 들을 수 있어 무척 행복했습니다.

《12》

오랜 시간에 걸쳐 되짚어본 『음악으로 자유로워지다』

이후의 활동도 이 주제를 마지막으로 일단락이 되겠네요. 2023년 1월 17일, 저의 71세 생일에 새로운 앨범이 발매되었습니다. 2021년 초 큰 수술을 받고 긴 시간 입원한 후 도쿄의 임시 거처로 돌아온 저는 그로부터 얼마 후 다소 체력이 회복되어 신시사이저를 만지작거려 봤습니다. 뭔가를 만들겠다는 의식도 없이, 그저 소리를 마음껏 느끼고 싶었습니다. 3월 10일의 일이었죠. 이후 가끔씩 신시사이저와 피아노 건반을 쳤고, 마치 일기를 쓰듯 그 스케치를 기록해 두었습니다.

시간이 지나자 그렇게 쌓인 음원들을 앨범으로 만들어도 되지 않을까 하는 생각이 들기 시작했습니다. 그래서 마음에 드는 것을 골라 보니 총 열두 곡이더군요. 곡명은 심플하게 레코딩한 날짜로 했고, 〈20210310〉부터 〈20220304〉까지 약 1년에 걸친 기록이 담겼습니다. 앨범을 발매하기 위해서는 재킷 디자인도 선정해야 하는데요. 파트너는 큰맘 먹고 이우환 선생님에게 부탁해보라고 했지만, 당초 저는 "아무리 그래도 너무 과한 부탁이야"라며 그 생각을 접었습니다. 그러나 《async》 이후 선생님을 통해 큰 영감을 받고 있던 만큼, 한번 들어봐달라는 부탁이라도 해보자는 생각으로 "들어보시고 혹시 뭔가 떠오르는 것이 있다면 기존 작품이라도 좋으니 제공을 부탁드려도 될까요?"라며 임시로 믹싱한 음원을 보냈는데, 놀랍게도 "기쁜 마음으로 새 작품을 그려주겠다"며 흔쾌히 승낙해주셨습니다.

작품을 부탁드렸던 2022년 가을에는 때마침 노기자카에 있는 국립 신미술관의 개관 15주년 기념 기획으로 이우환 선생님의 대규모 개인전이 열리고 있었습니다. 저는 특별히 휴관일에 입장해 선생님께 직접 안내를 받으며 전시회를 관람하는 최고의 행복을 누렸는데, 그 자리에서 갑자기 "이 드로잉, 가져가요"라며 한 장의 그림을 건네주셨습니다. 이 작품을 재킷으로 쓰게 되는가 보다 생각하며 감사한 마음으로 받아 틈날 때마다 열심히 들여다보고 있었는데 얼마 후 선생님께 연락을 받고 보니, 아무래도 그 그림은 앨범을 위해 그려진 것은 아닌 듯했습니다. "사카모토 군에게 개인적으로 힘을 주고 싶었던 것뿐이다"라는 말씀에 크게 감동하고 있었더니 열흘쯤 지나 새로운 드로잉이 도착했습니다. 녹색과 붉은 선으로 그려진, 강을 떠올리게 하는 근사한 작품이었죠.

처음에는 이 앨범을 《12 sketches》라고 불렀는데 이 역시 파트너의 의견에 따라 'sketches'를 뺀 《12》라는 제목으로 발매하게 되었습니다. 수록곡이 열두 곡이 된 것은 어디까지나 우연이지만, 이 숫자는 최근 제가 꾸준히 관심을 가지고 있는 '시간'이라는 개념을 상징하기도 합니다. 1년은 열두 달이고, 시간의 인덱스 역시 12죠. 게다가 동양에는 십이지라는 개념도 존재하고요. 우리는 보통 10진법을 사용해 생활하지만, 아무래도 시간을 인식할 때만큼은 12진법을 기준으로 사고하는 것 같습니다. 원래 고대 로마의

'로물루스 달력'에서는 1년이 10개월이었던 것이, 이후 '누마 달력'에서 12개월로 고쳐졌으니까요… 라는 식으로 나중에 이런저런 설명을 가져다 붙일 수는 있겠으나, 지금까지 발표해온 다른 오리지널 앨범과는 달리, 기본적으로 이 앨범은 어떤 확고한 콘셉트를 토대로 제작된 것이 아닙니다. 그저 싱겁게 연주했던 신시사이저와 피아노 음원을 한 장의 앨범에 담았을 뿐, 그 이상의 무엇도 아니에요. 하지만 지금의 저에게는 이처럼 어떠한 계획도 없이 만들어진 날 것 그대로의 음악이 더 만족스럽게 느껴집니다.

이것으로 저의 이야기는 일단 마칩니다.

Ars longa, vita brevis. (예술은 길고, 인생은 짧다.)

–

스즈키 마사후미[1]

鈴木正文

1

사카모토 류이치 씨와, 그것이 마지막이 될 줄 모른 채 마지막으로 만난 것이 2023년 3월 8일이었다. 그로부터 20일 후인 3월 28일 새벽, 사카모토 씨는 세상을 떠났다.

3월 8일 전야에는 보름달이 떴다.

내일은 사카모토 씨를 만나는 날이구나, 라고 생각하며 맑게 갠 도심의 밤하늘을 올려다보니 '풀 문'이 휘영청 빛나고 있었다. 문 페이즈 손목시계를 아직 안 샀네, 하고 그때 문득 생각했다.

이 책의 토대가 된 잡지 《신초》에서의 연재 '나는 앞으로 몇 번의 보름달을 볼 수 있을까'가 시작된 것은 2022년 6월 7일에 발매된 22년 7월호로, 연재는 해를 넘겨 2023년 1월 7일에 발매된 23년 2월호까지 총 8회에 걸쳐 완결되었다. 마지막 회를 위한 인터뷰를 진행한 것이 2022년 10월

---

1   전 《GQ JAPAN》 편집장으로 『음악으로 자유로워지다』에서도 사카모토 류이치의 인터뷰 취재를 담당했다.

12일, 인터뷰 취재가 시작된 것은 같은 해 2월 2일이었다.

　이전 해, 그러니까 2021년의 12월 23일, 코로나 사태에도 아랑곳하지 않는다는 듯 가히 폭력적이라 할 만한 '재개발'이 엄청난 기세로 진행 중이던 시부야 역 근처의 막 지어진 초고층 건물 안, 한 호텔 라운지의 개인 룸에서 인사를 겸한 첫 회의를 위해 연재 관계자 여섯 명이 자리를 같이했다. 사카모토 씨의 매니지먼트를 오랫동안 담당해온 두 사람과 《신초》의 편집장 야노 유타카 씨, 같은 편집부의 스기야마 다쓰야 씨, 잡지 《부인화보》 등에서 사카모토 씨의 '현재'를 꾸준히 발신해온 편집자 이토 소켄 씨, 그리고 2009년 '본격적인 첫 번째 자전'이라는 이름을 내걸고 출간한 『음악으로 자유로워지다』의 토대가 된 인터뷰를 담당했던 나, 이렇게 여섯이었다. 『음악으로 자유로워지다』의 뒤를 잇는 형태로 사카모토 류이치 씨가 자신의 말로 엮어내는 '그 이후의 자전'을 《신초》에서 연재하고, 내가 그 이야기의 청자가 되는 것으로 그 자리에서 결정되었다.

　사카모토 씨가 일본을 대상으로 설립한 레이블을 운영하는 레코드 회사, 에이벡스는 2021년 1월 21일에 사카모토 씨가 직장암 수술을 받았고, 수술은 성공적으로 끝났으며 사카모토 씨가 "치료를 받으면서 가능한 범위 안에서 일을 계속하겠습니다"라는 말을 남겼음을 발표했고, 덧붙여 "조금만 더 음악을 만들어볼 생각이니 모두 지켜봐주시면 감사하겠습니다"라고 전한 사카모토 씨 본인의 코멘트도 공개했다. 그러니 그가 투병 중이라는 사실 자체는 그 자리의 편집 관계자 모두가 알고 있는 셈이었다. 하지만 '조금만 더'라는 말에 담긴 사태의 심각성과 그 상황 속에서 사카모토 씨가 가졌던 결연한 생각까지는 미처 알지 못했다.

1월의 수술이 무척이나 어려워 스무 시간이나 걸렸다는 사실, 그리고 그 후로도 격렬한 투병과 수술이 이어졌음을 우리는 그제야 알게 되었다. 그 상황에 대해서는 글의 서두를 비롯해 이 책 이곳저곳에 쓰여 있는데, 특히 1월의 대수술 후 심신에 깊은 상처를 입은 그가 병실에서 불현듯 "나는 앞으로 몇 번의 보름달을 볼 수 있을까"라는 혼잣말을 중얼거렸다는 이야기를 회의 도중 매니지먼트 관계자에게 들었다. 그것은 사카모토 씨가 음악을 맡은 1990년의 영화 〈마지막 사랑〉의 마지막에 등장한 원작자 폴 볼스가 내레이션처럼 읊조리던 말의 일부였다.

그 혼잣말이 연재의, 그리고 이 책의 제목이 되었다. 그 말은 내뱉어진 순간, 우리의 마음을 사로잡았다.

영화에서 볼스는 길을 헤매다 모로코 변두리에 있는 카페에 들어온 주인공 키트를 연기한 데브라 윙거에게 "미아가 된 건가?" 하고 묻고는 "예스"라고 답하는 그녀에게 원작인 1949년의 동명 소설에 있는 다음의 부분을 마치 책을 읽듯 담담한 어조로 이야기한다.

'자신이 언제 죽을지를 모르니 우리는 인생을, 마르지 않는 셈이라고 생각하고 만다. 하지만 세상 모든 일은 무한하게 일어나지 않는다. 극히 적은 횟수밖에 일어나지 않는 것이 현실이다. 어린 시절의 그 오후를, 앞으로 몇 번 떠올릴까? 그것이 없었다면 자신의 인생이 어떻게 되었을지도 모를 정도로 깊은 곳에서, 지금의 자신의 일부가 된 그 오후마저. 아마 앞으로 네 번, 혹은 다섯 번일 것이다. 아니, 더 적을지도 모른다. 보름달이 뜨는 것을 보는 일은 앞으로 몇 번이나 더 있을까. 아마 스무 번이려나. 그리고, 그럼에도, 무한한 횟수가 있다는 듯 생각한다.' (졸역)[2]

Because we don't know when we will die, we get to think of life as an inexhaustible well. Yet everything happens only a certain number of times, and a very small number really. How many more times will you remember a certain afternoon of your childhood, some afternoon that's so deeply a part of your being that you can't even conceive of your life without it? Perhaps four or five times more. Perhaps not even that. How many more times will you watch the full moon rise? Perhaps twenty. And yet it all seems limitless.

사카모토 씨는 헤매듯 들어선 도쿄의 병실에서 볼스의

---

2   필자가 스스로 책의 구절을 번역했음을 겸손하게 표현한 듯하다.

이 말을 반추하고 있었던 것이다.

밤하늘을 비추는 보름달과 한낮에 눈부신 푸른 하늘을 그려내는 태양을 동시에 떠오르게 하는, 우리를 감싸고 있는 한 겹의 얇은 껍질과 같은 '셸터링 스카이', 그 너머에 펼쳐진 어둠을 바라보며….

2021년 1월의 보름달은 29일에 떴다. 수술 후였다. 기록을 보니 그날의 하늘은 맑았다. 그때부터 2023년 3월 7일까지 보름달이 떴던 모든 날, 도쿄의 하늘이 맑았다면 이론적으로, 사카모토 씨는 스물일곱 번의 보름달을 볼 기회가 있었다. 실제로는 몇 번이나 보았을까….

아무튼 사카모토 씨가 볼 수 있었던 마지막 보름달의 밤, 그다음 날에 나는 그가 있는 도심의 호텔을 찾았다. 약속은 오후 두 시 반이었다.

2

사카모토 씨는 자필로, 그리고 컴퓨터와 아이폰에, 메모 같은 일기를 잔뜩 기록해두었다고 한다. 사카모토 씨가 세상을 떠나고 한 달 정도 지났을 즈음, 나는 유족으로부터 그 일기의 출력본을 건네받았다.

'20210131'(2021년 1월 31일)부터 '20220923'(2022년 9월 23일)까지의 기간 중 17일분의 발췌본이 있었다.

첫 글의 날짜는 '20210131'(2021년 1월 31일). 큰 수술이 끝나고 섬망 증세를 자주 겪던 시기였다. 병실에서 적은 두 편의 조각 글이 있었다. 하나는 "이런 상태 속에서 내 감각은? 내 사상은? 내 음악은?"이라는 자문이었다. 또 하나는 "아무것도 없다, 아무것도 들리지 않는다. 아무것도 하고 싶은 말이 없다"라는 허무의 독백이었다.

혼탁한 의식과 맑은 의식의 경계를 부유하며 양쪽을 오가던 때에도 사카모토 씨는, 칸트식으로 말하자면 '나 자신을 의식하는 나'를 물었으며, 그리고 그것을 글로 대상화하고 있었다. 사카모토 씨의 명석한 정신은 그 잔혹한 병상에서도 여전히 살아 운동하고 있었다. 감명을 금치 못했다.

그로부터 5일 후인 2월 5일(20210205)에는 음악적이라고도 할 수 있는 두 조각의 메모를 남겼다. 첫 번째는 "그림자와 빛의 희미한 움직임", 그리고 두 번째는 "그 어떤 추악한 도심에서도, 자연 속에서도, 세계가 가장 아름다운 시간, 새벽"이라는 글이었다.

도심 속 병원의, 아마도 높은 층에 있었을 듯한 병실에서, 사카모토 씨는 "그림자와 빛의 희미한 움직임"과 "추악한 도심"이 되어버린 도쿄의, 병실의 창문 너머로 바라볼 때조차 아름다운 겨울 아침의 "새벽"에 마음을 움직였다. "그림자와 빛의 움직임"도 "아름다운 새벽"도 공간에 생겨난 사상(事象)이다. 그러나 다른 면에서 그것은, 공간 안에 흐르는 시간을 의식화시킨다. 요컨대, '시간 의식'이기도 한 것이다. 음악을 시간 예술이라고 한다면, 거기에는 음악적 의식의 파편이 있다.

그리고 그로부터 이틀 후인 2월 7일(20210207)의 다이어리에는 음악의 구체적인 곡명이 등장한다.

첫 번째는 "Roy Clark 〈Yesterday, When I Was Young〉"이고, 다음은 "〈La Strada〉", 그다음은 "〈My Mister〉 Sondia", 그리고 또 하나는 "〈Verdi è morto〉", 이렇게 네 곡이다. 이들 뒤에 "BB의 마지막에 떠오른 음악은 무엇이었을까?"라는 한 문장이 덧붙어 있다.

미국의 컨트리&웨스턴 가수인 로이 클라크가 노래한 〈Yesterday, When I Was Young〉을 우연찮게 듣게 됐을 때의 감흥은 이 책에 적힌 그대로이므로 다른 말을 얹을 필요가 없지만, 나머지 세 곡에 대해 약간의 주석을 달자면 이들은 모두 영화(혹은 드라마)와 연관이 있다. 〈La Strada〉는 페데리코 펠리니 감독의 1954년 작품(번역된 제목은 〈길〉)에 나오는 니노 로타의 주제곡으로, 영화의 원제와 제목이 같다. 〈My Mister〉의 메모는 2018년 방영된 한국 드라마 〈나의 아저씨〉에서 손디아가 부른 오리지널 사운드트랙인 〈어른〉(Grown Ups)을 가리킨 것이며 〈Verdi è morto〉는 1976년 개봉한 베르나르도 베르톨루치 감독의 대작 〈1900년〉의 사운드트랙인 엔니오 모리꼬네의 작품이다. 그리고 "BB의 ~"로 시작되는 문장의 "BB"는 베르나르도 베르톨루치를 뜻한다.

1987년의 〈마지막 황제〉, 1990년의 〈마지막 사랑〉, 그리고 1993년의 〈리틀 부다〉까지 연달아 작품에 참여한 것을 계기로 사카모토 씨와 깊은 우정을 쌓았던 베르톨루치는 2018년, 77세의 나이에 로마의 자택에서 암으로 생을 마감했다. BB의 마지막 순간에 떠오른 음악에 대한 생각은 사카모토 씨 자신의 음악에의 상념과 겹쳐졌을까….

사카모토 씨의 마지막 생일이 된 2023년 1월 17일에 발매된 《12》는 그의 마지막 오리지널 앨범이다. 수록곡 중에 가장 이른 날짜가 붙은 것은 〈20210310〉인데 이 숫자(날짜)로 된 제목은 이 곡이 2021년 3월 10일에 만들어졌음을 의미한다. 2월 7일로부터 한 달 정도 지난 후에 우주적 사운드스케이프가 펼쳐지는 그 곡이 사카모토 씨가 연주하는 신시사이저에서 흘러나왔다. 큰 수술에서 살아 돌아온 지 두 달도 채 되지 않아 사카모토 씨는 음악을 탈환했다. 그 사실은 고귀하다.

이어서 다이어리 날짜순으로 열일곱 개의 글 중 나머지 열네 개를 코멘트 없이 소개한다. 마지막을 앞둔 사카모토 씨의 마음의 움직임을 엿볼 수 있을 것이다.[3]

20210512   예전에는 사람이 태어나면 주변 사람들이 웃고, 사람이 죽으면 주변 사람들이 울었다. 미래에는 점점

저자를 대신한 에필로그

3   이후 일기의 내용은 메모 그대로를 옮긴 것으로 마침표를 표기하지 않았다.

더 생명과 존재가 경시될 것이다. 생명은 점점 더 조작의 대상이 될 것이다. 그런 세상을 보지 않고 죽는 것은 행복한 일이다

20210731　　　보다 높게, 보다 빨리, 이런 식의 경쟁에 열광하는 것은 지극히 우생사상에 가깝다. 그렇지 않은 사회를 지향하고 싶다

20211028　　　(수기 노트) 인류의 파멸과 자신의 죽음을 내다보며 곡을 쓴다/강렬한 무언가를 보고 싶다, 읽고 싶다, 마음에 푹 꽂히는 것을. 사카구치 안고의 글을 읽어보고 있다. 힘이 느껴지는 부분도 있지만 아직 부족하다/미켈란젤로의 시스티나 예배당은 보고 싶다

20211121　　　벽을 부수자!

20211221　　　모차르트를 들음으로써 음악의 평형감각을 되찾는다. 동시에 아주 먼 음악이라는 위화감도 든다. 왠지 머—언 느낌이 든다. 하지만 음악의 기본이구나, 하는 느낌도 든다

20211224　　　지금, 뭐가 듣고 싶어?

20211227　　　모두의 에고가 사라졌을 때, 좋은 연주를 할 수 있다

20220129　　　노을을 보고 있자니, 구름의 느긋한 움직임이 느껴진다. 과연 도쿄에서 몇 명이나 이걸 보고 있을까／구름의 움직임은 소리 없는 음악 같다

20220320　　　내게는 음악이 마루턱의 찻집 같다／아무리 지쳐 있어도 그것이 보이면 달음박질하게 되고, 주먹밥 하나 먹고 나면 남은 절반의 등산도 문제없다

20220321　　　베토벤 교향곡 9번은 야만적이며 고귀하다

20220418　　　이렇게 된 이상 어떤 운명도 받아들일 준비가 되어 있다

20220616　　　NY에／잠 못 드는 밤／아름다운 아침

20220807　　　영화 〈줄 앤 짐〉(Jules et Jim) 훌륭하다. 아폴리네르의 소설이 읽고 싶어진다. 동시에 『쓰레즈레구사』(徒然草)도 읽고 싶다

20220923　　　나는 고서가 없으면 살아갈 수 없다／그리고

가드레일을 좋아한다

이렇게 옮겨 적다 보면 무언가가 복받쳐 오른다….
　이 원고를 집필하는 사이 사카모토 씨의 '일기' 중 2022년
10월부터 마지막의 마지막인 2023년 3월 26일까지의 기록
중에서 독자들에게 공개할 수 있는 내용을 유족이 추가로
공유해주었다. 거기에서 고른 글들을 다음에 덧붙인다.

20221011　　　산다는 건 귀찮다

20221115　　　밤, 상실, 흥분, 혼효(混淆)

20221224　　　SUGA piece done./Jarmusch(자무시)의 "Pa-
terson"(《패터슨》)을 보다/Frank O'Hara(프랭크 오하라),
William Carlos Williams(윌리엄 카를로스 윌리엄스)에게 흥
미가 생기다

20230101　　　마야콥스키의 상상력은 심상치 않다

20230117　　　71세, 1년 더 연명한 건가…/이즈쓰 도시히
코를 읽다

20230218　　　NHK의 유키히로 녹화를 보다/쳇, Rydeen

이 슬픈 곡처럼 들리잖아!

20230221   이(우환) 선생님과 통화, 호흡을 가다듬으라고

20230306   아카데미 vote를 하다

20230311   311 대재해로부터 12년/전기를 만드는 방법은 얼마든지 있다/그중에서 가장 위험하고 미완성인 기술, 원자력발전을 선택하는 것은 어리석은 일이다

20230316   음악 보름달

20230324   기력이 없다

20230326   0545 36.7 ／ BP 115-80 ／ SPO 97

2023년 3월 8일 오후 2시 반으로 이야기를 되돌린다.
　전년 10월 12일에 《신초》의 연재를 위한 마지막 인터뷰를 한 이래, 사카모토 씨와의 재회가 이뤄진 곳은 도심의 한 호텔 방이었다.

2월 중순쯤 이토 소켄 씨로부터 받은 메일이 이 일의 시작이었다. 사카모토 씨와 나의 대담을 수록하고 싶으니 응해달라는 요청이 담겨 있었다.

2018년부터 2022년까지의 4년간, 36회에 걸쳐 잡지《부인화보》에 게재된 연재 '사카모토 도서'의 편집을 맡았던 이토 씨는 이때, 연재를 엮어 단행본으로 출간할 계획을 가지고 사카모토 씨 팀과 상의를 하고 있었다. 하지만 연재했던 원고만으로는 서적의 분량이 충분하지 않아 연재 종료 후부터 지금까지의 사카모토 씨의 독서생활에 관해 나와 사카모토 씨가 대담을 하면 그 내용을 책『사카모토 도서』의 추가 기획으로 싣고 싶다는 뜻을 전해온 것이다.

한편, 2월 8일에는 사카모토 씨에게도 한 통의 메일을 받았었다.

"잘 지내십니까?"라는 인사로 시작한 그 메일에는 "나가이 가후의 『게다를 신고 어슬렁어슬렁』(日和下駄)이라는 책은 읽으셨나요. 가후가 다이쇼 3년부터 4년에 걸쳐 쓴 도쿄 시내 산책기인데 이미, 혹은 서서히 망가져가는 도쿄 시에 대해 개탄하는 책입니다. 본 적 없는 옛 도쿄가 그리워집니다"라는 내용이 적혀 있었다.

나는 『게다를 신고 어슬렁어슬렁』을 읽지 않았다. 황급히 아마존에서 책을 사고 좌우지간 서둘러 읽은 다음 그 감상을 사카모토 씨에게 메일로 보냈고, 그때부터 가후의 스승이라 할 수 있는 모리 오가이라든지, 예전에는 오가이가 살던 센다기의 '간초로'에서 볼 수 있었을 옛 도쿄 만에 대해, 한바탕 두 사람 사이에 메일이 오갔다. 그것이 '대담' 기획의 힌트가 되었는지도 모르겠다.

그래, '대담'이든, 그렇지 않든, 사카모토 씨의 최근 독서 경험을 아는 것은 독자들에게 큰 이익이 될 것이다. 나는 대담 상대라기보다 차라리 인터뷰어가 되겠다는 마음으로 이 요청에 응했다. 사카모토 씨와 다시 만나 대화를 나눌 수 있는 기회가 운 좋게, 그리고 뜻하지 않게 내게 찾아온 것이다.

5개월 만에 만난 사카모토 씨는 '캐뉼러'라는 투명한 튜브를 양쪽 콧구멍에 끼운 채 호텔 방의 소파에 조용히 앉아 있었다. 사카모토 씨가 산소 부족 상태에 있음을 말해주는 모습이었다. 방에 들어선 나와 이토 씨는 캐뉼러에 대해서는 언급하지 않은 채, 각자 사카모토 씨에게 '평소와 다름없는' 인사말을 건넸다. 전보다 다소 야위어 보이던 사카모토 씨는 온화한 미소로 그에 답하며 우리가 자리에 앉도록 권했다.

이야기를 시작한 사카모토 씨의 목소리는 처음 몇 분 동안은 다소 갈라진 느낌이 있었지만, 어조는 처음부터 확실하게 안정되어 있었고 발음은 명확했으며, 성량은 점차 커졌다. 그리고 여느 때와 다름없이, 적당한 표현을 찾을 때의 안광에는 틀림없는 지성의 빛이 어렸고, 그 날카로움은 보는 이로 하여금 주춤거리게 할 만한 것이었다. 우리는 족

거자들 대신한 에필로그

히 두 시간이 넘는 시간을 그 방에서 보냈고 사카모토 씨가 최근에 읽은 책과 흥미를 갖게 된 내용에 대해 대화했을 뿐 아니라, 고서와 함께 보내는 시간의 행복에 대해 기쁜 얼굴로 말하는 그의 이야기를, 깊은 만족감 속에서 들었다.

그곳에서 어떤 대화가 오갔는지는 머지않아 책으로 나올 『사카모토 도서』에 맡겨둬야 한다. 그러나 그날을 위해 사전에 공유 받은 '최근 몇 년간 교수가 소중하게 읽어온 책'에 선정된 열 권의 책 제목과 저자 정도는 소개해도 괜찮으리라 생각한다. 그날, 그 모든 것에 이야기가 이르지는 않았겠으나, 사카모토 씨의 마지막 날들의 독서생활과 정신적인 상태의 한 부분을 상상하는 실마리는 될 수 있지 않을까 생각하므로….

『의식과 본질』(이즈쓰 도시히코), 『노자 도덕경』(이즈쓰 도시히코), 『장자』(중국의 사상XII 마쓰에다 시게오＋다케우치 요시미 감수, 기시 요코 옮김), 『이재풍아』(夷齋風雅, 이시카와 준), 『행인』(나쓰메 소세키), 『게다를 신고 어슬렁어슬렁』(나가이 후가), 『무문관』(니시무라 에신 역주), 『묵시』(도미자와 가키오), 『오가이 근대소설집 제2권』(모리 오가이), 『불합리하기 때문에 믿는다』(하니야 유타카)

이 얼마나 왕성한 정신 활동인가!

우리가 그곳을 떠난 때는 이미 다섯 시를 훌쩍 넘긴 시각이었다. 사카모토 씨는 우리가 왔을 때와 마찬가지로 같은 소파의 같은 자리에 앉아 방을 나서는 우리를 진심 어린 순수한 미소와 안녕의 손짓으로 배웅해주었다. 문을 닫을 때 돌아보니 그가 여전히 손을 흔들고 있었다. 그것이 사카모토 씨를 본 마지막이었다.

그날 밤, 한 통의 메일이 '수신함'에 도착해 있었다.

스― 씨,

오늘은 고마웠습니다.
언제나 그렇지만, 무척 즐거웠어요.
꼭 다음에 또 만납시다.

사카모토 류이치

사카모토 씨는 나를 '스― 씨'(スーさん)라고 부르는 습관이 있었다. 오후 9시 34분에 수신된 것이었다. 이 메일을 받은 지 약 두 시간 후인 밤 11시 46분에 또 한 통의 메일이, 뒤쫓듯 도착했다. 이런 내용이었다.

스― 씨,

아까 말하는 걸 잊었는데 하이쿠 시인 도미자와 가키오의 대표작은
"나비의 낙하/그 소리 크게 울린/얼어붙은 날"
인데, 굉장한 것 같아요.
정말 놀라웠습니다.

사카모토 류이치

이것이 내 앞으로 도착한 마지막 메일이었다. 20일 후…, 나비가 아닌, 사카모토 씨가 낙하했다.

4

사카모토 씨가 이 책의 바탕이 된 《신초》의 연재, 그 최종회분의 교정을 마친 것은 2022년 12월 13일이었다. 그때 사카모토 씨는 암이 아닌 다른 이유로 입원 중이었다. 입원한 날짜는 12월 2일이었다.

그날 아침의 상태는 나쁘지 않았다. 2023년 1월 17일, 71세 생일에 발매될 열일곱 번째 솔로 앨범 《12》의 360도 믹스 실감음향(Immersive sound)을 한창 제작하고 있던 중으로, 그 소리를 확인하기 위해 오랜만에 미나토 구 노기자카의 소니 스튜디오에 들를 일이 있었다. 스튜디오에서 사카

모토 씨는 소리를 꼼꼼히 확인하고, 가린토 과자와 센베이도 먹고, 건강한 모습으로 돌아갔다고 한다.

그런데 그 후 사카모토 씨는 알 수 없는 복통을 겪고 저녁에 긴급 입원하게 된다. 궤양으로 십이지장에 구멍이 뚫려 복막염이 생긴 것이다. 십이지장에 구멍이 날 정도로 스트레스를 받았다는 뜻일 테다. 그래도 수술을 받고 기적적으로 빠르게 회복해 15일에 퇴원할 수 있어 다행이었는데, 퇴원을 하고 나서도 몸 상태를 체크하고, 진행 중인 일을 계속하며, 가족 행사에도 참여하는 등 12월이라는 시기적 특성도 한몫해 쉴 새 없는 일정을 보냈다고 한다.

연말에는 연례행사인 가족들과 함께하는 이즈 온천 여행에서 3박을 했다고 했다. 근사한 마지막 연말이 되었을 것이라고, 그렇게 믿고 싶다.

하지만 새해가 밝고 1월 2일이 되자, 폐렴이 발병했다. 공교롭게도 섣달그믐날에 YMO 시절부터 마음을 터놓고 지내온 다카하시 유키히로 씨가 심각한 폐렴을 앓고 있다는 사실을 알게 된 직후였다. "누가 먼저일까." 사카모토 씨는 그때, 이렇게 중얼거렸다고 한다.

1월 11일, 유키히로 씨가 유명을 달리했다는 소식을 곧바로 알게 된 사카모토 씨는 "유키히로, 미안. 난 좀 더 애써볼 거야"라고 소리 내어 말했다고 한다.

이전 해부터 몇 번이나 유키히로 씨를 만나러 가려고 했는데 그때마다 둘 중 한 명의 몸 상태가 좋지 않아 결국은 만나지 못한 채 헤어짐의 날을 맞이하고 말았다. "좀 더 해볼 거야"라는 사카모토 씨의 말에는 이 무렵 지인의 소개로 알게 된 면역치료에의 기대가 담겨 있었다. 1월 13일, 첫 치료를 받고 사카모토 씨는 의사의 얼굴을 바라보며 "엄청난 희망이 느껴져요"라고 말했다고 한다. 사카모토 씨는 다음 날인 14일의 '일기'에 "다시 살 수 있다고 생각하니 흥분으로 눈이 말똥말똥해져 밤새도록 잠들 수 없었다"라고 적었다.

그러나 폐의 상태는 여전히 좋지 않았고, 호흡이 힘들어졌다. 산소호흡기를 달게 되었다. 집에 있는 동안에는 튜브를 코에 꽂은 채로 지냈다. 하지만 전체적인 몸 상태는 안정적이었다고 한다. 그리고 1월 30일에는 염원하던 '아라키'의 스시를 먹었다.

아라키의 주인 아라키 미쓰히로 씨는 긴자에 포럼을 건 2010년부터 2년 연속 미슐랭 3스타를 받고 2014년부터 런던으로 가게를 옮겨 그곳에서도 3스타를 받은 후, 2019년에 런던의 가게를 제자에게 넘기고 홍콩에서 다시 가게를 낸 스시 명인이다. 런던에 가게를 낼 때 카운터의 우드 슬랩을 선물했을 정도로, 사카모토 씨는 아라키 씨를 경애했다. "죽기 전에 한 번 더 아라키의 스시를 먹고 싶어"라고 사카모토 씨는 말했다고 한다. 그 아라키 씨가 "사카모토 씨가 아직 드실 수 있는 상태라면 스시를 만들어드리고 싶다"며 연락을 해왔다. 아라키 씨는 오직 사카모토 씨를 위해 임시로 가게를 빌려 1월 30일, 특별히 스시를 쥐었다.

양은 조금 적게, 라고 말하면서도 사카모토 씨는 얼추 다 먹었다고 한다. 그것이 사카모토 씨의 마지막 외식이었다.

5

2월이 되자 산소호흡용 튜브를 끼고 있는 것이 일상적인 일이 되었고, 간에 전이된 암 절제 후 곪고 부어오른 흉터에서 고름을 짜내기 위한 튜브까지 연결했기 때문에 몸에 여러 개의 관을 꽂은 채 긴 시간 누워서 보내는 상태가 지속되었다. 그럼에도 적극적으로 영화를 보거나 책을 읽으며 면역치료도 받으러 다녔다.

맡은 일들도 계속했다. '109 시네마스 프리미엄 신주쿠'의 음향 감수자로서 사운드 환경 체크를 하기 위해 머리를 자르기도 하고, 휠체어를 사는 등 외출을 위한 준비도 게을리하지 않았다. 그와 만난 3월 8일 직전에는 면역치료의 성과인지, 종양 표지자 검사도 상당히 안정되어 암 관리가 성공적으로 이뤄지고 있는 듯 보이는 상태에 희망을 품기도 했다. 하지만 그럼에도 불구하고 몸이 날로 쇠약해지는 것은 부정할 수 없었고, 점점 야위어가는 것을 막지는 못했다.

그런 상황 속에서도, 그러나, 해야 할 일들을 해내고 있었다.

우선 도쿄도가 2월에 허가를 내린 메이지 신궁 외원 지구의 재개발 계획에 대해 고이케 유리코 도지사 등에게 편지를 보냈고, "눈앞의 경제적 이익을 위해 선조들이 100년에 걸쳐 지키고 가꿔온 귀중한 신궁의 나무들을 희생시킬 수는 없습니다"라는 내용을 담아 재개발 계획의 재검토를 요구했다.

　　일부 벌목 허가가 내려진 것은 2월 28일이었는데 3월 3일에 편지가 송부되었고, 3월 17일의 정례 기자회견에서 도지사가 사카모토 씨의 편지를 받았음이 확인되어 이 재개발 계획의 문제점을 여러 신문과 잡지가 보도하기 시작했다. 도의 계획을 바탕으로 나이가 100년이 넘는 나무들을 포함, 3,000그루가 넘는 수목의 벌목이 예정되어 있었다. 일부는 다른 지역으로 옮겨 새롭게 심겠다고 했지만, 지역 내에 고층 혹은 초고층의 상업시설을 신설하고, 역사의 비바람을 이겨내며 고즈넉한 풍취를 자아내던 신궁 구장과 지치부노미야 럭비장을 허물고 새로 지으며, 모두에게 열려있던 연식 야구장, 배팅 센터, 골프 연습장 등의 공공시설을 없앤 후 그 자리를 회원제로 운영되는 배타적 테니스클럽의 전유물로 만들려고 하고 있었다. 이러한 역사의 압살을 『게다를 신고 어슬렁어슬렁』의 애독자이자 환경운동가인 사카모토 씨가 보고만 있을 수는 없었다.

　　한편, 오토모 요시히데 씨와 오야마다 게이코 씨가 4월 8일에 도쿄 오차노미즈에서 진행하는 즉흥연주 라이브(이 공연은 이미 예정대로 치러졌다)를 위한 음원도 제공했다. 두 사람에 대한 사카모토 씨의 우정과 존경이 있었기에 가능한 일이었다.

2022년 11월에 사카모토 씨의 고희를 기념하는 기획 앨범 《A Tribute to Ryuichi Sakamoto – To the Moon and Back》이 발매되어 사카모토 씨를 존경하고 사랑하는 세계적 아티스트들이 각자 선정한 사카모토 씨의 작품을 '리모델링'했는데, 오야마다 씨와 오토모 씨도 알바 노토, 데이비드 실비언, 크리스티안 페네스 등과 함께 참가했다. 게다가 J-WAVE에서 두 달에 한 번씩 정기적으로 방송하는 사카모토 씨의 레귤러 프로그램 〈RADIO SAKAMOTO〉는 사카모토 씨가 암으로 요양하는 동안 매회 대리 출연자들이 진행했는데, 2023년 1월 1일 24시에 시작된 방송에서는 오야마다 씨가 진행을 맡고 오토모 씨가 게스트로 출연하기도 했다.

또 한 가지 언급해둘 일이 있다. 오야마다 씨가 초등학생 때 지적 장애가 있는 전학생을 괴롭혔다는 사실이 보도되면서 이와 관련해 도쿄 올림픽 개회식의 음악감독직을 사임한 일, 이후에 이 문제에 대한 사과문을 오야마다 씨가 재차 공표한 일 등 일련의 소동을 겪으며, 사카모토 씨가 그의 앞으로의 행보에 대한 기대를 구체적으로 표명하는 의미로서 이 음원을 제공한 면도 있었을 것이라, 짐작할 수 있다. 사카모토 씨는 자신이 죽음에 가까워졌음을 강하게 예감했기 때문에 더더욱 곤경에 처한 오야마다 씨를 그냥 둘 수 없었던 것일까.

아무튼 3월 14, 15, 16일에 작업한 약 20분 길이의 음원을 녹음하고 16일에 두 사람에게 전달했다. "써도 되고, 안 써도 돼. 쓸 거면 잘라서 써도 되고, 아무렇게나 해도 상관없으니 좋을 대로 해"라는 말과 함께. 이것이 사카모토 씨가 만든 마지막 음원이었다.

그리고 다음 날인 3월 17일에는 면역치료를 받으러 갔다가 수치가 좋아졌음을 확인했다.

몸 상태에 변화가 일어난 것은 3월 19일, 자택에서 저녁을 먹고 평소와 마찬가지로 잠에 들었던 한밤중의 일이었다. 사카모토 씨가 호흡 곤란을 호소했고 의사의 지시에 따라 병원에 응급 이송되었다.

원인은 기흉이었다. 신속한 처치로 호흡 곤란 증상은 가라앉았다. 한밤중에 몸에 이상이 생겨 입원을 하고 응급 처치로 나아질 때까지의 이야기를 사카모토 씨는 3월 20일의 '일기'에 약간의 유머를 섞어 다음과 같이 적어두었다.

"1시쯤부터 점점 숨이 가빠지고 온몸에 땀이 쏟아졌다. 좌우지간 뜨겁다. 포화도를 재보니 60~70대. 점차 숨을 쉴 수가 없어진다. 구급차를 불렀다. 응급실로. 엑스레이와 CT. 기흉이라는데, 폐에 구멍이 뚫려 공기가 새고 있단다. 응급 처치로 가슴에 구멍을 내 공기를 바깥으로 내보낸다. 그리고 드레인. 구멍을 내자마자 호흡 곤란 완화. 살았다.

여기저기에 구멍이 뚫리는구나."

그 후, 다행스럽게도 며칠 동안 몸 상태는 나름대로 안 정적이었다. 하지만 3월 23일이 되자 사카모토 씨는 "부탁 이니까 이제 와줘"라며 가족들이 곁에서 돌봐줄 것을 요청 한다. 의사는 폐의 상태가 좋지 않다는 것을 알고 있었고, 그의 뜻대로 하도록 했다.

그러면서도 본인이 대표로 음악감독을 맡고 있는 '도호 쿠 유스 오케스트라'의 공연이 3월 21일 이와테, 23일 후쿠 시마, 24일 미야기, 그리고 26일 도쿄에서 연달아 열리는 것을 빠짐없이 병실에서 원격으로 지켜봤고 리허설을 포함 해 필요한 지도를 했다. 링거를 맞으며 휴대폰 메신저를 통 해….

26일 도쿄 공연의 온라인 중계를, 병상에 누운 채 스마 트폰 화면을 통해 실시간으로 보고 있던 때의 일이었다.

도호쿠 유스 오케스트라가 연주하는 〈Kizuna World〉 와 함께 지진 재해 당시 초등학교 5학년이었던 미야기 현 의 기쿠타 신 씨가 쓴 「고마워요」라는 시를 요시나가 사유 리 씨가 낭독하기 시작하자 사카모토 씨는 보이지 않는 지 휘봉을 흔들 듯 누운 채로 오른팔을 허공에 흩날렸다. "문 구들 고마워요/연필, 각도기, 컴퍼스 소중히 여길게요"라 는 구절로 시는 시작한다. 전국에서 보낸 지원 물품에 대 한 감사의 마음을 소년이 노래하고 있다. "꽃의 모종", "부 채", "신발", "쿠키", "참고서", "도서 카드", "야키소바",

"교실의 선풍기", "응원의 말" 등등 하나하나 "고마워요"라고 말한다. 그리고 시는 다음과 같이 마무리된다. "마지막으로/할아버지를 찾아줘서 고마워요/작별 인사를 할 수 있었어요"라고. 이 "마지막으로…"의 낭독이 시작되자 곡에 맞춰 허공을 맴돌던 오른손이 멈추더니 "작별 인사를 할 수 있었어요"라는 요시나가 사유리 씨의 목소리가 들리자 사카모토 씨는 그 손을 왼쪽 가슴에 가져다 대고는 "굉장하네… 이거 큰일 났다"라며 미처 목소리가 되지 못한 소리를 내며 통곡했다고 한다. 이것이 사카모토 씨가 마지막으로 지휘한 음악이 아니었을까….

3월 25일과 26일에는 또 하나의 '일'을 했다. 2021년에 중국 베이징의 미술관 'M WOODS'에서 열렸던, 과거 20년 이상 작업해온 사카모토 씨의 아트워크와 사운드 설치 작품을 선보인 대규모 전시를 더욱 발전시켜, 2023년 7월 말부터 중국 청두에서 새롭게 전시할 계획이 있었기 때문에 그 건에 대해 다카타니 시로 씨와 원격 회의를 진행했다.

생명을 다한 것은 3월 28일의 새벽이었다. 언제가 마지막일지는 알지 못했을지언정 남은 시간이 얼마 되지 않는다는 것을 자각하고 있었기에 더더욱, 사카모토 씨는 마지막 남은 목숨의 에너지를 자신의 생명을 유지하는 것이 아닌, 그렇지 않은 일들을 위해 아낌없이 쏟아낸 것 아닐까. 아니, 오히려 그것이 생명의 유지를 위한 일이었을지도 모른다.

6

소위 말하는 완화 케어는 25일부터 시작되었다. 그날 오전 중에 사카모토 씨는 담당 의사 한 명, 한 명과 악수를 하며 "정말 큰 신세를 졌습니다. 고맙습니다"라고 감사 인사를 전했다. "여기까지만 도움을 받으려 하니 부탁드립니다"라고 온화한 어조로 덧붙였다.

아울러 다가올 날, 그러니까 결국은 행해질 사카모토 씨의 장례에서 틀게 될 곡목의 리스트(Funeral Playlist)를 확인했다. 이미 다 만들어둔 리스트의 곡들을 들으며 "아, 이 곡은 안 되겠다"라며 제외한 것들도 있다. 허술한 구석 없는 명확한 의지가 건재했다.

또한 침대 정면의, 병실 벽에 걸린 그림은 27일에 사카모토 씨 본인의 희망에 따라 《12》 앨범을 위해 이우환 선생님이 그린 원화로 교체되었다. 마땅한 것들이 마땅한 곳에 놓였다.

사카모토 씨는 스스로의 의지로 완화 케어를 진행했다. 사카모토 씨가 공감하며 이야기하던 일화들이 떠올랐다.

1995년 11월, 70세의 나이에 오랜 시간 천식으로 고통받으며 산소호흡기에 의지한 나날을 보내던 질 들뢰즈가, 더 이상 일을 계속할 수 없게 된 신체적 상황 속에서 스스로 삶을 마무리하기 위해 파리의 자택 아파트 창밖으로 몸을 던진 것, 그리고 2022년 9월, 91세의 장 뤽 고다르가 의식은 아직 명석함에도 신체적 고통과 현저한 체력의 상실을 겪으며 보행조차 뜻대로 할 수 없는 상황 속에서 스위스 자살 조력 단체 '엑시트'의 도움으로 스스로 죽음에 이르는 약을 먹고, 지켜보는 부인과 친구, 그리고 간호사들이 건넨 "Bon voyage"라는 인사에 "고마워 모두. 이런 마지막을 실현시켜줘서"라고 답한 후 세상을 떠났다고 전해진다는 이야기…. 이 두 사람이 생을 마감한 방법과 사카모토 씨의 이날의 행동이 하나로 겹친다.

7

사카모토 씨는 3월 28일 오전 4시 32분에 숨을 거둬, 71세의 생애를 마쳤다. 가족 중 한 명이, 그래도 남들의 세 배는 살았어, 라고 말했다. 듣고 보니 맞는 말일지도 모르겠다고, 다른 가족들도 생각했다는 이야기를 들었다. 사카모토 씨가 살아 있던 시간은 71년이지만 그가 살아온 시간의 농밀함을 떠올리면 향년 71세가 아니라, 210세라고 해도 이상하지 않다고….

그럼에도 불구하고 71년은 짧다면 짧다. 하지만 그의 71년은 하나의 선으로 이뤄진 시간이 아니었다. 여러 개의 선으로 그려진 시간이었다. 그렇게 복선화된 시간이 동시에 내달려온 71년이었다.

내 멋대로의 생각을 마지막으로 적는다.

사카모토 씨는 말 없는 것, 말을 갖지 못한 것의 말이었다. 소리 내지 못하는 것, 소리 낼 수 없는 것의 소리였다. 음악이 되지 못한 것들의 음악이었다. 나아가 발언하고 표현하지 못하는 것들에 귀를 기울여 발언하고 표현하게 하는 사람이었다. 자유를 모르는 이에게 자유의 영감을 불어넣는, 자유를 사는 사람이었다. 그리고 그 자유가 그를 음악가로 만들었을 것이다. 왜냐하면, 음악은 자유롭게 하기에.

그런 사카모토 씨는 이미 없다.

그렇다면 우리가 '사카모토'가 되자.

사카모토 씨 안에 바흐와 드뷔시와 타르콥스키와 다케미쓰 도루와 베르톨루치와 들뢰즈와 고다르가 깃들고, 더 깊이 들어가면, 새벽의 일출을 미동도 없이 바라보는 태초 원시인의 언어화할 수 없는 인간 이전의 인간의 혼이 머물렀듯, 우리들 안에도, 어딘가에, 언젠가의 '사카모토'가 드리워 있음이 틀림없다. 그러니 (우리 나름의 방식으로) 우리들 안에 있는 '사카모토'가 될 수 있다. 그렇게 '사카모토'는 210년보다 더 긴 시간 살아 숨 쉬게 될 것이다.

2023년 5월 15일

장례식 플레이리스트

Funeral Playlist

1 Alva Noto 〈Haliod Xerrox Copy 3 (Paris)〉

2 Georges Delerue 〈Thème de Camille〉

3 Ennio Morricone 〈Romanzo〉

4 Gabriel Fauré 〈La Chanson d'Ève, Op. 95 : No. 10, Ô mort, poussière d'étoiles〉 (노래 : Sarah Connolly, 연주 : Malcolm Martineau)

5 Erik Satie 〈Gymnopédie No. 1 (Orch. Debussy)〉 (지휘 : Neville Marriner, 연주 : Academy of St. Martin in the Fields)

6 Erik Satie 〈Le Fils des Étoiles : Prélude du premier acte〉 (연주 : Alexei Lubimov)

7 Erik Satie 〈Élégie〉 (노래 : Eva Lind, 연주 : Jean Lemaire)

8 Claude Debussy 〈Préludes / Book 1, L. 117 : VI. Des pas sur la neige〉 (연주 : Arturo Benedetti Michelangeli)

9 Claude Debussy 〈Images – Book 2, L. 111 : II. Et la lune descend sur le temple qui fut〉 (연주 : Arturo Benedetti Michelangeli)

10 Claude Debussy 〈Le Roi Lear, L. 107 : II. Le sommeil de Lear〉 (연주 : Alain Planès)

11 Claude Debussy 〈String Quartet in G Minor, Op. 10, L. 85 : III. Andantino, doucement expressif〉 (연주 : Budapest String Quartet)

12 Claude Debussy 〈Nocturnes, L. 91 : No. 1, Nuages〉 (지휘 : Leonard Bernstein, 연주 : New York Philharmonic)

13 Claude Debussy 〈La mer, L. 109 : II. Jeux de vagues〉 (지휘 : Pierre Boulez, 연주 : Cleveland Orchestra)

14   Domenico Scarlatti 〈Sonata in B Minor, K.87〉(연주: Vladimir Horowitz)

15   Johann Sebastian Bach 〈Matthäus-Passion, BWV 244, Pt. 2: No. 63, Choral. "O Haupt voll Blut und Wunden"〉(지휘: Wilhelm Furtwängler, 노래: Wiener Singakademie, 연주: Wiener Philharmoniker)

16   George Frideric Handel 〈Suite in D Minor, HWV 437: III. Saraband〉(지휘: Karol Teutsch, 연주: Orchestre Leopoldinum-wroclaw)

17   Lys Gauty 〈A Paris dans Chaque Faubourg〉

18   Nino Rota 〈La Strada〉

19   Nino Rota 〈La Plage〉

20   Maurice Ravel 〈Menuet sur le Nom d'Haydn, M. 58〉(연주: Vlado Perlemuter)

21   Maurice Ravel 〈Sonatine, M. 40: II. Mouvement de menuet〉(연주: Anne Queffélec)

22   Bill Evans Trio 〈Time Remembered-Live〉

23   Toru Takemitsu 〈The Dorian Horizon for 17 Strings〉(지휘: Seiji Ozawa, 연주: Toronto Symphony Orchestra)

24   Johann Sebastian Bach 〈Das alte Jahr vergangen ist, BWV 614〉(지휘: Zoltán Kocsis, 연주: György Kurtág, Márta Kurtág, Hungarian National Philharmonic)

25   Johann Sebastian Bach 〈Chorale Prelude BWV 639, "Ich ruf zu dir, Herr"〉(연주: Tatiana Nikolayeva)

26   Johann Sebastian Bach 〈Musical Offering, BWV 1079-Ed. Marriner: Canones diversi: Canon 5 a 2 (per tonos)〉(지휘: Neville Marriner, 연주: Iona Brown, Stephen Shingles, Denis Vigay, Academy of St. Martin in the Fields)

27   Johann Sebastian Bach 〈Sinfonia No. 9 in F Minor, BWV 795〉(연주: Glenn Gould)

28   Johann Sebastian Bach 〈The Art of the Fugue, BWV 1080: Contrapunctus XIV (Fuga a 3 soggetti)〉(연주: Glenn Gould)

(이상의 곡목이 장례식에서 흘러나왔다.)

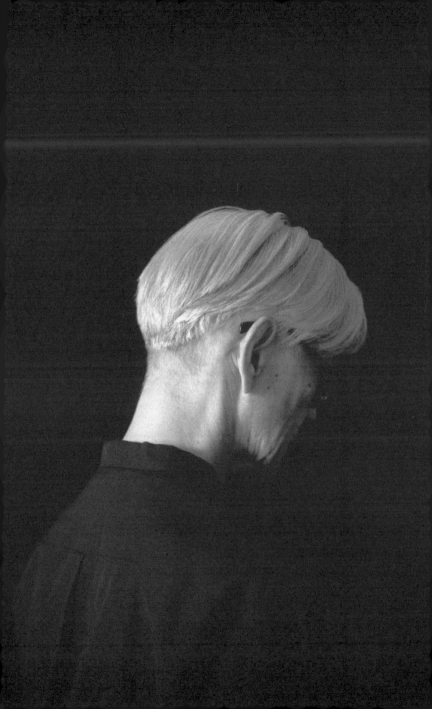

2009   2월, 57세까지의 활동을 되돌아본 자서전 『음악으로 자유로워지다』 출간. 3월, 전작 《CHASM》 이후 5년 만에 오리지널 앨범 《Out of Noise》를 발매하고 피아노 솔로 일본 투어 'Ryuichi Sakamoto Playing the Piano 2009'를 개최. 7월, 프랑스 정부로부터 예술문화훈장 '오피시에'를 수여 받음. 9월, 음악을 담당한 시린 네샤트 감독의 영화 〈남자 없는 여자〉(Women without Men)가 베네치아 국제영화제에서 상영. 10월부터 유럽 투어를 진행. 12월,《글렌 굴드 사카모토 류이치 셀렉션(바흐 편)》발매.

2010   1월, 모친 사카모토 게이코 별세. 3월, 문화청으로부터 예술선장 문부과학대신상(대중예능 부문)을 받음. 4월부터 NHK ETV에서 〈스콜라 사카모토 류이치의 음악 학교〉 시즌 1 방영 시작. 이 프로그램은 2014년 시즌 4까지 이어졌다. 4월, 〈고토와 오케스트라를 위한 협주곡〉 세계 초연. 5월, 나카자와 신이치와의 공저 『조몬 성지 순례』 출간. 7월, 아사다 아키라, 와타나베 모리아키, 다카타니 시로와 함께한 〈말라르메 프로젝트 21세기의 버추얼 시어터를 위해〉가 교토 예술극장 슌쥬자에서 상영. 10월부터 11월까지 북미 투어 'Ryuichi Sakamoto: Playing the Piano North America Tour 2010' 개최. 11월, 오누키 다에코와의 컬래버레이션 앨범 《UTAU》 발매. 11월부터 12월까지 'A Project of Taeko Onuki&Ryuichi Sakamoto UTAU Tour 2010'을 진행했다. 12월, 다카타니 시로와의 공저 『LIFE-TEXT』 출간.

1월, 한국 서울에서 'Ryuichi Sakamoto – Playing the Piano in Seoul/Korea 2011' 개최. 3월 11일, 영화 〈할복: 사무라이의 죽음〉을 위한 녹음 작업 중 동일본 대지진 발생. 4월, 재해지 지원 프로젝트 'LIFE311'을 시작하고 그 후 재해지 지원 참가형 프로젝트 'kizunaworld.org'와 악기 관련 부흥 지원을 위한 '어린이 음악 재생 기금' 발족. 5월부터 6월까지 유럽에서 카스텐 니콜라이(알바 노토)와 함께 'Alva Noto+Ryuichi Sakamoto "S" Tour 2011'을 진행. 함께 만든 앨범 《Summvs》 발매. 6월, 로스앤젤레스와 샌프란시스코에서 'Yellow Magic Orchestra Live' 개최. YMO로서는 31년 만에 북미 공연을 열었다. 8월, 사카모토 류이치+편찬팀 명의로 『지금이니까 읽고 싶은 책, 3·11 이후의 일본』 출간. Fennesz+Sakamoto 《Flumina》 발매. 10월, 영국 옥스퍼드대학에서 개최된 'The Second Movement in Oxford: A Message for World Peace'에서 요시나가 사유리의 원폭시 낭독에 맞춰 피아노 반주. 10월부터 11월까지 'Ryuichi Sakamoto Trio Tour 2011 in Europe' 진행. 12월, 긴자의 야마하 홀에서 'Playing the Piano 2011~어린이 음악 재생 기금을 위해~'를 개최.

1월 17일, 환갑을 맞이하다. 7월, 요요기 공원에서 열린 '사요나라 원전 10만인 집회'에서 연설. 마쿠하리 멧세에서 'NO NUKES 2012' 개최. 크라프트베르크와 YMO, 한 무대에 서다. 사카모토 류이치+편찬팀의 명의로 『NO NUKES 2012 우리들의 미래 가이드북』 출간. Willits+Sakamoto 《Ancient Future》 발매. 9월부터 10월까지 유럽에서 'Alva Noto+Ryuichi Sakamoto "S" Tour 2012' 진행. 10월부터 도쿄도 현대미술관에서 개최된 기획전, '아트와 음악 – 새로운 공감각을 찾아서'에서 오노 세이겐, 다카타니 시로와의 공작 〈silence spins〉, 다카타니 시로와 작업한 〈collapsed〉를 발표. 트리오 편성의 셀프 커버 앨범 《THREE》 발매. 11월, 아시아 태평양 스크린 어워드 국제영화제작자 연맹상 수상. 다케무라 신이치와의 공저 『지구를 듣다 3·11 이후를 둘러싼 대화』 출간. 12월, 'Ryuichi Sakamoto Trio Tour 2012 Japan&Korea'를 개최하고, 재해지인 이와테 현 리쿠젠타카타 시에서도 트리오 콘서트를 열었다.

2013   1월, 메인 테마를 작곡한 NHK 대하드라마 〈야에의 벚꽃〉방영.
        2월, 처음으로 아이슬란드를 방문하다. 캘리포니아대학 버클리 캠퍼
        스에서 '버클리 일본상'을 수여받다. 3월, UAE의 샤르자 비엔날레
        에 설치 작품 출품. 5월, 'Playing the Orchestra 2013'을 개최. 7월,
        Ryuichi Sakamoto+Taylor Deupree 《Disappearance》 발매. 야마구
        치 정보예술센터(YCAM) 10주년 기념사업의 아트디렉터를 맡음.
        YCAM InterLab과 함께 수목에서 나오는 미약한 생체전위를 바탕
        으로 악곡을 제작하는 설치 작품 〈Forest Symphony〉, 다카타니 시
        로와 함께 만든, 물이 보여주는 다양한 양태를 미디어 테크놀로지로
        추출하는 사운드 설치 작품 〈water state 1〉 발표. 8월 말, 심사위원
        장을 맡은 베르나르도 베르톨루치의 초청으로 베네치아 국제영화제
        경쟁 부문 심사위원으로 위촉. 10월, 음악 이벤트 '루체른 페스티벌
        아크노바 마쓰시마 2013'에 참가. YCAM에서 노무라 만사이, 다카
        타니 시로와 노가쿠 퍼포먼스 〈LIFE-WELL〉 발표.

2014   1월, 스즈키 구니오와의 공저 『애국자의 우울』 출간. 4월, 'Playing
        the Orchestra 2014' 개최. 전년과 달리 피아노를 치는 동시에 지휘
        를 하는 형태로 공연했다. 6월, 목에 불편함을 느껴 전문의를 찾아
        갔다가 중인두암이라는 진단을 받음. 객원 디렉터를 맡은 '삿포로
        국제 예술제 2014'가 7월에 개막하지만, 치료에 전념하기 위해 뉴
        욕 자택에 머문다. 1990년 이주한 이후 처음으로 거의 1년 내내 뉴
        욕에서 보내게 된다. 동예술제에서 마나베 다이토와 함께 인간이 지
        각할 수 없는 전자파를 감지해 가시화, 가청화 하는 설치 작품 〈센
        싱, 스트림스-불가시, 불가청〉을 발표.

2015   2월, 요양을 위해 하와이에 체류. 4월에 뉴욕에서 열린 오토모 요시
        히데와의 세션을 시작으로 점차 일을 재개함. 8월, 국회 앞에서 열
        린 안전보장 관련 법안에 항의하는 대규모 데모에 참가. 야마다 요
        지 감독이 의뢰한 〈어머니와 살면〉, 알레한드로 곤잘레스 이냐리투

감독이 의뢰한 〈레버넌트: 죽음에서 돌아온 자〉의 음악을 동시에 제작했으며 두 편 모두 12월에 상영 및 공개되었다. 연말에는 객원 교수로 임명된 모교, 도쿄예술대학에서 처음이자 마지막 강의를 한다.

2016 3월, 대표 겸 감독을 맡고 있는 도호쿠 유스 오케스트라의 제1회 연주회가 열린다. 이 오케스트라는 동일본 대지진의 피해를 입은 동북 전역의 초등학생부터 대학생까지의 청소년들로 결성된 음악단이다. 봄 무렵부터 새로운 오리지널 앨범 제작에 착수. 4월, 주재 레이블 commmons의 설립 10주년 기념 이벤트로 '건강 음악'을 개최. 'KYOTOGRAPHIE 교토 국제 사진제 2016'의 위촉 작품으로 다카타니 시로, 크리스티안 사르뎃과 함께 작업한 설치 작품 〈PLANKTON 표류하는 생명의 기원〉 발표. 9월, 필립 존슨이 설계한 '글라스 하우스'에서 알바 노토와 함께 통유리 건물을 악기 삼아 즉흥 퍼포먼스를 선보인다. 음악을 맡은 이상일 감독의 영화 〈분노〉 개봉. 12월, 오사카에서 요시나가 사유리와 함께 자선 콘서트 '평화를 위해~ 시와 음악과 꽃과'를 개최. 몽블랑 국제문화상 수상.

2017 3월, 오리지널 앨범 《async》를 발매. 4월부터 와타리움 미술관에서 〈사카모토 류이치 – 설치음악전〉을 개최. 뉴욕 파크 애비뉴 아모리에서 'PERFORMANCE IN NEWYORK: async' 개최. 9월, 베네치아 국제영화제에서 스스로 피사체가 된 스티븐 노무라 쉬블 감독의 다큐멘터리 작품 〈Ryuichi Sakamoto: CODA〉의 프리미엄 상영회에 참석. 노르웨이 오슬로에서 나카야 후지코, 다나카 민, 다카타니 시로와 퍼포먼스 〈a·form〉 진행. 12월부터 ICC에서 '사카모토 류이치 with 다카타니 시로 – 설치음악 2 IS YOUR TIME' 개최. 소게쓰 회관에서 열린 글렌 굴드 탄생 85주년, 캐나다 건국 150주년 기념 특별 기획 이벤트 'Glenn Gould Gathering'의 큐레이팅을 담당.

2018 2월, 베를린 국제영화제 경쟁 부문의 심사위원을 맡음. 3월, 프랑스 퐁피두 메츠 센터에서 다카타니 시로와의 퍼포먼스 〈dis·play〉 실시. 《부인화보》에서 '사카모토 도서' 연재 시작. 동연재는 2022년

2월호까지 이어졌다. 4월, NHK 프로그램 〈패밀리 히스토리〉 출연
분 방송. 5월, 한국 서울의 'piknic'에서 전시회 'Ryuichi Sakamoto
Exhibition: LIFE, LIFE' 개막. 음악을 담당한 영화 〈남한산성〉 6월
에 일본 개봉. 알바 노토와의 퍼포먼스 〈TWO〉의 활동 시작. 10월
에는 애니메이션 작품 〈안녕, 티라노〉가 부산 국제영화제에서 월드
프리미어 상영되었다.

2019   2월, 퐁피두 메츠 센터에서 열린 이우환 개인전 'Inhabiting time'의
        현장 음악 작업을 맡음. 5월 싱가포르 국제 예술제에서 다카타니 시
        로와의 퍼포먼스 〈Fragments〉 진행. 6월, 음악을 담당한 넷플릭스
        드라마 〈블랙 미러 시즌 5 – 스미더린〉 공개. 테마 음악을 담당한 한
        노 요시히로 감독의 〈파라다이스 넥스트〉가 대만에서 개봉. 7월, 음
        악을 맡은 차이밍량 감독의 영화 〈너의 얼굴〉로 타이베이 영화제 음
        악상 수상. 11월, 역시 음악을 맡은 앨리스 위노코 감독의 영화 〈프
        록시마 프로젝트〉가 프랑스에서 개봉. 12월, '야마시타 요스케 트리
        오 결성 50주년 기념 콘서트 폭렬반세기!'에 게스트 출연.

2020   1월, 요시나가 사유리·사카모토 류이치 자선 콘서트 in 오키나와
        '평화를 위해~ 바다와 시와 음악과' 개최. 코고나다 감독의 〈애프터
        양〉을 위한 오리지널 테마 작곡. 2월, 코로나 사태 발생으로 베이징
        현대미술센터가 기획한 온라인 콘서트 'Sonic Cure'(良樂)에 출연.
        루카 구아다니노 감독의 단편 영화 〈스테거링 걸〉의 음악을 담당.
        4월, 'Ryuichi Sakamoto: PTP04022020 with Hidejiro Honjoh' 무
        료 온라인 생중계. 5월, 컬래버레이션 기획 'incomplete' 개시. 6월,
        직장암 진단을 받음. 12월, 간에 전이된 암 발견. 6개월 시한부 선고
        를 받은 직후 온라인 콘서트 'Ryuichi Sakamoto: Playing the Piano
        12122020'을 열고 연이어 MR(혼합현실) 프로젝트용 촬영 진행.

2021   1월, 20시간에 걸친 외과 수술을 받음. 3월, 직접 그림을 그린 도자
        기를 깬 작품 '도편의 오브제'를 《2020S》 아트 박스에 제공. 도자
        기가 깨지는 음색을 사용한 악곡도 수록했다. 중국 베이징의 미술

관 'M WOODS'에서 대규모 전시회 '사카모토 류이치: 观音听时 -Ryuichi Sakamoto: seeing sound, hearing time' 개막. 6월, '홀란드 페스티벌'에서 다카타니 시로와의 공작 극장 작품 〈타임〉 세계 초연. 8월, 음악을 맡은 페르디난도 시토 필로마리노 감독의 영화 〈베킷〉이 넷플릭스에서 공개. 9월, 음악을 맡은 앤드류 레비타스 감독의 〈미나마타〉 일본 개봉. 12월, 〈메리 크리스마스 미스터 로런스〉의 오른손 멜로디 595음을 한 음씩 분할해 디지털 아트로서 발신한 NFT 프로젝트 발표.

2022 1월 17일, 고희를 맞이하다. 3월, 도호쿠 유스 오케스트라를 위해 쓴 〈지금 시간이 기울어〉를 정기연주회에서 처음으로 선보였다. 4월, 러시아군이 우크라이나를 침공하여 키이우에 사는 바이올리니스트 일리야 본다렌코에게 〈Piece for Illia〉를 제공. 아울러 2001년에 '지뢰 제로'를 호소하며 결성한 N.M.L. 악곡의 피아노 버전 《Zero Landmine 2022》를 반전의 마음을 담아 자선 발매. 덤 타입의 멤버로서 베네치아 비엔날레 일본관과 뮌헨의 하우스 데어 쿤스트에서 열린 전시회에 적극 참여함. 7월, 허안화 감독의 〈사랑 뒤의 사랑〉으로 홍콩전영금상장 작곡상 수상. 9월, BTS 멤버 슈가와 첫 만남을 갖고, 이후 그의 솔로곡 〈Snooze〉를 위해 피아노를 연주한다. 8일에 걸쳐 'Ryuichi Sakamoto: Playing the Piano 2022'의 녹화를 진행하고 연말에 온라인 배포함. 〈Sonate pour Violon et Piano〉와 〈Quatuor à Cordes〉 레코딩 진행. 10월, 음악을 맡은 넷플릭스 애니메이션 〈exception〉 공개.

2023 1월, 마지막 오리지널 앨범 《12》 발매. 3월, 20년 동안 방송해온 J-WAVE 〈RADIO SAKAMOTO〉가 오누키 다에코의 대리 진행을 통해 최종회를 맞이한다. 메이지신궁 외원 재개발의 재검토를 요구하는 편지를 고이케 유리코 도쿄도지사 앞으로 보낸다. 3월 28일, 서거. 향년 71세. 4월, 음향 감수, 관내 음악을 담당한 영화관 '109 시네마스 프리미엄 신주쿠'가 오픈. 5월, 이냐리투 감독이 선곡한 컴필레이션 앨범 《TRAVESÍA》 발매. 6월, 음악을 제공한 고레에다

히로카즈 감독의 영화 〈괴물〉 개봉. 뉴욕과 맨체스터에서 MR 작품 〈KAGAMI〉가 상연된다. 마지막까지의 활동을 정리한 이 책 『나는 앞으로 몇 번의 보름달을 볼 수 있을까』 출간. 7월, 최대 규모의 전시회 'Ryuichi Sakamoto: SOUND AND TIME'이 중국 청두의 'M WOODS'에서 개막. 9월, 생전의 애독서를 모은 공간 '사카모토 도서' 도쿄 내 오픈.

인터뷰 스즈키 마사후미(鈴木正文)

편집 협력 및 자료 제공 소라 노리카(空 里香) (KAB America Inc./ Kab Inc.)
유다 마이(湯田麻衣) (Kab Inc.)
이토 소켄(伊藤総研)

표지 및 표지 커버 사진 Neo Sora
본문 사진 p.10, 226, 308, 387 Neo Sora
p.62, 152, 270 이외 KAB America Inc./ Kab Inc.

나는 앞으로 몇 번의
보름달을 볼 수 있을까

초판 1쇄 발행 2023년 6월 28일 초판 7쇄 발행 2024년 1월 22일

지은이 류이치 사카모토
옮긴이 황국영
펴낸이 이승현

출판1본부장 한수미
컬처 팀장 박혜미
편집 박혜미
디자인 이지선

펴낸곳 ㈜위즈덤하우스 출판등록 2000년 5월 23일 제13-1071호
주소 서울특별시 마포구 양화로 19 합정오피스빌딩 17층
전화 02) 2179-5600 홈페이지 www.wisdomhouse.co.kr

ISBN 979-11-6812-654-1   (03830)

세상은 소리로 가득 차 있고 그 소리들이 모이면 음악이 된다는 걸 알려주신 선생님, 마지막 순간까지도 음악과 사람을 사랑하셨던 선생님, 긴 긴 여행 평안한 여행 되시길 바랍니다.

_방탄소년단 슈가 (SUGA)

어쿠스틱과 일렉트로닉, 클래식과 팝 음악의 경계에서 완벽하게 자유로웠던 우리 시대 최고의 마에스트로. 그의 이야기로 듣는 아름다운 Coda.

_윤상 (대중음악 프로듀서)

길고 깊은 육신의 고통 속에서도 기꺼이 창작의 고통을 선택했던 우리 시대 최고의 음악가이자 사회 운동가. 그런 그가 투병 기간 동안 천천히 되짚어갔던 삶의 궤적과 시대를 바라보는 통찰의 문장들은 모든 이들에게 오랜 울림을 주리라 믿습니다.

_이준오 (영화 음악가 캐스커)

수많은 아름다움으로 가득 찬 류이치 사카모토의 작품 중, 지금의 저는 영화 〈레버넌트〉의 스코어를 말씀드리고 싶습니다. 중국 명·청 시대의 그림이 생각났습니다. 그 그림들에는 분명히 아무것도 그려져 있지 않은 곳에 강이 흐르고 바람이 넘실대고 있습니다. 사카모토의 이 스코어에는 음들이 퇴적되어 아주 깊은 계곡을 이루고 음과 음 사이, 침묵이 있는 그곳에 설산이 그려져 있습니다. 투병 도중 작업하셨다는 이야기에 가슴이 아려옵니다. 그의 마지막 발자취를 생각하며 영원히 남을 그의 작품을 다시 가슴 깊이 새기게 되었습니다.
선생님, 이렇게 큰 아름다움을 발견할 수 있게 해주셔서 고맙습니다.

_정재일 (음악 감독)